山东大学威海分校主办

主　　编　陈金钊

副 主 编　左　峰　吴文新　姚晓雷

执行主编　左　峰

黄海学术论坛

HUANGHAI XUESHU LUNTAN

第七辑

上海三联书店

目　录

法学研究

东北亚政治历史文化研究

语言文化研究

社会发展与教育研究

经济研究

研究生论坛

黄海学术论坛
2006 年　第 7 辑　Huanghai Academic Forum　　2006　No. 7

略论当代社会的信仰与秩序

沈湘平 *

一

　　社会学家安东尼·吉登斯有个著名的观点：全球化是现代性导致的后果。对于中国来说，是在追求现代性的过程中际遇了全球化，或者说是在全球化背景中追求着现代性。国内社会转型是现代性追求的结果和表征。在社会转型中，个人、国家、市民社会各自的行为与利益边界进行着剧烈的分化与重组。全球化则使个体、群体、类之间的相互依赖性日益密切，世界因之联为一体。事实上，在现代社会，全球化与现代性是相互型塑的：一方面全球化是现代性扩展的结果，另一方面全球化又改变了现代性的本来模样。而它们共同的"后果"则是在人们之间形成了高度错综复杂的关系。这些关系具有两个鲜明的特征：一是即时性。正如马克思所说的，"一切固定的僵化的关系以及与之相适应的素被尊崇的观念和见解都被消除了，一切新形成的关系等不到固定下来就陈旧了。一切等级的和固定的东西都烟消云散了"[1](P.275)。二是非线性。即任何个人或集体的行为所导致的结果并不是确定的，有可能导致一种"蝴蝶效应"。我们从来没有拥有过如此丰富的联系与交往，个人、国家和整个人类的生存、发展都与整个世界（自然、社会、人

---

　　* 沈湘平，北京师范大学哲学与社会学学院副教授，哲学博士，主要从事马克思主义哲学研究。

的统一)的存在状态紧密相连,但同时这也导入了一些先前年代所知之甚少或者全然不知的新的风险参量。"在现代化进程中,生产力的指数式增长,使危险和潜在威胁的释放达到了一个我们前所未知的程度。"[2](P.15)乌里希·贝克形象地说,我们"生活在文明的火山上"。我们所处的是一个高度复杂的风险社会。

"风险这个概念与可能性和不确定性概念是分不开的。""风险指的是在与将来可能性关系中被评价的危险程度"[3](P.18)。风险社会的来临意味着未来不确定性的极度增长。但是,人类及其群体、个体总是力求某种程度上的确定性,以使社会稳定有序地存续,人们得以安身立命。这就是人们对秩序的追求。秩序是事物存在的一种有规则的关系状态,这种规则所束缚的主要是一种时间和空间上的结构顺序,人们藉此时间和空间上的结构顺序获得的是整个系统的功能——协同彼此的行动,分享自然和社会的稀有资源,以保障自己的存在和发展。如果说秩序从来是人存在和发展的前提的话,秩序在今天的重要性是因为其高度的复杂性、敏感性而被极端地突显出来。风险不仅意味着秩序的可贵,而且意味着获得和维续一种秩序的难度、成本的增大。风险社会使得追求秩序的人们往往进退维谷,因为建构的力量有可能以放大的方式走向反面,转化为一种解构的力量,而且这一切从根本上是不能简单地用数字和公式的外衣来加以标识的。

问题的复杂性还在于,随着社会的进步,人们并不满足于追求一般的秩序,而是追求法理型秩序(韦伯)、正义秩序(罗尔斯)、自由秩序(哈耶克)、和谐秩序等等,我们统称之为良序(良好秩序)。中国的执政党提出了构建和谐社会的战略;包括中国在内的世界上很多国家都提出了建立国际新秩序的主张。这事实上都是在追求一种良好的秩序。尽管各种良序的具体内涵各不相同,但也有一些共同特点:一是以现代性制度(政治的、经济的、文化的)为社会的核心结构,传统社会维系秩序的方式被宣判为不合法;二是彰显一种现代意义上的人文关怀,将增进社会成员的共同福祉作为价值目标。在高风险的社会,秩序难求,良序更难求。在一个无限复杂的高风险社会当中,如何达到一种良序,这不仅是目前中国面临的重要而迫切的问题,也是当前人类面临的重要而迫切的问题。

秩序说到底是一种有规则的状态,因此保障秩序的关键在于规则。

在现代社会,人们普遍把维系社会秩序的规则理解为制度(institution)。当然,人们理解的最为典型的制度就是法律制度。实际上,西方近代以来的民主政治思想,从洛克到康德、罗尔斯和哈耶克,其精髓都可以归纳为"法治下的自由"。不过,社会秩序中的规则并不是单一的制度,而是一个纵横交错的、复合的"结构丛"(structures,吉登斯),除开法律制度外,还包括社会制度、经济制度、政治制度、政策、一般规章制度和习惯、风俗、道德、意识形态等等。这一广义的制度含义最先是由西方制度经济学揭明的。这一揭明强调了文化因素在建构社会秩序过程中的突出作用。但是,我们注意到,很多人还只是把各种制度看成是与自然控制技术相对的社会控制技术,而忽略了这些文化因素自身的内部价值维度。这样的结局是,文化因素的突出并没有影响整个社会秩序的技术理性化特征。现代技术理性化的社会秩序一方面越来越成为韦伯意义上的"铁笼",另一方面如哈贝马斯所谓的对生活世界进行着殖民,人们生活的意义感正在丧失。这与人们追求良好秩序的初衷是背道而驰的。

与秩序问题凸显、技术理性泛滥同时,当代人类还际遇着信仰的危机。信仰(belief)是人们以有限之自我去把握无限之世界的一种方式。信仰的关键在相信(believe)、敬仰(revere)和仰仗(rely on)。有信仰的人会深刻地相信特定的事物,不管是基于理性还是非理性;会敬仰特定的事物,捍卫它的神圣与庄严;会仰仗这一特定事物的力量去实现自己的愿望,赋予生活以意义。信仰有强弱之分,也有显性与隐性之别。应该说,自古以来的人类绝大多数人在绝大多数时间里都过着有信仰的生活,并因之创造了灿烂的人类文明。然而,随着科学技术簇拥下的全球化的凯歌行进,前现代的、现代的信仰似乎都在祛魅中分崩离析,结果却是一种吊诡的现象:一方面出现信仰缺失、信仰真空;另一方面各式各样的信仰层出林立。这种状态在社会转型中的中国更为明显。我们很难对这种现状作简单的定性评价。但至少是从目前来看,信仰与秩序都出现了严重的问题,且它们之间有着内在的强相关关系。

二

对秩序的追求离不开信仰,对良序的追求更离不开信仰。

首先，相信秩序的存在、必要和可求本身乃是一种信仰。茫茫无垠的世界，究竟是一片混沌，还是自身存在一定的秩序呢？对于这个问题，人力是不可能彻底地加以感性地把握的，而只能靠思维的力量和信仰的力量加以确立。尽管对世界本身有没有秩序一直存在着不同的看法，但人类的大多数人都会像爱因斯坦一样惊叹于自然界和思维世界所显示出来的崇高庄严和不可思议的秩序。爱因斯坦有句名言："相信世界在本质上是有秩序的和可认识的这一信念，是一切科学工作的基础。"[4](P.292) 的确，人不同于其他存在物，人在世界中的状态就命定其必须去努力地把握这个世界，而对于客观秩序的信仰是把握世界的前提。无论是西方的 logos，还是东方的"道"，本来就具有客观秩序的意味。相对于世界客观秩序存在的不可捉摸，人们对社会秩序本身的必要性则更容易取得共识。正是在确认这种必要性的基础上，千百年来，人类都在追求着某种秩序。而人们对秩序的孜孜以求又蕴涵着秩序可求的信念。如果舍弃了对秩序存在、必要和可求的信仰，追求秩序就失去了基本的前提。

其次，信仰能在市场失灵、制度无效、理性缺位的情况下起到组织和巩固秩序的作用。现代社会秩序的追求都是基于市场经济条件下进行的，市场是看不见的手，但它不是万能的。市场配置的主要是独立性、排他性的、竞争性的"私人品"（private goods），而一些不可能直接获得个人利益的公共性活动，如教育、慈善、传承习俗、维护社会道德风尚等，虽然也有可能被借以商业性的炒作，但深层的、稳固的动力来自于社会的信仰。制度无效则主要是指私人领域状态。最为极端的是，在不违反制度的情况下，你是否愿意过一种有道德的生活（或曰现代社会的慎独如何可能）？答案最终也只能在信仰中寻找。另外，人们总是试图以理性的方式组织和巩固秩序，但是理性总是有限的、复杂的，结果往往是以理性始而以非理性终。例如在囚徒悖论这一案例中，两个囚徒各自作理性的最大化追求的结果却是集体利益的最小化。如何破解囚徒悖论呢？关键在于两个囚徒有没有共同的信仰。如果有共同的信仰，就可能超越一己之私利而使集体利益最大化。正如巴尔扎克的一句名言：靠利益维系的阵营迟早会瓦解，而靠信仰维系的阵营则不可战胜。人类历史中的许多惊天动地的变故和生活中无数言谈举止间的细节，似乎都证明了这一名言。综上可见，现代性启蒙以来，人类凭借理性所缔造的引以为傲的现代文明都不是万能的,没有信仰的粘合与支撑,现代文明将是千疮百孔和不可持续的。

再次,运用制度达至秩序还有一个制度合法性的问题,对这个问题的终极追问需要信仰的出场。秩序依赖于一定的规则、制度,这在现代社会并不是最为重要的发现。现代社会追求秩序更看重的是以什么样的方式求得秩序。"对于秩序来讲,本质的问题是由谁来制定规则,制定何种规则,如何创建、维护、发展这些规则,以及该秩序在何种环境下得以转变。"[5](P.416) 也就是说,对于现代秩序而言,规则与制度的合法性是至关重要的。合法性(legitimacy)从根本上是人们接受与认同的程度。合法性就意味着一种秩序是否继续存在的机会,如果这一秩序、规则被人们所认可,它就具有了合法性,从而获得了继续存在的机会。反之,就将出现合法性危机,也就是某种秩序的危机。从程序上说,现代社会合法的制度应该是法理、宪政型的;从价值目标来说,合法的制度必须是维护人权、保障自由的。制度的合法性实质上乃是制度伦理的问题,其问题的关键在于对制度的价值评价、认同与皈依。这些并不能像科学真理一样普适于不同群体,而是必须借助意识形态的资源促进合法性的信仰。因此,关于秩序合法性的追问最终是一个价值信仰的问题。

最后,人们需要秩序的根本原因与需要信仰的根本原因是一致的,是为了获得一种终极关怀。人们需要秩序和需要信仰,事实上都是为了解决个体与群体的关系问题,怎么样从独立的个体过渡到一个集体的关系当中来。从发生学意义说,人在世界上自觉不自觉地都能体会到自己的有限与世界的无限之间的矛盾,例如自己与世界的信息不对称。这种矛盾产生了一种不安全的感觉,人们需要寻找一种本体性的安全,需要寻找一种价值意义的源头。所谓本体性安全,就是说每个人在这个世界上,包括我们整个人类都希望了解我们在这个世界当中的坐标和图景,最简单就是时间和空间,对这种确定性的偏好表现为人们对秩序的追求。信仰则是解决我们的终极存在、终极解释、终极价值问题,尤其是终极解释和终极价值问题。人们在生活中都要给自己行动一个解释,"无论采用什么说法,他们的活动都自有其理由,如果被问及,也都能通过话语阐述这些理由(包括对此撒谎)。"[6](P.62)但这些解释可能是相互矛盾的,它们的统一就依赖于一个终极的解释,即以信仰来贯通;生活中各种事物的价值、意义也可能是冲突的,但终极的价值、意义则有可能统一,那就是一种信仰。所以,秩序和信仰,其产生的原因是一致的,都是来自于人们领悟到个体存在的有限性和整个世界的无限性之间的矛盾,寻找一种终极的关怀。

三

信仰与秩序的现实强相关性还体现在它们的本质统一上,就秩序而言,信仰不过是人类心灵的秩序;就信仰而言,秩序是人类信仰的外化或对象化。

个体是人类社会存在最基本的要素,而近代以来的社会历史理论研究中往往把个体视为特质、偏好恒定的原子,例如经济学中的"理性经济人"概念,而看不到个体具有一个内在秩序的问题。相反,倒是心理学、宗教学等注重个体内在秩序的研究。前者如凯利关于个人自我建构的理论、弗洛伊德关于精神分析的人格结构理论;后者如蒂利希、舍勒,他们从现代性的精神气质问题入手,直接提出心灵秩序问题。随着全球化的加速推进,社会关系日益复杂化(我们始终要记住人的本质在其现实性上是其社会关系的总和),人们对于个体、自我的构成与认同维续问题越来越感兴趣了。一方面是心理学的自我理论倾向于社会性的解释,例如詹姆士与米德的理论;另一方面,当代社会学也开始将自我视为一个问题。例如,库利的"镜中自我"、埃利亚斯的个体社会学以及吉登斯关于现代性与自我认同的理论。个体内在心灵秩序的问题终于凸显出来。

那么,个体心灵秩序的本质是什么呢? 人的心灵秩序是由什么决定的呢? 固然,外在制度的压迫也可能导致一种自律性的心灵秩序。但是,一方面这种心灵秩序必定是不可持续的、非良好的秩序;另一方面,自律得以可能,必然有其内在的机制和基础,这种内在机制和基础是比外在机制更根本的信仰。M.舍勒明确指出:"我们称之为'情性'或形象地称之为人的'心灵'的东西,并非一团杂乱而盲目的、仅仅按照因果律与其他所谓的心理事件相互联系和相互替换的情感状态。它本身就是一切可能的可爱性之宇宙的一个井然有序的翻版——因此是一个价值世界之微型宇宙。"[7](P.54) 有鉴于此,我们更能领会我国宋代哲学家陆九渊所谓"宇宙便是吾心,吾心即是宇宙"、"万物森然于方寸之间"的深刻含义。心灵秩序本质上是一种价值秩序,价值的等级性构成了一个并非可以全面言明的有机系统。听从良心的呼唤,"存心、养心、求放心"(陆九渊语),遵循这种价值等级,履践以行动,内心就获得一种宁静。这就是信仰及其功能的表现——信仰是人类心灵世界的深层结构。

从另外一个角度看,就信仰而言,秩序是人类信仰的一种外化或是对象化。正如前文所述,对客观秩序的信仰是人们追求秩序的前提。不过,对于现代社会而言,人们对秩序问题的讨论主要是围绕社会秩序展开的。对于如何达至社会秩序,一直有两种对立的观点,即建构秩序与自生自发秩序的对立。所谓建构秩序(construction order),又称为人造秩序、人为秩序、外部秩序或组织秩序,是指由人有目的地建立起来的秩序。与此相反,没有目的性的设计,自发而形成的秩序就是自发秩序,又被称为自然秩序、增长秩序、内部秩序或自生自发秩序(spontaneous order)。事实上,社会的自发自生秩序并不能等同于自然界的自发秩序,自生自发秩序论并不反对个人的理性计划,而是反对整体的社会计划,强调习惯、经验、信仰等传统力量对于社会秩序的维系作用。笔者以为,人类社会秩序的形成从过程来看总是有计划地进行建构的,而从历史的效果来看则表现出自生自发地演进的特点。终归一点,无论我们如何把社会历史看成是自然历史过程,都必须承认这是人的自觉活动的结果。因此,秩序的获得总是某种类似于"计划"(也许是理性的自负)的实现。否则,我们就谈不上对秩序,特别是良好秩序的"追求"了。在此意义上,社会秩序是人的心灵秩序的确证,有什么样的信仰,就会有什么样的秩序。换言之,社会秩序是包括信仰在内的人的本质力量的对象化,在很大程度上也是一本打开的关于人的信仰力量的书。

四

信仰和秩序的上述关系表明,追求良序与解决信仰危机的问题具有一体性,解决好信仰的问题对于促进良好秩序是至关重要的。不过,一如前文指出的,目前的信仰危机不仅仅在于信仰的缺失与真空,还表现为信仰的多样与林立。对于信仰的缺失与真空问题,尽管要恢复和重建一种信仰困难重重,但至少我们知道要做什么。但是,对于多样林立的作为复数的信仰,我们应该怎么办? 这是十分棘手的事情——这恰恰是今日讨论信仰危机问题的实质所在。人类总是需要秩序,永远也不可能进入"后秩序"的时代。同样,只要人类存在一天,人类自身的有限性与世界的无限性之间的矛盾就依然存在,人类就不得不为信仰留下地盘。可见,任何信仰危机都不是信仰本身的危机,而只能是某种信仰的危机。在一个信仰多样化的世界和社会中,问题的关键是如何看待和处理作为复数的信仰。

在今日之世界,大多数国家和人们在理性上都承认和包容信仰多元化的事实。剩下的问题就是:(1)各种信仰是否等量齐观,有无先进、落后之分;(2)不同信仰之间有无可能达到一种低线的共识,如何达到这种共识;(3)不同的信仰如何并置才能维续良好秩序。

在以"去中心化"为重要鹄的的后现代思潮看来,不同的信仰就是等量齐观的。费耶阿本德的名言也许可以作为这种思想的旗帜:怎么都行。但是,当我们进入现实层面分析的时候,就会发现很难不对诸种信仰进行甄别,因为信仰是如此复杂,一些反人类、反社会的邪教也假信仰之名大行其道。如果纵容一些极端邪恶的信仰,那么它伤害的就不仅仅是某种社会秩序,而是关涉人类的存亡大事。而且,任何坚定的信仰都具有一定的排他性,其中也就蕴涵有强烈的评判意味。由此看来,人们对把信仰区分为先进与落后、科学与愚昧的诘难更多地在于划分的标准,而不在于有无这个标准。但是,关于标准的界定本身又是一个以某种信仰为轴心的意识形态问题,它们之间的争论与分歧在人类历史的天空制造了无数飞舞的话语泡沫,驱动着文明的冲突、阶级的斗争和族群的矛盾。不过,在以差异为前提的和平与和谐成为主要潮流的今天,不同的信仰越来越暂时搁置高端标准的分歧,而注意于底线的共识,并把这种共识作为信仰正当性的基础标准。笔者也认为,任何信仰都不是人类精神中突兀的山峰,而是群山中的高峰。也就是说高峰的下体部分是相连的,不同信仰在生活世界(life world)中是存在着底线共识的。

20世纪90年代世界宗教大会通过的《全球伦理世界宗教议会宣言》就号称找到了世界上不同宗教信仰的低线共识——"己所不欲,勿施于人"

的"金规则"。与此类似的全球伦理宣言也不断出现。这些宣言的意义可能不在于内容本身，而在于这行动反映出来的一种态度：人们正在试图寻找不同信仰的共识。如何获得不同信仰的共识呢？目前比较瞩目的有两种方式：一是罗尔斯式的交叉共识；二是哈贝马斯式的交往共识。交叉共识可以理解为已有信仰(完备性学说)异中求同的过程；交往共识可以理解为在相互交往中达到视阈融合，获得一种新的共识。笔者以为，两种方式是可以而且应该相互补充的。不过，这两种寻找共识的方式都太过于纯粹理性化了，寻找的乃是一种公共理性，忽视了直观的生活世界。公共理性成为可能的一个重要前提恰恰是一种情感的共识或共鸣，那就是对人类的爱，对人类福祉与命运的牵挂和关怀——这也应该是一种信仰是否正当的重要标准。

即便是有了情感共鸣和理性的低线共识，但毕竟不同信仰的主张有着重大差异。在一个社会中如何并置不同信仰以维续良好的秩序呢？这直接地是一个信仰的秩序问题。在一个和平与和谐成为潮流的时代，我们或许不一定赞成"稳定压倒一切"的说法，因为稳定也可能是铁腕政策的结果，但至少我们应该接受这样的结论：不同信仰之间的竞争本身应该保持在秩序的范围之内。由此可以得出几点结论：(1)不同信仰必须遵守宪法，在宪法允许的范围内确证自己的力量。因为一个现代国家的良好秩序是由宪政来保证的。(2)必须充分尊重既有的信仰秩序，信仰的选择决不是快餐式的，信仰的频繁更替必然是社会之祸。(3)占统治地位的信仰必须在与时俱进地增进自己的合法性的同时包容一切具有正当性之信仰的存在。如此庶几可以形成一元主导、多元并存、和而不同、差异一体的信仰秩序。

参考文献

[1]《马克思恩格斯选集》，人民出版社1995年。

[2] 乌尔里希·贝克，《风险社会》，译林出版社2004年。

[3] 安东尼·吉登斯，《失控的世界》，江西人民出版社2001年。

［4］《爱因斯坦文集》，商务印书馆 1976 年。

［5］星野昭吉，《变动中的世界政治》，新华出版社 1999 年。

［6］安东尼·吉登斯，《社会的构成》，三联书店 1998 年。

［7］舍勒，《爱的秩序》，三联书店 1995 年。

黄海学术论坛
2006 年　第 7 辑　　Huanghai Academic Forum　　　2006　No. 7

转向:"思"的澄明

龚勤舟[*]

西方传统哲学在 20 世纪显现出自身的局限,时代的发展呼唤着新的哲学形态的到来,因而西方传统哲学走向终结。哲学自文艺复兴之后又一次发生了重大的转向,从二元对立转向主客融合,从"逻各斯中心主义"转向后现代主义的多元论,面对着现代社会的危机,开始探寻人与世界、人与自然、人与人的关系,哲学成为"思",传统哲学的终结意味着"思"的开始。

一、语言学转向中"思"的状态

公元 2004 年,在一个秋高气爽的日子里,德里达踏上了去往天国的道路。直到今天,德里达的幽灵仍然弥漫在人类文明的上空,当然也游荡在我的周围。作为世界公民的德里达认为生活是一种幸存,"幸存,这是生活之外的生活,比生活更生活,而我的话相反不是致命的,而是对宁愿要生活的一个生者的肯定,即死后的幸存。因为幸存不仅仅是留下来的东西,这是最可能激烈的生活"[1]。他一生都在强调历史的断层,人的断层,思想的断层,文本的断层,一切都无法延续。但是在他离开世界,告别生存的 Dasein[2] 之后的时光中,他的思想和文本仍然幸存着,并且继续影响和启发着人类,也许在后现代思潮方兴未艾之际,能够阅读到德里达,也是我们人类和社会的"幸存"。

---

[*]　龚勤舟,北京师范大学价值与文化研究中心。

　　早在20世纪60年代,正当结构主义的钟声刚刚敲响之时,年轻的德里达即已宣称结构主义已走向衰落,于是高举解构主义的大旗,擂鼓呐喊,随之成为后现代主义的领军人物。他扬弃了西方传统形而上学,扬弃了西方文化的"根",他将"逻各斯中心主义"进行彻底的解构,使得西方传统形而上学再一次遭受打击,他在转移哲学思想的切入点。他认为,"逻各斯中心主义"是在场形而上学,是将存在规定为在场,从此可以得知,德里达深受海德格尔的影响。德里达认为,言语是最本质的语言,它是流动的,它是在场与非在场的产物,因为言语不是固定的实体,因此得以避免在场形而上学的出现。这一理论为后现代主义的出场打下了坚实的根基。

　　在此之前,作为20世纪最伟大的哲学家之一的海德格尔,在他未当上弗莱堡大学哲学教授之前,已经深深地体会到西方哲学(形而上学)的终结。后来,在他晚年的哲学演讲中指出:"关于哲学之终结的谈论却意味着形而上学的完成。但'所谓'终结并不是指尽善尽美,并不是说哲学在终结处已经臻至完满之最高境界了。……哲学的每一阶段都有其本己的必然性。我们简直只能承认,一种哲学就是它之所是。……哲学之终结是这样一个位置,在那里哲学历史之整体把自身聚集到它的最极端的可能性中去了。作为完成的终结意味着这种聚集"[3](P.69)。因此,在传统哲学(形而上学)终结之时,就会出现另外一种哲学形态,海德格尔认为这种哲学形态就是"思"。既然是"思",就意味着变动不居;既然是"思",那么就会出现有关"思"的语言,使得思维的一切坚固实体都子虚乌有。因此,"思"就成了一条道路,用以指引人类社会和世界。因此,"思"就需要去思曾经敞开而未澄明的一切,更应该将封尘在玄黑中的一切敞开并使之澄明。海德格尔说到:语言是存在的家。由此得出,作为最不恒定的语言竟然成了一切存在的基础,竟然包含了一切存在和存在者。在对《存在与时间》的解读中,笔者时刻都在发现作者在存在问题上主要是在做两件事:一为存在让存在者"在"之时,让存在者去思存在的本真状态,思"源",即所谓"本真的存在";另一为在寻求到本真状态之后需要澄明本真,让它的现象显现,不仅思"什么",而且思"意义"。

　　与海德格尔同时期的另一位伟大哲学家维特根斯坦,在与欧洲大陆哲学大相径庭的思维方式中,同样在探索着语言学的问题,早期的维特根斯坦承接了摩尔、罗素等人的逻辑和语言分析,置身于对语言表达能力的分析,并且在其中发现我们使用的语言存在着许多问题,他通过对语言的逻辑分析,解决语言如何能够表达和描述世界的问题。"凡是可以说的东西都可以清楚地说出来"[4](P.49),"对于不可说的东西我们必须保持沉默"[4](P.105),这两句名言表达了维特根斯坦前期思想的宗旨和核心内容。

让人们感到惊异的是他的后期哲学。在其后期哲学中,他彻底地抛弃了传统哲学关于世界本质的看法,也放弃了对语言意义的追求,当然在很大程度上他在反对着其前期的哲学思想,进而提出哲学的任务是描述日常语言的用法,指出哲学其实是我们错误地使用语言而产生的结果,因而哲学研究的任务就是治疗我们曾经错误地使用的语言病。"哲学处理问题就有如治病一般"[5](P.137),治疗工作完毕,哲学也就消失了。因此也可以说,在维特根斯坦的后期哲学思想中,他认为哲学什么也不是。

20世纪西方哲学家如此强烈地重视对语言的研究,足以证明形而上学的终结,意味和标志着"思"的开端,因此语言学转向的问题也开始登台唱戏,形成了炙手可热的局面。

二、人学视野里的"思"

在《1844年经济学—哲学手稿》(以下简称《手稿》)中,马克思在资本主义社会的背景下,提出了异化劳动理论,他从经济学角度的劳动出发,建构起人本主义异化史观,并且借用异化劳动理论来批判整个资本主义社会。马克思对异化劳动的分析,先后经历了三个层面:首先是在对劳动本身的分析中,指出工人的"劳动不是自愿的劳动,而是被迫的强制劳动"[6](P.55),劳动本应该作为人的自觉活动,可是在资本主义社会中却遭到了异化;进而指出工人在这种被迫的劳动中,所生产出来的劳动产品使工人自身与劳动产品之间构成了异化的关系,这种异化使得现实中的工人的经济生活处于异化状态;正是由于劳动、劳动产品、经济生活的异化,使得"(人的类本质)变成对人来说是异己的本质,变成维持他的个人生存的手段。异化劳动使人自己的身体,同样使在他之外的自然界,使他的精神本质,他的人的本质同人相异化"[6](P.58)。从上述三个层面的分析可以得知,马克思在早期的理论中,通过异化劳动理论对作为社会的人进行反思,异化劳动的最终结果是人的异化，从而揭示了资本主义社会的劳动及劳动所带来的直接后果——全社会的非人化现实，人成了机器、工具，脱离了自身的类本质。

马克思在《手稿》中一方面将"人"作为核心提出异化劳动理论，借以批判资本主义社会；另一方面又提出共产主义社会的合理性要求："共产主义它是人向自身、向社会的即合乎人性的人的复归，这种复归是完全的、自觉的和在以往发展的全部财富的范围内生成的。"[6](P.81)指明只有抛弃异化劳动，才得以解决现实社会历史中所存在的问题，只有在抛弃了异化劳动和私有财产之后的社会状态中，才使人与社会得以和谐，人与自然得以融通。

从《手稿》中可以看出，马克思倾向于从社会发展、特别是从资产阶级统治的社会环境和社会分工的现状中强调对大多数人的关注。因此，从很大程度上说，马克思的突出贡献在于明确地指出了人的社会意识和社会结构之间的内在关联[7](P.167)。尽管在他的理论中，对于社会和社会的人的分析带有一些粗糙的痕迹，但是无论如何，马克思是自笛卡尔之后，第一次将主体性原则放到现实社会当中进行考察，并且开创出以实践为动力的哲学社会学发展模式，而且得到后人不断的补充和完善。

现象学的奠基者胡塞尔，在他的生命结束前的两三年中，在欧洲的几个重要城市进行了关于欧洲科学的危机和欧洲人的危机的讲演。此时，他的讲演重心在于谈论近代（文艺复兴）以后欧洲科学发展所带来的危机。在他看来，在20世纪这个不幸的时代里，需要审视欧洲科学对人的生存的威胁，追问"即关于这整个的人的生存有意义与无意义的问题"[8](P.16)。近代欧洲科学的迅速发展促使欧洲社会成为工业的废墟，人因为商品繁杂而遭到物化，科学的单面性，使得人已经放弃了自我，"将周围世界的自然看作是本身不同于精神的东西，因而想通过自然科学来论证精神科学，并借此将它变成所谓精确的，这乃是一种荒唐之举"[8](P.371)。他把引起这场危机的罪魁祸首归结为自然主义和对世界解释中的二元论。

胡塞尔在20世纪30年代谈到的危机是相当深刻的，因此，他开始怀疑欧洲是否仍将存在下去，他说到"欧洲生存的危机只有两种解决方法：或者欧洲在它自己的合理的生活意义的疏异中毁灭，沦于对精神的敌视和野蛮状态，或者欧洲通过一种克服自然主义的理性的英雄主义而从哲学精神中再生"[8](P.404)。可以说，胡塞尔加强了对世界的关心之广度，并且认为需要用现象学还原的方法将丧失了对生活的意义的科学进行还原,同时他在努力地敞开人的存在,但是未能澄明。胡塞尔的高徒海德格尔用"存在之遗忘"这一美妙的词语,凝练地概括了西方传统哲学的局限。因此在贬斥西方传统哲学之时,海德格尔每时每刻都在提示人们,追问的应该是"存在",应该是"存在者之存在",而不是存在者本身。其实,在对存在的追问中,"人与世界的关系问题"这个一向在哲学史上占主要地位的哲学的根本问题,又需要作为"思"去思。

文艺复兴之后,笛卡尔提出"我思故我在",因而人在世界中的地位得到提升,人成了世界的主人,人主导着、控制着世界,然而正是因为近代以来过于强调和高估人的力量,才带来欧洲人和欧洲科学的危机。此时的人已经被隐去,已经不复存在了。在海德格尔的哲学思想中,认为人不是而且不可能成为世界的主人,人是世界的"邻居",人是世界的看护者,这样才能让"人诗意地栖居于世界"。人只有通过在世的操劳寻视,借助于周围世界的上手,才能领会到人作为"Dasein"的存在,也只有这样,才能熟悉"世界之为世界"。因此,海德格尔最后说到:"世界"也是此在(Dasein)[9](P.137)。

海德格尔的思想是现象学与存在主义的中枢,同时其思想对后现代主义的发展壮大也保持着不可低估的作用。他毕生都在摆脱西方传统形而上学的理念论,将在场与不在场结合起来,认为时间的绵延是一个域,不能依据其在场与否将时间区分为封闭的过去、现在和未来,而把这三个时间段组合成一个整体,将人在时间域中的状态归结为"向死而生",因此人就生存在未来的视域里。他谈到,人在日常世界中,人就会沉沦其中,但是人又需要摆脱和超越这个状态,才能获得本真的生存。刚出生的婴儿,没有受到日常世界的困扰,处于本真状态中,但是随着人的成长,就会脱离这种本真状态,于是成为被社会加工后的物。因此,名誉、官职、地位……这些把人包装了的物不能显示出人的本真性,人必须抛弃这些表象才有进入本真状态的可能。在笔者看来,人同时还需保持自我内在的清净,才更有希望达到本真(本己)。可以得知,海德格尔的哲学与中国道家哲学的亲近,正如老子的"朴"、"器"说。老子将"朴"看作人的本己,将"器"比作人的沉沦在世,海德格尔与老子一样,认为居于本己才能与自然融合,这正说明西方哲学从二元对立走向主客融合的趋势,又一次重建人与自然的关系。

在谈论人与人的关系时,雅斯贝尔斯坚持把人的生存问题作为哲学的基本问题,他认为个人只有在与他人的交往中才能获得自由。"现实的自由,从来不仅仅是个别人的自由,每一个个别人是自由的时候才是自由的"[10](P.238)。当萨特在谈论存在主义之时,也提出个人与他人相互依赖,个人自由与他人自由相互作用,"我们在要求自由的时候,发现自由完全依赖于他人的自由,而他人的自由,又依赖于我们的自由"[11](P.355)。从中我们看出,尽管人作为独立的人存在和生存,但是个人与他人总是相互关联。

三、后现代主义与"思"的多样性

后现代主义在一定程度上自诩为反现代思潮,后现代主义进一步扩展了对世界的关心。如果将视角转向另一个维度来观照,后现代主义者在更多的时候继承了现代主义思潮,特别是从尼采、海德格尔、维特根斯坦等人的思想中得到启发[12],在强调多元论之时,对人与世界的关系作了更加广泛的"思"。

后现代主义重建人与人的关系,认为人不仅是存在的,而且人存在于社会关系之中,正是因为人对人与人之间的民主、和谐、尊重、平等的重视,进而在20世纪下半叶,女性主义运动掀起高潮。女性主义作为后现代主义的重要组成部分,与后现代主义一样,要求对"逻各斯中心主义"进行解构。女性主义者认为"逻各斯中心主义"充满了阳性基因,然而随着社会、政治、文化的发展,女性不断进行自我反思,不应该因为性别差异而遭到压制……这一系列问题的提出,使得在世界范围内,女性要求解放自身,要求赋予与男性平等地位的呼声振聋发聩。在众多女性主义者的视野里,她们将性别差异作为工业革命带来的恶果。社会分工不同,在男性职业化加强的同时女性的家庭化倾向日益明显,资本主义促使商品和货币的流通速度加快,男性因其自身身体的优势独霸抽象理性思想领域和意识形态。女性主义深受后现代主义的反本质主义的影响,在后现代主义彻底撕裂传统形而上学一元论、理念论的背景下,开始思考和认识社会的多元性,认为因先天性别差异而导致的不同分工,不能成为划分社会地位和话语权的指标,一切都是平等的。认为只要是人,不论性别,都需要关爱和呵护。

在后现代的女性主义中,存在着部分过于激进的女性主义思想,她们提出"子宫嫉妒"是性本质，提出堕胎权利是女人的当务之急，提出女人应拥有绝对的性自由，提出在乱伦之后无须进行反思，提出色情是理所当然的。她们提出如此激进之思想，正是因为女性在长期的社会历史中遭受着不可承受的抑制，所以不可避免地对男性带有很强的报复心理，也正是这些思想的体现和传播，让越来越多的人重视女性的特殊与重要，肯定女性的社会职责和贡献，因而就需要在新的视野里对女性进行"思"。

正是女性主义在后现代思潮中的迅猛发展，让众人在观照男女性别差异的过程中去进一步反思现代社会的危机。女性主义提上日程，有助于改善人与人之间的关系，有助于改善社会形态的歪曲，更有助于人的生存，"如果生活本身是由情感活动组成的话，那么妇女们的世界要比（男人的）世界更加完整，因为她们维持人类生存所作的工作而取得了优势"〔13〕(P.622)。哈索克认为正是由于性别差异而造成的劳动分工，成为女性主义认识论的根，她反对由脑体劳动分工造成的思维与实践相分离，并且认为妇女活动体现在"人类感情活动和实践"中〔13〕(P.622)。正是女性对人类充满了感情并且身体力行于情感活动，因此她们视野里的世界更为真实。工业革命之后，人类社会遭受了工业化的威胁，人对生活的观照已经遭到扭曲，现代化的到来，更让人深感人类世界和生活失去了本真的原貌，使得地球上的大多数生命难以逃脱毁灭的命运。在这样一个社会里，去深入审视女性的活动，也许能激发人们对和谐的世界的回忆和怀念。同时，女性的日常事务活动需要得到重新看待，"（男人）并不把妇女劳动看成真正的人类劳动，而是把妇女看成一种'自然而然的'，出于爱的本能或感情的活动"〔13〕(P.630)。这就一方面说明社会秩序的建立依然取决于男性的强势话语权，蔑视女性的劳动成果，忽略感情的、非理性的、直观的活动；另一方面表明在现代化进程迅速而同时不可避免地伴随着泡沫的时代里，女性活动可视为反现代性的回归，因为她们没有随着现代化的发展而制定出一系列严密的社会分工，更多的女性仍然在从事日常事务活动。正是这种状况的存留，使得在充满核恐惧、暴力、极端恐怖势力威胁的社会里，人的内心还拥有一份安然与宁静。女性所操持的这种具体琐碎的感情直观的活动，正符合后现代主义反对宏大叙事的特征，因此必须承认进行这种活动也是在创造价值。

"女性主义理论只不过是在反省对这些实际冲突的思考，反省直接在他们压迫之下的阶级——妇女思想上的理想"[13](P.633)，从中得知女性追求的是一种平等，并非霸权，在女性为争取平等地位之际，女性应该去更多地反思。社会的分工虽然让男女在性别上承担着不尽相同的任务，"手工"与"工场"，理性与非理性，抽象与直观的社会分工不能表示出性别差异，男女性别的划分本来就已经成为世界的两个部分，在人类活动中，女性所承担的责任、女性劳动与活动都是本质存在的。在现代社会中，任何人都没有理由陈述职业化比非职业化更可贵，之所以社会的发展仍然是在男性权力的控制下，一方面是因为社会思想及指导方针的异化，另一方面是女性在审视角度上出现偏差，或者说人类特别是女性在自我审视的深度层面上缺乏辨识，因此不能使得本己存在的基础上升到认识论层次加以分析。

后现代主义作为现代理性思想的一种发展，它所拥有的理论从总体上说主要是在对现代理性进行解构，并且强烈训斥理性社会遏制了人的发展。自弗洛伊德开创现代精神分析学以来，西方学者一直不忘对该领域的关注。精神分析学是对人的精神生活和精神活动的专门研究，它试图通过对人的内在世界及其活动进行分析和研究，以便揭示人的精神世界的活动并进行理论建构。因而，精神分析学成为"思"的另外一种方式。

福柯对精神分析学的发展壮大起到举足轻重的作用，他打破了以往局限于对真实的人的关心，而将视野扩展到现代社会的政治、权力。在《疯癫与文明》中，福柯试图表明精神病院及精神病学知识的出现在很大程度上就是以理性原则为核心的现代社会秩序建构过程的一个结果，认为"（现代社会）的理性就是秩序，是对肉体和道德的约束，群体的无形压力以及整齐划一的要求"[14]。理性对人的统治，促使精神病患者在现代社会中急剧增长，从而反映出现代社会自身的危机，体现出工业化的现代社会制度对人的精神生活和人性的毁灭性攻击。

在关于精神病患者的谈论中，福柯将疯癫与社会制度、政治权力结合起来，认为疯癫是特定社会下的产物，并借用疯癫来批判社会中的知识、权力。正是在这一批判中，我们发现福柯对精神病人这一特殊的人群表现出深切的同情，对他们所遭遇到的困境与主流社会进行抗争。精神病患者已经被主流社会挤压到了极其边缘的位置，他们已经不被普通人当作人来对待，他们的类本质似乎即将被社会瓦解，他们成为失语的一族，失去了交往，在权力的重压下不堪一击。因此真正属于他们的,只有作为自身的独自存在。他们在主流社会的语境下,变成了自然状态的疯癫,只与自己有关,对于普通人来说,他们以疯癫形式发泄出来的兽性使人失去了特有的人性。对于患者自身而言,他们并不把人转交给其他力量,而只是使自己成为自己,使人完全处于自己的自然状态中[15]。

福柯通过对精神病患者的分析,揭露了理性社会的冷漠和不人道特征,他对精神病患者的关注,将精神分析与精神治疗相结合,在系统地描述了精神病患者所面临的困境之后,详细地论述了精神治疗的作用和精神疗法的可行性方案,指出其最佳疗法莫过于使精神病患者返璞归真,"回到可以充分发挥想象力的直觉状态中,因为这种回归意味着摈弃人类生活和享乐中的一切不自然的、不真实的、想象的东西。"[15](P.177) 进入富有想象力的环境中,可以使人摆脱理性的挤压和尘世的纷繁,福柯对于直觉的肯定,正可透露出他对现代社会理性的反抗,既然现代社会使得人的发展出现问题,使得人的本性遭到异化,那么人就需要对自身进行修护,当人们回到拥有想象、直觉的自然环境中,才能对传统社会的价值作出认同,进而使人与人之间得到理智的调解。如此而来,不仅可以治愈疯癫,而且使得现代社会和现代人的传统价值取向得以恢复。

四、"思"的探寻及其可能之路

任何人都没有理由说亚里士多德比柏拉图深刻,康德比笛卡尔深刻,更没有理由提倡唯物主义而拒斥唯心主义。然而人们往往拘泥于对与错、是与非的二元对立,但是如果仅仅在道德层面上或者抱以道德的态度去观照和审视时代的哲学思想,那么人类社会的发展就会陷入教条式的规定,这必将抹杀人类社会的探寻,在如此状态下将意味着什么后果的出现呢?

后现代主义的多元论,哲学上的不同流派的多样性思想,实际意味着它们正在接受人类世界具有本质上的相对性,意味着放弃最高审判官,意味着这最高审判官的缺席状态将成为历史的正义。然而,如果不能做到这一点,哲学的智慧,或者说思的"思"就难以接受,难以理解。

哲学是"思",因为智慧也需要思,才能拥有智慧。当然哲学是"思",

并不是去思历史事件的正确与否，"思"不仅不能成为辨证，而且辨证只能是"思"的一个层次。"思"正如海德格尔在《林中路》的开篇所说："林乃树林之古名。林中有路。这些路多半突然断绝在杳无人迹处。这些路叫做林中路。每人各奔前程，但却在同一林中。常常看来仿佛彼此相类。然而只是看来仿佛如此而已。林木工和护林人识得这些路。他们懂得什么叫做在林中路上。"[16](扉页)维特根斯坦也说，"哲学问题具有的形式是：'我不知道出路何在'"[5](P.75)，"哲学家的工作就在于为一个特定的目的搜集提示物"[5](P.76)。因此，"思"就可理解为道、引导以及提示。

在笔者的思想中，笔者对哲学的理解就是把大众言说不清或未能言说的一切澄明出来。哲学是对过去、现在、未来的指导，哲学思想是唯一一条从过去通向未来的正道，它是最基础、最高级、最精致的道路。当谈论哲学的开端时，会说到哲学起源于对普遍问题的惊异，惊异来自人从无知到知的过程中，因而哲学的发展就是思的不断追问。当哲学所关注的问题过于极端时，哲学就走向终结，从而出现另外的"思"以及思的方式。

最后，笔者将自己对"思"的一点领会作为此文的结束语，笔者依然相信，结束同时又意味着一个新的开端：

当我寻到或被迫让我拥有感受（"思"）之时，为了突出其有效性，可以而且必须在文学或者艺术、当然更应该包含有哲学的视野中去表达、去敞开，无须告诉别人实情，因为时间和空间的变更，会导致"语境"问题的出现。

我一直相信，在表达或诠释或改造任何事、物、人之时，在所有的真理中，存在着纯真的真理，然而对这纯真的真理的领会往往不能现身，最具真理性的道路也许最为复杂，但是人的发展、流传必将以此为主干、为正道，即使在一定的环境中发生扭曲，也会通过"思"的先导性可以使之修复。

参考文献

[1] 德里达2004年病重期间接受记者访谈的记录。这是德里达最后的谈话：《我正和我自己作战》，杜小真译。谈话中提到"在我死后十五天或一个月，什么都将不复留下，除了在图书馆的正规收藏"。参见 http://www.cnphenomenology.com/

[2] 海德格尔《存在与时间》中的德文"Dasein"，有多种中文译法，比如"此在"、"亲在"、"缘在"、"在那里"等，由于学界对该词的翻译存在争议，所以笔者坚持引用德文。

[3] 海德格尔，《面向思的事情》，陈小文等译，商务印书馆1999年。

[4] 维特根斯坦，《逻辑哲学论》，贺绍甲译，商务印书馆2002年。

[5] 维特根斯坦，《哲学研究》，李步楼译，商务印书馆2000年。

[6] 马克思，《1844年经济学—哲学手稿》，人民出版社2000年。

[7] 余英时，《中国知识人之史的考察》，广西师范大学出版社2004年。

[8] 胡塞尔，《欧洲科学的危机与超越论的现象学》，王炳文译，商务印书馆2001年。

[9] 海德格尔，《存在与时间》，陈嘉映等译，三联书店2000年。

[10] 雅斯贝尔斯，《新人道主义的条件与可能》，《存在主义哲学》，商务印书馆1963年。

[11] 萨特，《存在主义是一种人道主义》，《存在主义哲学》，商务印书馆1963年。

[12] 参见哈贝马斯的《现代性的概念——两个传统的回顾》一文（哈贝马斯，《后民族结构》，曹卫东译，上海人民出版社2000年，第177—206页），笔者认为这是迄今为止学界对现代与后现代在哲学社会学层面中，诠释得最深入的论文，作者对现代性和后现代性作了完整的梳理，系统地回顾了现代性的发展状况，肯定了后现代思潮在语言方面对理性的现代社会的批判，最后提出我们所处的时代特征是理性与启蒙的交织，倘若要为普遍意义上出现的哲学危机寻求出路，需要解决理性与启蒙这两者之间的关系。

[13] Sandra Harding, From Feminist Empiricism to Feminist Standpoint Epistemologies. Lawrence E. Cahoone, From Modernism to Postmodernism：An Anthology. Cambridge, Blackwell pr., 1996.

[14] 在《疯癫与文明》、《疯狂与非理性：古典时代的疯狂史》这两本专著的前言中，福柯作了类似的描述。

[15] 福柯，《疯癫与文明》，刘北成等译，三联书店1999年。参见《疯癫与文明》第四章《疯人》，详细地分析了疯人（精神病患者）与理性的现代社会的关系，揭示了他们作为弱势群体所面临的困境，对作为理性的人类来说，疯人失去了人的本性，福柯却提出正是因为疯人的"兽性"表现，使得人的生存状态与自然融合，恢复了人的自然本性，只不过这是一种表现自然本性的极端方式。

[16] 海德格尔，《林中路》（修订本），孙周兴译，上海译文出版社2004年。

黄海学术论坛

2006 年　第 7 辑　Huanghai Academic Forum　　　2006　No. 7

深刻理解科学发展观的价值维度

王文兵　刘化军[*]

　　社会发展观是关于社会发展的本质、目的、内涵和要求的总体看法和根本观点。其中关于社会发展的目的至关重要，是社会发展观的价值维度。科学发展观的本质和核心是以人为本，强调社会发展的根本目的是在发展生产力的基础上，不断满足人们的多方面需求和促进人的全面发展。科学发展观的价值维度，即对社会发展的目的和意义的高度自觉，有其理论支撑、世界历史背景和实践基础，既坚持和深化了马克思主义基本观点，也深刻地总结了国内外社会发展特别是我国社会主义实践的历史经验。

一

　　以人为本是科学发展观的价值维度，它的理论基础是唯物史观，充分体现了马克思主义关于人的全面发展的基本精神，是对社会发展的目的和意义的一种高度自觉。它强调，社会发展的最终目的是为了实现广大人民群众的根本利益，充分满足人民群众日益增长的物质和文化需要，最终实现人的全面发展。"以人为本"不是一个抽象原则，而有着历史和时代所赋予的具体内涵，并将随着历史和时代的变化而不断得到更新。在当今中国社会发展阶段，所谓以人为本，具体地说，就是在经济发展的基础上，不断提高人民群众物质文化生活水平和健康水平；就是要尊重和保障人权，包括公民的

---

　　* 王文兵,中国人民大学哲学系博士生,副教授,主要从事马克思主义历史哲学与文化哲学研究;刘化军,中国人民大学哲学系博士生,主要从事马克思主义政治哲学研究。

政治、经济、文化权利;就是要不断提高人们的思想道德素质、科学文化素质和健康素质;就是要创造人们平等发展、充分发挥聪明才智的社会环境。在科学发展观看来,社会发展归根到底是人本身的发展,是人的发展能力的发展,是人的生命价值的创造,是人民现实幸福的实现。

唯物史观认为,社会发展是一个合乎规律的客观过程,是社会发展与人的发展从对抗走向统一的历史过程。人们有意识、有目的的活动形成和导致的却是一种不以任何人的意志和愿望为转移的客观进程,人类社会迄今为止的历史,就是这样一个合规律性与合目的性相对抗的过程;这种历史进程直到消灭了以阶级对抗为基础的社会形式以后才开始具有一种全新的性质,即人类社会发展将以合规律性与合目的性相统一的姿态走向自由王国。社会发展的这种对抗性是生产力有所发展但又不充分的表现和结果。社会发展是社会的自我更新,是解放包含在旧社会母体中的新社会因素的历史运动,是人类不断从自然压迫和社会压迫中解放出来的实践过程,是人类从物种和社会关系两方面持续进行的双重提升。唯物史观论证了社会发展的必然性,指明了社会发展的基本方向,划分了社会发展阶段,厘清和确认了社会发展的最终目的和意义,就在于人的自由而全面的发展,就在于积极地发展和运用人的本质力量。

自由王国是共产主义社会的哲学表达,是对社会发展的意义自觉,是马克思主义的根本旨趣。在马克思和恩格斯看来,随着以阶级对抗为基础的人类史前史的结束,人类的历史才真正开始了,社会发展的最终意义从此才能得到全面显现和落实。恩格斯说:"只是从这时起,人们才完全自觉地自己创造自己的历史;只是从这时起,由人们使之起作用的社会原因才大部分并且越来越多地达到他们所预期的结果。这是人类从必然王国进入自由王国的飞跃。"[1](P.634) 在马克思看来,"自由王国只是在由必需和外在目的规定要做的劳动终止的地方才开始;因而按照事物的本性来说,它存在于真正物质生产领域的彼岸。"[2](P.926) 在物质生产领域的彼岸,"作为目的本身的人类能力的发展,真正的自由王国就开始了。"[2](P.927) 共产主义社会就是以人的自由而全面发展为根本目的的社会形式。唯物辩证法彻底否定和消解了一切事物包括人类认识和社会状态的终极性质,"推翻了一切关于最终的绝对真理和与之相应的绝对的人类状态的观念。"[3](P.217) 但是,马克思和恩格斯并不否认社会发展有其最终意义。有一件事是耐人寻味的。19世纪末,意大利社会民主党人致信恩格斯,请他为即将出版的《新时代》周刊写一个题词,以表示未来世纪马克思主义的基本特征。恩格斯回信说:"除了从《共产党宣言》中摘出下列一段话外,我再也找不出合适的了:'代替那存在阶级和阶级对立的资产阶级旧社会的,将是这样一个联合体,在那里,每个人的自由发展是一切人的自由发展的条件'。"[4](P.189) 恩格斯的这一表示又一次说明,马克思主义将人本身的全面而自由的发展视为人类社会发展的最终归宿。人是社会发展的主体,社会发展的意义最终要落实和显现在人身上。人是社会发展的终极目的,也是社会发展的最终动因,社会发展取决于人类自身能力的持续发展。自由王国并不是人类社会的终极状态,而是社会发展的意义追求,是人类追求自由的展现和境界。离开对自由王国的信念和体验,社会发展不免要面临人生意义的普遍丧失和虚无主义的深渊。

二

理解科学发展观的价值维度,还需要以更广阔的世界历史发展为背景。尽管社会发展是一个客观的历史过程,但不同时代的人们对社会发展却有着不同的理解,因而也就形成了不同的社会发展观念。在近代以前,无论是在东方还是在西方,关于社会的发展观念从来没有占居主流的地位;相反,倒是各种非发展的观念盛行,如循环论和退化论。历史循环论仅仅抓住社会发展的表面形式并以此作为对社会运动的最终把握,无法理解社会发展的真实状况及其意义。历史退化论根本否认社会发展的可能性,而将人类的目光引到遥远的过去。在欧洲中世纪,社会发展笼罩在对上帝之城的神秘追求中;在中国封建时代,社会发展淹没在一治一乱的循环更替中。中国的社会发展观念主要是在近代以来从欧洲引进的。而在欧洲近代很长一段时期内,还有人持这种非历史的观点。恩格斯曾尖锐有力地批判了这种非发展的观念:"反对中世纪残余的斗争限制了人们的视野。中世纪被看作是千年普遍野蛮状态造成的历史的简单中断;中世纪的巨大进步——欧洲文化领域的扩大,在那里一个挨着一个形成的富有生命力的大民族,以及14世纪和15世纪的巨大的技术进步,这一切都没有被人看到。"[3](P.229) 社会发展

24

的客观进程是一回事,人们对社会发展的认识和体验又是一回事,两者并不总是一致的,否定发展的社会观念限制了人们对社会发展及其意义的认识和自觉。人们对社会发展及其意义的认识和自觉受社会发展程度和人自身发展程度的限制。可以说,在近代社会以前,人们对社会发展及其意义没有明确的意识和追求,社会发展的客观过程拖着循环论、退化论等非发展观念的阴影。

自欧洲文艺复兴特别是工业革命以来,在资本主义生产关系的驱动下,商品、资本、科技和民主政治等力量迅速兴起,社会发展日行千里。马克思说:"资本主义在它的不到一百年的阶级统治中所创造的生产力,比过去一切世代创造的全部生产力还要多,还要大。"[5](P.227) 与社会发展的实际状况相适应,人们的思想也在发生根本的变化,对社会发展及其意义有了越来越多、越来越深刻的感受和思考,进步的观念、进化的观念、发展的观念等等描述和反映社会实际状况的思想体系和各种科学相继产生,其中进化论和辩证法是杰出的代表。17、18世纪的欧洲思想家们忙着追寻社会发展的根据和前途。霍布斯肯定社会发展的必要性和合理性,但他将社会发展看成是实现人的利己本性的工具和表现,以致必然要出现像国家这样的怪物;而卢梭则悲观地看到了社会发展所呈现出来的对抗性及其负面意义,为社会发展引起的道德堕落而忧心忡忡。19世纪的一些欧洲思想家似乎比他们的前辈具有更乐观的进步、发展信念和更宏大的视野。达尔文的进化论将人视为自然界进化的成就,甚至是进化的目的;而黑格尔赋予整个宇宙以一种生机勃勃的力量,将社会发展理解为宇宙理性的展开,甚至是宇宙使命的完成:"只有在'精神'领域里的那些变化之中,才有新的东西发生。精神世界的这种现象表明了,人类的使命和单纯的自然事物的使命是全然不同的,——在人类的使命中,我们无时不发现那同一的稳定特性,而一切变化都归于这个特性。这便是,一种真正的变化的能力,而且是一种达到更完善的能力——一种达到'尽善尽美'的冲动。这个原则,它把变化本身归纳为一个原则。"[6](P.56—57) 在黑格尔那里,社会发展被看作是绝对精神的自我实现,社会发展及其意义既得到了高度肯定,又滑入了神秘的境地。

思想家们在思想王国漫游的同时,资本和商品却忙着在世界各地安家落户。资本家比思想家更懂得社会发展的真实内容和对自己的实际意义。

在资本家看来,社会发展就是资本和商品的扩大,就是利润的增加,就是自己的腰包鼓起来,至于其他方面,诸如环境、公正、他人的性命等等都不在话下。资本的增殖是资本的本性,作为资本人格化的资本家,他的追求是拼命地赚钱,金钱成为资本主义社会运转的车轮和资本家立身的价值尺度。所以马克思说,资本来到人间,每个毛孔都充满着血和肮脏的东西。思想家比资本家更清楚地看到了资本主义社会发展的对抗性、局限性及其荒谬性。在马克思看来,资本主义社会发展的结果是"物的世界的增殖和人的世界的贬值",是人的全面异化,是物对人的统治,是以财富积累与贫困积累表现出来的阶级对抗。"随着人类愈益控制自然,个人却似乎愈益成为别人的奴隶或自身的卑劣行为的奴隶。甚至科学的纯洁光辉仿佛也只能在愚昧无知的黑暗背景上闪耀。"[7](P.4)人类社会发展在资本主义制度中呈现出这种异化状态,手段目的化了,社会发展陷入了价值迷失状态,资本一路狂奔,物的价值淹没了人的价值;在这种社会中,人们既不堪承受"资本"之重,也不堪承受"意义"之轻。

资本主义社会的发展遇到了双重限制,一是它受到无产阶级等新兴社会力量的抵抗。二是受到自然界的限制和惩罚。恩格斯在19世纪就告诫说:"我们不要过分陶醉于我们人类对自然界的胜利。对于每一次这样的胜利,自然界都对我们进行报复。每一次胜利,起初确实取得了我们预期的结果,但是往后和再往后却发生完全不同的、出乎预料的影响,常常把最初的结果又消除了。"[3](P.383) 20世纪,生态问题已经成为制约资本主义社会发展的重要因素,由此兴起了席卷全球的绿色革命。在人类文明创造和积累起来的庞大物质财富面前,社会发展既迷失了自己的方向,追求利润、追求强力的发展信念染上了虚无主义的疴疾,也遇到了日益严重的生态限制,人类社会再也不能这样进行下去了,有识之士已经将哈姆雷特式的选择问题以尖锐的形式提出来了。资本主义社会的深刻危机实质上是社会发展的意义危机。这种危机的表现形式是人与自然之间的冲突和人与人之间的冲突,而根源则是资本主义社会的基本矛盾。

20世纪50年代以来,大多数国家包括资本主义国家和社会主义国家都开始对社会发展的价值取向进行反思,社会发展理论经历了一个从以物为中心的经济发展观到以人为中心的综合发展观,再到可持续发展观的历史性转变。第二次世界大战结束后,发展中国家认识到自己的落后与贫困,产生了追求经济发展、赶超西方发达国家的强烈愿望,纷纷奉行西方现代化的发展模式。但是,片面追求经济增长的结果,并没有带来人们所期望的结果。在大多数国家包括发达国家和发展中国家,以经济增长为核心的发展实践和发展观念开始受到质疑和挑战,一些思想家根据一些国家的发展经验,提出了"有增长而无发展"、"发展的极限"等警世之论,认为经济增长并不能自然而然给人类带来普遍幸福,如果没有正确的价值取向,对社会发展的目的和意义缺乏自觉,不注意社会的全面协调发展,就可能适得其反,引起社会腐败、政治动荡、贫富分化、文化萧条,乃至生活水平的普遍下降。正是这种教训,促使人们对这种片面的经济发展观产生怀疑,一种以人为中心的综合发展观应运而生,认为发展是包括经济发展、政治发展和文化发展在内的社会综合发展。社会发展必须以人为中心,即一切社会发展的目的和意义是人自身价值的创造和实现。弗朗索瓦·佩鲁说:"市场是为人而设的,而不是相反;工业属于世界,而不是世界属于工业;如果资源的分配和劳动的产品要有一个合法的基础的话,即便是在经济学方面,它也应依据以人为中心的战略。"[8](P.92)从单一的经济发展走向综合发展,这是社会发展观的一种深化,反映了当代社会发展现实的时代处境和客观要求。经过综合的发展观,大多数国家又纷纷转向探讨实现人与自然、人与人和谐共处的可持续发展观,强调公平增长,强调当代人在满足自身需要的同时不损害后代人满足其需要的能力和条件。以人与自然、人与人相冲突为表现形式的社会发展危机既是生存危机,也是价值紊乱和意义危机。

三

理解科学发展观的价值维度不仅需要一个科学的理论基础和一个广阔的世界历史背景,更需要深入到我国社会主义建设的历史过程中,把握它的实践基础。它主要是通过总结我国社会主义实践的历史经验而逐步确立起来的。中国社会主义建设一开始就是在经济文化都比较落后的社会状态中进行的,因而面临着非常艰巨的任务,一方面缺乏建设社会主义的实际经验,另一方面又没有较高的发展起点,同时受到本国封建势力和外国资本主义的双重挤压。

毛泽东在新中国建立前夕就指出:"严重的经济建设任务摆在我们面前。我们熟悉的东西有些快要闲起来了,我们不熟悉的东西正在强迫我们去做。这就是困难。帝国主义者算定我们办不好经济,他们站在一旁看,等待我们的失败。"[9](P.1480—1481)为了使新兴的社会主义制度站稳脚跟,新中国采取了一种高积累、高投入、高消耗、高污染、低效益、优先发展重工业的发展战略;有时甚至又由于意识形态的斗争,无视发展生产力的重要性,在两大制度的对抗中,陷入了某种偏执。总之,由于国际国内环境和对社会主义的片面理解与僵化固守,我们没有及时有效地转移工作重心和把握时代主题,忽视了社会主义建设的根本目的,忽视改善人民生活,缺乏环保意识,尽管初步奠定了社会主义的物质基础,取得了重大成就,但也付出了沉重的代价,走了不少弯路,经历了重大挫折,特别是在发展生产力和改善人民生活方面,尤其重视不够。邓小平总结说:"从1958年到1978年整整二十年里,农民和工人的收入增加很少,生活水平很低,生产力没有多大发展。"[10](P.115)

十一届三中全会以来,我国实现了从以阶级斗争为纲到以经济建设为中心、从停滞封闭到改革开放的历史性转变,走上了全面建设中国特色社会主义社会的崭新道路。改革开放以来,我们对当今时代认识的最重要成果是将和平与发展确立为时代的主题;我们对国情的最重要认识是我国将长期处于社会主义初级阶段;我们对社会主义认识的一个重要成果是,将社会主义的根本目的理解和规定为:在发展生产力的基础上,不断改善人民的物质文化生活,最终实现共同富裕。邓小平反复强调,只有社会主义才能救中国,才能发展中国,才能解决中国的问题,而社会主义的最终目的就是共同富裕,就是不断改善和提高人民的物质文化生活水平,实现人的全面发展。他说:"在中国现在落后的状态下,走什么道路才能发展生产力,才能改善人民生活?这就又回到是坚持社会主义还是走资本主义道路的问题上来了。如果走资本主义道路,可以使中国百分之几的人富裕起来,但是绝对解决不了百分之九十几的人生活富裕的问题。而坚持社会主义,实行按劳分配的原则,就不会产生贫富过大的差距。再过二十年、三十年,我国生产力发展起来了,也不会两极分化。"[10](P.64)但在我们实现共同富裕的实践过程中,也产生了诸多问题,如城乡差距、工农差距和贫富差距呈现不断扩大的趋势,经济发展与社会其他发展的发展不平衡,人口、生态环境、自然资源和经济社会发展的矛盾日益突出,经济体制和其他方面的管理体制还不完善,民主法制建设和思想道德建设等方面还存在着不容忽视的问题,市场经济运行中出现的各种紊乱和物化现象,等等。总的说来,经济发展和社会其他方面的发展存在着"一条腿长、一条腿短"的问题,在保证人民共享发展成果和保护环境等方面也存在着实践偏差。坚持以人为本的科学发展观就是要调整和克服这些偏差,将社会发展的根本目的与其实现过程有机地统一起来,实现人与自然、人与人这两大关系的协调发展,建设社会主义和谐社会。

总之,科学发展观的价值维度是我们党在对时代和国情准确定位和掌握的前提下,对国际发展经验特别是对我国社会主义建设正反两方面经验的价值反思和价值定位,是对社会发展的目的和意义的一种深刻反省和自觉,它深化和具体化了对社会主义根本目的的认识,是我们在新世纪全面建设小康社会、进而基本实现社会主义现代化过程中必须坚持的主导价值观念。坚持以人为本为其价值维度的科学发展观,强调发展是硬道理,寻求人与自然、人与人之间的和谐共处,必将引领整个中国社会走上生产发展、生活富裕、社会和谐、生态良好的新型文明发展道路。

参考文献

[1]《马克思恩格斯选集》,第 3 卷,人民出版社 1995 年。

[2]《马克思恩格斯全集》,第 25 卷,人民出版社 1976 年。

[3]《马克思恩格斯选集》,第 4 卷,人民出版社 1995 年。

[4]《马克思恩格斯全集》,第 39 卷,人民出版社 1971 年。

[5]《马克思恩格斯选集》,第 1 卷,人民出版社 1995 年。

[6] 黑格尔,《历史哲学》,王造时译,上海书店出版社 1999 年。

[7]《马克思恩格斯全集第》,第 12 卷,人民出版社 1962 年。

[8] 弗朗索瓦·佩鲁,《新发展观》,张宁等译,华夏出版社 1987 年。

[9]《毛泽东选集》,第 4 卷,人民出版社 1991 年。

[10]《邓小平文选》,第 3 卷,人民出版社 1993 年。

黄海学术论坛
2006 年 第 7 辑 　　Huanghai Academic Forum 　　2006　No. 7

受用：休闲的艺术人生境界

朱康有*

人们休闲，不仅是为了重新投入工作之中，更重要的是从中获得快乐和幸福，亦即享受人生。一切生命都有趋利避害的倾向，人尤如此。古今中外，多少人为了寻求幸福和快乐，结果往往适得其反。现实生活每天所发生的种种现象，也在时时昭示这一点。这就促使我们去深入思考：怎样才能获得持久的、内在的人生快乐？中国哲人其实早已求得了这条人生真理：正如西方文明由自然实证的方法得到自然真理一样，他们以人道实证的科学精神和方法，得到人道真理。惜乎受西方物质主义生活的影响，近代学人多已不重视这一真理成分。

简单地说，内圣外王就是这一人道真理的体现。做儒家所讲的社会事业（现代社会当然不止单纯的人伦事理），最高可以为王者师，是为外王，此意易晓；一般的人伦道德修养，似乎也不甚难于理解，那么是否就是中国哲学所谈论的内圣最高境界呢？实际上，远非如此。我们就全幅中国人文思想的发展历程来说，内圣是以工夫实修为根基的心性本体实有境界为其基本标志的——这尤其可以从经过熔铸佛、老精华的宋明理学中透露出消息来。笔者曾经概括出心性本体的空虚性、光明性、寂定性、超时空性、超认识性、至善性、可实证性、统摄性八大特征[1]，并自内外两个方面论述了心性本体的功能和作用[2]。心性本体的外在功用——心性适用论，反映了儒家在

* 本文受到国家社科基金项目"科学发展观视野中休闲文化创新研究"（编号05BZX018）支持。
　朱康有，哲学博士，国防大学马克思主义教研室副教授，硕士生导师。

关怀社会民生等外王事业上的一贯优势,而心性本体的内在功用——受用论,涉及到艺术人生境界的修养[3](P.218—222),可以为我们今天建设小康社会和构建和谐社会提供休闲创新的优秀传统资源,以获得启示和借鉴。

一、"受用":"休闲"内乐之状态

"受用"一词多为宋明以后所用,但与休闲的内在心理状态相一致,文学作品中的"受用"一般指心理或感情等方面对外在事物和现象的感触,主体表现为一种内在的愉悦或高兴状态。出现在佛教、道教和宋明理学文献中的"受用"内涵则具有深度的意义,更能彰显休闲的本真含义。我们从四库全书的电子版可以精确地知道这一点,比如《朱子语类》、《明儒学案》、《高子遗书》(高攀龙撰)等,以及佛家的《五灯会元》、《法苑珠林》等作品"受用"一词出现的频率特别高。那么,从哲学角度看,它的一般含义怎样去理解呢?

照宋明儒看,我们研究"理"或"道"这套学问,除了能够为社会做贡献,发挥巨大的功效,如对我们自己而言,他们有一专门术语,即叫做"受用"。受,犹如今人所谓享受;用,自己用得着。凡是可享受的,当然自己用得着,故受用二字连属为义。受用与用处,意思比较接近,因用处并不限于物质的,精神方面亦可包括在内。但受用与近人所倡的"实用"观念,就完全不同了。近人谈的实用,显然深受西方功利主义的影响,完全是指器物的用途言,仅具物质的意义,没有精神的意义。而宋明儒爱说的受用,又完全属于精神方面的,与物质的享受没有实质性关联。西方哲人以"爱智"一词为哲学命名。他们的爱智,即是作知识的追求;作知识的追求,可以满足求知欲,自然亦有受用,但与宋明儒所说的受用,截然不同。我们深受西方重知识观念的影响,对前人受用一词,甚少道及;即使偶尔提到,或本义已失,更难说明自己如何地受用了。

从传统哲学的意义看,所谓受用,是指个人精神生活的一种高度享受,与现代人一般趋向物质生活的高度享受,恰好形成一强烈对比。一般人所讲的"乐"的享受,恰如陆象山所说的是一种"附物之乐",即受边际效用的限制,乃有条件制约的乐,随时、空、物、境的变化而变化,并非一种真乐。而构筑在形上心性本体之上的"内乐"则不需要任何条件的附丽，故其乐是无穷的或至乐的。而这种"内乐"才是休闲的真谛。

二、为己之学：休闲"受用"之学

古之"受用"乃为己之学的范畴，休闲与此有何相关呢？宋明儒特别重视的受用问题，追本穷源，实来自孔子。孔子说："古之学者为己，今之学者为人。"现在一般解释为"为己，就是充实自己；为人，就是表现给别人看"。这一看法，恰好与重知识的观念吻合。诚然，孔子仁智双修，博学多能，对多方面知识的探求，自然是孔子所注重的。但孔子做学问，却有上达的一面，恐怕就非注重知识的博学所能解释的了。因此，沿宋明儒的路径，对孔子这两句话的理解应是这样的：为己，是为我们自己打算，知识的分量很有限；为人，则是为他人打算，主要就靠知识才能了。在孔门中，如子路、子贡、冉求等等老一辈的弟子，没有一个不是为人打算、注重为人之学的；只有颜回、曾皙等，多重为己之学，才为自己打算，曾博得孔子的赞美，是何缘故呢？

如果只着重为人之学，其成就的最大限度，可为大群人生谋福祉，无论其为物质的或精神的，但于自己的生命心灵，亦未必有真实受用。透视这些事业的建设，于个人而言，仍是一场空。如果没有道德修养作基石，则为人之学，即变成利己之学：为人，只是手段；利己，才是真正的目的。等而次之，藉为人作幌子，完全企图达到自私自利之目的。功利主义的弱点，至此尽情暴露，而其流弊亦为患无穷。反过来说，如果先注重为己之学的修养，自己的生命心灵确实有番受用，不依傍外在的附属条件，如此再从事人群社会事业福祉之经营擘划，必然尽最大的努力，而他自身却能超然物外，不为这些事业所累、所困，意即象山所谓的"不附物为乐"也，这便是为己之学的可贵处。以休闲状态投入工作事业，其实亦是如此。所以孔子赞美颜回、曾皙，而于子路、子贡的学养，则认为终隔一层，其唯一理由即在此。而孔子自己的学养，自然是为己兼为人的，从其下学而上达的治学路径，便可透显出来。此后孟子之学，侧重为己的一面多，荀子思想，完全是为人了。道家的老学还存有几分为人的打算，庄学为己的一面则很凸出。墨子完全是为人之学，而且建立在功利的基础之上，并以超越而外在的上帝——天志，作唯一的宗教信仰。庄子思想,在工夫方面,直接影响到此后的禅宗。禅宗学人爱讲受用,其影响所及,宋明儒亦爱讲受用了。故探本溯源,宋明儒所讲的受用,实是孔子为己之学的精髓。而就休闲的内在状态言,休闲即此种意义的"为己",休闲学就是一种现代的"为己之学",受用是其精髓。

三、孔颜之乐:休闲"受用"之"至乐"

然而,为己之学所得的"受用"究竟是什么呢?这应从周濂溪说起。濂溪教二程寻孔颜乐处,乃理学中有名的故事。试问:孔子、颜回有什么乐处?《论语》记载孔子生活的一面,如说"饭疏食,饮水,曲肱而枕之,乐亦在其中矣;不义而富且贵,于我如浮云",这不是道家的人生吗?与《庄子》内篇描述孔子的精神意态非常接近。《论语》又记载孔子赞美颜回说:"贤哉!回也。一箪食,一瓢饮,在陋巷,人不堪其忧,回也不改其乐。贤哉!回也。"颜回穷困的物质生活,如以今人眼光来看,只有痛苦,绝无快乐;可是,颜回不以为苦,窘迫的物质生活,困不倒他,其间必然有一至理存在,才能不改其乐。颜回人生的这一面,与《庄子》内篇记叙的,可能没有太大出入。不过,庄子以道家观点看颜回,我们则以儒家观点看颜回,两者的差异,如此而已。由于孔子、颜回的人生这一面甚似道家,故道家为己之学的成分,孔颜思想相通,体现休闲"受用"的深刻意蕴。

既然儒、道相通,我们试看庄子的人生意境。《庄子》内篇开始,便是《逍遥游》。古今释《庄子》者,唯高僧支遁最得庄学本旨。他解释题旨说:"逍遥游者,言至人之用心也。"庄子塑造的理想人——至人、真人,其精神意态,此篇已全部展露出来。约言之,要没有任何物质条件的凭藉,达到逍遥的境界,才是真正的、绝对的逍遥自适,这不是庄子藉寓言的方式来表达他的人生受用吗?此后庄门弟子,便把庄子的逍遥自适称为"至乐",故外篇又有《至乐》篇出现。我们试想:以庄子绝顶的聪明、盖世的才华,薄卿相而不为,甘愿过着穷困的生活,他为的是什么?令人实在难以理解。庄子对人生真理,即至人、真人、神人等理想人的塑造与完成,必然有绝大的发现,才能安贫如此,守道不移。而绝对的逍遥自适,便是他发现人生真理一面之展现;他的另一面,则是"齐物论",以特定的工夫和庄子式的逻辑,反复地把他发明的"道"——形而上的、明镜般的本体,用各种方式陈述出来。在庄子至人之"道"中,可能蕴含着与孔颜之乐相通而又可能更为高级的休闲受用之至乐。

四、宋明儒学之"工夫":休闲"受用"之通途

如深一层分析,庄子绝对逍遥自适的人生享受,到底享受的是什么? 单凭《庄子》书中的研求,不易获得答案。此后禅学和理学从工夫方面去认取,这一意境便可迎刃而解。禅学,姑且不论,单就理学来说,亦可解答这个问题。我们先引朱子诗来作例证。朱子诗云:"半亩方塘一鉴开,天光云影共徘徊。问渠那得清如许,为有源头活水来。"这首诗题为"观书有感",时人最爱引用。由讲哲学到讲体育,似乎对它都有甚深的体会。这主要由于他们把这首诗作实景看,悟出了"源头活水",为思想理论、乃至健康体能之本源。如此诠释,见仁见智,未尝不可。然而,我们了解了朱子作诗的背景,即他有"居敬"工夫,其静态的一面,即周濂溪的"主静"。那么,主静工夫加深后,朱子诗中的意境,可以全部出现。如果从居敬工夫动态的一面解释,真如朱子诗题所说,由观书而主敬,陡然涌现此一境界来,亦未始不无可能。

由朱子的居敬工夫,涌现如此般的境界,亦没有什么受用可说;倘以此作桥梁,才能谈到受用。朱子另一首《泛舟》诗说:"昨夜江边春水生,艨艟巨舰一毛轻。向来枉费推移力,此日中流自在行。"如真正懂得朱子的"源头活水",这首诗的境界自然呈现。泛舟,只是朱子的譬喻,如与前诗一并观察,就可说明朱子的居敬工夫,由此加深了一层。在一种自然而然的精神状态下,便会产生此诗的境界。"春水生",在陈述自然而然的动力,与"源头活水"所喻指的对象,并无不同,只是工夫加深而已。"艨艟巨舰",象征人的身体。我们的身体,无论行、住、坐、卧任何仪态,总不免有沉重的感觉;然而,当我们的精神、心智达到一定的境界时,情况就完全不同了。在定的境界中,自觉身子之轻灵、矫捷、飘忽、神速……种种特性,恍若均集一人之身,精神超越了任何对待关系,不凭任何条件,即可遨游太清;即使如列子"御风而行",还有对待关系的存在,还有条件的依恃,亦难与之比拟。如果追问:何以会产生如此神妙的作用?只有用老子哲学来解释,自然其然而已。朱子

《泛舟》诗的意境,要如此解析,才具有甚深意义。当离去定境以后,吾人身心之轻灵快适,在观念以下、物质以上的任何层面的人生享受,都是无法比拟的。禅宗谓之"禅悦食",以现代语勉强诠释,可以说是一种超精神的精神享受。这种超精神的精神享受,我们称为艺术人生。由此,庄子的逍遥自适,与此艺术人生或超精神的精神享受,可能不会有太大出入。抑且由庄子的"其神凝"(《逍遥游》)、"吾丧我"(《齐物论》)等工夫语,和前述达到定境所用的主静工夫,比较对观,可以说绝无差别。因此,可以断定,庄子的逍遥自适、人生受用,是构筑在定境的基础之上,此中享受人生的至乐,是不可以言语形容的;换言之,通过日常事务的"居敬""主静"工夫,闹中取静、苦中求乐、为人事功中超然物外,实乃通达休闲人生之大道。

五、宋明儒学之本体:休闲"受用"之境界

如前所说,孔子饮水曲肱之乐,颜回箪瓢陋巷之乐,他们这一面的人生,与庄子所描述的孔子、颜回的精神意态,甚为接近。故孔颜之乐的性质、程度,应含有庄子之乐,似无问题。其共通之处,正在与他们共同享有一个由工夫修养而来的"本体"。

明清之际著名思想家李二曲对孔颜之乐有如此解说:"学苟真实用力,操存久则自觉身心爽泰,当其未与物接,必有湛然虚明时,即从此收摄保任,勿致汩昧,驯至常虚常明,浩然无涯,所谓'夜深人复静,此境对谁言?'乐莫乐于此。孔曰'乐在其中',颜曰'不改其乐',皆是此等景况也。"[4](P.36)如就宋明哲学家的观点来看孔颜之乐,可以说二曲的解释,最为精透醒豁。惟他引录邵雍"月到梧桐上吟"的诗句(按原诗作:"院深人复静,此景共谁言?")须略加说明。二曲把康节原诗文字,略为更动,意境即判然各别。夜深人静,主要在描述此灵明本体,含有"寂"的特性,故二曲有"寂若夜半"的说法。寓此静寂的本体界,唯独由自己的慧眼观照而知,他人无从知之,故有"此境对谁言"的结语。二曲又谓"乐莫乐于此",试问究竟有什么乐的受用? 仍不外身心爽泰,轻灵快适,愈见增加其强度而已。如要勉强状拟其静中的动态,此一超精神的精神活动,真有"徘徊斗牛、凭凌太虚、飘飘乎,而不知其所止"的感触。这是超乎人间之至乐、《庄子·逍遥游》意境的毕现,也是宋明

儒讲心性之学的无穷受用。如前述，就儒、道二家形上哲学相通处言，孔颜之乐之自身，与二曲体验的孔颜之乐，与庄子逍遥之乐，在性质上应无太大差别；只是乐的程度或有浅深而已。须知这标志了中国人文思想的发展与进步：如果没有宋明儒和二曲等先哲的阐发，孔颜之乐最具深度的意义及其乐的实际感受，我们便不能在形上领域作深入的理解了。不独孔子、颜回如此，孟子亦然。孟子说："仰不愧于天，俯不怍于人，一乐也。"其不愧不怍之乐，应与孔颜之乐的性质，一般无二，何以故？盖吾人心地修养工夫，务必要臻至不愧不怍之境，始能涌出此等无穷之乐也[5](P.300—308)。这不正是休闲受用所追求的至乐之境吗？

　　根据二曲的有关论述，心性工夫果"力到功深"，即产生一种自然而然"不期悦而自悦"[4](P.426)的内在之乐。它不受外在条件制约，是一种"真悦"[4](P.525)。能"快然自以为得"[4](P.529)，到了"无入而不自得"的境界，方可"作世间快活大自在人"[4](P.159)。此种精神受用，实乃为己之学的核心。王阳明把这产生快乐的本体界定名为"真己"，刘蕺山因之，李二曲加以修正，直接称为"真我"，实际上都是心性本体的代名词而已。能切切实实作好"为己之学"，才能做好"为人之学"。

　　此艺术人生尚须申释者，一是与今人观念中艺术化的生活，或生活的艺术，其涵义、意境，都不相同。前者乐的享受，是不需要外在条件附丽的，故其乐是无穷的，或至乐的。而其乐的感受，又是神妙的，实非语言文字所能形容。后者显然是有条件的，如欣赏一艺术品，此艺术品，即是一外在条件。由于有条件的附丽，故其乐趣，亦必受边际效用限制。艺术家所受的边际效用限制较小，而艺术品的欣赏者，其所受的边际效用限制，却远超过艺术家之自身。此理甚为明白，无须细说。所以，欣赏艺术品的乐趣，其性质、其感受，与我们讲的艺术人生甚至有霄壤之隔，更是无从比拟。故此艺术人生，以及休闲人生，实为超艺术的艺术人生，与今人所谓"生活的艺术"，绝不相同。其次，由此艺术人生显发为道德化的社会事业，乃在尽人生无穷之责任，作无条件的奉献，完全是为人群打算的；而其无穷的受用，即此艺术人生之自身。故对外在事物多无所欲求，即使有煊赫的功业，亦不累于功业，如王阳明一般。做人是做事的前提，为己是为人的基础。惟如此，现今政治事业中的许多丑恶现象或许根本就无从发生。内圣是做经世宰物外王事业的基石,此乃儒家伟大的社会理想之一。又次,我们既然发掘人生为己的秘奥、受用的无穷,一切外在的客观条件,均可置于次要位置,乃至于一无所求,把精神凝聚于内,搜寻"自家无尽藏"(阳明诗),真真实实地为自己打算一番。如此,则自己的人生,可寄托于无穷的逍遥自适之境,试问人生还有遗憾吗?如果真能了解孔子以来的为己之学之精义,从而实修实证,有得于心,则皆可安身立命,自得无穷之乐。

因此之故,做深度理解,休闲的艺术人生境界只有在"居敬"、"主静"工夫基础上达到的内乐、至乐的为己之学养,以至于功能贡献于社会人群之事功而又超然独立于世间功名利禄,才是真正的本体受用之休闲人生。

参考文献

[1] 朱康有,《李二曲心性实体范畴论》,《中国哲学史》2001(2)。
[2] 朱康有,《人道真理的追寻》,中国文联出版社2003年。
[3] 林继平,《我的治学心路历程》,台北:兰台出版社2000年。
[4] 李颙,《二曲集》,中华书局1996年。
[5] 林继平,《李二曲研究》,台北:台湾商务印书馆1999年。

黄海学术论坛
2006 年　第 7 辑　　Huanghai Academic Forum　　　　2006　No. 7

明清话本小说中的戏曲影响

徐大军[*]

　　由唐而宋而元,戏曲经众多艺人和文人长期不断的共同努力和锻造,至元杂剧时终成"一代文学",荦荦大势与辉煌成就,形成了与话本争锋的形势,已远不是唐戏弄和宋杂剧的滑稽调笑。戏曲的兴旺形势及其成就,自然也会影响到与其关系密切的话本,这明显表现在明清白话小说对戏曲故事题材的吸纳和化用,如元水浒戏对《水浒传》的影响、元三国戏对《三国演义》的影响、《金瓶梅词话》中对元明戏曲的借鉴抄用等。研究者对此多有论述。但对戏曲之于话本乃至白话小说在叙述体制、艺术手法、观念思维等方面的影响则涉及不多或探讨不深。本文即拟就此予以探讨。

一、"无声戏"观念的出现

　　戏曲的辉煌成就和广泛传播,使得话本在自身创新诉求的内在策动下自觉不自觉地在创作中引入戏曲的观念、思维,比如话本叙述中就直接把情节的演进,描述成戏曲的演出。《警世通言》卷二四《玉堂春落难逢夫》有这么一段故事:王景隆离开玉堂春回家,王父知其原由后大怒,经众人劝解,终得欢聚。此时话本叙述者有这么一句:"这一出父子相会。"[1](P.292) 此为话本,而明标"出"字,这显然是戏曲思维渗入话本叙述的一个明证。另外,

---

　　* 本文为浙江省教育厅高校科研计划项目"话本与戏曲关系研究"(20040074)的研究成果之一。

　　徐大军,文学博士,杭州师范学院副教授,主要从事戏剧文学与中国古代小说研究。

百二十回本《水浒传》第一一四回有叙述人的一段话语："看官听说，这话都是散沙一般，先人书会留传，一个个都要说到，只是难做一时说，慢慢敷演关目，下来便见。看官只牢记关目头行，便知哀曲奥妙。"[2](P.691)"关目"是戏曲术语，相当于情节，《水浒传》叙述人指出要"敷演关目"，也是戏曲思维渗入小说叙述的一处确证。这种以戏曲演出拟话本情节叙述的思维或观念在明清话本中较为常见，如：

> 此事甚奇，但不知云上升醒来如何光景，柳氏如何解结，且看下文演出。（《换嫁衣》第一回结尾）[3](P.710)

> 我想此番文姿虽有贞操，也难逃密计。且看下文演出。（《换嫁衣》第三回结尾）[3](P.722)

> 但□□□□何人，讲着何话，且看下文演出。（《换嫁衣》第四回结尾）[3](P.728)

> （宜芳）全身倒在池中，竟望底里去了，但不知死活何如，曾救得否，且看下文演出。（《移绣谱》第一回结尾）[3](P.749)

> 看江城此番生意，不知趁钱折本，怎生回报媚娟，且看下回演出。（《笔梨园》四回结尾）[3](P.817)

> 各洗尊眸，看演这出"无声戏"。（《十二楼·拂云楼》第四回）[4](P.107)

这些把话本情节演进说成戏曲敷演的话语让我们明显看到了话本对戏曲演述形态的模仿痕迹。而一些话本小说还明显以戏作为题目，如李渔的话本小说集《无声戏》，另外还有《纸上春台》（日本元禄间《舶载书目》著录此书，并载其总目，所收凡六书：《换锦衣》、《倒鸾凤》、《移绣谱》、《错鸳鸯》、《十二峰》、《锦香亭》）、潇湘迷津渡者编辑的《笔梨园》，其命名意图是相同的。正因为他们以话本为无声之戏、笔下梨园、纸上春台，所以在话本的编制体例上取用戏曲的术语，如现藏北京图书馆残存六回的《笔梨园》卷端即题有"新小说笔梨园第二本媚婵娟"的字样；清代小说《锦绣衣》"据日本工藤篁调查，此书亦题'新小说锦绣衣全台'。所收小说为《换嫁衣》、《移绣谱》二篇，篇各六回"[5](P.118)，刊本中题有"新小说锦绣衣第一戏换嫁衣"、"新小说锦绣衣第二戏移绣谱"字样[3]；另据悉中国社会科学院文学研究所藏有《换嫁衣》，卷端题"纸上春台第三戏锦绣衣第一戏换嫁衣"，残存前四回。正是因为有把小说目为一部戏的观念,所以才会称之为"全台"、第×戏、第×本。

这一观念被李渔总结为"无声戏"。李渔的"无声戏"观念,即是把话本当成戏曲来创作,主动而明确地以戏曲创作理论来规范自己的话本创作。就在李渔的第一部话本集《无声戏》产生前后,无名氏的《纸上春台》、"潇湘迷津渡者编辑,镜湖惜春痴士评阅"的《笔梨园》等小说纷纷问世。以小说为无声之戏曲、笔下之梨园、纸上之春台,其意相同,都是以戏曲观念创作话本,主动接受戏曲理论的规范,引入戏曲叙述体制。这在李渔的话本集《无声戏》中可见。但要注意的是,李渔所提出的"无声戏"的话本创作观念并不是根由于他,而是他对话本和戏曲关系的把握,是他对话本创作受戏曲影响的历史现象的认识和总结。"无声戏"观念的存在及后来李渔的提出,是明清话本乃至整个白话小说在发展进程中求新求变的内在诉求的一个表现,而这一观念的实际存在也传达出他们的创作观念和艺术追求,李渔的最终提出及此后话本创作的追随、响应,更是把它作为其创新追求的标举、号召。由于话本和戏曲的关系渊源和艺术相通关系,在许多话本小说的创作者看来,在话本的创作过程中,完全可以借鉴戏曲写作的一些手法和体制。

二、话本叙述体制中的戏曲质素

在"无声戏"观念的指导下,明清的话本小说在创作上有意借用、化用戏曲的体制、手法以叙述故事。话本中出现了一些戏曲演述体制的痕迹。

首先,话本小说中人物的语言表述就吸纳了戏曲人物的话语风格和体例,如《玉堂春落难逢夫》中玉堂春骂街一段就让我们看到了戏曲人物的演唱。玉堂春设计让王景隆携钱物逃走,并在大街上痛骂鸨母王八:

> 你这亡八,是喂不饱的狗,鸨子是填不满的坑!不肯思量做生理,只是排局骗别人。奉承尽是天罗网,说话皆是陷人坑。只图你家长兴旺,那管他人贫不贫!八百好钱买了我,与你挣了多少银。我父叫做周彦亨,大同城里有名人。买良为贱该甚罪,兴贩人口问充军!哄诱良家子弟犹自可,图财杀命罪非轻!你一家万分无天理,我且说你两三分[1](P.288)。

早期的话本演述形态是说唱演结合,应有唱词的成分。后来文人创作的话本多为散文体,间以"有诗为证"类韵文诗词,但罕有为人物撰写唱词者。玉堂春骂街,能骂得如此条理整饬,有韵有调,明显地带有戏曲唱词的痕迹。甚至有的话本明显把戏曲代言体例引入话本的叙述中,如明末无名氏的话本《章台柳》叙唐代才子韩翃与柳姬的爱情故事,第二回柳姬初次出现时说:"奴家柳氏,长安人也。从小养育在李生家。他交游任侠,声色自娱。奴家年方二八,尚在待年。……"[6](P. 12) 这明显是戏曲中人物上场自报家门的体例和语气,而且此话本全篇都有明显的代言体,有许多上场白、背白、对自己动作解释说明性话语,以及假人物之口的静止叙述文字。所以齐如山认为此书"结构颇特别","自言自语,宛然代言体,与杂剧、传奇无异。这种体裁在小说中尚属仅见,疑系明朝人所为"[7](P. 319)。而清人刘省三的话本《跻春台》叙述中代言体的倾向更为明显,常在叙述中插入人物的独唱,在唱词中又有插白、问话、对话,将戏曲与话本融为一体,形式别具一格。

另外,戏曲结尾处一般都有总结性的断词,比如元杂剧的剧末有"词云"提起的一段七言诗词(有时没有"词云"标识词,也不一定全为七言,如《冤家债主》的结末词),对本剧的内容或主旨作出概括或总结,然后剧终。而在一些公案题材、水浒题材的杂剧剧末处,则会有官员、宋江出来断结善恶,其判词一般传达对有关人物的处置,如:

> (包待制云)这一椿公事都完备了也,一行人跪着,听我老夫下断。(词云)圣天子抚世安民,尤加意孝子顺孙。张秉彝本处县令,妻并赠贤德夫人。李社长赏银百两,着女夫择日成婚。刘安住力行孝道,赐进士冠带荣身,将父母祖茔安葬,立碑碣显耀幽魂。刘天祥朦胧有罪,念年老仍做耆民,妻杨氏本当重谴,姑准赎铜罚千斤。其赘婿元非瓜葛,限即时逐出刘门,更揭榜通行晓谕,明示的王法无亲。(《合同文字》)[8](P. 435)

而话本中也出现了这种断结事件的韵文,《玉堂春落难逢夫》中当刘推官审清案情后,提笔判曰:

> 皮氏凌迟处死,赵昂斩罪非轻。王婆赎药是通情,杖责段名示警。王县贪酷罢职,追赃不恕衙门。苏淮买良为贱合充军,一秤金三月立枷罪定[1](P. 306)。

这一判词与元杂剧中的那些"词云"何其相似,也是以官员的身份断结案情,也是概括了事件的情节,而且在语气上也十分契合杂剧中的"词云"断语,如此的判词,移入杂剧中毫不生硬。另外,《章台柳》结尾处也有元杂剧中以宣读圣旨形式的断结文字。

这些话本中的戏曲痕迹,说明在话本创作中已存在对戏曲某些体制的模仿和借用,而李渔所提出的"无声戏"观念则说明话本创作中戏剧化倾向的明确化和有意识。

前文说过,"无声戏"的观念是指以戏曲观念创作话本,主动接受戏曲理论的规范,引入戏曲叙述体制,并不是要把戏曲表述的体制直白地搬到话本叙述中,但有些话本创作者完全不明此理,出现了"狠求戏剧化"的倾向,如前文提及的话本《章台柳》、《跻春台》都未能处理好戏曲演述体制向话本的转变。这当然存在作者有意创新之故,但也显示话本在戏剧化思潮下的生硬之举。

与这种生硬之举不同的是,在这种"无声戏"观念影响下,有不少话本在创作思路上采用了戏曲的思维,把一部话本当作一部戏来写,但并不是把戏曲的演述体例直接移入话本的叙述中,而是基于故事曲折传奇的形象表述来使用戏曲的术语,或用戏来命名一部小说,认为如此能更清楚地传达出这部小说的特色,即戏剧性,如李渔就明白地把其小说集命名为《无声戏》,而它们更多的是在叙述艺术手法上借鉴、学习戏曲。

三、戏曲对话本叙述艺术的促进

作为李渔所总结的"无声戏"观念,它的重要内涵并不是前面所分析的对话本形式上的影响,而是这一观念对话本创作艺术的影响,这是戏曲对话本更为隐性的促进,也是话本创作者更趋成熟地学习戏曲艺术手法的表现。那些形式上引入戏曲术语的简单使用,或叙述过程中直白生硬地取用戏曲的表达体例,并不能内在地促进话本的进步,都只是表面意义上对"无声戏"观念的实践,但能让我们认识到话本和戏曲在表层上的密切关系,以及话本对戏曲演述体制的仿真热情。我们以此为出发点,探讨戏曲对话本叙述方式和艺术手法的促进。

其一，对人物心灵和个性的关注和开掘。

中国古代白话小说的发展，由重情节表达到重人物刻画的转变是一个比较大的进步。宋元话本以情节演进为宗旨，还没有进入到以人物塑造为中心的程度。有一些话本也是以人物为中心展开情节，如罗烨《醉翁谈录·小说开辟》中载录的话本名目《武行者》、《石头孙立》、《青面兽》、《花和尚》，都是讲述单个英雄的故事，以宋元话本实际，应是以人物为中心而汇聚传奇性的故事情节，如《五代汉史平话》就是以刘知远的发迹故事为线索讲述了与之有关的一些历史传说故事，重在政治、军事方面的记述，过于拘泥于史传，未能触及人物的情感和心灵。《三国志平话》、《宣和遗事》等都是以铺叙情节为主。

而戏曲则在人物刻画方面取得了很大的进步，与宋元话本同时发展的"一代文学"元杂剧即如此。虽说元杂剧"一人主唱"的体制并不是以塑造人物为目的而设置的，但这一体制为人物更好地展示情感和心灵提供了很好的机会和情境，尤其是以主要人物为主唱人的剧作，如《窦娥冤》中以窦娥为主唱人、《西厢记》中以张生、莺莺、红娘为主唱人，都能集中地展示各个人物的心灵和情感，有力地刻画了人物的性格和形象。元杂剧深入人物情感的力度即使后来的成熟小说也难媲美。它在人物心灵、情感的开掘方面对后来的话本产生了很大的影响。《水浒传》是有着明显话本痕迹的长篇白话小说，是以人物为中心来构架故事的，有人称其结构为"板块式"，其每一板块集中写一个或几个人物，如林冲、武松、鲁智深、宋江，似《史记》的纪传体体例，它不但写出了一个个英雄的成长历程，也深入其内心写出了他们的心灵、情感的变化，如身为八十万禁军教头的林冲逼上梁山的经历，就伴随着他由逆来顺受到勇于反抗的心理变化。这是宋元话本以来的一个重要变化，标志着话本小说的进一步成熟。而在这一过程中戏曲的促进作用不容忽视。

其二，个性化动作的增加。

早期话本对人物的相貌、动作等都有一些套数作类别化的概括性描绘，类似戏曲中的程序，并未顾及到人物的个性色彩和具体场景需要，对人物的行为举止缺少深入细致的刻画。与之不同，戏曲重人物于特定情势下的行动和言说，并由此揭示人物的心理状态。受其影响，话本增加了对个性化动作的描写，并以此刻画人物的性格，而不单是以动作推进情节了。《水浒传》中的"杨志卖刀"、"武松打虎"，《警世通言》中杜十娘的怒沉百宝箱，都是这种个性化的动作描写，由此也突出了人物的性格。

其三，戏剧性对话的出现。

西方古典戏剧主要以动作性的对话作为表述方式，中国的戏曲虽没有这样的动作性的对话，但其主要的表述方式仍是人物的台词——曲词和宾白。只是戏曲中的台词大多不构成为对话，而是面向观众的诉说，但成功的人物台词还是能反映出性格和心理的，而那些具体情境下的对话不但能表现出时下的场景，也能很有效地表现出人物的心理、情感和性格，揭示出人物之间复杂微妙的关系，寓含着只可意会的含义。如《西厢记》第三本第二折的一段对话：

> （旦云）小贱人，这东西那里将来的？我是相国的小姐，谁敢将这简帖来戏弄我？我几曾惯看这等东西？告过夫人，打下你个小贱人下截来。（红云）小姐使将我去，他着我将来，我不识字，知他写着甚么？〔快活三〕分明是你过犯，没来由把我摧残；使别人颠倒恶心烦。你不"惯"，谁曾"惯"？

> 姐姐休闹，比及你对夫人说呵，我将这简帖儿，去夫人行出首去来。（旦做揪住科）我逗你耍来。（红云）放手，看打下下截来。（旦云）张生两日如何？（红云）我则不说。（旦云）好姐姐，你说与我听咱[9](P. 134—135)。

这是红娘和莺莺的一段戏剧性的对话，各人的话语都是对对方话语的反应，其中的红娘的一支曲词也是面向莺莺的话语，而不是戏曲惯常的面对观众的表述方式。通过这段对话，红娘和莺莺二人的性格和在此情境下的微妙心理都得到形象而深刻的展露，红娘的机灵和泼辣，莺莺的小心和矫情，都从这段个性化的对话中表现出来。

当然这种个性化的对话在中国戏曲，尤其是早期的戏曲中少有，但这正是戏曲的努力方向。即使那些缺少对话性质的人物台词，尤其是人物面向观众的唱词，也能很有效地表现人物的性格特性和内心世界。这种个性化的戏曲对话方式被引入话本，使话本中的对话描写无论在质或量上都大为改观，出现了一些少或无说书人话语介入的对话片断，如《玉堂春落难逢夫》

中刘推官用计骗取赵昂、皮氏、王婆、段名四犯供词一节：

> 却说皮氏抬起头来，四顾无人，便骂："小段名！小奴才！你如何乱讲？今日再乱时，到家中活敲杀你。"小段名说："不是夹得疼，我也不说。"王婆便叫："皮大姐，我也受这刑杖不过，等刘爷出来，说了罢。"赵昂说："好娘，我那些亏着你，倘捱出官司去，我百般孝顺你，即把你做亲母。"王婆说："我再不听你哄我，叫我圆成了，认我做亲娘。许我两石麦，还欠八升；许我一石米，都下了糠秕；段衣两套，止与我一条蓝布裙；许我好房子，不曾得住。你干的事，没天理，教我只管与你熬刑受苦。"皮氏说："老娘，这遭出去，不敢忘你恩。捱过今日不招，便没事了。"[1](P. 306)

这节对话描写，奸夫、淫妇、马泊六、小丫环，各有各的口吻，契合各自的身份，也符合当时的形势。四人对话的交互引发配合，集中而充分揭示当时场景下的人物心理和情感和复杂、微妙的关系。

这种极具戏剧形态的对话场景在宋元话本中少见。宋元话本的叙述中说书人的干预性话语太强太多，说书人以情节展示为宗旨，面临人物的语言时也常以间接引语出之，即使用直接引语，其目的也主要是为了叙述故事情节，而不是为了刻画人物性格。这在一些讲史话本如《三国志平话》、《五代史平话》中十分明显。而到了《水浒传》和"三言"时期，人物语言的质量明显提高，不但直接引语、对话成分增多，而且其主要功能不是用来简单叙事，而是用来塑造人物形象、刻画人物性格，如《水浒传》中"杨志卖刀"一节，就用对话的形式，表现了杨志的英雄落魄无奈的心情。而上文所述的具有戏剧场景的人物对话，则更显示出戏曲对话本人物语言描写的影响和促进。

其四，情节设置的精炼。

早期话本叙事多为概括性的介绍，情节简约，枝蔓繁杂。而戏曲虽然时空表达自由一如小说，但仍有体制的限制，因此，在关目的安排和人物的设置上较为注重、讲究。戏曲结构又称"布局"、"搭架"，凌濛初指出："戏曲搭架亦是要事，不妥则全传可憎矣。"[10](P. 258)汤显祖在《玉茗堂批评〈焚香记〉》第三十七出《收兵》总评中说："结构串插，可称传奇家从来第一。"李渔提出"结构第一"的主张，"密针线"、"重剪裁"、"立主脑"就明确追求情节、人物设置上的精炼清晰。把这种思路引入话本的创作，话本作者注重提炼、清晰情节链条,强化、突出事件之间的因果关系,使其话本具有头绪单纯、细针密线、主题显明、结构严谨等特色。再加上戏曲常用的误会、巧合等情节安排方法,加强了话本的戏剧色彩,使话本故事情节的展开、推进、收束更加曲折而清楚,变幻而有条理,赋予了话本故事以浓郁的戏剧性。当然,情节推进中过多的误会、巧合安排,使人物和故事显得传奇色彩过重,这与当时戏曲、小说创作中的传奇化追求有关。

对事件、人物和情节设置的新奇追求,在戏曲中得到很好的体现,明清长篇南曲戏文以"传奇"称名,就是基于对故事题材的传奇特性的认识,而承续了原是唐人文言小说的名称。这一名称也反映了明清长篇南曲戏文对"传奇"的艺术追求。李渔等人所总结出的"无声戏"观念就正体现出话本创作中对戏曲情节设置上求新求异追求的承应。

一个文体的发展有其文学自身的原因和文学外部的各种社会原因,单从文学自身的发展视角,就明清时期戏曲与话本的关系形态来看,白话小说在这一时期的发展进程,戏曲的促进之力不能忽视。这促进当然是外因,它最终能起作用是因为话本发展中自身创作上的艺术创新诉求,"无声戏"观念的出现是这种创新诉求的确认,而一味追求创新而出现的"狠求"倾向,也是其表现之一,就与戏曲有关者,即为"狠求戏剧化"。

但明清那些优秀的话本小说还是避免了"狠求戏剧化"的倾向,而在深隐层次上借鉴、化用了戏曲的艺术手法和叙述经验。有人即依据这些小说总结出中国小说文体的基本叙事格局:一是情节结构的戏剧化,二是形象构成的动作性和视象性,三是情景描述的写意与诗化。这一叙事格局明显体现了小说对戏曲表达思维的认同。就话本而言,话本叙述中引入戏曲因素和戏曲表达思维,无论是主动还是被动,都表现出话本在发展过程中的变化创新诉求,同时,戏曲艺术手法的因袭、化用,有效地丰富了话本叙述艺术,增加了话本的艺术含量,由此进一步促进了话本叙述方法的转变,使话本注重人物的心灵和情感世界。从这些实绩来讲,戏曲的影响在话本改革、完善自己的过程中起到了一个明显而有力的诱因和促进作用,明清白话小说也是经过了这一戏剧化思维的促进,才进一步走向成熟和繁荣的。

参考文献

［1］冯梦龙,《警世通言》,上海古籍出版社 1998 年。

［2］施耐庵、罗贯中,《水浒传》,中州古籍出版社 1994 年。

［3］《明清稀见小说丛刊》,齐鲁书社 1996 年。

［4］李渔,《十二楼》,上海古籍出版社 1992 年。

［5］孙楷第,《中国通俗小说书目》,人民文学出版社 1982 年。

［6］《中国古代珍稀本小说(一)》,春风文艺出版社 1994 年。

［7］齐如山,《哈佛大学所藏高阳齐氏百舍斋善本小说跋尾》,《明清小说论丛》,春风文艺出版社 1984 年。

［8］臧晋叔,《元曲选》,中华书局 1989 年。

［9］王实甫,《西厢记》,人民文学出版社 1995 年。

［10］凌濛初,《谭曲杂札》,《中国古典戏曲论著集成(四)》,中国戏剧出版社 1959 年。

从《红楼梦》看中国古代休闲文化
对小说艺术的影响

刘　耳*

　　"满纸荒唐言,一把辛酸泪。都云作者痴,谁解其中味!"《红楼梦》第一回中的这首诗,表明作者是要把这部小说作为一部极为沉痛的悲剧来写的。以对"金陵十二钗"的判词和《红楼梦曲》预示了书中主要人物的命运,从而总挈全书纲领的第五回说警幻仙姑"居离恨天之上,灌愁海之中"的"放春山遣香洞",已让全书的基调蒙上了一层浓郁的悲剧色彩,而太虚幻境茶名"千红一窟(哭)",酒名"万艳同杯(悲)",又包含了多少悲恸! 更有香名"群芳髓",直令人不寒而栗!

　　从总体上看,《红楼梦》无疑是一部悲剧;但这并不意味着这部大书通篇都是深含悲痛的文字,而不能有一些轻快的游戏笔墨。实际上,一部意蕴深刻的悲剧作品固然可以是以作者惨痛的经历为基础,但如果作者只是一味地沉浸于自己的悲情,是很难写出成功的悲剧作品来的。除了能以一颗敏感的心去体味自己与他人的苦痛经历,作者还必须能够站在一定的距离之外来审视这经历,并以符合艺术规律的手法对之进行加工,以再现其艺术的真实。一部在总体构思上为悲剧的作品,其文字也不一定总是很沉重,而可根据所要描写的情节和刻画人物性格的需要有所变换,包括可以有一些较为轻松的游戏文字。

　　《红楼梦》是有着这样的游戏文字的,主要有两类:一是用带喜剧色彩的

---

　　*　刘耳,文学博士,哈尔滨工业大学人文与社会科学学院教授,主要从事休闲研究与中国古代文学研究。

笔触对一些情节和人物的描写,二是对书中人物进行的各种娱乐活动的描写。其中第二种文字所占篇幅甚多,本文也主要对这类文字在小说中所起的作用作一探讨,并借此指出中国古典小说艺术的一个特点。

一

《红楼梦》第四十九回写邢岫烟和李纹、李绮姐妹及薛宝琴同时各随其家人进京,并来到贾府:

> 原来邢夫人之兄嫂带了女儿岫烟进京来投邢夫人的,可巧凤姐之兄王仁也正进京,两亲家一处打帮来了。走至半路泊船时,正遇见李纨之寡婶带着两个女儿——大名李纹,次名李绮——也上京。大家叙起来又是亲戚,因此三家一路同行。后有薛蟠之从弟薛蝌,因当年父亲在京时已将胞妹薛宝琴许配都中梅翰林之子为婚,正欲进京发嫁,闻得王仁进京,他也带了妹子随后赶来。

真可谓巧之又巧!《红楼梦》总体上并不喜欢用巧合,那么作者在此为何要用高度的巧合将这四位少女带入贾府,而且还安排她们一起住进大观园呢?曾有研究者指出:《红楼梦》安排宝钗长期住在贾府有些不合情理,只是出于展开故事情节的需要(宝钗作为书中一主要人物需要经常跟宝玉等人互动)而必须作此安排。那么,邢岫烟等人是否也对书中的主题或故事情节的发展很重要,使得作者不惜用这种不大自然的手法将她们带入大观园呢?回答似乎是否定的,因为这几位少女进入大观园后作者并没给她们安排多少"戏",对她们的描写不多。仅有的一些描写跟全书主题的关系也不是很密切。

在这四位少女中,宝琴的"戏"最多,但主要也只是让她充当一个颇有才气的少女,出现在大观园的历次诗会上;而她的诗词制作又起不到像黛玉、宝钗的诗词那样的作用。黛玉、宝钗是作者着力刻画的人物,其诗词往往与其思想、性格相合,从而加深了对她们形象的刻画。对黛玉来说,不少诗词还起到预示她的命运的作用。宝琴的形象本身就不够鲜明,则她的诗词虽则颇能显其才华,但对故事主题与情节所能起的作用就很有限了。或疑五十一回中宝琴所编的十首怀古诗别有关乎全书题旨的寓意,但也仅是一种猜测,并无确据。

第五十七回写到岫烟因家境贫寒而典当自己的衣物,不意却当在与自己结了亲的薛家的当铺。这恐怕可算是书中写这几位少女的文字中较为切近主题的了,因为这可以暗示薛家钱势之盛。但岫烟家境贫寒却又这么顺利地与薛蝌结亲,与书中其他青年男女在爱情上饱受痛苦的主题就不大谐调。当然,我们不能要求作者公式化地把书中所有青年的爱情都写得满是挫折和苦痛,但至少可以说:没有岫烟与薛蝌结亲一节,对全书主题的表达亦无大碍。换言之,这一情节可以看作是一段枝节性的文字。

除此之外,书中从四十九回到八十回(后四十回姑置不论)对岫烟及李纹、李绮的描写就是很零星的,多是在一些无关紧要处带上一两笔。五十二回的一节文字就颇有代表性:宝玉听说宝钗姐妹在黛玉处,赶到潇湘馆时,见"不但宝钗姊妹在此,且连邢岫烟也在那里"。但接下去说大家谈起诗社,话题转到一个精通中国诗书的外国美女上,又叙湘云与香菱也都来到潇湘馆,却再也不提岫烟了。

有没有可能是作者想在他未及完成的后四十回中再来比较集中地写岫烟等四人呢?这种可能性虽不能说完全没有,但不是很大。须知从这四人出场到八十回还有三十多回文字,作者如有意把她们作为重要的人物形象来加以塑造,是完全可以做到的。再说以曹雪芹的笔力,要塑造一个有特色的形象并不一定需要用大量的篇幅。书中其他一些人物(如妙玉)就是着墨不多,却写得独具特色的。

岫烟等四人的出现,可以说还给全书的结构带来一个不小的问题:她们在"金陵十二钗"中应排在何处?不论是从地位、仪表还是才情来看,她们都堪与列于"金陵十二钗正册"的那些女性为伍。论地位,她们都是贾府或薛家的亲戚,显然比位列"副册"的侍妾香菱和列于"又副册"的丫鬟袭人、晴雯要高;在贾府中,她们确实也是被作为小姐来看待的。论仪表,宝玉见到她们后感叹:"老天,老天,你有多少精华灵秀,生出这些人上之人来!"如果说"爱博而心劳"的宝玉是见了女孩子就容易动情的话,那么晴雯的话应更能说明问题。晴雯自己长得很出众,且性志甚高,评论别人的标准应该不会很低,但见了岫烟等四人后,也夸她们"象一把子四根水葱儿"般灵秀,催袭人也赶快去看。论才情,四人皆能诗。宝琴多次表现过其诗才,自不必说。

五十回中宝钗提议用"红梅花"三字为韵,由岫烟、李纹、宝琴各作一首七律。岫烟、李纹所作虽略次于宝琴,却也甚为可观。李纨说"绮儿也不大会作[诗]",这是比较而言,且有李纨为自家亲戚谦虚的成分。此前众人"争联即景诗",李绮联的几句虽非很特出,但也还是很不错的。写红楼女儿的才情之美,是书中用力最勤的一个方面,但作者显然也不是机械地要把大家都写得才气横溢;即如十二正钗中,迎春、惜春也都不大能诗。

然而,尽管岫烟等四人的地位、仪表、才情均不在十二正钗之下,她们却不在十二正钗之列,这是在第五回中就已明确了的。那么,在作者的构思中,是想把她们放在什么位置呢?

曹雪芹没能最后完成《红楼梦》,给后人留下了太多的遗憾。我们只能根据现存的资料对此问题作一点推测。一般认为曹雪芹的计划是在书的最后给众位红楼女儿排一个"情榜"。但此"情榜"中应列入多少人? 现有的资料似很矛盾。按《红楼梦》现在通行的版本中第五回宝玉游太虚幻境所见,仅有金陵十二钗正册、副册与又副册,共得三十六钗。1959 年发现的乾隆百二十回钞本最后为六十位红楼女儿立了情榜[1](P.710)。但此钞本后四十回是否为曹雪芹所写或其中有多少为曹雪芹所写,都难有定论。在十二钗正册、副册与又副册之外,脂批还提到"三副、四副"及"外副",如是则情榜上当有七十二钗。但不管是六十钗还是七十二钗,要把岫烟等四人纳入进去都比较容易了(当然,如果这样的话,香菱、袭人、晴雯将可能不是排在副册与又副册,而是更低一点)。

对于这些不一致,张锦池先生提出了一个较合理的推测:曹雪芹最初拟写的钗数可能为七十二,甚至可以是如周汝昌先生根据上述"三副、四副"的脂批及中国古代数理文化推测的一百零八钗,但他在"悼红轩中批阅十载,增删五次",很可能对书中人物形象作了删并,以便将一般形象加工为典型[2](P.357)。要在一部书中写好七十多甚至上百个形象显然很难,故曹雪芹如对"情榜"上的钗数进行删并,是符合小说创作的规律的。如果这样的话,不同材料暗示的钗数不一致,就可以解释为是由于曹雪芹删并人物形象经历过几个阶段。现在较通行的版本第五回定了三十六钗的框架,而四十九回又突然出现四位很难放入此框架的几位少女,则说明即便是前八十回曹雪芹也还没最后改定——岫烟等四人可能已列入删并的计划,但曹雪芹又还没有完成把她们彻底删并所需的多方面调整。须知曹雪芹是以极认真的态度来对待《红楼梦》的创作的,所以即使要删并岫烟等四人也不可能只是简单地做一个外科手术,而须对书中很多人物、情节间错综复杂的关系加以调整。

二

若单从现在通行的版本看,四十九回写岫烟等人进入大观园,似也起到一种作用。这作用可从探春与宝玉的一段对话看出来。探春见了岫烟等人后,

> 笑着进来找宝玉,因说道:"咱们的诗社可兴旺了。"宝玉笑道:"正是呢。这是你一高兴起诗社,所以鬼使神差来了这些人。"

作为读者我们当然知道,这不是什么"鬼使神差",而是作者的有意安排。《红楼梦》涵容宏富,以至有人将其称为中国传统文化的"百科全书"。即以其中插入的各种体裁的文字而言,也堪称"文备众体",尤其是书中大量的诗词及书中人物谈诗论词的文字,大大增加了此书的审美价值。脂砚斋认为曹雪芹写《红楼梦》"亦有传诗之意"[3](P.495),即作者欲借注定要成为千古名著的《红楼梦》为载体,让自己写得比较好的诗得以流传下去,这在一定程度上是有道理的。

中国古代诗歌文化非常发达,其影响所及,使古典小说中往往会插入许多诗词和大量描写书中人物赋诗填词活动的文字。这些文字恐怕只有少数真为故事情节所需,而多数都在不同程度上游离于情节之外,或至少是没有它们也不至影响情节的赘笔。这可以说是中国文学史上一个更大的现象的一部分,这现象便是中国古代高度发达的休闲文化对小说艺术的影响。这一现象演至极端处,是产生了一批如《镜花缘》等鲁迅先生所谓的"以小说见才学"的作品[4](P.173—183),以写诗作赋和其他一些表现才艺的活动为核心,而附以一些便于安排这些活动的情节。这种现象在一些名著里也存在,如《西游记》第九回中插入的一大段渔樵问答,以及六十四回中唐僧被几个"言谈清雅,极善吟诗"的树怪捉去,却不是要吃他,而是跟他一起诗词唱和的故事,均属此类。

曹雪芹浸濡于中国这一文学传统,自然也会受其影响。当然,正如蔡义江先生所言,其他很多小说"也把诗词组织在故事情节中,但多为可有可无的闲文",而《红楼梦》的极大多数诗词曲赋皆融入故事情节"[3](P.490—491)。但如果据此就完全否定脂批的"传诗"说,把《红楼梦》中的诗词曲赋都说成为情节、人物的描写所必需,在有的地方就会显得牵强了。当然,同是"传诗",也有传得高明与不高明之分。从《红楼梦》中可以看出,作者对插入其中的诗词等是持严肃的态度,丝毫不苟的。例如,第五回中十二正钗均有判词,而副钗仅举香菱,又副钗仅举袭人、晴雯写出判词。如果说把三十六钗(姑且假设作者意欲将此作为定稿中的钗数)的判词全于此处列出有嫌机械的话,我们至少有理由问:为何像平儿、尤三姐这样其形象之鲜明、刻画之精有甚于香菱的人物没有判词? 一个可能的解释,就是曹雪芹在写成今传本前八十回时仍未给这些人物写出能令自己满意的判词。又,七十四回写贾府的中秋节宴会上宝玉、贾兰、贾环均有诗作,但诗都缺。此回回前批有"缺中秋诗,俟雪芹"之语,说明作者于这些似乎不很重要的诗亦且不苟,而欲尽量使之能符合自己所要刻画的人物形象,能有机地融入书中的情节。以这样的认真态度,作者显然是不会把融不进小说情节或与人物形象不合的诗硬插入书中,以达到"传诗"的目的的。

《红楼梦》前八十回中有两部分比较集中地描写大观园中的赋诗和其他娱乐活动的文字。首先是三十七回"秋爽斋偶结海棠社,蘅芜苑夜拟菊花题",开始了诗社的活动;三十八回"林潇湘魁夺菊花诗,薛蘅芜讽和螃蟹咏"则把诗社活动写得绘声绘色。接着又用了三回颇带喜剧色彩的文字,浓墨重彩地写了刘姥姥两进大观园的情形。但接下去的几回又将重点转向对人物间关系与若干风波的描写,以推动故事情节的发展,如黛玉与宝钗的关系(四十二回、四十五回)、凤姐跟贾琏和跟平儿的关系(四十四回)、鸳鸯拒绝做贾赦的妾(四十六回)、薛蟠与柳湘莲的冲突(四十七回),等等。接下去,作者显然想再次掀起园中各种娱乐活动的高潮,但这几回中发生的一些事已使诗社活动难以为继:迎春、惜春本不擅作诗,惜春更因接了画大观园图的任务而告假。四十八回中香菱"慕雅女雅集苦吟诗",再加上四十九回中岫烟等人的到来,是为诗社注入了"新鲜血液"。以此为契机,诗社再度活跃,而作者便得以将诗社的集会作为中心,使大观园的娱乐活动又掀起一个高潮。这样的写法,可以说使书中的情节安排显得张弛有致。

三

如果从近现代西方小说的写作手法看,《红楼梦》四十九回这样略嫌生硬地用高度巧合的方法将岫烟等人带入大观园中,却又没给她们安排很多"戏",是颇成问题的。西方小说在福楼拜与亨利·詹姆斯等小说大家的创作实践与理论探讨的影响下建立的规范,是强调故事情节、人物形象刻画及总体叙事结构的协调一致,而尽量避免与主题关系不大的枝节性的描写。如果以此标准衡量,则《红楼梦》中写岫烟等人的文字似为大可不必的赘笔,且给全书结构的整体性带来很多不必要的困难。

夏志清在《中国古典小说导论》中指出,中国古典小说往往是描写过多的人物,而不是对少数几个人物形象作充分的刻画。在故事情节的叙述上,则喜欢"在枝节外又生枝节,在高潮后再起高潮"。对《红楼梦》,夏志清虽然承认它"堪与西方传统中最伟大的小说媲美",但又说"作者也免不了自讨苦吃地刻意维护故事堆积性的传统,附带叙述了许多次要的小故事,这些故事其实可以全部删除,以便把篇幅用在更充分地经营主要情节上面"[5](P.16)。

夏氏的批评为我们认识中国古典小说的特点提供了一个可以借鉴的视角,但完全按西方小说的规范对《红楼梦》作此批评,则有失偏颇。评价一部中国的小说,不能简单地揆之以西方小说的规范,而更应该看它是否在中国的文化与文学传统中创造了给人以审美的享受和有助于提升人的精神的艺术美。相比于注重情节与叙事结构的西方现代小说,中国古典小说实自有其特色。实际上,夏氏在一定程度上也看到了二者的差别。他引用赫胥黎的话说:

> 为了写一部悲剧,艺术家必须从人类经验整体中孤立出一个单独的因素,并以那因素做他唯一的材料,而信仰"整体真实"的艺术家(如荷马)则照顾到经验的整体[5](P.20—21)。

并指出中国的古典小说家就接近于赫胥黎所谓的"信仰整体真实的艺术家"。如果做一个形象的比喻,可以说赫氏所谓的"悲剧"有如一尊古希腊的雕像,结构清晰,轮廓分明,适合于站在一定距离外对其作总体的观照;西方讲究情节与叙事结构的小说近此。而讲究"整体真实"的小说则有如一座中国式的园林，若只是站在远处（或者高处），从外面观看其整体，则不能深得其趣。必须走入园中，玩其细部；如是则一簇修竹、一泓清水，乃至一株花草、一块岩石，皆可自成一景，有其可观之处。而众多的局部之景组合在一起，又能让人感到一种总体的和谐。

若按西方小说的规范，《红楼梦》中像尤二姐、尤三姐的悲剧故事似即在可删之列，因为它在很大程度上独立于故事的主线。但我们应该庆幸曹雪芹给我们保留了这个写得很成功、很动人的故事。我们完全可以把它作为《红楼梦》这座园林中重要的一景来欣赏。同时我们也能感觉到它与园中其它部分是很和谐的：这个故事中的凤姐、平儿、贾琏等的形象与书中其他部分很一致，而且通过这个故事还加深了对这些人物——尤其是凤姐与平儿——的形象的刻画。

按西方小说的规范，《红楼梦》中很多描写赋诗填词等娱乐活动的文字也在当删或至少当大力压缩之列。诚然，说贾府这样的家族有很多这样的活动完全合于情理，但作者用大量的篇幅不厌其烦地描写这些活动使故事情节发展的节奏过于舒缓，会影响读者对作品整体叙事结构的把握。但如果我们的着眼点不局限于故事的情节的话，就可以把雪芹倾注了大量心血描写的一次次娱乐性活动都当作一座园林中的一个个景点细细品玩，从多个层次上去欣赏它们的美。作为现代的读者，我们对产生《红楼梦》这部伟大著作的文化背景（包括中国古代的文学传统与休闲文化）已有很大的隔阂，也许在第一次读这部小说时，会嫌这些描写休闲活动的文字太多，想跳过它们快一点把书读完，以把握它总体的故事情节。但《红楼梦》这样的大书是完全值得多读几遍的，如果我们在重读时能细细品味书中的这些文字，经过这样的品味后再来看小说的整体，当会比第一遍匆匆读过后的感受要深得多。

参考文献

［１］赵齐平，《关于〈红楼梦〉的成书过程》，张宝坤选编，《名家解读〈红楼梦〉》（下），

山东人民出版社 1998 年。

　　[2]张锦池,《〈红楼梦〉考论》,黑龙江教育出版社 1998 年。

　　[3]"甲戌本"第一回夹批,原文作"亦为传诗之意",蔡义江认为"为"乃"有"字的草写形讹。参见蔡义江,《论〈红楼梦〉中的诗词曲赋》,张宝坤选编,《名家解读〈红楼梦〉》(下),山东人民出版社 1998 年。

　　[4]鲁迅,《中国小说史略》,上海古籍出版社 1998 年。

　　[5]夏志清,《中国古典小说导论》,胡益民等译,安徽文艺出版社 1988 年。

（责任编辑：管恩森）

黄海学术论坛

2006 年　第 7 辑　　Huanghai Academic Forum　　2006　No. 7

身体与民间：民间叙事的个人
政治修辞与策略转换

——以《废都》的身体叙事为例

聂　伟[*]

一

从汉字的源流来看，"身"与"体"其实是两个词，它们各有所指，"身"并不包括"头"。而"体"则包括了头顶和面容。"身体"合而为一，就具有了和西方"body"一词的对应性意义。深受儒家文化传统影响的中国正统文学一向轻视乃至排斥身体感官的出现，强调"杀身成仁"等价值理念，"身"被视为次等的工具性存在，是某种形而下的功能载体，只要有高于"身"的精神需要出现，舍弃肉身的行为就是值得嘉许的。相反，个人保全自己身体的行为则被认为是"偷生"。受到这样的影响，正统的文学写作给予"身"的关注向来都是微乎其微的，只有那些带有民间色彩的艺术作品才会自觉或不自觉地表现出对身体的关注和描写。例如明代中期以后，刻售通俗文学的书坊逐渐增多，为迎合市民的庸俗趣味而刊行了《如意君传》、《痴婆子传》等许多专写男女私情的艳情小说，这些市井文化的代表作中就充满了对身体欲望的描写。很多学者习惯于将明清以来艳情小说的盛行归罪于当时社会道德的沦丧和普遍的腐败，进而指责这些禁毁小说助长了时代风气的堕落，但他们似乎忽视了这些情色小说的传播与彼时民间文化的关系。正如西方文艺复兴

---

　*　聂伟，文学博士，上海大学影视学院讲师，专业为比较文学。

时期的文学成功地将身体书写与民间狂欢世界里蕴藏的人性解放、反抗意识形态压抑的异端精神紧密地结合在一起一样,中国社会的传统语境之中,民间世界也经常借助于对身体欲望的推崇表现出对主流意识形态的消解对抗。这是因为主流意识形态总是通过控制人们身体的手段把人们的行为引向他们所设定的道德规范,而民间对自身身体近乎本能的、身体应激反应的行为方式的肯定则成了具有指向物质与精神世界双重解放功能的"自动叙事"。基于此,一些知识分子还通过对它策略性的借用,把它转化成了对强势话语进行批判时的一种个人化的政治修辞。而这也是理解 1990 年代以来某些所谓身体写作的逻辑起点之一,这里不妨以《废都》为例加以分析。

二

从 1993 年《废都》出版、畅销、被禁,到进入新世纪以来文学界重新肯定《废都》的价值这个接受史来看,它所表现出的不仅仅是社会对"露骨的性描写"的容忍度已经提高,从某种意义上它表明知识界在经历了 10 年剧烈的精神动荡之后真诚的自我反省。有评论者指出,"我在很多个场合,都听文学界的专家在说,《废都》是一部重要的作品。……《废都》展示出的那种颓废、绝望、悲凉,是一种废墟文化的表征,那种郁结之气,正是当时很多知识分子的普遍心态,《废都》不过是将这种徘徊、困惑、迷惘、绝望的心态表现得更加极端化而已,但它确实是把知识分子骨子里的某种东西写出来了"[1]。

在世界性的文化范围内,冷战格局在 1990 年代突然崩溃,新的世界秩序艰难重建的同时还遭受着世纪末情绪的巨大影响,世界文化同样也生长在世纪末的精神阴影之中。而具体到 1990 年代以后的中国,市场经济体制改革加快,社会经济格局重新组织,知识分子失去了新时期以来文学格局中的中心地位,经济收入上无法和"一部分先富起来"的人相比,在政治理想上也遭受到严重的挫折,此前被奉为圭臬的价值核心在现实生活面前迅速解体,知识分子群体对自己作为一个特殊的阶层应该担负什么样的社会职责发生争议,甚至对于知识分子赖以安身立命的职业都产生了深刻的怀疑。由此,中国知识分子群体的分化在那个时代发生,也是一种历史的必然。这种总体性的精神危机被作家贾平凹感知,最终在颓废、绝望的情绪中完成了《废都》这部作品。

故事主人公庄之蝶的身份是西京的头牌作家，靠写作社会问题题材而走红，位居"西京四大名人"之首，"档次高、成就大、声名最远"，但是在千年古城逐渐沦为文化废都的退化过程中也从中心滑向了文化清客的边缘地带。然而这还不是最重要的，关键是作家遇到了写作上的尴尬，"随着社会的不停变化，出现弱势群体，贫富的差距，城乡的差距拉大——当然在南方和东南方一些地方这种差距是缩短了，西北仍是差距拉大。现在你到这些地方去，面对现实，你不知道怎么写？如果按主流文化的要求，应写得昂扬一些，但似乎这方面没有更多要写的东西。"[1]对贾平凹而言，是自己作为知识分子的独立思考与主流文化的外在要求不能对应，而同样的苦恼在庄之蝶那里表现得更为具体：一方面他自觉"声名越来越大，心情却越来越坏"，另一方面在时代激流中不甘寂寞、重返中心的幻想在他的头脑中从来都没有消退过。然而，当他还在苦恼于没有传世佳作以成就作家"本业"的时候，严肃文学早已不为世人所瞩目了，他只能在旧书摊上重新买回自己的签名赠书，再次题上姓名日期寄回。这种促狭的把戏肖伯纳早已耍弄过，然而由"一千八百年间"的庄之蝶如法炮制的时候分明少了幽默文人的趣味，多了些失意者的酸腐。

当时代大潮冲击下的严肃文学创作对于庄之蝶变成了一件"国王的新衣"的时候，他也曾经在困惑中尝试转向其他行动。与1990年代时代商潮最为接近的是文人下海，庄之蝶假他人之力开办了一家书店，书店在需要盈利时借助庄之蝶的旗号，买进紧俏的武侠小说，然后炮制伪劣的武侠作品，牟取更多利润，这些都预先得到庄之蝶同意和帮助的。严肃文学作家的书店抢购武侠小说本来就表明了艺术价值向通俗文化的跌落，而化名"全庸"出售盗版性质的图书更是完全丧失了知识者自身的人文品格。这些都在表明由经济利益主导的社会中作家越来越不可能坚守原有的精神立场。在金钱的诱惑之下，农民企业家可以成为作家的雇主；而在政界的权力斗争中，作家同样只是被利用的工具，在需要的时候连夜赶到省报编发文稿，甚至通宵达旦。而斗争的另一派则刁难报复，视之为对立派的帮闲；在牵连到自身名誉的糊涂官司中，司法部门要求庄之蝶的不是请客送礼，而是代发文章，他不得不把自己的创作冠以他人的名字。对于一个以文学为志业的人来说，文学赤裸裸的商品化和权力交易无异于抽去了他最后赖以掩身的遮羞布。

对应于时代精神的整体性崩溃,庄之蝶的内心世界中也连续出现了种种缺失:朋友失义、夫妻失爱、恋人失信。为了开办自己的画廊,庄之蝶个人见利忘义,间接逼死挚友书法家龚靖元,手法隐蔽而毒辣,一面"借刀杀人",一面"坐享其成",却又在奠仪上大书特书,用文人笔墨来掩盖流氓行径,瞒过世人之后,马上欢庆自家画廊的开业。刚听到故友死讯,立即把尸骨未寒的故友作品标上高价,大赚死人钱。而其妻牛月清与庄之蝶之间的言辞交锋也都集中在如何维持名人体面上,句句分析可谓犀利到位,但其中的利害之心远远重过夫妻情分。此外,当旧有的恋情在曝光之后旋即反目成仇,庄之蝶一点善念中的真情流露反而被当作判案的证据而当众露丑。现实生活中所有可以寄托情感的所在都被贴上了虚伪的标签,然而知识分子的入世之心又使他无法做到像双仁府老太太那样躺在棺材里以面具示人,在这样的情形下,庄之蝶重新回到了传统文人意淫民间的老路上去,这其实也是一种退却中的必然。

将《废都》作为 1990 年代文学身体叙事盛宴的一个开端,在这里我想讨论的是"身体"如何被当作"民间"的隐喻,而又如何通过作家对身体尤其女性身体的理解与冀望,表现出转型期知识分子面对"民间"的想象与尴尬。

在传统文人的想象中,集中在女性身体上的目光都是来自男性的世界。他们因为在社会的政治层面掌握权力,而在文学叙事中具有绝对的权威。一个有趣的现象是,男性如何表现他们笔下的女性,往往和他们当时所处的政治境遇密切相关。而在社会地位跌落之后,男性对于女性的弱势身份所产生的认同,就常常通过男性作家在文本中以女性身份自比而曲折地表现出来。屈原的香草美人之喻,被后世学者解读为因为政治言路不通而导致的苦恼。而"妆罢低声问夫婿,画眉深浅入时无?"更是在呈交了圣贤文章以后,忐忑于今后的仕途而做出的闺阁情态比拟。对女性的描写为失意的文人提供了一处精神上的避难所,他们可以把自己想要博得的同情先施舍给比他们更没有主动权的女性角色,然后在自己提供的帮助中将文人的形象重新神圣化,再次获得自我的权威化确证。这里,对女性身体的描写和意淫成为"移情"的中介,用来缓释主人公在精神困境中所承受的社会焦虑。我们看到,在《废都》中正是那些没有城市户口的陕北保姆柳月、住在贫民区里的阿灿和因为私奔而居无定所、没有工作、没有劳动经济来源、没有社会身份的唐宛儿等人，这些在现实生活中"沉默的大多数"因为对"西京名人"的狂热而和这个成名男作家发生了或长或短的性关系，而其中民间女性对这种关系的顶礼膜拜则构成了主人公意淫民间的想象资源。

　　这三个女性在初见庄之蝶的时候都表现出了绝对的折服。妇人（唐宛儿）"那脸儿一直没褪红，一碰着庄之蝶的目光就羞怯怯地笑"；柳月"仔仔细细打量一番，脸就通红"；阿灿"出溜儿下了床，眼幽幽地看着庄之蝶就叫道'哎呀，这是什么日子呀，这么大的人物到这里来了！'"而后转头去指责自己的丈夫，"你要是有庄先生这份本事，我天天供了你去写作，屋里一个草渣渣也不让你动"。然而有趣的是，这些女性都在反复强调庄之蝶的作家身份，但是对于他的写作内容却从来都没有过任何的关心和谈论，只是对他由写作得来的"声名"一再表示艳羡，庄之蝶的声名作为成功男性的标识，"文化名人"这个社会符码足以构成对这些民间底层女性的吸引力。阿灿在初次见面的几个小时内就完全献身拜服，哭着说："有你这么一个名人能喜欢我，我活着的自信就又产生了"[2](P. 244)。唐宛儿用"玩"字夸奖庄之蝶："你玩女人玩得真好"，后者则感到"男人的征服欲大起"，并从中获得了雄性的确认[2](P. 86)。这样，现实社会生活中一度退居边缘的知识分子就在由众多菩萨般的娇美女性构成的虚幻的"民间"世界中重新找回和获得了精神的尊严与慰藉。民间无条件的拜服使失意文人重新获得了被神化的快感，然而这种不加检省地通过对女性身体的占据而治愈精神痛苦的企图，恰好表现出知识分子在现实生活中的孱弱，无异于精神颓败中难堪的自证。

　　之所以说庄之蝶们眼中的"民间"世界是虚幻的，首先在于作家通过身体叙事与民间叙事的策略性转换，将女性的身体想象成为知识分子退居民间边缘地位的最后寄身之所。庄之蝶在几个民间女子身体之间的辗转情节几乎如出一辙，她们的献身都毫无例外地想要证明主人公旺盛的生命感召力，而荒唐的性经历则隐喻了社会精神解构之中知识分子本能的文化自我解救，它试图提供出一个文化超越现实权力、超越金钱交易的标本。正如庄之蝶所说："终日浮浮躁躁，火火气气的，我真怀疑我要江郎才尽了，我要完了。一年多来，就连身体也垮下来，神经衰弱得厉害，连性功能都几乎要丧失了！……更令我感激的是，你接受了我的爱，我们在一起，我重新感觉到我又是个男人了,心里有涌动不已的激情,我觉得我并没有完,将有好的文章叫我写出来!"[2](P.125)然而沉溺于肉体的欢乐终归是南柯一梦,当他从狂欢中醒来,面对的是更为彻底的精神虚脱。文本中有一个颇具象征意味的细节是庄之蝶的自动"去势":"目光往下看去,他那一根东西却没有了,忽地坐起来,说:'你那……?'庄之蝶平静地说:'我把它割了'。"[2](P.259)显然,在民间世界虚幻的意淫中,主人公并没有获得生命自由意志解放和新生的喜悦,反而陷入更深的精神烦乱之中。而事实上,这种生命力的委顿、精神的迷茫和独立批判人格的缺席,恰恰是1990年代初期社会剧变中精英知识分子的真实写照。当知识分子的民间化已然成为不可逆转的颓势之时,退居边缘的知识分子当然可以采取高蹈的、神性的方式重新构筑个人的精神世界,然而面对现实生活所产生的荒诞、虚无和绝望,同样也像鬼影子一样紧紧咬噬着知识分子的内心。陷入民间世界的肉欲狂欢何尝不是一次超然世外的庄生梦蝶,然而梦醒之后,庄生依旧是庄生,蝴蝶依旧是蝴蝶,残酷的现实与知识分子的精神寄寓之间并没有因为相互的割裂而保持了力量上的对抗或均衡,相反却是以现实中的碰壁和失败彻底宣判了知识分子的文化宿命:要么沉沦,要么死去。这是庄之蝶唯一的选择。

其次,《废都》有意假托了传统文化遗落于民间的破碎的叙事方式。作品开篇时间用"一千九百八十年间"的口气,活脱是"话说天宝年间"的稗史演义的说书口吻。作者同时还借用文中一个捡破烂的老头之口,将当时流传于民间的"新民谣"转述在作品中,这些"新民谣"的内容集中指向了社会关系大变动和重组之后的权力格局,对知识分子现时所处的低微尴尬的社会地位也有所显现:

"一类人是公仆,高高在上享清福。二类人作'官倒',投机倒把有人保。三类人搞承包,吃喝嫖赌全报销。四类人来租赁,坐在家里拿利润。五类人大盖帽,吃了原告吃被告。六类人手术刀,腰里揣满红纸包。七类人当演员,扭扭屁股就赚钱。八类人搞宣传,隔三岔五解个馋。九类人为教员,山珍海味认不全。十类人主人翁,老老实实学雷锋。"

"说你行,你就行,不行也行。说不行,就不行,行也不行。"[2](P.4—5)

作者将贵妃坟上孕育的四朵奇花、开放后又意外夭亡作为故事的引子，这显然是借鉴了宋元话本说书人的"入话"手法，及至这个引子与文中随后出现的四个女性之间的隐约对应关系，也都是民间传奇的常见套路。小说中代表知识分子话语的作家叙事人并不认同官方主流话语系统里对于西京城美好的现代化蓝图的宣扬，反而不厌其烦地讲述家中岳母老太太的鬼魂观，并且从正面肯定的立场上加以着重认定，以此来含蓄地表达出对自身文化身份的犹疑和对都市现代化进程的批判。而天上出四个太阳的异兆，也以一种民间迷信的方式暗示出人文精神世界的灾难和崩陷。另外，作家写城头上呜咽如鬼的悲怆埙声，写被都市文明榨得骨瘦如柴的那头老牛的哲学沉思，在"废都"之废的描写中隐然给出社会、自我和文化的多重批判。按照一般的理解逻辑，"废"后应该有所"立"，既然对主流话语存在天然的拒斥，那么返回民间被遮蔽的文化传统重新寻找"立"的精神，就成为一种下意识的行为。而作家对于"民间"的叙事有意地借用了明清以来逐渐成熟的艳情小说传统，恰恰就表明了这种主动的文化选择。

三

毋庸讳言，明清艳情小说借助世俗欲望和性爱的渲染，与彼时传统社会积郁深重的社会伦理和道德规范产生了激烈的抵牾，同样也为知识分子在闭塞的政治言路之外重新找到了一个寄托心灵与价值的文化空间。1990 年代初期知识分子群体的集体沉闷，在很大程度上也是因为除去依附于主流的宏大叙事之外，他们很难找到一个既能表达自己的思考和声音、又可以获得公众回应的文化空间——说是残余的"广场意识"也好，说是彼时社会文化的严酷现实也好，总之以通俗小说的叙事方式曲折地进入时代精神的刻画，内中对身体细节的夸张叙述显然有其策略性的意义，正如作家的声明中所说："唯有心灵真实：任人笑骂评说。"

然而，欲望的泛滥并不是作家所要抵达的终极目的。如果对身体的描写一味沉浸在淫风艳词的混沌之中，不仅偏离了最初写作的立足点，而且也无异于自我阉杀，最终丧失了民间精神的本源。文本中的人物以自身藏污纳垢的生存状态对应了都市现实社会中的藏污纳垢，然而叙述者却始终无法为主人公的精神归宿寻觅到一方安放之所。我们看到，《废都》中的身体描述过于单一地集中在男女性事往来，一再突出婚外交合中的快感体验，着意于唐宛儿的欲火旺盛、柳月的体表特异和阿灿的下体香气，并把叙事主人公的快感体验不断重复、放大，致使多年来《废都》一直脱不开"海淫读物"的名声，也使得庄之蝶因千年古都一朝废弃的忧患长年湮没在地摊文学遮遮掩掩的"性"字招牌下。这不能不说是一个唾面自干一般的反讽，知识分子的"满纸荒唐言"被看作"荒唐"，"一把辛酸泪"反倒成了需要时时拭去的"秽物"。究其原因就是将身体描写的文学意义作了单一化的理解，将性简单地等同于身体，用生理的快感遮盖了丰富多元的身体感觉，同时也遮盖了身体与历史、国家、政治、文化在更深层面上的意义关联。

身体不等于肉体，文学中的身体描写绝不仅限于性事的渲染，如果一味如此，就会落入无意识地出售"被看"权利的陷阱，成为了一场好莱坞式的戏仿。事实上，身体世界的丰富感觉并不仅仅来自于性器官所特指的"下半身"。那些没有身体感的文学角色，从根本上来说是不具有存在性的，而主流意识又常常要求文学放弃对于身体感性的描摹和探索，而事实上怎么可以想象一个没有身体的人物形象，或者说作品中的人物对自己的身体是毫无感觉的呢？在我看来，文学中杰出的身体描写是那些超越了单纯情色表达的全面、真实的在场式的写作。而在这种全面、真实地描述身体感觉以增强艺术精神震撼力方面，现代文学史上的优秀作家们已经为我们提供了杰出的榜样。

老舍《四世同堂》第二部中的"偷生"，写民间诗人钱默吟誓死抗日，家破子亡也毫不屈服。钱默吟无官无职，平生只爱吟诗度日，既无功利心，也不求富贵，是中国文化传统精神的活标本。而他在北平沦陷的年代里，却敢于只身抗战，直接反对侵略者。作家老舍在描写这一段历史时没有袭用诗人怒斥寇雠、英勇就义等常见的主流抗战文学话语，反倒通过描写人物在经受日军酷刑拷打时的身体苦痛，进而表现出民间知识分子独立人格的高贵和坚韧。

导致钱默吟身体意识觉醒的巨大转变，就是诗人从和平时期不带有任何身体色彩的生活中突然被抛出，而一下子变成了身体主义的激烈赞同者："谁能想到不肯损伤一个蚂蚁的诗人，会羡慕起来，甚至是崇拜起来，武力与身体呢?"[3](P.345)老诗人钱默吟在战前的北平城里，是按照一种没有身体的方式生活着的，他每日里写诗，"心灵便化在一种什么抽象的宇宙里"，"在这种时候，他完全忘了他的肉体，假若无意中摸到了衣服和身体，他会忽然地颤抖一下，像受了惊似的"[3](P.441)。身体在此时几乎已被忘却，文化艺术的陶醉，带给诗人超乎身体之上的精神愉悦。但是，当他被日寇逮捕以后，砸上了手铐脚镣，日军在他的脸上掴耳光，往他的背上抽皮鞭，三天不给一粒米，牙被敲掉，痛晕过去再拿凉水激醒；他的腿被杠子轧过，他的头被火绒烧伤，汗腌着伤口，血流进眼睛。在虎口余生之后，被打折了的双脚站不起来，不能行走，他用自己的双臂支撑着，蠕动着躯体，连滚带爬，从京城西郊的海淀艰难地爬回城内护国寺旁的小羊圈胡同，而他的手掌、臂肘和膝盖在爬行中所受到的摩擦也就可想而知。这些都是他的身体所遭遇的残暴折磨，也是作家通过诗人的身体感知传达给我们的民族精神创伤。

在这里，个人的身体以一种筋肉模糊的真实痛楚介入了残酷的战争叙述，由此民间知识分子个体对于沉重历史的担当才真正地体现在文学表述当中。这样的身体描写完全超出了叙事策略转换的意义，进而显示出民族精神和身体感受之间痛痒相关的真切关联，同样也在身体现象学的意义上，通过文学的方式记录了个体身体在历史事件中的遭遇，从而构成写作中独特的"铭文"效果。这样的身体描写不是空洞游移的符号，而是非如此描写不足以表达作家的身世家国之恨。虽然我们能看到的只是身体，但是却可以通过描述身体来感知灵魂，让文学作品中的人物形象"活"起来，和读者面对面站着，使读者感同身受。同样，也必须是灵肉同在的身体写作，才可能将物质层面的精神性和精神层面的物质性同时囊括进来，构成作者与文本、文本与历史之间的血肉关联，经由真实的、有身体介入的文学描写，达到对民族与时代精神真诚的记录和反映。因此，只有充分意识到了身体的这种表意功能，并且真实、详尽地进行了这种描写的文学作品，才会在文学的长河中具有界碑的意义。

参考文献

［1］《著名作家贾平凹与青年评论家谢有顺摆开龙门阵：被时代误解并不可怕》，《南方都市报》2003年1月22日。

［2］贾平凹，《废都》，北京出版社1993年。

［3］老舍，《四世同堂》，《老舍文集》，人民文学出版社1991年。

黄海学术论坛

Huanghai Academic Forum

2006 年　第 7 辑　　　　　　　　　　　　　　　　　　　　　　2006　No. 7

浅析《雷雨》中的"病"

咸立强[*]

　　与其他的文学样式相比较,戏剧的潜台词无疑最丰富。好的戏剧里面,同样的一个词语在不同的情景下,从不同的人口中说出来的时候,所表达的内涵和情感都有非常大的差异。在曹禺的戏剧《雷雨》中,作家紧紧抓住"病"这个关键性的词语,表现出了剧中人物各不同的性情。我粗略统计了一下,在《雷雨》中,"病"这个词语前后大约出现了四十一次;从第一幕到最后一幕,这个词语贯穿了整个戏剧,其分布的疏密与戏剧发展的节奏紧密相合。借助于"病"展开戏剧人物各自的性格特征,在能指与所指的分合之中尽显种种细微的戏剧矛盾冲突,充分地显示作为戏剧大师的曹禺的艺术匠心。

　　《雷雨》中的主要人物,都被作者或直接或间接地点出有病。在《雷雨》这部戏中,按照曹禺自己的介绍(就是人物出场时的说明),只有周萍被直接点出有"病":"然而他明白自己的病"。这里所说的"病"显然是精神上的病,也就是由于和蘩漪的"不自然"的关系引起的内心的愧疚以及悔恨,精神上的折磨和煎熬又进而影响到肉体,人也就自然显得憔悴而略带病态。然而,虽然作家没有直接指出,但是周公馆里面,没有病的人又何其太少呢。蘩漪需要治疗,就连最纯洁无辜的周冲,作者也不是借了周朴园的口,问他"你吃过药了么",也就间接地点明了周冲也在"病"中。只不过周冲之"病",在很大程度上是被当作一种象征或寓言被揭示的,作为《雷雨》中最纯洁和作家

---

　　* 咸立强,文学博士,华南师范大学中文系讲师,专业为中国现当代文学。

最喜爱的人,暗示他需要吃药,一方面揭示出这个单薄的天使形象的脆弱,同时也以此暗示出所有的人都需要治疗。因此,在《雷雨》中,病有真病和假病之分,有生理之病和精神之病的区别,"病"之为义被发挥到了极至;因而,在"病"人当中,也是需要仔细辨别,方能体味戏剧创造的精微内涵。

周萍的"病",根源在繁漪,而繁漪与他一样因精神上的压抑和痛苦而呈现出一种病态的生存。实际上,在《雷雨》一剧中,除了周萍在出场介绍中与"病"这个词语沾了一次边以外,所有的场合里面出现的"病"这个词语统统都指向繁漪。而"病"这个词语也就像一面镜子,照出了每个人物不同的嘴脸形象。只要联系几个围绕着病展开的场景就可以明白曹禺使用"病"这个道具所达到的惊人的戏剧化的表现效果。通观《雷雨》,"病"这个词语在周朴园和繁漪两个人口中出现的最频繁,而其他人谈到病的时候,基本上也是在转述两个人的话,或者是为两个人的话作分解。可以说,周朴园和繁漪之间的矛盾是《雷雨》当中最为尖锐的一对矛盾,而矛盾的症结就在繁漪的"病"上面。《雷雨》里面,周朴园强逼繁漪喝药那一幕具有谁也无法否认的经典性。这场戏将周朴园和繁漪之间的矛盾一下子揭示出来,同时也为周朴园这个角色定好了基调。然而,这场戏的重要之处还在于它实际上将周家各人相互之间的纠葛关系作了集中的展露。喝药是因为有"病","病"自然应该是喝药的缘起。但是在戏剧情景中,喝药超越了生理治疗上的意义,成了试探、排斥、压制对方的武器,也就是说成了精神纠正。"喝药"这一行为本身最终取代了"药"成为注意的焦点,而治疗也从身体上转移到了思想意识上。与后来的几个场景不同,"喝药"一幕里,繁漪就像祭台上的羔羊,尽量地顺从着周朴园,而且刻意在周朴园问起自己的病情的时候总是努力地要将话题转移到别的地方去。对于自己的病,繁漪在这里采取的是尽可能回避或模糊化的态度,这就与周朴园的热心形成了一个反差。考虑到周朴园在繁漪和周冲都还不知道的情况下,早已吩咐四凤熬了药,说明周朴园在儿子们面前强逼喝药并非预谋,并非预谋而在瞬间爆发的行为,也不是偶然,显示的恰好是积久成疴的家庭矛盾的激发。

病的提出与被掩盖都有内在深刻的动机,在戏剧表现里面,这些动机和人物各自的行为也就构成了对矛盾冲突的戏剧化表现。"在实际生活中,每一个动作——随便说一下,这是某种新的发现——通常是由一整系列的动机造成的,这些动机或多或少都带有根本性,但通常观众只认为是这些动机中的一种造成的,也就是他们头脑里最易于把握的那一种动机,或者是在他看来,最为可信的那一动机。有人自杀了。商人说是因生意上蚀了大本,女人说是因相思,病人说是因病之故,穷困潦倒者则认为是由于绝望。但很有可能,其动机可能是所有这些原因或根本不是这些原因,还有可能是死者为使自己脸上增光,通过显示刚好相反的动机而把自己的真正动机掩盖起来了。"[1](P.58)《雷雨》里面出现的"病",其被提起的动机总是各不相同的,在说者和听者之间总是存在着理解和接受上的错位,在错位的基础上流动着的戏剧性也就使得丰富的人物内心世界得到了完美的表现。

如果我们能够将周朴园强制蘩漪喝药的原因仔细地向深处探究一下,就会明白"喝药"实际上已经成了周公馆长期以来忍耐未发的家庭矛盾的一次集中展示。"喝药"就像是阿里德涅的线团,借助这样一个场面,作家将蘩漪所经受的苦难,以及这个家庭内部早已分崩离析的情况全部暗示出来。在剧中,有一个比较明显的细节应该引起我们的注意,就是周冲在他母亲的病的问题上所持说法的反反复复,一会儿说有病,一会儿又说没有,从这里我们可以看到一点有趣的东西。周冲最初见到他母亲蘩漪时,所说的第一句话就是,"您好点没有? 这两天我到楼上看您,您怎么总把门关上?"然后又说道,"我看您很好,没有一点病。为什么他们总说您有病呢?"接下来当周冲问母亲答应给他画的扇面时,蘩漪说,"你忘了我不是病了吗?"周冲就为自己的"忘记"向母亲道歉。然而,当周萍进房,周冲说妈妈想见他,为什么他不坐坐再走的时候,仿佛在母亲的提示下相反地又重新记得了母亲的病,对周萍说,"你不知道母亲病了么?"也就是说,从一开始,周冲在他母亲的病的问题上所持的态度就在自己、母亲,还有他自己所说的"别人"的观点之间摇摆着。问题是当面对自己的父亲周朴园的时候,周冲在这个问题上的反复性突然就消失了。紧接周萍进来的周朴园,先向蘩漪问候了她的病情,接着又向周冲询问,"你看你母亲的气色比以前怎么样?"这时候的周冲似乎没有思考就冲口而出了否定性的答案。

根本没有顾及父亲问候里面可能含有的好意,而是近乎出乎条件反射似的否定了周朴园的问讯,"母亲原来就没有什么病。"周冲的行为之所以耐人寻味,就在于他前后表现出来的矛盾性,在这种矛盾当中表明了他在母亲和父亲间的选择,同时也显示了亲人之间深印着的隔阂与相互戒备的心。如果结合周朴园回家之后、繁漪喝药之前的周公馆里的形势作一下分析,我们就可以知道周冲的态度对双方来说意味着什么。从文本里我们知道,周朴园长期住在矿上,离家已有两年。刚刚回到久别的家,迎接他的是什么呢? 将自己卧室的门紧锁的妻子,接连三天不见自己的丈夫,儿子对周朴园也普遍没有亲人之间的热情。或许我们应该说这是周朴园自作自受的结果,是他以往淡忘了妻子家人,没有给他们应有的亲情和爱的惩罚。但是,我们也应该知道,所有的报复,不论有意还是无意,伤害都是双向的。伤害了别人,接着被别人伤害。如果是冷血动物,向来情感淡漠的,也许不重视这些,但是周朴园却是一个未能尽忘情的人,不管他对侍萍的情感是真是假,仅仅从他保持侍萍所住房子数十年如一日,可以看出他对亲情还是比较留恋的。一个人用来显示自己权威的方式很多,完全不必要采用强制喝药的方式,但是周朴园最终却在这上面显示了他的权威。为什么? 就在于刚刚回到家的周朴园明显地感到了自己在家中所处的一个被疏远的地位。他问候繁漪的病,我们尽管可以将其视为虚伪,但无论如何不能否定这一行为的合乎人性礼仪。如果他对于一个托病不出,两年不见了的妻子连病情都不问,这才真是不正常。面对周朴园的问候,繁漪的回答绝对是敷衍性的,但也是巧妙的,她轻轻地将病的问题又转到自己对周朴园在外面情况的关心上去。其实,如果按照繁漪的那种处理方式,强制喝药的一幕可能完全不会出现。但是恰好是幼稚的周冲(起码在周朴园的眼里向来是如此),这时候却突兀地站出来,有些赌气和反感似地说出了那句话,"母亲原来就没有什么病"。在周朴园的心里,周冲最多只是一个没有长大的孩子。周冲面对刚回家的父亲采用这样的语气和方式否定其对母亲的问候,强调母亲本来就没有病,所导致的结果绝不是澄清事实,而是引出了为温情以及表面礼仪掩饰的家庭矛盾和不合,若是周冲说的是事实,那么回家后的周朴园所面对的一切就需要重新寻找解释。因为从繁漪的行为和答话里面,显然是自承认为有病,严重不严重或病在哪里是另一回事,病在繁漪和周朴园之间是不能也不容否认的,因为这实际上已经成了处理他们之间尴尬局面的一块遮羞布。否则的话,繁漪不见周朴园就成了比不喝药更严重的不服从的榜样。没有病的话,繁漪显然就与周朴园之间构成了陌路人。然而周冲却将这块遮羞布一下子挑开,这显然让周朴园感到不快,繁漪的感觉和周朴园应该是很相似,所以她要赶紧给儿子打圆场。因此,在我看来,周冲的行为是喝药场景最终出现的直接导火线。而周朴园开庭教训周冲说话方式的错误实际只是虚晃一枪,将问题从实质的地方引开,却回过头来以强迫喝药的方式宣泄自己被戳痛了的心。

反过来说,繁漪是有病,最明显的病症就是见了周朴园就要发神经,但是面对其他人的时候却是一个聪慧的正常人。从周冲前后几次的反复来看,我们知道他对自己母亲的状况实际是很担忧的,所以总是顺承着母亲的意思说话,所有的话语都是维护母亲的。他可能感觉到母亲想见周萍,所以要说"你不知道母亲病了么"来留住他;对于父亲,可能感觉到没有这种撒谎的必要,所以直话直说,但是他却忘记了母亲躲在自己卧室里不见周朴园的理由;如果周冲看穿了父亲和母亲之间的芥蒂,从而是想借此为母亲不得不以病为借口来躲避什么。尤其严重的是,如果按照这种逻辑推理下去,周冲显然就是在讥讽父亲,要将长辈虚伪的面孔揭开。对周朴园来说,这显然是不允许的,即便是他能够正视也接受繁漪的"病"根在于自己,他也不可能承认,因为这已经是无法挽回的事情,而一旦将封建家庭将人硬牵扯到一起的所谓礼仪抛却,将矛盾公开化,周公馆也就在形式上也不能继续保存了。无论如何,周冲的话已经在周朴园的心里投下了一颗炸弹,他直接让周朴园警觉到家庭中出现的越来越强的另类声音。在强制繁漪喝药时,周朴园对周冲说,"你和你母亲都不知道自己的病在哪儿。"将繁漪和周冲母子两人联在一起,决非无意之语,其实是显露了周朴园内心深处的某种焦虑。紧接着关于鲁大海而来的那场父子之间的争论中,周朴园对周冲所作的那一句评价,也就显得颇耐人寻味。"这两年他学得很像你(指繁漪——引者注)了。"在周朴园看来,正是在他不在的两年中,是繁漪影响了周冲,使得周冲与自己产生了离心倾向。在周朴园眼里,繁漪不是无知和单纯,而是神经有问题的女人,而"像繁漪"无疑不仅仅是不听话或反叛,也是走什么道路的问题。这倒不是上纲上线,而是从周朴园对自己家庭的态度来看,是相当尊奉传统封建体统的,也就是说妻子应该相夫教子,而儿子则应该继承父志。繁漪无疑是没有尽到妻子的责任,而是一个在周朴园看来需要改造的神经病患者。这样,"像繁漪"还是像周朴园也就成了对于孩子成长的期望问题。周冲的行为之根源被算到了蘩漪的账上,后来在蘩漪身上下手,要重新挽回两年来在他看来被改变的东西,使一切按照自己设计的轨道运行。起码从周朴园的角度来看,这已成了势在必行的动作。

　　蘩漪与周冲的态度一样,时而说自己有病,时而又宣告自己完全没病,病在他们那里已经成了一个道具,随着自己的心意选择是有还是无的回答。而所有的选择真正针对的对象只有一个,那就是周朴园。前面我们已经谈到周冲和蘩漪面对周朴园的询问时所采取的有些矛盾的态度。但是在那一场里,蘩漪没有否认自身的病,而只是说自己不愿意喝那种苦东西。但是后来,凡是在周朴园在她面前谈到她的病的时候,蘩漪几乎没有不和他唱反调的。第二幕周朴园向蘩漪说已经请了克大夫给她看病,蘩漪的反应是一口否认自己有病,她有些强烈地说,"谁说我的精神失常?你们为什么这样咒我,我没有病,我没有病,我告诉你,我没有病!"是什么原因使得蘩漪如此快地就否定了自己刚才还承认的病呢?是周萍给予她的打击,使得她已经失去了生的信心,而自暴自弃,不愿治疗而像周朴园所说的那样——"自己有病偏偏要讳疾忌医,不肯叫医生治"吗?蘩漪接下来的话说明了这个问题,"哼,我假若是有病,也不是医生治得好的"。从蘩漪的这句话里面,我们大约可以看出,蘩漪并不认为自己真正有病,即便是可以说是自己有病的话,也不是周朴园所"关心"的那种"病",其病根不在肝郁,而是来自心灵深处。这病是源自感情的创伤,灵魂的压抑,精神所属,自然非药石针灸可以治疗。蘩漪的这种说法自然并不排除发泄积怨的意思在内,但是却也恰好表明了"病"在蘩漪那里所具有的双重性意义。一方面,从情感上来说,蘩漪有着非正常的要求,在周朴园为代表的社会法统看来,自然是病态的,而蘩漪对自身的处境也同样认同为病态的,只是这种病态是被看作社会之病;另一方面,为了躲避和对抗周朴园,病在蘩漪那里已经成了一个可以随便使用的工具和遮蔽物。正是在病的名义下,蘩漪的行为已经在许多地方可以有自由出格的行为,这起码给了蘩漪一个可怜的退缩的机会,实际上,蘩漪是以病作了一个茧子,紧紧将自己裹在一个可以尽量与周朴园隔开的空间里面。而且这种行为并非是见到了周萍以后才有的,应该是长期不如意的生活逼迫蘩漪出此下策来保护自己。病人的典型表征是生命力或多或少地被剥夺,自居为病状态下的蘩漪自然也是如此。从蘩漪和周萍的对话当中,我们知道,她认为在周萍出现以前,她是一个没有生命要求的枯萎将死的病人,只有当周萍出现以后,才又重新唤起了她的生命力。这时候,虽然还需要病的借口来掩护自己可怜的自由空间,但是她对于自己的病已经是不太强调,而且只有在非常有必要的时候才以病来为自己辩护。实际上,我们通观《雷雨》一剧,里面基本上就没有繁漪首先直接提出自己有病的情况,除非是以反语的形式出现。周朴园提到自己病的时候,繁漪总是想转移话题,顾左右而言他的行为,也就在一定程度上说明了这个问题,即复活的繁漪已经不再主动认同病的状态,而只是将病视为被动的辩护借口。于是,所有的矛盾都由这里引申开来,复活的人自然对于僵死的病的状态深恶痛绝,却又不得不使用它作为遮掩色,长期以来自己努力争取的病人的自由也已经使得摆脱病的关照成为一个道德上的问题,而不仅仅是生理上的问题。

在整个的戏剧当中,对繁漪的"病",在周萍的口里仅仅只出现过一次。那就是在戏剧最后一幕,当繁漪拉出了周冲,想让他和自己的哥哥争夺四凤,以便藉此留住周萍。但是在各种办法都失败之后,失望之余的繁漪不顾一切地揭露了自己对周萍的情感和关系。这时候,面对自己的弟弟,周萍使眼色向周冲,第一次也是最后一次从他口中说出了"她病了"这三个字。而这时候的所谓"病",也不是真正如周朴园那样认为的病,而是为繁漪出格的行为寻找合理的借口,一个掩饰的没有实义的词语而已,这已经是非常明显的事情。周萍不得已的选择,恰好也表明了两个挣扎在陷阱里的人物在精神上的相通。即便是在周朴园口口声声要他照顾繁漪的"病",周萍也从来没有像周冲那样努力地为她作辩解,尽管如此但却是在什么意义上都没有使用过"病"这样的描述词,尤其是从来没有为附和父亲的意志说这方面的东西。至于后来在繁漪的逼迫下说出的"疯"、"真疯"等等的评语,那更多地是来自对其狂热的恐惧,和直言所认定的病毕竟是截然不同的两码事。转身独自面对繁漪的时候,他对被父亲谨慎告诫显然不以为意,对繁漪虽有意疏远,但仍可看出他对繁漪是理解而且同情的。当繁漪的欲望已经超越了周萍可能接受的程度,同病相怜也就向相排斥的方向逃逸,想要摆脱"不自然的关系"和拯救自己的欲望,使得他不得不从对他者的同情中抽身。

戏剧中其他角色口中流露出来的"病"这个词语,一方面在情节结构的展示方面起到了连接和推动作用,比如鲁贵在第一次提到繁漪的病时,就将蘩漪与周萍以及周朴园三人之间的关系和矛盾作了提示；另一方面也是借助"病"上面的表演，使他们将自身的性格特征作了一番展示。比如鲁贵，他在剧中曾经三次提到了蘩漪的病，所谓的"病"，是蘩漪的心病，也就是难以摆在桌面上谈的隐私，这在鲁贵那里被视为可以要挟敲诈的秘密武器，活显一副小人嘴脸。第一次是和四凤谈到，说是让她代他向蘩漪的"病"问安，实际就是借此提醒蘩漪她和周萍的事情，以便保住四凤在周公馆的位子；紧接着就是鲁贵自己出场，"太太，您病完全好啦？"没话找话，殷勤献媚的奴才相也就呈现在人们面前。由于鲁贵对于自身打算的交待，他对蘩漪病的问候也就全部成了戏台上小丑的卑劣表演。最后鲁贵向蘩漪传达周朴园的话，"老爷催着太太去看病。"以势压人，实际上是想要借此撵蘩漪走，使她少与侍萍接触，避免于己不利的事情发生。反过来看四凤，为了自己的利益，她也向蘩漪转述过父亲的话，但是从她口中吐出的关于蘩漪病的信息，全都以转述他人话语的方式出现。掌握了蘩漪的病情的她与自己父亲的行为恰好形成了一个鲜明的对照，和周冲的行为一样表现出了一个纯洁无伪的灵魂。

《雷雨》中蘩漪的"病"不仅与戏剧人物性格的创造有密切的关联，而且也成为表现或推动戏剧情节冲突的一个重要手段。我们可以看到，几乎所有的矛盾冲突都与"病"有关，而"病"这个词语的出现频率，还直接与整个戏剧发展的缓急相结合在一起。在喝药那个最典型的场景里面，"病"这个词语出现的反而并不多，只有两次。但是在这个场景过后，当蘩漪与侍萍商量好要四凤回家的事情之后，面对着周朴园，两个人之间却为病的问题针锋相对地争论了起来。在一句话里面，蘩漪一口气说了三个自己"没有病"，"谁说我的神经失常？你们为什么这样咒我，我没有病，我没有病，我告诉你，我没有病！"就像是连珠炮似的，蘩漪郁闷的心情火山般爆发了出来。在不足两页的纸面上（根据"中国现代文学百家"版本），就集中了十一个"病"字，在人物口中出现的密集度也就相应地表现出了人物情感的强度。尤其是当这样一个场景恰好夹在"强迫喝药"和周朴园与侍萍相认——这两个矛盾冲突最为尖锐的场景中间出现的时候，无疑就像音乐里面的和谐音一样成了连接音符，合奏成了一个完整的情感交响乐。这样强烈的宣告方式在后文里又出现过一次，就是当她阻拦周萍的努力失败以后，矢口否认周萍为她以"病"所作的遮掩。"胡说！我没有病，我没有病，我神经上没有一点病。"

又是接连三个"没有病",直接抛掉原先使用的掩饰手法,显示了她破釜沉舟的决心,从而也就进一步向在场的人们明确地证实了自己和周萍关系的真实。这时候,人物之间矛盾的弦已经绷到除了断裂没有其他选择的余地,形成了不是自己毁灭就是毁灭他人的局面。在病的问题上,整个戏剧形成了一个逐渐发展的有条理的线索,从一开始的时候繁漪在周朴园面前的以"病"作为遮掩,却又故意模糊自身的"病",发展到后来强烈地向周朴园抗议"自己没病",再到后来直接宣告"即便有病,也不是药所能治好的",在自身"病"的问题上逐渐由被动转为主动,进而故意以认同周朴园思路的方式并进一步突显"病"来抗争、打击周朴园,"(忽然报复地)我有神经病。"在逐渐增强的音质上,繁漪完成了自身作为一个反抗的形象性格的渐变历程。

参考文献

［1］ L. 斯泰恩,《现代戏剧的理论与实践》,中国戏剧出版社 1986 年。

（责任编辑:姚晓雷）

75

黄海学术论坛

Huanghai Academic Forum

2006 年　第 7 辑　　　　　　　　　　　　　　　　　　　　2006　No. 7

格雷《墓畔哀歌》赏析

刘立胜*

一、引　言

　　格雷(Thomas Gray)的《墓畔哀歌》是英国感伤文学代表作,它魅力永存,经久不衰,通篇散发着美的气息。其格调之哀婉,用词之独特,韵律之讲究,形式之完美,气氛之宁静,意象之幽邃,主题之深刻,表达了多愁善感的诗人对农民的同情,对权贵的谴责,对自己的哀伤,对人生的悲鸣,着重表现深沉而又婉约的情感,历来为文化学家和批评家所称道。此诗中的感伤主义,独特的描写对象和人文的关怀,以及自始至终笼罩的哀婉气氛及营造出的恬淡朴实的忧郁之美都值得探讨、欣赏,其风格处于侧重于表现理性思考的古典主义和浪漫主义之间,属于感伤主义诗歌,但兼具有古典主义和浪漫主义的特点。诗人长在崇拜希腊文化的氛围中,受其熏陶、感染,因而诗中充满着 18 世纪浪漫主义精神。《哀歌》讴歌了乡村朴实的农民和清新的田园风光,描写了那种男耕女织,人与自然和谐统一,表现了他对希腊精神的崇尚。诗人在我们面前展现了一幅透着希腊式美的图画:芬芳四溢晨风吹拂下的小山村,细雨呢喃燕子飞绕农舍,山野深谷中回荡着悠长的猎号,和平静谧中,人民耕种收割,放牧砍伐,享受着劳动带来的欢乐,诗人以极大的热情赞美农民,歌颂劳动,表现了对希腊式美的赞赏。它赞美自然,回归自然,

---

　　* 刘立胜,翻译学硕士,山东大学威海分校翻译学院助教,山东大学翻译研究所成员,主要从事翻译理论与实践及语用学研究。

但同时又对王公贵族及道德堕落进行了无情的鞭笞,从反面提示王公贵族昧着良心作恶犯罪。整篇诗歌响彻着自然的呼声,赞美着自然状态的简朴及农民心灵的纯洁。在此只有大自然才是他的挚爱、他的希冀,这与其一贯不求名利的生活态度有着很大的关系。

诗意存于字里行间,其写诗目的在于用尽量少的文字来宣泄诗人复杂的感情,如 Laurence Perrine 所说(1998:546):"诗歌可以被定义为一种不同于平常语言,而语意更加丰富,更加强烈的文体。"因而每行每节都蕴含着作者的感情,诗歌语言是一种强有力的语言,诗人以此来表达情感,与读者交流,为此以多异的表达手法来调动读者的审美兴趣。为了能更好地领略《哀歌》的独特文体、幽深意境及感伤主题,本文将从音韵、语义、意象及主题等几个方面对其进行具体分析。

二、音韵结构

诗和心灵存在直接的对应关系。诗歌能够直接地、聚焦地体现作者的内心世界,具有强烈的情感性和深刻的启示性;诗歌又具有强烈的节奏感,能够巧妙地宣泄感情发生、延续、收结的流程。优秀诗歌十分讲究音乐性,席勒甚至认为"诗里的音乐在我心中鸣响,常常超过其内容的鲜明表象"。诗有格律,讲究押韵,讲究对偶。

《墓畔哀歌》具有新古典主义和浪漫主义的特点,属伤感诗作,吟诵此诗不仅为其抒发情怀感染力所震撼,同时又能领略其古典主义风采。18 世纪中期,古典主义在英国仍然很盛行,但格雷的诗歌吸收的不是古典主义的思维模式,而是其艺术形式,古典主义文学要求形式完整,结构严谨,语言准确、明晰,合乎逻辑,而《哀歌》结构匀称,步伐整齐。此诗与新古典主义有所不同,全诗共三十二节,每节四行,共一百二十八行,是典型的英雄体四行诗(Heroic Quatrain),格律对仗工整,每节均为五步抑扬格(Iambic Pentameter),音韵是 abab,形式整齐,语言典雅,音韵优美,表现出很高的艺术技巧。这是格雷对诗歌的发展,因为除了 17 世纪弥尔顿用这种题材写过一些诗外,从中古文学《贝奥武甫》的头韵体到乔叟的双韵体,马洛的白体诗,莎士比亚的十四行诗,一直到 18 世纪格雷才用这种题材写出这首杰出的诗,这种格式每四行一小节,非常易于表达感情的起落,适合田园间的咏叹,当然从对死亡的思索到对性、对自然的思索,既要任思绪纷扬又要竭力保持这么工整的格式,不免有雕琢痕迹。诗的格调严肃,形式庄重,在诗的浪漫中包含着作者的理性思索,这是古典主义特点,但它又包含着太多的抒情部分,属于浪漫主义诗歌。看一下此诗的音韵结构:

v/| v/|v/| v/| v/|
The Cur/few tolls/the knell/of part/ing day,
　The low/ing herd/wind slow/ly o'er/the lea,
The plough/man home/ward plods/his wea/ry way,
　And leaves/the world/to dark/ness, and/to me.
Now fades/the glimmer/ring lands/cape on/the sight,
　And all/the air/a sol/emn still/ness holds,
Save where/the bee/tle wheels/his dro/ning flight,
　And drow/sy tink/ling lull/the dis/tant folds.

原诗没有用18世纪的双韵体,而是采用典型的英雄体四行诗,格律对仗工整,每节均为五步抑扬格,且隔行押韵,全诗的音韵为 abab。这一诗体的改变带来了不同的空气,不再是客厅谈吐的俏皮、机智,而是一人独行墓园时的肃穆心情。在这个诗段里,格雷精心挑选的词大都是长音,"cur-few"、"tolls"、"knell"、"parting"、"slowly"、"lea"、"weary"、"darkness"等词中的长元音/ə:/、/a:/、/i:/和双元音/əu/、/ei/、/ɛə/、/ai/。众所周知,长元音和双元音能够象征多种感情,声音拖长带来的夸张效果有助于感情的体现,读起来缓慢悠长,更能表现心情的沉重,加上特定的背景描写,哀婉的效果达到了极致。诗人辅音双韵的使用,如在第三行中的 ploughman 和ploughs, weary 和 way,显示出诗人对音调的考究,而尾韵压在长元单音的/i:/上,则让人读出了一种缓慢、轻柔、静默的墓园暮色。

三、音义关系

英国感伤主义产生于18世纪,而格雷则被认为是18世纪中期感伤主义诗歌的代表。《哀歌》自始至终笼罩着的哀婉的气氛营造出一种恬淡朴实的忧郁之美,这是格雷独具匠心、音义结合的效果。英国诗人说过,"语音和思想必须产生共鸣"。格雷用文字和声音表现忧郁之情,声音的组织与安排妙不可言,诗人的用意并不在于传达声音,而是通过声音表达意义。《哀歌》的前三节全是写景;每一节以绵长、低沉的音韵给全诗定下了忧郁的基调。

在诗歌的创作与欣赏过程中,声音还可以用来加强词义。在特定的语义背景下,声音会使我们联想到意义,尤其是和某些表现某一意义特征的关键词,而且这些关键词的暗示会使读者把声音与意义加以联想。语音符号对一个关键词往往具有语义上的揭示作用,尽管它是辅助的,本身不能创造意义(Traugott,1980)。看下例:

> Save that from yonder ivy-mantled tower,
>> The moping owl does to the moon complain.
> Of such as, wandering near her secret bower,
>> Molest her ancient solitary reign.
> Beneath these rugged elms, that yew tree's shade,
>> Where heaves the turf in many a moldering heap,
> Each in his narrow cell forever laid,
>> The rude forefathers of the hamlet sheep.

这里多处出现/əu/、/u:/,以及鼻辅音/m/和/n/,使人联想到 moan、groan、gloom 等词,读者恍如听到埋在地下的死者灵魂的痛苦呻吟,加强了忧伤的意境。此时正是暮霭沉沉的黄昏时刻,晚钟响起来一阵阵给白昼报丧,牛群在草原上盘桓,吼叫着要冲进圈栏,耕地人拖着疲乏的双腿走在回家的路上,微微闪光从大地慢慢隐退,寂静和庄严笼罩着四周的一切;嗡嗡飞旋的甲壳虫,塔顶上对着月亮抱怨的猫头鹰,更增添了阴沉肃穆的气氛。这一切使读者犹如置身于一幅充满忧郁色调的巨大的风景画前,耳际鸣响着如歌如泣的音乐,不由得和诗人一起对长眠地下的"粗鄙的"农民产生同情之心,并充满了深深的忧伤。

> The boast of heraldry, the pomp of pow'r,
>> And all that beauty, all that wealth e'er gave,
> Awaits alike th'inevitable hour.

The paths of glory lead but to the grave.

Nor you，ye pound，impute to the fault

o'er their tomb no trophies raise，

Where through the long-drawn aisle and fretted vault

The pealing anthem swells the note of praise.

这一节中形式整齐、结构严谨反映出作者的苦心。贴切的词语如"boast of heraldry"，"long-drawn aisle"、"fretted vault"等展示了门第的炫耀、权势的显赫及贵族生活的豪华奢侈，而精当的词语搭配如"the path of glory lead but to the grave"，"pealing anthem swells the note of praise"，又使读者如身临其境地感受到高贵的身份及富有并不能改变一死的命运和那些权贵们死后要人歌功颂德的虚伪和排场。这些都显示了格雷丰富的知识和阅历以及驾驭词语的娴熟的技能。

四、意象情境

意象是寓有作家主观情思的艺术形象，是经过诗人情感、想象、思想、美学趣味等重新处理过的感觉，来自诗人对客观事物进行"万取一收"的筛选与熔炼。它既是现实生活的写照，又是诗人审美创造的结晶和情感意念的载体。古今中外的诗人、学者对意象的创造及其审美作用都很看重。"诗言志，歌缘情"，诗歌往往不对客观现实作全面具体细致的描绘，而是选取现实生活中最富有特征性的片段，描绘出一幅幅感人的生活画面，烘托出与这种画面相吻合的情调。在这些画面中，有诗人创造的各种艺术形象，并饱含着诗人的感情。画面或形象、情调或气氛，几方面有机融合在一起构成诗中艺术境界，"一切景语皆情语"，诗歌尤其如此。"意象应曰合，意象乖曰离"。钱钟书则强调了诗与意象的相因关系："诗也者，有象之言，依象以成言；舍象忘言，是无诗矣。"正如 Laurence Perrine 所言(1988：546)："诗中意象描写，需读者先在脑中列一系形象图片，然后寻找与其相关的一些感觉——听觉、味觉、嗅觉等等。"

格雷通过丰富的意象和富有隐语性的暗示，表现出他的悲哀、同情、赞美、激愤等复杂的感情。如晚钟、黄昏、尽哀的泪水、盘根错节的老树、清凉僻静的山坳、雕花的拱顶等，这些事物都要蕴含着丰富的意念，加强了诗句的表现力。

不仅如此,格雷还善于利用意象调动读者的各种感官系统来感受诗的魅力。

> The breezy call of incense-breathing morn,
>> The swallow twittering from the straw-built shed,
> The cock's shrill clarion, or the echoing horn,
>> No more shall rouse them from their lowly bed.
> For them to more the blazing hearth shall burn,
>> Or busy housewife ply her evening care;
> No children run to lisp their sire's return,
>> Or climb his knees the envied kiss to share.

诗人用嗅觉意象(incense-breathing morn)、听觉意象(breezy call)、动觉意象(swallow twittering)、视觉意象(the straw-built shed)使读者从多种角度充分领略到诗人所描述的那种清新、质朴的田园景象之美和诗人的情感产生了共鸣。而且"breezy"和"breathing"、"swallow"和"straw"及"cock"和"clarion"都押了头韵,赋予了语言以音韵美和节奏美。丰富的意念与强烈的感情是浪漫主义特征之一,《挽歌》明显表现了这种风格。在第四节中,当诗人描述了"许多零落的芒堆"坐落在凄凉的乡村墓地时,他展开了想象的翅膀,开始了对这些死者的遐想和沉思。生前这些农民尽管清贫,却也过着田园式的生活,享受着天伦之乐,而如今"香气四溢的晨风","细雨呢喃的燕子","公鸡的尖喇叭"和"山鸣谷应的猎号"再也不能把他们从"荒堆"和"洞窟"里唤醒。诗人在反面描写这些农民生前生活经历的同时,由同情和怜悯转向了深深的惋惜,他用丰富的想象、恰当的比喻、优美的语言抒发了自己的情怀:

> Full many a gem of purest ray serene
>> The dark unfathom'd caves of ocean bear;
> Full many a flower is born to blush unseen,
>> And waste its sweetness on the desert air.

这些熟悉的意象能引起读者感情上的强烈共鸣,不仅因为诗句优美,而且它反映了现实:在人欲横流的海中埋没了多少晶莹的珠宝,在失却文明的荒漠中浪费了多少芬芳的花朵,想到这一切,不能不叫人感慨万千。诗人的浪漫主义情愫召唤着读者的心灵,发出深深的惋惜和极大的义愤。

五、伤感思辨主题

　　格雷《哀歌》是欧洲文学有关死亡最为出名的诗歌之一,诗人穿过教堂,站在乡间一隅,面对苍茫天空,恬静大自然,伫立在黄昏的余辉里,沉默冥思着死亡的意义。虽然诗句冷静而又深含哲理,但字里行间显露出诗人的强烈感情:对清贫村民的同情与怜悯,对雄心及豪华的厌恶与蔑视,体现着西方的思辨色彩。顺着西方思考死亡的理路,《哀歌》从第八节开始,进行了浓墨重彩的思辨。

> Let not Ambition mock their useful toil,
> 　　Their homely joys, and destiny obscure;
> Nor Grandeur hear with a disdainful smile
> 　　The short and simple annals of the poor.
> The boast of heraldry, the pomp of pow'r,
> 　　And all that beauty, all that wealth e'er gave,
> Awaits alike th'inevitable hour.
> 　　The paths of glory lead but to the grave.

　　哀悼这些亡灵,诗人思考着:他们虽然平凡地死去,只有"脆弱的碑牌"陪伴身旁,但他们一生有"清醒的愿望",坚持走"不声不响的人生正路",而不像"骄傲人","从杀戮中间涉登宝座,对人类关上仁慈的大门。"

　　诗人在对死亡的思辨中作出了如下的诊断,发出了如下的感慨:

> Can storied urn or animated bust
> 　　Back to its mansion call the fleeting breath?
> Can Honor's voice provoke the silent dust,
> 　　Or Flattery soothe the dull cold ear of Death?

　　古今往来,无论人生前怎样炫耀自己的门第和财富,怎样煊赫自己的虚荣和权势,都无法逃脱死亡的命运;无论人生前怎样为自己树碑立传、歌功颂德,都无法死灰复燃、借尸还魂。死亡是公正的,而且是不可抗拒的,死亡是人们的共同归属,不管你是王公贵族还是平民百姓,不管你是荣华富贵还是清贫卑贱。这不由使我们想起唐朝时期诗人僧贯休的杂曲《歌辞·行路难五首》曰：

> 君不见烧金炼石古帝王，鬼火荧荧白杨里。
> 君不见道傍废井生古木，本是骄奢贵人屋。

面对个体生命的有限性，一切功名与辉煌都是虚无，这是人类生命个体的永恒悲剧。然而，每个人又必须面对这一人生的必然归宿，"适来夫子时也，适去夫子顺也，安时而处顺，哀乐不能入也"。

中西诗要各据一方，却是异曲同工，可见这是举世公认的真理。像格雷这样一位非常注重道德问题的诗人，运用各种艺术手法着力描写乡村平民质朴的一生，并与王公贵族骄奢的一生进行了鲜明的对比，这绝非出于偶然，而是旨在提醒人们思考这样一个严肃的问题：人应该怎样度过自己短暂的一生，也表现了作者对人生价值的索求。

六、总　结

《哀歌》是英国文学作品中的名篇之一，它音韵优美、意象丰富，全篇吐散着清新、静谧的自然气息。它体现了作者对自然状态简朴、农民心灵纯洁的赞美，也渗透着作者对权贵的憎恨和厌恶。本诗主题严肃，刻意描写农民的质朴与权贵的骄奢，旨在提醒人们思考这样一个重大而严肃的问题：人应该怎样度过自己短暂的一生，也表现了作者对人生价值的追求。作者的所思、所感在文中描述的淋漓尽致，通篇发出美的气息。本文主要从音韵结构、音义联系及其意象隐喻及思辨伤感主题等方面对其作了一个简单的分析，不足以全其整貌，尽其意美，正如"只可意，不可传"，对全诗的完整把握还需进一步的分析和体会。

参考文献

［1］ 王佐良、丁往道，《英语文体学引论》，外语教学与研究出版社1997年。

［2］胡曙中,《英汉修辞比较研究》,上海外语教育出版社 1999 年。

［3］刘宓庆,《文体与翻译》,中国对外翻译出版公司 1986 年。

［4］瓦雷里·席勒,《诗、语言和思想》,见《现代主义文学研究》(下),中国社会科学出版社 1989 年。

［5］E. C. Traugott & M. L. Pratt, *Linguistics for Studies of Literature*, Harcourt Brace Jovanovich, 1980, p. 71.

［6］Laurence Perrine. *Poetry Theory and Practice*. New York: Harcourt, Brace & World, 1998.

［7］Reed, Henry. Naming of Parts. *Literature: Structure, Sound and Sense*. Ed. Laurence Perrine. New York: Harcourt, 1988, 546 - 547.

（责任编辑:常晓梅）

黄海学术论坛
2006年 第7辑　　Huanghai Academic Forum　　2006　No. 7

想象的真实性和美学化的伦理

张 华[*]

美学史上的思想家的论述几乎无一例外地涉及想象对文学艺术的重要作用，甚至不乏将这一作用推崇至极点者。蒙田的《论想象的力量》、胡塞尔的《论想象与图象意识》、霍布斯的《利维坦》以及陆机的《文赋》、刘勰的《文心雕龙》自不必说，就连并非以想象理论而引人关注的叔本华对想象之重视也有其不可忽视的独创性。至于神学与想象之关系，笛卡尔、休谟和康德也有许多论述。而且，在19世纪，文论最伟大的收获之一就是收获了对想象的重视。在当代，想象的意义再次被提升到本体论存在论的高度，比如，伊恩·伯鲁马和阿维赛·玛格里特合著的《西方主义：敌人眼中的西方主义》就对萨缪尔·亨廷顿提出的文明冲突和文明差异观点找到了想象的原因，他们认为冲突是由想象造成的，只要去除想象，冲突也将不复存在[1]。而马可·乔森在他1987年出版的《心理中的形体：意义、想象与理性之形体基础》中对想象之本体论存在论意义更是从哲学美学上给予无以复加的肯定。他认为，"没有想象，世上万事万物均无意义。没有想象，我们永远无法对我们的经历施以感受。没有想象，我们永远无法获取本体之知识。"[2](P. 9)马可·乔森的意义生成理论深受阿恩海姆感知思想影响，他把格式塔原理应用于隐喻的连贯性结构生成之中，拓展概念上的隐喻理论，主张一切思考行为都无一例外地与形体行为相关联，心理通过与形体相关联的结构来组织我们的思想和行为。这些结构被马可·乔森称为"映象格"。他说，一个

* 张华，北京语言大学副教授，文学博士，主要研究方向为生态美学与神学、文艺美学与比较诗学等。

映象格就是一种重现我们感知活动和机体行为的动力图式,它赋予我们的经历和体验以连贯性和结构。他认为,为使我们的经历获取关联性和意义,并且能够理解和推理,我们的行为、感觉和观念必然会有其秩序和图式,心理正是运用隐喻将这些身体之图式映射到抽象的思维之上[2](P.28)。

马可·乔森有关想象的论述,是《心理中的形体:意义、想象与理性之形体基础》中的一个核心思想,他认为想象是一种普遍的结构活动,通过想象我们获取连贯、有序、统一的表现形态。它使我们具备获取活动意义之能力……它是人类思维能力的绝对中枢,人依赖它来发现事物关联,并进行推理和解决问题[2](P.168)。在马可·乔森看来,感知依赖于创造过程,而理性却依赖于人的想象。本文将重点探讨马可·乔森的想象理论,并进一步探讨其与神学和伦理之关系。

一

尽管叔本华关于想象的论述一向并不太为学界所关注,我们似乎仍可以借用其关于天才的想象和非天才想象的区分来对想象作一概念上的厘定。

叔本华对于想象的有意识阐述主要表现在两个方面,一是哲学的,一是文艺的。在哲学认识论上叔本华是崇直观而抑抽象的,他把直观视作一切知识的来源和最终说明,而思想、概念不过是其像或不像的派生物。想象,由于其在物象中的特性而与概念划出界线:相对于客体而言,它与概念都是一种意识的反映,但是想象的反映却不同于概念的反映,后者过滤了客体所有的可感性,而前者则永远与物象相伴生,共存亡。想象的特性也正是叔本华对直观的规定,他认为"一切原创性思想都产生于物象,这可以解释想象何以是思想的如此不可或缺的工具,而缺乏想象力的头脑又何以是无所成就的"[3](P.87)。从他的有关论述可以看出,以物象为核心的想象在叔本华未曾言明的理论中是直觉的。在把想象置于文学艺术活动中予以考察时,我们可以把叔本华的论述划分为文艺鉴赏和创作两部分。在文艺鉴赏中,叔本华认为,把本质上抽象的文学语言转化为具体可观的图像时,必须发挥读者的想象力。在文学创作活动中,叔本华关于想象的注意力则主要集中在它与天才的关系上。想象使天才的认识变得积极主动,他可以驾驭想象的翅膀从现实世界飞向柏拉图的理念世界。但是,另一方面叔本华还留意到,并非所有的想象都能导向理念的天国,超越眼前的事物决不必然意味对现象和意志的彻底摆脱,由此他区别出两类想象,仅仅是心理功能的想象是幻想,而只有能够同时将心理功能推升为哲学功能的想象才是真正的想象,才是具有天才性能的想象。叔本华的目的是试图通过对想象的提纯净除其幻想的成分而将想象神圣化,使其成为天才专有的心理的和哲学的功能。从这一点上加以考察,本文所涉及的想象应该是剔除了幻想成分的想象,是在叔本华所论天才想象意义上使用的。

在人们定势思维逻辑中,想象、美学和真实、伦理分属两个不同的领域,前两者常被认为属于多变且无序的带有愉悦性质的世界,常与艺术、幻想、小说相连,不像后两者那样带有严肃、系统的道德思考,涉及真实世界的原则和原理,某种程度上属于与人类有关的科学事务[2](P. 139)。然而,本文认为它们所具备的对人类世界认识的共同性远远超过其相异性。蒙田在随笔《论想象的力量》中曾说"强劲的想象产生事实"[4](P. 109)。在我看来,被叔本华剔除了幻想成分的天才的想象,通过其固有的创造力,有能力打破和改变传统意义上的真实性,诗意与启发、创造与发现并非相互对立的两极,而是通过不同道路和途径结合在一起。

二

想象力如何结构我们日作夜息的世界的意义?马莉·沃诺客曾对想象问题作公认的权威研究,她在《想象》一书中曾对想象问题提出非常有说服力的论述,她说,"如果我们的想象在意识之下的层面从事条理感官之混乱经验的工作,那么,在其他层面上,它就可能——就像它已经做的那样,恢复这种混乱"[5](P. 29)。由此我们不难看出,首先,她的这种论断赋予了想象以意义的结构,即马可·乔森所说的映象格,并认为想象可以条理我们的经历和经验;其次,除了这种条理活动具有有序性之外,世界本身是混乱的;再次,这种条理活动是超验的下意识的;第四,既然想象有恢复混乱、打破秩序的能力,它也就必然具备重新整理或改变秩序的能力,也就是说,它可以对我们曾经经历过的所谓真实性重新改变或作另一种诠释。

我们知道,现代哲学承认人类的经验世界和所谓"作为世界本身"的超验世界的差别逐渐缩小的事实,日新月异的现代科学也越来越多地消除了由人类自身观念角度或人类自身认识局限所带来的对物质世界和宇宙的误解[6]。恰如德谟克利特所说,世界原本不过是"原子和空间"[7](P.18)。按照查尔斯·泰勒的观点,人类中心的主张用自身所赋予的情感的、道德的、美学的和精神的真实与价值来超越客观的"真实性",并且,似乎是人通过自身对处于中性状态的客体所进行的感官的经历和经验,自然而然地反映和创造出带有美学和情感色彩的色、味等感官现象,且非人类有意反映和创造[8](P.54)。这种具有代表性的主观性被安冬尼·欧海耳称作"分享的主观性"[6](P.25),视为人感知世界方式的一种结果。欧海耳解释说,我们不可能从实践中把来自人的感知割裂开来,真实总是通过的人的某些观点或其他方面才能显现给我们,迄今为止,科学试图回避这一事实的想法本身实际上正是想象力成功的收获。他质疑客观的科学宣称揭示了"真实性"供人们思考和探究的说法[6](P.14)。这一看法与叔本华想象与天才的观点如出一辙。

三

从沃诺客的论述我们还可以了解到,人的原初经验世界的结构和秩序是经过了想象的整理和过滤的,那么,有一点尤其需要注意,即这种经验应该不仅仅是生理的,比如色彩、味道、气味等等,它同时也应该是心理的,是道德性的、情感性的、精神性的,是美学的。如约翰·迈克默雷所说,在我们关于事物的"最初知识"之中,这一切形成一个经验整体[9],在此之外,我们生活其中、工作其中、斗争其中的部分则是世界给予我们的环境,是非本质的存在,而通过马可·乔森的观察,"人的世界"在前概念阶段已经被想象化地整理和排序。他说,想象从整体上看是"我们把精神的再现组织成为有意义的连贯的整体,因而,它就包含我们编构小说情节顺序的能力"[2](P.140)。如此看来,想象就成为意义体的基础,即我们接受、构造和重构意义的能力。在人的原初知识和经验的层面上,马可·乔森展示了想象的两种相互分离又相互关联的功能。第一,如前文所说,人对世界的经验由基本的映象格构成,"格式塔结构涵概相互关联的各个部分,并将它们归类组织成不同统一体,人的经验就此呈现出清晰可辨的秩序"[2](P.109)。这些统一体或程式以循环的形态并作为组成成分,分别来自人在此世界形象化了的存在,即我们的肢体运动,对客观的改造,以及感知觉活动等等,它们共同的目标是努力集中到我们的心理,并隐喻性地升华为抽象性结构,围绕着这些结构,意义得以组织和生成。特别值得指出的是,马可·乔森所说的统一体或程式不是静态的和二元的,而是动态的和多元的,既具备空间深度又富有时间广度,可以看作周而复始而又各具形态的运动的抽象模式,是充满意味的而非仅只概念的形式,是它们构造人生存和体验世界的方式,并通过这种方式反映世界。第二,马可·乔森极力强调"隐喻性反映"在结构人的经验时的重要作用。他说,隐喻不仅仅是一个语言现象,语言相对于整个未曾言明的符号整体,只不过是前隐喻阶段,即,通过绘制从一个领域生理或物质真实有意义的秩序,到另一个领域生理或物质真实有意义的秩序的过程,并使之具备清晰的结构,来说明和诠释世界。

莎士比亚对想象的力量也曾有许多经典的颂歌,在《仲夏夜之梦》第五幕第一场中忒修斯的一段陈述颇具代表性:"想象会把不知名的事物用一种形式呈现出来,诗人的笔再使它们具有如实的形象,空虚的无物也会有了居处和名字。"[10]

如果人的精神的、灵性的、情感的、道德的和其他美学性的直觉力超越自身生理实体而得以表达,那必然是借用了一定适当的形式,对于人和世界最基本的知觉过程和用以表达的语言来说,这种形式即是诗意的或美学的,恰如托马斯·卡里尔所说,"一切属于内心世界的言辞,原初都是想象的、诗性的言辞"[11](P.9)。由此我们可以看出想象所具有的诗意的和美学的特性。隐喻是一种生理事件,映象格经过运动过程集结在一起,成为事件抽象和难以捉摸的注释并形成结构,我们不仅会说出这类结构,而且还要意味深长地体验它,使一个方面的经验与另一个方面的经验连在一起。在上文提到的乔森与他人合作的《我们赖以生存之喻》一书中,乔森与他的合作者描述了通过实验测试意义和秩序获得者的隐喻性转移和变化的结果。这类隐喻最初同样来自对世界的经验,但它们要伴随承载它的结构进行符合逻辑的发展和延伸,它们会重新被培育成有意识的结构,转变为一种可以表达的经验,是一种重新结构和创造了的更适宜于世界的经验。可以说,它们不仅被经验所构造而且同时构造经验[12]。

经验当然不会满足于停留在不变的或难以名状的状态,而是要不间断地转变为苏珊·朗格所说的变型的符号形式[13]。从把人的经验概念化的言辞开始,经过神圣仪式,到与世界达成最为尊贵的美学契约,创造性的想象不断致力于把经验转化为符号。人时而描述其经验,时而有意篡改这些符号,把有序变得无序以期看到或感到不同,这类故意的放纵甚至失足的过程被阿瑟·科斯塔尔看作人类所有创造力中最根本性的,它因把人从人与世界的契约中解放出来而最不因循守旧,最具创造力[14](P.27、44)。这种手段的创造有可能是幼稚、肤浅和黯然的,比如一些庸俗的幻想,但也可能是深刻的思考,比如科学的想象,也可以是想象的再现,那就是带给我们一种新世界的诗或艺术。在这里,诗或艺术获得了真实性,它是想象创造的世界,它同样是真实的。"有意味的形式"或"符号"自然地回到经验的层面,为人的感知所认可,"人的世界"的形态因人对隐喻性阐释的接受而发生改变。在某种程度上,又如保罗·里格尔所言,语言在两种意义上"创造"世界:真实性既带给语言阐释功能又给它创造功能[15](P.239)。我们试图解释和再解释世界的企图始终承载着一种持续不断的辩证关系,而诗和艺术既创造真实,又被真实所创造。

四

不断地被人的想象活动建构和再建构的"人的世界"作为一个公共领域,在某种意义上被我们适应而获得生存,而有时我们似乎也可以选择或必须选择,不过,在很大程度上这种选择必然是理性的、智慧的或者是实用的,因为作为占据这个世界的生物,人类实践要求有最好的选择[6](P.134—135);而根据保罗·里格尔的思想它也可以是感性的、美学的,正义即将语言和艺术流溢的幸福予以确定[15](P.239);在同样的意义上,乔森认为创造性想象对产生小说的结构和情节已经发生作用[2](P.162)。经过这样的论述,我们可以再一次证明,创造性想象已不再是许多研究所描述的那样难以把握或游离不定,它是人自身对世界负载责任、遵循原则的能力,它是一种可以直觉外形而又产生意义的程式,它让人更好地适应世界的愿望成为可能,并因此使人作为人以造福自然的方式生存在这个世界。乔治·斯丁格说世界上的事物"等待被发现",而发现之途在于创造活动[16](P. 153)。这实际上又与中国哲学之中的"道"取得了相同内涵。

这些重要观点对基督教神学关于世界与想象活动的思想研究非常有价值,特别值得强调的仍然是马可·乔森的观点,他在《心理中的形体:意义、想象与理性之形体基础》中还说,"除非想象保持工作和活动,否则,我们绝不可能获得任何连贯而统一的经验和理解"[2](P. 157)。在这种相对深邃的理论意义上,想象创造了我们赖以生存的"人的世界",可以说,想象是带给人生活的意义和秩序的使者。这是乔森的基本看法,本文之所以再三强调,是因为他的看法向基督神学提出了一个根本性问题,即关于创造的本质问题。按照《圣经·创世记》的记载,上帝创造天地万物以及人,并认为是好的。如此看来,乔森对人的想象力的强调不仅在本体上对创造观提出挑战,而且,即使退一步说,在承认上帝创造万物与人的前提下,"人的世界"的想象力如何与上帝的审美观相一致,如何避免滑向人类中心主义,导入生态神学所批判的误区,仍然是一个需要回答的问题。如果我们承认乔森的人通过人的想象力创造了"人的世界"的观点,那么,唯物论的、客观世界有其自身发展规律和美的规律的观点,显然也不能回答这样的问题。

面对这样一个棘手的问题,任何掉以轻心的解释均有招致诟病的危险。本文不揣浅陋,在基督神学信仰上帝这样一个前提下,试图按照基督神学的诠释概念和诠释途径对此提出些许个人看法。我们知道,在《圣经·以赛亚书》中还有上帝"创造坚定大地,并非使地荒凉,是要给人居住"的记载。即是说,上帝创造的世界应该是适宜同样作为他的创造物的人生息和居住的世界,也是适宜耶稣基督的世界,也就是生态神学所说的一个天、地、神、人和谐生存的世界。上帝在造人的同时还赋予了人多种能力以及各种比如生理的、想象的、灵性的、道德的和美学的反映器官,并由此让人按照一定的方式感知和反映世界。人可以能动地通过适当的和负载责任的方式反映世界,且使世界真正产生意义。上帝让人为世界增加更多的意义,增加比从世界获得的还要多的意义,并让人以此与世界分享,而不是借口尊重自然简单模仿上帝的创造[17](P. 15—25)。从耶稣基督身上人了解到特殊的创造动力,并对之怀揣信仰之情,实际上他赋予人同样的构造世界的看法,他通过圣灵昭示给人,他要昭示给人做的远比最初创造的要多,他要人通过人性的救赎,通过人的想象创造力修缮和重构意义,增加价值。按照巴特的观点,上帝原初的美学理想在不断地光射人间和得以实现的过程中已经融入这个"人的世界"。这也许可以成为对上述问题在基督神学范围内的一个回答。

五

上述关于想象的考察主要是关于人作为整体的存在的想象,以及人作为整体与世界的关系,查尔斯·泰勒的《自身之源:现代身份的形成》则为我们研究自我和个体的身份与想象的关系提供了启示。在他看来,作为个体的人自我身份的塑成来自于不断追问生活之意义和使生活获得意义的努力。这种努力在人类整体生存想象结构中最终形成对世界的道德性反映。因此,泰勒坚持认为他的思想因关涉人类经验、事务和意义而成为一种精确的现象学理论。同时,最重要的是,他认为人的诗意创造、美感活动或文学艺术,在使世界真实的发现获取意义,使人之所以为人等方面,具有无以替代的重要作用。他说,所谓自我,就是发现自身的意义,把握或建构自身在整个人类结构程式中的意义。而且,这种把握和建构是立体的,既是空间的又是时间的,既是现时的又是历时的,既包括活动、感觉和情感,又包括从生到死整个过程中的延展和定位。准确地讲,自我身份的确立就是个体在精神和道德空间中的一种定位或定位过程。自我身份的定位必然参照一定预设的关系和原则,就此,泰勒提出三个核心的道德问题:什么是我对他者的责任?什么样的人是值得我学习和成为的好人?在我与他者交往时什么会促使我尊重他者?以人的能力回答这样的问题需要对诸如好坏、优劣、贵贱等根本问题作明确区分,这些区别和不同可以解释在有形世界人所产生的特殊道德反应,并且人就此认为它是一种"科学的"道德伦理准则而加以遵从[17](P.15—78)。作为一种现象学研究,我们因此可以说,道德上的问题或罪行来自于本体论意义上对世界所作的本质性界定。然而,本体上的区别在哪里界定?泰勒认为,对合理性或意义的拷问和追求足以确立人在精神世界或道德世界的行为并指导人的生存。

在这里,我们仍暂且放弃泰勒的观点与中国古典哲学中"道"的关系的论述,这还不是本文所能容纳的。我们着眼于本文的框架之内,可以看出泰勒的看法已经非常趋近乔森对映象格认知和实践功能的论述。泰勒的结构也不是宇宙的,它是"人的世界"的部分,它建构人对世界的经历和发现,同时又被这些经历和发现所建构。泰勒说,人通过关联发现生活的意义,而发现依赖于与发明或创造的交织,它未必就是绝对的真实,但在整体的"人的世界"会被人作为真实所接受。结构即程式,即意义,它是人无法回避的问题的答案,而除此之外再没有其他的答案可寻[17](P. 18、36、41)。尽管泰勒没有像乔森等其他上文提到的作者一样极力强调想象结构的作用,但我们仍可以看出,想象力是人把自己伸展向世界的起点和手段。

从泰勒对个体自我身份确认的论述我们还不难了解到,在泰勒看来,承载人类生存意义的想象结构仍存在于公众领域,尽管多数是默感的和心照不宣的,但获取仍需要通过各种关联形式。在日常事务中,我们自然而然地面对结构、置身于结构、适应或顺从结构,偶尔也对其进行改变,这是人对世界最为认真和审慎的伦理反映,是人之所以为人的内容之一,是"人的世界"道德与精神的原动力,同时,人与世界关联的另一个至关重要的源泉还依存于想象力的社会性实践,这一点从康德开始纳入"艺术"的范畴。艺术所富有的对世界的想象性创造,不仅不会妨碍人对生息其中的"真实世界"意义的探讨,而是恰恰相反,艺术想象同样创造意义,并作为其中的一个部分,为人对世界意义进行追问和求索的不懈努力提供帮助[18]。人的想象表现在文学作品之中,不仅展示了对真实性和意义的求索和思考,同时也创造了真实,一种不能再真实的真实性。正如考林·迈克根所言,伦理已毫无疑问地想象化、艺术化,而我们关于伦理和道德的知识和认识也被美学化地得以传递[19](P. 175)。

至此,可以说基本上完成了写作本文的意图,但我仍希望提到另一位道德哲学研究者——玛萨·纳斯褒姆的观点再来作一点补充,并想通过一个著名作者的自述支持本文的论述,最后以 C. S. 路易斯的阅读理论作结。

玛萨·纳斯褒姆以致力于研究艺术想象和想象世界,及其在"人的世界"与真实和真理关系而久享盛誉。她 1997 年的著作《修炼人性》,揭示了艺术在培养对人具有本质意义的想象力方面所起到的重要作用。她认为,总体上看来共鸣性想象能力可以使人对来自他者的动机和选择赋予身临其境之感。按照她的解释，这与文学的作用具有异曲同工之处。它把人置于不同的时间、地点和不同的文化处境之中，更重要的是，它让人进入文学人物的内心世界，感同身受，同呼吸共甘苦；它让人以不同于一个游客走马观花的心情来体会和了解他者的生命和生存。共鸣的精确程度并不重要，重要的反而是人对他者相异性的基本的清醒认识，并且思考和探究他者的内心世界何以关联自己。共鸣，只需让自己通过想象暂时"变为"他者，超越其与作品中的人物可能存在的界限，让同感得以产生，激情得以渲染，仿佛自己以另一种可能体验了世界，以他者之他者感受相异，并因此通过想象向整个想象世界传递自己已知的"真实"世界，来对"人的世界"予以重估和重建[20](P.97)。以著有《橘子不是唯一的水果》而驰名的当代英国作家詹妮特·温特森在她的散文《艺术与生命》中曾有关于想象的论述，兴许可以从一个作者的角度注解我们的探索，她说："艺术的疗愈力量并非夸大其词的幻想。……当我被关在家庭和家族为我所划定的小小空间时，是想象力那片无垠的天地，让我得以刮除他人那些假设的表层。书中自有完美的空间，就是这个空间，让读者能逃避地心引力中的诸般问题。"[21](P.26)《橘子不是唯一的水果》是詹妮特·温特森深受读者欢迎的作品之一，作品描述了少女洁丝卡和姐妹们因反叛宗教式教育而被迫赎罪忏悔的故事。有关资料和记载表明，这部作品的主人公原型就是作者本人。有人曾就她的这部作品进行过阅读调查，多数读者反映阅读作品或观看电影有"进入角色"或"我变成了她"的感受，但脱离作品之后又重新回到自己的世界继续自己的信仰和生活[22]。这也恰好证明了玛萨·纳斯褒姆关于文学共鸣的看法，即感同身受毕竟是短暂的，没有人永远沉浸在小说幻想的情节和描述之中。文学提供了另一种既为真实又为可能的世界，我们的经验世界由包括文学艺术想象在内的想象的传递变得五光十色和错综复杂，每种想象程式都在为"人的世界"把握意义并同时增加可能性和真实性作贡献。

　　C. S. 路易斯对此也有相关论述。他说，好的艺术应该被"接受"而不是被"利用"。这也就是说，我们对文学作品的阅读不应该是功利性的，但我们的想象力，以及通过想象力而产生的情感、道德感和灵性意识，被作家艺术家创造的形象所激活，却使阅读的收获可能多于作者的描述。在路易斯看来,想象世界和真实世界之间也许存在着固有的或人为的距离,即便是最现实主义的写作也不是告诉我们"世界就是这样",但给人以"好像"就是这样的审美感受或审美愉悦。这似乎是在说,除非读者完全不顾作者的描述或取消艺术与现实的界限,否则就无从创造,或者说,读者或观众的创造仍局限于作品的框架之内。然而,不仅接受美学对阅读和接受的创造予以肯定,现代哲学关于想象与创造的理论,也已经对此提出挑战。尽管读者和观众的想象最终无法完全脱离作品,人的想象最终也无法脱离"人的世界",如同风运行于天空,气环绕着大地,然而谁能否认风与气的真实性。想象创造着真实,又在真实中被创造;想象是一种可能,又是实现着的可能;想象发生在真实的精神领域和意义的世界,它作为"道"和伦理的载体体现着"人的世界"的意义和秩序。

参考文献

［1］伊恩·伯鲁马、阿维赛·玛格里特,《西方主义:敌人眼中的西方主义》,企鹅出版社 2004 年英文版。

［2］马可·乔森,《观念中的形体:意义、想象与理性之形体基础》,芝加哥大学出版社 1987 年英文版。

［3］R. 萨弗兰斯基,《叔本华与疯狂的哲学年代》,艾沃尔·奥瑟斯译,哈佛大学出版社 1991 年英文版。

［4］米歇尔·蒙田,《论想象的力量》,见《蒙田全集》,M. A. 斯克里奇编辑、注释、介绍,企鹅出版社古典名著系列,1987 年英文版。

［5］马莉·沃诺客,《想象》,伦敦 Faber 图书 1997 年英文版。

［6］安冬尼·欧海耳,《火之元素:科学、艺术和人的世界》,伦敦 Routledge 图书,1988 年英文版。

［7］引自保罗·卡特乐吉,《伟大的哲学家德谟克利特》(伟大的哲学家丛书),伦敦 Routledge 图书,1999 年英文版。

［8］查尔斯·泰勒,《自身之源:现代身份的形成》,剑桥大学出版社 1989 年英文版。

［9］参阅约翰·迈克默雷,《诠释宇宙》,伦敦 Faber & Faber 图书,1933 年英文版。

[10] 莎士比亚,《仲夏夜之梦》,《莎士比亚全集》第二卷,朱生豪译,陕西师范大学出版社2001年。

[11] 托马斯·卡里尔,《过去与今天》,转引自乔治·迈克唐纳德,《剩菜一碟:想象与莎士比亚简论》,伦敦 Sampson Low,Marston 图书1891年英文版。

[12] 乔治·雷科夫,《我们赖以生存之喻》,芝加哥大学出版社1980年英文版。

[13] 苏珊·朗格,《哲学新视野》,哈佛大学出版社1957年英文版。

[14] 阿瑟·科斯塔尔,《创造行为》,伦敦 Pan 图书1964年版。

[15] 保罗·里格尔,《隐喻之律》,伦敦 Routledge & Kegan Paul 图书,1978年英文版。

[16] 乔治·斯丁格,《创造原理》,伦敦 Faber 图书2001年英文版。

[17] 这与辩证唯物论关于人能动地反映世界的思想相同,不过关于世界与存在的前提不同。更多论述可参阅:泰沃·哈特,《通过艺术感受真实》,载杰瑞米·贝格贝编辑,《荣耀之功:艺术的道成肉身》,伦敦 Darton,Longman & Todd 图书英文版。

[18] 克里斯托福·纽,《文学哲学简介》,伦敦 Routledge 图书1999年英文版,第八章。

[19] 考林·迈克根,《道德,邪恶与小说》,牛津大学出版社1997年英文版。

[20] 玛萨·纳斯褒姆,《修炼人性:自由教育变革的古典防范》,哈佛大学出版社1997年英文版。

[21] 詹妮特·温特森,《艺术与生命》,见安东妮娅·福萨哲编《愉快阅读》,伦敦 Routledge 图书1992年英文版。

[22]《伦敦杂志——每月文学艺术观察》,1996年8月号。

（责任编辑:管恩森）

黄海学术论坛

2006年 第7辑　　Huanghai Academic Forum　　2006　No. 7

中国比较诗学研究早熟态势探因

——关于中国比较诗学发展的讨论

周　怡　陈国战　赵思奇*

周怡：我们曾经讨论过"诗学"这一概念的内涵在中西不同文化语境中的流变，以及"比较诗学"在西方的发展概况。在中国，相对于比较文学而言，比较诗学一直保持着强劲的发展势头，呈现出早熟的态势。翻看20年来有关比较文学的学术刊物，我们会发现比较诗学的篇目占有相当大的比例，其学术阵容是相当可观的。而且，海外的中国学者，他们研究的侧重点和令人注目的学术成就，也往往在这个领域。比较诗学在中国何以取得了超常发展呢？这的确是一个值得探讨的问题。

赵思奇：比较诗学在新时期取得超常发展，是因为它在中国是有历史渊源的。上世纪初的时候，虽然还没有"比较诗学"这个概念，但一些学者的著作和论述就已经体现出了比较诗学的方法，可以说是中国比较诗学的萌芽。比较诗学研究的先行者是梁启超和其后的王国维，如王国维的《人间词话》和《〈红楼梦〉评论》，都是用西方文论来阐释中国文学和诗学的范例。另外，蔡元培、鲁迅、朱光潜、宗白华等人也都曾进行过有益的探索，做出过一定的贡献。这些都为比较诗学在新时期的勃起作了理论和实践方面的准备，当下比较诗学在中国的蓬勃发展是有根基的。

陈国战：中国比较诗学呈现出早熟态势也有国际学术环境的影响，在经历了法国学派的影响研究和美国学派的平行研究之后，比较文学正面临着

---

* 周怡，山东大学威海分校新闻传播学院教授、副院长，主要研究方向为文艺美学、比较诗学；陈国战、赵思奇，山东大学威海分校硕士研究生。本文为笔谈。

危机,许多学者认为,比较文学的唯一出路就是走向比较诗学。这里,我想引用当代法国学者艾金伯勒1963年撰写的《比较不是理由》一文中的一段话,也正是在这篇文章中,他第一次提出了"比较诗学"这一术语。他说:"历史的探寻和批判的或美学的沉思,这两种方法以为它们是势不两立的对头,而事实上,它们必须互相补充;如果能将两者结合起来,比较文学便会不可违拗地被导向比较诗学。"这可以看作是比较文学的自杀,也可以看作是它的更生,它成就了国际范围内比较诗学的兴起。另外,国外著名学者如韦勒克、雷马克、苏珊·巴斯奈特等人也都多次提到过比较文学的危机。

　　中国比较文学、比较诗学在新时期的复兴就是在这样的国际学术背景下发生的。1979年出版的钱钟书先生的《管锥编》,可以看作是比较文学在中国复兴的标志。1985年,中国比较文学学会成立,中国的比较文学研究开始趋于自觉。而自觉的中国比较诗学研究几乎是与之同步的,1983年,张隆溪撰写了《应该开展比较诗学的研究》的短文,该文发表于1984年《中国比较文学》创刊号,可以看作是中国比较诗学研究趋于自觉的一个标志。由时间的对比可以看出,一方面,新时期的中国比较文学研究,是在国际范围内比较文学身陷危机的语境中出场的,另一方面,中国的比较文学和比较诗学研究几乎是同步开展的。这无疑为中国比较诗学的发展铺平了一条金光大道,使它从一降生就备受关注。在国际比较文学巴黎年会上,75岁高龄的法国学者艾琼伯教授就以《比较文学在中国的复兴》为题,做了他的最后一次学术演讲,他对中国的比较文学研究寄予了厚望。甚至有人作出预言,以东方和西方跨文化研究为中心的比较文学发展的第三个阶段,其主要成就很可能就在中国。在中西跨文化研究的内部,比较诗学又是一个突破口。刘若愚先生就曾说过,对中国的批评传统和西方的批评传统作比较研究,在理论的层次上比在实际的层次上会有更丰硕的成果。甚至有学者断言,比较诗学的一个未来发展方向,就是中西比较诗学的兴起和繁荣。可以看出,在国际学界对中国比较文学和中国学者对比较诗学的双重偏爱下,中国比较诗学无疑获得了强劲的发展动力,它在新时期获得超常发展也是不难理解的。

　　周怡:你们两人分别从内部和外部原因解释了这个问题。关于它的外部环境,我还要补充一点。中国比较文学复兴之时,法国学派的影响研究已成为过去,中国比较文学研究更多地是受到了美国学派平行比较的影响。法国学派的影响主要在 20 世纪上半叶,他们注重从作家、作品、渊源、声誉、媒介、翻译等不同层面梳理不同民族文学之间的影响。影响研究强调"事实联系",把比较文学作为文学史的一个分支,把实证的方法作为比较文学研究的唯一方法。这些特点一方面保证了学科的科学性,另一方面也限制了比较文学研究的学术视野,因此受到了后来美国平行研究学派的诟病。平行研究兴起于 20 世纪下半叶,它不再把"事实联系"作为比较研究的前提,代之以审美和批评的眼光来比较研究不同民族文学之间的异同。在他们看来,不仅有事实联系的两个民族作家作品之间可以进行比较研究,而且没有事实联系的也可以,甚至文学和其他学科之间的关系也在他们的视野之内。由此我们可以看出,讲究实证的影响研究更容易催生出比较文学的繁荣,而比较诗学则更适合用平行研究的方法。

中国学者在影响研究和平行研究之间的取舍还有另外一个原因,那就是中西分别属于两种不同的文化形态,它们长时间相互独立发展,互不交流。中国同西方之间的文化差异,要远比西方文化形态内部不同民族之间的差异要大,像《赵氏孤儿》那样适合用影响研究方法的例子是很少见的。另外,从文学作品来说,我们都知道,中国是一个抒情诗的国度,几乎没有纯粹为了叙事而作的叙事作品,即使是《聊斋志异》这样的作品也是有所寄寓的"孤愤"之作。而西方自古希腊奠定"模仿"的传统以来,叙事文学就十分发达。中西文学之间的这种隔膜,限制了影响研究的开展;中西文学传统之间的差异,也给比较文学的研究带来了困难。

当然,我们刚才所说的这些都是比较诗学取得超常发展的外部原因,那么,还有什么内在的动因促成了中国比较诗学研究的早熟态势呢?

陈国战:这需要联系到比较文学、比较诗学在中国复兴的特殊历史语境。我们知道 20 世纪 80 年代是中国意识形态的松绑期,此前几十年的意识形态束缚不仅造成了同西方学术潮流的隔膜,也造成了同中国传统文化的疏远。这种束缚一旦解除,回归传统和学习西方的要求一样迫切,因此,新时期中国思想上的对外开放是和文化寻根同时进行的,学者批量引介西方文论的热潮,是同中国古代文论现代转型的努力纠结在一起的。这就使学者们处于一种矛盾和尴尬的境地,既要如饥似渴地学习西方现代文论,又不能对中国古代文论资源弃如敝屣。面对这样近似两难的选择,比较研究就成了唯一的出路。通过比较,找出中国文论同西方文论之间的"通约性",就成了建构现代文艺学的必要准备。

另外,根据格式塔心理学和阐释学的观点,人对知识的接受不是被动的,而是主客体相互建构的过程,"前见"是人的理解活动无法摆脱的思想背景。中国具有丰富的古代文论资源,因此,西方文论的输入,在中国古代文论资源的强大背景映照下,中西文学观念、形态范畴、理论体系的比较研究也就自然产生了。这可能也是中国比较诗学繁荣的一个最简单不过的解释。

赵思奇:陈国战提到了中国学者在接受西方文论时的顾虑,我想另一方面,从中国古典诗学现代转型的自身逻辑看,开展中西比较诗学的研究也是一个必然的选择。祖国大陆的比较诗学研究,并没有直接受到法国学派和美国学派的影响,基本上是一种在西方文化强烈冲击下的文化反馈。从中国比较诗学自身来说,它在概念、命题、表达上的特殊性使其面临着比西方诗学更急迫的现代阐释和现代转化问题。中国古典文论的研究者认识到,只有开展中西诗学的比较研究,才能实现中国文论的现代转型,才能在中国传统诗学的母体上产生新的诗学体系。近代以来中国落后挨打的现实遭遇,养成了中国学者普遍存在的文化自卑情结,像辜鸿铭那样的文化自信者是很少见的。中国现当代文化常常是借用西方的一整套话语,处于文化表达的"失语"状态。建造中国现代文论大厦的是五光十色的西方话语,中国文论话语只是作为对比者的角色被偶尔拈来。要摆脱这种失语症的尴尬,就必须系统梳理中国传统文论资源,这种梳理工作,也摆脱不了我们业已接受的西方文论的影响,势必会借鉴一些西方的范畴和体例,为我所用。而这些,都是以比较诗学的研究成果为前提的,因此,中西比较诗学的发展就获得了一个良好的契机。

周怡:大家注意到了比较诗学复兴的特殊历史时机,注意到了它同文艺学现代转型的关系,这确实是同中国比较诗学超常发展直接相关的问题。但是还有一个更为深层的原因,那就是中国没有经历过完整的科技革命,同时也没有经历过实证主义思想的过程。这看似离我们的问题很遥远,但它确实内在地规定了中国知识分子的兴趣和选择,决定了他们在比较文学和比较诗学之间进行选择时,对比较诗学的青睐。

西方的工业革命带来了社会文明的飞跃发展,作为工业革命在意识形态上的反映,实证哲学在19世纪的欧洲应运而生。它标举科学,主张严格地描述现象,而摒弃一切神学和形而上学的虚妄。中国没能经历像西方那样的工业革命,也就没有实证主义思维方式产生的现实土壤,中国古代知识分子习惯的思维方式是直观感悟式的整体思维。即使清代出现了"小学"的繁盛,出现了乾嘉学派,那也只是政治高压下学者们明哲保身的退避选择,不能构成中国知识分子的一个学统。

承继了这种感悟直观式的思维方式,就注定了中国的比较文化研究者对注重繁琐考证的法国影响研究不感兴趣、对比较文学不感兴趣,而更倾心于理论的比较和建构、更倾心于中西诗学的比较研究,因为这是他们驾轻就熟的思维路径可以大显身手的领地。

陈国战:周老师所说的中国人传统的思维方式,有人曾这样评价中国古代的文学批评,说它们"一想就明白,一思考就糊涂,一想翻译成外文就不知所措",这种感悟式的思维方式也传承了中国当代的知识分子。另外,近代以来中国知识分子又从德国浪漫哲学那里习得了理性主义的思维方式,它注重的是自上而下的逻辑演绎。中国当代知识分子所缺失的恰恰是实证主义、经验主义的这条传统,这可能也是形式主义文论在中国的译介和研究相对薄弱的一个原因。

周怡:如果你们翻看一些韩国学者、日本学者的论文,就会发现他们和中国学者是大不一样的。他们的研究做得很琐碎、也很扎实,他们注重运用考据、统计、归纳等一些实证主义的方法。通过这种对比,我们可以更明显地看出实证的研究方法在中国的缺场。当然,这并不是说实证主义思维方式就一定比中国传统的思维方式高明,而是说借鉴实证的方法可以使我们多一条腿走路,而缺失了它,理论的建构往往会因为缺少支撑而流于空谈,这也是我们以后做学问需要时时警惕的问题。

赵思奇:乾嘉学风虽然是特殊历史条件的产物,但它也影响了几代学人,像陈寅恪就是自觉继承这种学统的人。

周怡:乾嘉学风确实影响了民国时期的一代知识分子,当代知识分子丢弃了这一传统,一方面是由于理论吸纳和建构的紧迫感,另一方面,也跟当下浮躁的学术风气有关。比较文学、特别是法国学派的比较文学,十分注重事实材料乃至细微迹象的实证考察,这是一项很繁琐的工作,也不容易产生轰动效应。而中西诗学的比较研究就没有这些麻烦,这可能也是许多学者更愿意从事比较诗学研究,从而使中国比较诗学在早短时间内呈现出早熟态势的一个原因。

黄海学术论坛

2006年 第7辑　　Huanghai Academic Forum　　2006　No.7

理论与文本的遇合

——从陀思妥耶夫斯基到巴赫金

王春辉*

许多文学研究者都经历了从对具体作家作品的把握到对文学理论的探索、从微观研究到宏观研究的转变历程。巴赫金选择了陀思妥耶夫斯基小说作为特殊研究对象，实现了研究主体与研究客体、研究理论和研究对象的高度统一。对巴赫金而言，分析陀思妥耶夫斯基小说艺术特征的过程，也是展现自己的文学观念的过程；而建构自己文学理论的过程，也是阐发和揭示陀思妥耶夫斯基小说的艺术特色的过程。这二者难分彼此！巴赫金在对陀思妥耶夫斯基小说的艺术特征进行实证分析的过程中，逐渐发现了复调小说的奥秘，并建构了他的"复调小说理论"体系。本文将对此理论的建构过程作出分析。

一、"对话性"是形成"复调小说"的必要前提

在《陀思妥耶夫斯基诗学问题》一书中，巴赫金提出："陀思妥耶夫斯基在艺术形式方面，是伟大的创新者之一。据我们看来，他创造出一种全新的艺术思维类型，我们权且称为复调型。"[1](P.1)他进而指出自己撰写该书的中心任务就是运用自己的文学理论去揭示陀思妥耶夫斯基小说的原则性创新。巴赫金研究发现，陀思妥耶夫斯基的小说采取了一种全新的艺术立

---

* 王春辉，山东大学韩国学院讲师，主要从事文艺学、对外现代汉语教学研究。

场——对话的立场,因而小说主人公具有不可替代的独立性。而巴赫金认为人物自我意识的独立性,或者说对话性,正是形成复调小说的必要前提。

巴赫金指出,在陀思妥耶夫斯基的小说世界里,"作者对主人公采取的新艺术立场,是认真实现了和彻底贯彻了的一种对话立场,这一立场确认了主人公的独立性、内在的自由、未完成性和未论定性"[1](P.83)。实际上,陀思妥耶夫斯基把主人公视为一个独立的具有独特价值的主体,主人公与主人公之间,是面对面的对话交流,因而,"有着众多的各自独立和不相融合的声音和意识,由具有充分价值的不同声音组成真正的复调——这确实是陀思妥耶夫斯基长篇小说的基本特点。在他的作品里,不是众多性格和命运构成一个统一的客观世界,在作者统一的意识支配下层层展开,这里恰是众多的地位平等的意识连同他们各自的世界,结合在某个统一的事件之中,而互相间不发生融合"[1](P.4)。巴赫金针对陀思妥耶夫斯基小说进行阐释的这段话,揭示出了复调小说最本质的特点。巴赫金认为小说的"复调",不仅仅在于表现手法和形式上,如多层结构、多副笔墨、多层意识的流动、多个人物言行的穿插描写等等,更在于内在精神特征上,即它至少必须有两个以上的各自独立的而不相融合的思想平等地存在,作者不以任何方式让它们融合于一个统一的思想。正如巴赫金指出的,复调的实质恰恰在于:不同声音在这里仍保持各自的独立,作为独立的声音结合在统一体中,这已是比单声结构高出一层的统一体……可以这么说,复调结构的艺术意志,在于把众多意志结合起来的,在于形成事件。显然,巴赫金意识到,复调小说的主旨不在于开展情节、人物命运和性格,而在于展现那些有着同等价值的各种不同的独立意识。从本质上说,复调小说是由不相混合的独立意识、各具独特价值的"声音"组成的对话小说。

在陀思妥耶夫斯基的小说世界里,主人公具有了一种不可替代的独立性,主人公自己在探索中显示自我,主人公的思想意识成为作家艺术探索和描写的主要对象。巴赫金认为,陀思妥耶夫斯基对主人公的兴趣,在于他是对世界及对自己的一种特殊看法,在于他是对自己和周围现实的一种思想与评价的立场。对陀思妥耶夫斯基来说,重要的不是主人公在世界上是什么,而首先是世界在主人公心目中是什么,他在自己心目中是什么。这里有两种根本区别的塑造人物的原则,突出"主人公在世界上是什么",必定把注意力放到人物的外在行为世界,以及他与这个世界上其他人物的外在关系。这是从外在的、他人的角度来看待主人公,主人公必定是一个客观的客体性形象。而突出"世界在主人公心目中是什么,他在自己心目中是什么",则必定把注意力放到主人公的内在世界上,而淡化对主人公与他人和世界关系客观性的注意。这是从主人公自身的角度来看世界和看自己,主人公必定是一个以自我意识为主体的艺术形象。强烈的自我意识是陀思妥耶夫斯基小说主人公的主要特征,主人公对伦理、道德、宗教、社会等问题都会进行深入探索,精神痛苦不堪。他们是一些冥思苦想的人,每个人都有种"伟大的却没有解决的思想",他们经常想到的是别人会怎样看待他们、怎样议论他们,由此而进行种种内省,即自己与自己的内心对话。

既然,主人公是作为对世界和对自己的一种观点和看法,就要求用完全特殊的方法来进行揭示和艺术刻画。复调小说应该揭示和刻画的,不是主人公特定的生活,也不是他的确切形象,而是他的意识和自我意识的最终总结,以及主人公对自己和对世界的最终看法。由此可见,在复调小说中构成主人公形象的因素,不是现实本身的特点,即主人公本人和他生活环境的特点,而是这种种特点在他本人心目中和自我意识中具有的意义。"主人公一切固有的客观品格,……在陀思妥耶夫斯基笔下,全部成了主人公自身施加反应的客体,他的自我意识的对象;而自我意识的功能本身,则成了作者观察和描绘的对象"[1](P.62)。所以,陀思妥耶夫斯基的主人公,是思想的人,这不是性格,不是气质,不是某一社会典型或心理典型,他们是一种思想形象和一种复杂意识的综合体。而在巴赫金看来,思想是超个人的,超主观的,它生存领域不是个人意识,而是不同意识之间的对话交际。思想总是希望被人理解,被人听到,得到其他声音从其他立场作出的回答。"恰恰是在不同声音,不同意识相互交往的联接点上,思想才得以产生并开始生活"[1](P.114),因此,思想就其本质来说,是对话性的。巴赫金认为陀思妥耶夫斯基擅长描写他人的思想,善于把人物放在人们相互关系的事件布局和自我意识的横剖面上,把思想摆到对话交锋的不同意识的边缘上,描写那种不脱离开个人而自身发展着的思想。这种共时的横向艺术,对特定瞬间的理解力达到异乎寻常的敏锐程度:"在别人只看到一种或千篇一律事物的地方,他却能看到众多而且丰富多彩的事物;在别人只看到一种思想的地方,他却能发现、能感到两种思想；在别人只看到一种品格的地方，他却能揭示出另一种相反品格的存在。一切看来平常的东西，在他的世界里变得复杂多了，有了多种成分。在一个声音里，他能听出两个相互争论的声音；在每一个表情里，他能看出消沉的神情，并立刻准备变为另一种相反的表情；在每一个手势里，他同时能觉察到十足的信心和疑虑不决；在每一个现象上，他能感知存在着深刻的双重性和多种含义"[1](P.41)。在此，巴赫金对陀思妥耶夫斯基主人公的主体意识矛盾两重性，及其在创作中的艺术体现作出了精彩的描绘。陀思妥耶夫斯基的艺术视觉，封闭于这一多样展开的一瞬间，并且停留在这一瞬间之中，使这个瞬间的横剖面上纷繁多样的事物，各显特色而穷形尽相。

巴赫金进一步指出，陀思妥耶夫斯基小说的不同成分、要素之间，无不存在着一种对话关系，它渗透在陀思妥耶夫斯基小说的整个艺术结构中。对话，这种几乎是无所不在的现象，浸透了整个人类的语言和人类生活的一切关系以及所有的表现形式，总之是浸透了一切蕴含着意义的事物。陀思妥耶夫斯基能够在一切地方，在自觉而有意义的人类生活的种种表现中，倾听到对话的关系。哪里有人的意识出现，哪里在他听来就开始了对话。因此，小说内部和外部的各部分各成分之间的一切关系，对他来说都带有对话的性质，整个小说是被他当作一个"大型对话"来建构的。在这个大型对话中，听得到结构上反映出来的主人公对话，它们给"大型对话"增添了鲜明浓重的色调。而且，对话还向内部深入，渗入小说的每种语言中，把它变成双声语，渗入人物的每一手势、每一面部表情的变化中，使人物变得出语激动，若即若离。

至此，巴赫金逐步揭示了陀思妥耶夫斯基小说主人公的独立性以及由此而带来的对话性。同时，在对陀思妥耶夫斯基这位艺术天才及其所显示的强大艺术表现力的阐释和揭示中，巴赫金进一步阐发了极富卓识和个人创见的复调理论：以思想的对话性为显要特征，复调小说的文本首先在内容上呈现出"全面对话"的艺术特色，它主要表现为主人公思想、性格、意识的"多声部性"及主人公与作者，主人公与主人公之间的平等对话关系。

二、结构的平行性是复调小说的重要特色

我们发现，巴赫金从陀思妥耶夫斯基小说的结构中，发现了"复调"小说

应该具备的另一个特征,即小说结构的平行性。

巴赫金发现,在陀思妥耶夫斯基的小说世界里,一般不写原因,也不交代事件的历史缘起,人物的思想性格不从过去、环境影响或教养里寻求解释,主人公的每个行为全属于现时,而不被事先规定。即使是主人公的回忆,也被安排于现时的需要。陀思妥耶夫斯基喜欢把形形色色的矛盾,置于同一平面上进行描写。巴赫金将陀思妥耶夫斯基小说的这种艺术特色称之为一种横向的"共时性"艺术描写。巴赫金指出,陀思妥耶夫斯基所理解的世界是一个多元的世界,在这个世界里,一切同时并存并相互作用。多元化和同时并存的思想使陀思妥耶夫斯基对世界的观察和思考主要集中在"现时空间"而不是"历史时间"上,他几乎完全不用相对连续的历史发展和传记生平的时间,亦即不用严格的叙事历史的时间,而是力图把理解到的思想材料用戏剧对比的形式,组织在同一时间里,使之分散地展现。于是,情节线索的平行,故事的复合所带来的小说结构自身的深刻变化,使作品的结构呈放射状态,意义空白增多了,结尾往往表现为意犹未尽,故事似乎没有结束。时间的开拓、独立单元的增多,使得作品呈现出非和谐性,然而,每一单元、每个层次又都在作品整体中起作用,于是,小说便呈现为一种多音的和谐,理想的复调和声。

三、纷繁多样的语体是复调小说的又一特色

通过对陀思妥耶夫斯基小说言语特色的剖析,巴赫金发现:纷繁多样的语体同样带来对话的复调性。这是复调小说的又一个重要特征。

巴赫金从现代语言——文体学的角度剖析陀思妥耶夫斯基小说的艺术表现力。他探讨了陀思妥耶夫斯基小说的语言艺术,把双声语作为研究的主要对象,从而揭示了陀思妥耶夫斯基艺术世界中"全面对话"的神奇魅力。巴赫金提出,陀思妥耶夫斯基作品的惊人之处,首先在于语言的大类和细类异常纷繁多样,而且每一类都表现得极为鲜明。明显占优势的,是不同指向的双声语,尤其是形成内心对话关系折射出来的他人语言,即暗辩体,带辩论色彩的自白体,隐蔽的对话体。他的"纷繁的语言类型经常处于突然的交替之中,出乎意料地由讽拟体忽然转为内心的辩论体,又由辩论体转为隐蔽

的对话体,再由隐蔽的对话体转为仿格体,由这里重又转向讽拟体的讲述,最后归之于极度紧张的公开对话"[1](P.271)。陀思妥耶夫斯基把上述各种体式配置于作品的结构之间,串缀交织,何处开头,何处结束,都难以捉摸,从而形成了语言的多声部交响效果。巴赫金的研究进一步揭示出,在陀思妥耶夫斯基的作品里——确切地说,在复调小说中,语言的多样化和人物语言的刻画,自然也还是有意义的。不过,这个意义有所减弱。更为重要的是,它们的艺术功能发生了变化:各种语言材料是按照怎样一种对话的角度,并行或独立地组织在一部作品之中。对话关系,其中包括说话人对自己语言所采取的对话态度,是超语言学的研究对象,正是这种对话关系,决定了陀思妥耶夫斯基作品中语言结构的特点。另外,陀思妥耶夫斯基作品中的语言都带有交际的成分,包括叙述语言和主人公语言都是如此。因为在陀思妥耶夫斯基的小说世界里,一般没有物的存在,没有对象和客体,只有主体,所以,他的作品,没有单纯判断的语言,没有只讲客体的语言,没有背靠背的单纯指物的语言,只有交际中的语言,与他人语言接触对话的语言,谈论别人话语的语言,发向他人话语的语言,即使是主人公的独自语,也有高度的内心对话性,他对其所想所说的一切采取活跃的亲自对话的态度。对于主人公来说,对一个东西进行思索,就意味着和它谈话,他不是思考种种事物,而是与这些事物说话。因而,在陀思妥耶夫斯基的艺术世界中,没有终结的、完成的、一次论定的语言,一切莫不归结于对话,归结于对话式的对立,这是一切的中心。一切都是手段,对话才是目的。存在就意味着进行对话的交际,对话结束之时,也是一切终结之日。因此,实际上对话不可能结束,也不应该结束。

陀思妥耶夫斯基在自己的宗教乌托邦的世界观方面,把对话看成永恒,而永恒在他的思想里便是永恒的共欢、共赏和共话,在长篇小说里,这表现为对话的不可完成性。所以,陀思妥耶夫斯基小说由不同指向的双声语所形成的语言文体风格的奇谲多变,确实形成了巴赫金所指出的许多独立的、不相混合的声音和意识以及各种有完整价值的声音所组成的真正复调。言语的对话本质,同样决定了文本的复调特质。

如前所述,复调小说并不是一般所谓由多线索组合而成的复合小说,它是一种由不同的体裁、笔调、风格、情调、表现手法、单元层次、各自独立的思想意识，人物心理结构所组成的多声部小说。复调小说的美是一种"急管繁弦"、"八音和谐"的美。这样一来，巴赫金的"复调小说理论"就在对陀思妥耶夫斯基作品的艺术剖析中逐渐明晰和丰满起来。

四、结　语

"复调"原是音乐理论中的一个概念范畴，是音乐中的多声部并列的一种"对位法"，指音乐中两种或更多声音的同时呈现，每个声部既具有独立性又彼此和谐。作为一个文学理论范畴，"复调"是巴赫金在评析陀思妥耶夫斯基小说的艺术形式的特性时最先提出来的，他用来评析和概括了陀思妥耶夫斯基小说的根本艺术特征，并由此建构了他的"复调小说理论"。可以说，巴赫金的复调小说理论，源于他对陀思妥耶夫斯基小说的独到研究，但在另一方面，巴赫金恰恰是从自己独特的对话主义哲学出发才发现了陀思妥耶夫斯基小说艺术的奥秘。所以说，巴赫金在分析陀思妥耶夫斯基小说艺术特征的时候，事实上也是在展现自己的文学观念，而他在建构自己文学观念和文本理论的过程中，也是在阐发和揭示陀思妥耶夫斯基小说的艺术特色，这二者难分彼此。在此种意义上，可以说，巴赫金在陀思妥耶夫斯基小说中发现的东西，在理论上早已隐含着。因此，复调理论并不仅仅是对陀思妥耶夫斯基小说艺术特征的概括性产物，而是巴赫金的文学理念与陀思妥耶夫斯基小说相遇后生成的结果。一方面，复调理论是陀思妥耶夫斯基小说艺术特征的理论化形态，另一方面，它也巴赫金文学观念的具体化成果，是二者双向运动，相遇契合的结晶。

巴赫金从自己独特的理论视角出发，对陀思妥耶夫斯基小说的根本艺术特质进行了准确而有力的解释和概括，他深刻剖析了陀思妥耶夫斯基小说的对话性以及由此而具有的复调性。"能在人物的对白中组织进如此复杂精微的对话关系，这是陀氏的卓绝之处，而能看出如此复杂精微的对话关系，并对它们给予如此深入透彻分析揭示的，则是巴赫金的杰出之所在。"[2](P.239)巴赫金以一位文化哲人所具有的广阔视野和辩证思维，以一位文学理论家敏锐的艺术洞察力，准确发现了陀思妥耶夫斯基小说世界的根本艺术特征，并借助自己丰富的语言学知识，用话语分析的方法，将其称为

"复调型小说"。巴赫金"对复调小说理论的原创意义,不仅仅体现于对陀氏小说艺术特征的独特把握上,而更体现于该理论所具有的一种话语乃至思维方式优势上"[3](P.169)。客观地说,复调性思维正契合了当今世界多级化发展的时代趋势,作为一种艺术思维,它不仅使文本的内容实质与形式特征呈现出摇曳多姿的复调景观,也为小说研究乃至文学研究方面提供了一种新的批评视角和方法,提供了一种把握文学作品的新形式,同时也为时下的文学研究注入了平等对话的民主因素和新鲜血液,有助于文学研究打破固步自封的壁垒,开拓更为广阔的研究空间。巴赫金的研究视角和理论成果,将为文学理论研究提供重要启示。

从陀思妥耶夫斯基到巴赫金,从陀思妥耶夫斯基的小说到巴赫金的"复调小说理论",可以说是理论与文本的一次近乎完美的遇合。巴赫金对陀思妥耶夫斯基小说艺术特征的准确发现和概括,以及由此而建构的复调理论,是对小说理论的重大贡献。

参考文献

[1] 钱中文,《巴赫金:诗学与访谈》,河北教育出版社1998年。

[2] 张开焱,《开放人格——巴赫金》,长江文艺出版社2000年。

[3] 李凤亮,《复调小说:历史、现状与未来》,《社会科学战线》1996(5)。

（责任编辑：刘宝全）

论叙述者剥离于作者的文学意义

于海冰[*]

　　作者是小说的创作者,没有作者自然也就没有任何小说文本;而叙述者则是叙述行为的承担者,或者说是故事的讲述者。就大多数人来讲,对作者与叙述者关系的认识和了解仍然停留在简单、直观的原始阶段。比如将鲁迅的《一件小事》中的"我"与鲁迅本人相等同的看法已经成为一种普遍现象。尤其是当故事中的这个"我"与作者使用同一个名字时,这种混同的认识就显得更加天经地义,鲁迅的《故乡》中的"迅哥儿"很少不被人看作是鲁迅本人的。这种现象在当代小说中也比比皆是,如洪峰小说中的"洪峰",马原小说中的"马原",数不胜数。对作者与叙述者关系的误解在很大程度上影响着对整个叙述学理论甚至整个小说文本的认识和理解。所以,正确认识叙述者与作者的相互剥离就成为一个重要的学术问题了。

一、叙述者独立于写作主体可以产生间离效果

　　福斯特曾经把小说看成是文学领域最潮湿的地区,他曾意味深长地这样说:"小说卷帙浩繁又杂乱无章——没有山头可攀,无巴奈撒斯山或赫利孔山,甚至没有毗斯迦山。它是文学领域上最潮湿的地区之一——有成百条小川流灌着,有时还变成一片沼泽。"[1](P.3) 实际上,叙述者与作者及隐含作者的关系就是一块布满沼泽而令人恐怖的泥潭,一不小心就会遭受灭顶之

---

　　* 于海冰,北京语言大学比较文学研究所博士生,主要研究方向为比较文学与诗学。

灾。但是,许多小说理论研究者却依然故我地痴迷于其中乐而忘返,一个首要的目的就是为了更清楚地审视叙述者独立于写作主体之后在文本中所产生的间离效果。

所谓间离,是德国著名戏剧理论家布莱希特所提出的一个重要的美学概念,是为了破除演员与人物、观众与剧情之间可能产生的共鸣而使用的一种技巧,强调演员、人物、观众之间的距离感和陌生感,所以又译为"陌生化"[2]。为了获得间离效果,布莱希特坚决主张取消"第四堵墙",让演员直接面对观众进行表演,以增强演员表演意识与观众的看戏意识[3](P. 181—187)。正因为如此,布莱希特最推崇以梅兰芳为代表的中国戏曲艺术中的程式化表演[4](P. 191—207)。正是这种程式化的表演所产生的间离或陌生化效果,才可以避免演员过于投入而不能自拔和观众参与过多而向演员开枪的尴尬局面,保证审美活动的顺利进行。一直为中国现代文学所津津乐道的演出效果,如街头剧《放下你的鞭子》在街头的意想不到的真假混淆,部队战士不分真假地向歌剧《白毛女》舞台上的黄世仁开枪,都是布莱希特的间离理论所极力反对并避免的。

实际上,布莱希特的"间离"理论是与布洛的审美距离学说一脉相承的。瑞士心理学家、美学家布洛认为,人对客观现实的评价和把握往往是以对自己的利害关系为标准的,所以只有在消灭了人与现实之间的功利关系之后,人才有可能把握世界的真相。一个完整的审美活动尤其要求摆脱主客体之间的功利关系。苏轼的"不识庐山真面目,只缘身在此山中"的著名诗句极其恰当而形象地说明了审美活动中主客体距离的必要性。只有在审美主体和审美客体之间保持了一定的心理距离,审美活动才能够真正有效地进行,形成真正的审美意识。布洛虽然不绝对反对审美过程中的"共鸣",但他强调在审美活动中必须屏弃与审美对象之间的功利关系,将审美情感与混乱的情欲截然分开。"情人眼里出西施",很大程度上是情欲而不是美感在起作用。审美关系是一种既与主体密切相关而又带有一定距离的关系:主客体之间的距离太近,情感过于浓烈,就会产生"差距";主客体之间的距离太远,或者主体情感太淡,或者客体品质太劣,就会形成"超距"。布洛认为,无论是"差距"还是"超距",都是审美活动中的"失距现象"。过分的爱和恨都会造成审美的失距,都有碍于高层次的美感的真正获得。

在小说的审美接受过程中,主客体之间的心理距离也是必需的。对于一个成熟的小说读者来说,在阅读小说之前必须首先接受小说的"假定性"规则,虽然我们可以想象小说世界的似真性,可以为作家逼真的描写击掌喝彩,但是我们还必须时刻意识到自己是在读小说而不是读生活,必须承认小说事实的不可考性,充分认识到小说中的人物和事件都是子虚乌有。港台影视经常使用的"本故事纯属虚构,如有雷同,纯属巧合"的片头提示语,虽然俗味十足,但是也时刻在提醒观众不要和现实生活对号入座。这首先需要读者将叙述者与作者或隐含的作者相分离,充分认识到作品的"伪指称性",不管故事的叙述采用什么人称,故事只是叙述者的故事而不是作者的故事,作者或隐含的作者在创造了一个故事文本的同时也创造了这个叙述者。只有这样,我们保持了与小说故事和小说人物的距离,我们才不会天真地以为《红高粱》中的男女主人公真的就是莫言的爷爷、奶奶,莫言的父亲就真的是个土匪种,我们也才不会在《西海的无帆船》的历险故事中去认真地寻找马原的踪迹,也才不会被姚亮对马原的指控所迷惑。不管故事中含有多少作者本人的影子,我们也必须把小说仅仅看成是小说,而不是窥视作家隐私的窗口,进而保证主客体的间离。

二、叙述者与作者的分离有助于读者对 小说文本多元意义的理解

任何一部优秀的小说作品所蕴含的意义都不是单一的,就像一个圆形人物的多面性构成一样,优秀小说的意义蕴含也应该是多元的。从一定的意义上来说,小说发展成熟的一个基本特征就是由多元化的意义而形成的价值张力。巴赫金对世界文艺学的一个重要贡献就是对陀思妥耶夫斯基小说复调理论的发现,这也是他对 19 世纪批判现实主义文学向复杂多维的个性主义发展特征的深刻揭示。在巴赫金的复调概念当中,最主要的内容就是对话式的双声话语和语言杂多,是由多重声调构成的多元指向,是作者与主角的自由对话。正如巴赫金所说的:"他们(主角)能够与他们的创造者并驾齐驱,并能够不赞成甚至反叛他们的创造者。陀思妥耶夫斯基小说的主要特征是:独立、清晰而不混杂的声音与意识的多元性,和价值上完整的声

音的真正的多声部。"[5](P.6) 毫无疑问,巴赫金的发现具有极其重要的美学意义而称誉世界文坛。但是,他又给人带来了难解的困惑:主角如何同作者对话? 又如何去反叛作者? 小说的主角无论怎样独立、自由、自我反思和具有自觉意识,但说到底仍然是由作者创造出来的虚幻人物,他们仍然和作者生活在两个截然不同的世界。如果说人物能够摆脱作者的控制而按照自己的性格逻辑发展而自行其是还可以理解的话,那么由作者创造出的人物来同作者对话甚至反叛作者,那就同作者所创造的人物又返回来杀掉作者一样不可思议。无论巴赫金怎样强调作者与主角的自觉意识而实现两者互为主体的关系,人们的这种困惑仍然难以解除。实际上,能够和作品中的主角相对话而构成双声话语和语言杂多现象的,除了作品中的其他人物之外,只有叙述者,而决不是作者或隐含的作者。也就是说,复调小说中多元指向的构成实际上是从作者和隐含作者身上分离出来的叙述者和作品主角之间的质询、辩论和对话,而作者和隐含的作者则只是这场对话的旁观者,至多是个操纵者,而决非参与者。如此看来,只有将叙述者从作者或隐含的作者中分离出来,才更利于读者深入地理解和把握复调小说意义的多元化。

三、叙述者与作者的分离可以造成反讽效果

所谓反讽是指实际使用的词语与该语境实际要求的意义相反,是由于叙述者背离甚至对立于作者或隐含作者的信念、规范而产生的一种独特的讽刺性效果。韦恩·布斯和里蒙-凯南都曾把叙述者分为可信的和不可信的或可靠的和不可靠的两种。韦恩·布斯是从叙述者与作者或隐含的作者的关系的角度解释这两者的特点的:"当叙述者为作品的思想规范(亦即隐含的作者的思想规范)辩护或接近这一准则行动时,我把这样的叙述者称之为可信的,反之,我称之为不可信的。"[6](P.178) 而里蒙-凯南则从读者的相信程度上来确定二者的标志:"可靠的叙述者的标志是他对故事所作的描述评论是被读者视为对虚构的真实所作的权威描写。不可靠的叙述者的标志则与此相反,是他对故事所作的描述或评论使读者有理由怀疑。"[7](P.180) 也就是说,当叙述者成为隐含作者的可靠代言人的时候,读者和叙述者及隐含作者的情感、理智及价值判断基本上是融合在一起的,读者往往就顺从叙述者

的引导而融于小说文本的虚构世界之中，所以较多地应用于严肃小说之中。而当叙述者的描述、评论有悖于隐含作者的思想规范和观念信条时，读者对叙述者的态度就会处于一种不信任的怀疑状态，从而产生一种距离感。但是随着叙述活动的继续展开，当读者发现叙述者对隐含作者的规范信条只是一种口头的背离而处于心口不一的状态时，那么一种独特的"所言非所指"或者"言此而意彼"的带有幽默性的讽刺效果——反讽也就随之形成。

比如马克·吐温的《哈克贝利·费恩历险记》的反讽效果就是由于叙述者哈克贝利在有悖于隐含作者的价值体系的意识指导下，将自己本来可以受到赞扬肯定的行为评价为"邪恶"，从而在读者的心目中产生了不可靠性而形成的。过去我们习惯于把这看成是一种孩子式的偷吃禁果的心理，或者看成是马克·吐温自己矛盾心理的表现，是作者早年的种族歧视的思想意识在起作用。实际上，这是作者对反讽技巧的一种有意识的运用。哈克出于善良的天性救助了逃跑的黑奴吉姆，本来是值得称道的义举，也是同作者或隐含的作者在整个小说中所表现出的道德信条相符合的，但是作为叙述者的哈克在评价自己的行为时却表现出了极大的不安和痛苦："心里觉得怪别扭，怪难受，因为我明知道这事儿做错了，我知道我想学会把事情做对是办不到的；一个人从小就没学得好，后来自然也就没出息——一遇到难处，就没有一股劲儿给他撑腰，叫他把事情干好，结果他就泄气了。"虽然他最后也克服了内心的自我矛盾的痛苦，但他仍然把自己的行为看成是邪恶的行为，从此以后就再也不打算改邪归正了。"我把这桩事情整个丢在脑后，干脆打定主意再走邪路，这才合乎我的身份，因为我从小就学会了这一套，干好事我倒不在行。"很明显，叙述者的道德规范是同作者或隐含作者的道德信念相背离的。然而，这又不是真正的背离，本质上体现的却是隐含的作者在叙述者身后默不作声地对哈克周围的虚伪堕落的价值体系的批判。

反讽在中国古典小说中也经常见到。比如《红楼梦》第三回，贾宝玉和林黛玉见面之后，叙述者这样说：后人有《西江月》二词，批宝玉极恰，其词曰：一、无故寻愁觅恨，有时似傻如狂。纵然生得好皮囊，腹内原来草莽。潦倒不通世务，愚顽怕读文章。行为偏僻性乖张，哪管世人诽谤。二、富贵不知乐业，贫穷难耐凄凉。可怜辜负好韶光，于国于家无望。天下无能第一，古今不肖无双。寄言纨绔与膏粱，莫效此儿形状。毫无疑问，《红楼梦》的作者或隐含的作者对贾宝玉是持褒扬态度的,但是故事的叙述者却采用了几乎截然相反的词语来评价贾宝玉的所作所为,但是只要仔细想来就会发现其"所言非所指"的独特内涵。其实,脂砚斋早就发现了《红楼梦》的这种叙述技巧:"第观其蕴于心而抒于手也,注彼而写此目送而手挥,似谲而正,似则而淫……写闺房则极尽雍肃也,而艳冶已满纸矣;状阀阅则极其丰整也,而式微已盈睫矣;写宝玉之淫而痴也,而多情善悟不减历下琅琊;写黛玉之妒而兴也,而笃爱深怜不啻桑娥石女。"[8]可以说,这种"所言非所指"的反讽效果,也正是将叙述者从作者或隐含作者身上剥离出来的结果,从而使整部作品充满价值张力而更富有魅力。

参考文献

[1] 福斯特,《小说面面观》,广州花城出版社1985年。

[2] 布莱希特在许多场合谈论过间离的观点,如《陌生化效果》、《间离方法的产生》、《间离方法笔记》、《简述产生陌生化效果的表演艺术新技巧》。《布莱希特论戏剧》,中国戏剧出版社1990年。

[3] 布莱希特在《幻觉与共鸣的消除》一文中专门论述过"第四堵墙"的问题。他并不截然反对表演中的"共鸣",只是强调"完全进入角色"和"扮演角色"的区分,"把共鸣想象为一个不会产生损害的临界点"。《布莱希特论戏剧》,中国戏剧出版社1990年。

[4] 布莱希特,《布莱希特论戏剧》,中国戏剧出版社1990年。

[5] 巴赫金,《陀思妥耶夫斯基诗学问题》,三联书店1992年。

[6] 韦恩·布斯,《小说修辞学》,北京大学出版社1987年。

[7] 里蒙-凯南,《叙事虚构作品》,三联书店1989年。

[8]《戚蓼生序本石头记》序,人民文学出版社1975年。

（责任编辑：管恩森）

报 复 的 激 情

桑本谦[*]

　　"你们要是用刀剑刺我们,我们不是也会出血的吗? 你们要是搔我们的痒,我们不是也会笑起来的吗? 你们要是用毒药谋害我们,我们不是也会死的吗? 那么要是你们欺侮了我们,我们难道不会复仇吗?"(莎士比亚:《威尼斯商人》,第三幕第一场)借夏洛克之口,莎士比亚强调了报复是人类的本能,如同死亡、流血和发笑一样,报复似乎是受控于神经中枢而独立于理性思考的。社会科学和文学作品一样,经常把报复理解为受激情驱使的、难以抑制的一种本能冲动。亚当·斯密在其《道德情操论》中就使用了一个"自然天性"的术语来描述报复的动力学[1] (P. 39)。

　　观察人类的报复行动,最容易从中发现人类和动物相似的一面。在奋力反击的瞬间,心跳加快,脸色发白,精神亢奋,力量骤增,全身的血液集中到四肢,意识中除了残酷的天性之外一片空白,这些生理和心理反应与一只愤怒的狗的确没有太大差别。战地指挥官对人类报复本能的理解最为直观,他们清楚,肉搏战之前的动员工作十分重要,但当厮杀开始之后,继续鼓励士兵英勇杀敌就几乎是多余的了,一旦搏斗刺激起士兵们最原始的报复激情,即便鸣锣收兵,也不一定能把"杀红了眼"的士兵从战场上招回来。

　　自亚里士多德以来,情感(尤其是激情)就一直被视为理性的对立面。心理学家更是以其雄辩的气势主张,人类行为以非理性为特点,经济学上"理性人"在现实世界中很少见,即便在经济市场上也是如此,更不用说在这

　　*　桑本谦,山东大学威海分校法律系讲师,法学博士。

些市场之外了。但是许多现代理论家已经开始挑战亚里士多德情感与理性的对立命题,并提出情感是认知的一种方式。这不仅体现在情感反应通常是由信息激发的,而且体现在,情感能够表达对信息的评价因而可以取代通常意义上的推理。当我们对某种侮辱作出愤怒反应时,这一反应就表达了不赞成,即便不依靠情感,通过一步步推理我们最终也能得出这个否定性评价[2] (P. 233—235)。

情感的价值在于节省决策的信息费用,当用严格推理来处理信息的费用极其高昂的时候,根据情感作出反应就是一种经济的决策方式。尽管以情感取代推理,难免会使人犯错误(这正是人们把情感与理性对立起来的主要理由),但当严格推理的信息费用高于错误决策的预期损失的时候,这种错误是应当容忍的,因而此时以情感取代理性就是划算的。相反,倘若任何时候都依靠严格推理作出决策(像电影《雨人》中的男主人公),人们将无法安排自己的生活,解决到哪家餐馆去吃饭的问题也会令我们心力枯竭,更不用说选择配偶或决定是否向另一个国家的反政府武装提供援助等等麻烦得多的问题了。进化过程为我们设计的情感基因使我们获得了生存竞争的优势,而那些没有情感基因的人们——在进化过程中可能的确出现过这种人——却由于被迫承担严格推理所需要的高昂信息费用(这会使他们心力枯竭),而在生存竞争中被彻底淘汰了。至少在进化论的意义上,情感并非理性的对立面,恰恰相反,它是与自然选择的逻辑相吻合的一种更深刻的理性。

按照经济学的逻辑,报复(尤其是受激情驱使的报复)在**某种意义**上的确不理性。经济学家告诫我们,要忽略已经沉淀的成本("别为洒了的牛奶哭泣"),这就是说,无论你对侵犯者施加多大的伤害,你自己遭受的伤害都毕竟无法挽回了。为了报复你将要承担的任何风险和成本,都只会增加你已经遭受的损失。由此看来,一个理性人不会实施报复。但是,如果理性人不会实施报复,就会使他受到更多的侵犯,因为在侵犯者看来,理性人的理性——让过去成为过去(用经济学家的术语说,就是忽略"沉淀成本")因而不会对侵犯者进行报复——实际上是降低了侵犯者采取侵犯行为的预期成本[2] (P.275)。相反,受激情驱使而不计后果地实施报复行动,则可以有效削弱侵犯者的侵犯意图并阻止侵犯者逃避报复的侥幸心理,正因为如此,向潜在的对手展示自己的报复激情是一种有效的威慑策略。一个响亮的口号就是："人若犯我，我必犯人。"马克斯·舍勒显然已经看到这一点，所以他认为报复行动包含着以牙还牙的清醒意识，因而不仅仅是一种冲动行为[3] (P. 46)。

密执安大学的政治学教授罗伯特·艾克塞罗德在其博弈论经典之作《合作的进化》(1984)一书中用类似"讲故事"的方式叙述了一个计算机模拟竞赛的过程。他让每一个模拟参赛者在"囚徒困境"的游戏中固定地执行一种由专业博弈理论家提供的策略，然后让这一策略与其他策略、与自身、与一个"随机策略"(即以相等几率随机选择合作和背叛的策略)分别对局比赛。每场比赛共进行二百回合，赛后通过累计每个策略在每场比赛的得分来比较不同策略的优劣并从中寻找一个最佳策略。共有十四个模拟参赛者选择了复杂不同的十四个策略，这些策略是由心理学、经济学、政治学、数学和社会学五个领域的专业学者提供的。令人惊讶的是，由加拿大政治学家安那托尔·拉博泡特提供的"以牙还牙"策略(tit for tat)以平均每场比赛504分的成绩名列榜首，最终赢得了这次比赛。"以牙还牙"策略是所有参赛策略中最简单的，这个策略一开始选择合作，然后在每一个回合选择对手在上一回合采取的策略；也就是说，如果对手在上回合选择合作，"以牙还牙"者就在这一回合也选择合作，如果对手在上一回合背叛了他，"以牙还牙"者就在这一回合以背叛相报复。因此，"以牙还牙"是一种"以恩报恩、以怨报怨"并且"恩怨分明"的策略。在"囚徒困境"的博弈中，"以牙还牙"是一个非常著名的策略，最广为人知的一点是这个策略能够促成高度的合作，不仅两个采取"以牙还牙"策略的玩家相遇时会出现稳定的合作，而且"以牙还牙"策略还能诱导或强迫采取其他策略的玩家也和他合作[4] (P. 27—54)。

在艾克塞罗德设计的计算机模拟实验中，"以牙还牙"者对其报复行动从来不作精心的计算，不考虑报复给自己带来的浅层成本，"以牙还牙"显然不是一个工于心计的策略，它简单朴实、墨守成规，甚至多少有点"情绪化"的固执。然而正是这种品质使"以牙还牙"策略成功建立了对背叛者的威慑。或者说，报复对于"以牙还牙"策略来说，几乎就是一种本能。

在真实的生态竞争中，像"以牙还牙"策略在虚拟的计算机竞赛中一样，那些秉有报复本能的人会比其他人更加成功。尽管有时报复行动会以灾难而告终，但如果没有报复本能，就很难建立一种强有力威慑，这会使一个人在前政治社会中完全丧失抵御能力，因而，为真实或假想的伤害进行复仇的激情在漫长的进化过程中就最终固定为人类基因结构的一个组成部分[2] (P. 275—276)，这就是报复激情的"自然天性"的由来。作为"自然天性"的报复激情，可以有效排除报复行动的机会主义态度，也就是说，受报复激情的驱使，人们已经不再斤斤计较报复行动的利弊得失，就像惩罚一旦被规定为法律，国家就不再考虑惩罚罪犯的浅层成本一样，报复一旦诉诸激情，报复行动就在人类心灵结构中被"制度化"了。

罗伯特·弗兰克在其著作《理智下的冲动》一书中开篇就描绘了哈特菲尔德人大肆屠杀善良民众的血腥场面，在这一不必要的报复行动中，杀戮者完全失去了理智，并最终选择了一条自取灭亡的道路，因为随后就引发了对方同样残酷的反报复行动[5] (P. 139)。尽管报复的激情的确很容易酿成社会灾难，然而如果人类缺乏报复的激情，无法遏止的侵犯行为将会给一个前政治社会带来更大的灾难，毕竟，在这样的社会中，国家的尊严和法律的权威还没有把报复从社会中驱逐出去或将其边缘化或用一层帷幕将其遮掩起来[6] (P. 132)。更何况，如果过度的报复总是招致对方的反报复，那么这一结果本身就会迫使报复者克制自己报复激情并控制自己报复程度。正如报复可以震慑挑衅，反报复也会矫正报复过度。并且，为了避免血仇和冤冤相报，社会在群体规模上就会发展出禁止报复过度的社会规则。

如果平均说来，报复激情的失控会降低一个人的生存几率，那么自然选择就会转向青睐于那些较为克制的人们。于是，理智的基因作为矫正激情过度的一种心理机制又在生存竞争中繁荣起来，直到矫枉过正之后过度理智的基因同样会被进化过程所淘汰。这样，自然选择的钟摆就在理智和激情的两端之间不断摆动，但最终会固定在一个最恰当的位置，在这个位置上，适度理智与适度激情的恰当结合会使一个人获得最强大的生存竞争优势。

参考文献

[1] 亚当·斯密，《道德情操论》，蒋自强等译，商务印书馆 1999 年。

［2］波斯纳,《法律理论的前沿》,武欣等译,中国政法大学出版社2003年。

［3］Max Scheler, *Ressentiment*, Schocken, 1972.

［4］Robert Axelrod, *The Evolution of Cooperation*, Basic Books, Inc., 1984.

［5］参见麦特·里德雷,《美德的起源:人类本能与协作关系的进化》,刘珩译,中央编译出版社2003年。

［6］Jonathan Rieder, *"The Social Organization of Vengeance"* (Edited by Donald Black), Academic Press, Inc., 1984, Vol. 1.

（责任编辑:古莉亚）

黄海学术论坛
2006年　第7辑　　Huanghai Academic Forum　　　　2006　No.7

法条、法理与案例

汪全胜[*]

相比于其他学科来讲,法学具有很强的实践性,学习法学不仅仅是掌握一些法条或理论,更重要的是怎样将法条或理论与实践中活生生的案例结合起来,用法条或法理去分析、解决案例中出现的一些问题。这些问题有的直接涉及到法律的规定即法条的内容,有的要从法理上进行解释与分析,解决这些问题就要处理好法条与法理、法条与案例、法理与案例的关系。

一

法条是指法律的直接规定,法理是法条之理,是隐藏在法条背后的对法条起支配作用的道理。"法理对于法条来说,具有双重性。一方面,法理对法条具有依附性,法理不能脱离法条而存在,完全脱离法条而存在的理就不是法理而是哲理;另一方面,法理相对于法条而言又具有相对的独立性,即不是完全地被法条所决定。严格来说,不是法条决定法理,而是法理决定法条。因为法条只是一种法律规定,在某种意义上,它只是法理的一种表达。"[1] (P. 32)

作为法律直接规定的法条,其意义是很重大的,它至少提供了这样的一些信息:哪些是允许做的,哪些是禁止做的;怎么样做才是合法的,才不会使得"法律的惩罚降临到自己的头上"。但这里存在一个问题,通常我们讲某

---

*　汪全胜,山东大学威海分校法学院副院长、副教授,硕士生导师,法学博士,研究方向为立法学、法理学。

某人违法了,是不是就直接违反了法律的直接规定呢？这里违法的"法"不是指法条或者法律的直接规定,而是指违反了法律规范的禁止性规定。比如刑法关于杀人罪的规定,对杀人者要处十年以上有期徒刑、无期徒刑或死刑。这个条文设定了故意杀人罪的构成要件,而其背后的规范则是禁止杀人。因此,在刑法中违法指的违反规范,即违反禁止性的规定,而不是违反法律规定;违法,就法律规定而言,是符合而不是违反。也就是说,只有符合法律规定的杀人罪的构成要件,才谈得上是违反禁止杀人的法律规范。所以法条与法律规范是有区别的,根据法条中关于法律规范的构成要素来讲,法条有完全的法条和不完全的法条之分,完全的法条是指法律规范的要素,即行为模式与法律后果均具备且统一在一个法条的情况。但有时也会出现几个法条共同构成一个完整的法律规范的情形。

法理决定法条主要表现在以下方面:

第一,法理是法条制定的根本依据。法条的制定从大的方面讲就是立法,从小的方面讲就是法律每项条文的拟定。从立法方面讲,我们进行的立法首先必须要有立法的论证,即至少要从法理上解决以下两个问题:(1)立法的必要性论证,即解决为什么要进行该项立法的问题。对立法的必要性论证主要包括两个方面:首先,该项立法是否就是对某种社会关系调整的最合理的手段？其次,这种社会关系的调整是不是具有迫切性甚或必要性？(2)立法的可能性论证,即解决当前我国立法机关制订该项立法的条件是否成熟的问题。对立法的可能性论证主要包括三个方面:首先,该项立法是否具有宪法或法律依据？其次,国外同类立法是否可以借鉴？再次,在现行的立法实践中是否有可供该项立法参考的地方？[2]就立法论证的两个方面来讲,最重要是要进行立法的必要性论证,它是立法进行的现实性的法理依据。

第二,法理是法条解释的基本依据。法律在适用时有可能因为立法语言的因素或法律本身的缺陷等导致法律或法条在适用时存在某些困难,需要权威机关进行解释。在需要法律解释的场合,法理就是把握法律或法条解释的合理性或者合目的性的依据。

至于怎样把握法律规定或法条的意义,存在着客观主义和主观主义两种不同的观点。客观主义者认为,理解法律规定应当根据社会情况的变化,根据理解者的理解能力,来对法律进行解释,而不必拘泥于立法者在立法时的主观意图,只有这样解释法律才能使法律适应社会生活的发展。而按照主观主义的观点,在解释某个法律规定时,必须探寻其立法意图,这种立法意图是指立法者在制订法律时的所思所想。客观主义的解释一般只用在社会发展对法律规定的意义发展上,而在一般场合,主观主义的解释更符合立法原意。笔者认为,理解法律规定或法条的意义关键是把握立法目的,要探索立法者立法时的意图,也就是最初立法时的基本法理。

其实,把握法律规定或法条的意义还涉及到立法语言的问题。从立法层面上讲,立法意图总是要通过语言反映出来,最后落实在法条上。对立法意图的把握与理解是建立在对立法原意理解的可能性基础上。而立法原意理解的可能性在于立法语言在一定的情境下的意义的确定性。如果立法语言在一定的情境下不存在一定的确定性,对于立法甚至对于其他通过语言描述的东西都是不易把握的。语言在一定情境下的意义有其一定的客观性与确定性,也可以说意义隐含在语言之中[3]。虽然阅读是读者的一种活动,但语言的意义并不是读者的创造[4]。

法律语言在一定的历史时期意义的确定性是理解法律的基本前提,也是把握立法者在一定的时期运用与选择某一立法语言的真实意图的基础。

第三,法理是法条评价的基本依据。陈兴良教授认为:"如果把法条比作实在法,法理就相当于自然法,法理对法条有价值评判的功能。换言之,法条规定得好与不好,其评判标准就在于法理。"近些年来,随着依法治国方略在我国宪法中的确立,关于良法、恶法、不法之法等展开了广泛的讨论。讲良法、恶法、不法之法虽然可以从总体上对法律法规作出评价,但在我国现行立法中,主要是对于法律法规中法条的好与不好作出评价,关键的几条法律条文决定了立法的成败。这法条的好与不好,评判标准就在于法理。法学界曾发生了一件影响比较大的事,毕业于北京大学法学院的三位青年博士向全国人大常委会递交了要求审查国务院制订的《城市流浪乞讨人员收容遣送办法》违宪的建议[5]。三位青年博士针对该行政法规中授权民政部门和公安部门可以强制收容遣送的规定,指出它事实上剥夺了被收容遣送对象的公民人身自由,而这恰恰违反了《宪法》第三十五条规定,即任何公民,非经人民检察院批准或者人民法院决定,并由公安机关执行,不受逮捕;

124

也违背了《行政处罚法》第九条的规定,即限制人身自由的行政处罚,只能由法律设定;还违背了《立法法》第八条规定的对公民政治权利剥夺、限制人身自由的强制措施和处罚,只能由法律规定。从法理上分析,任何下位法不得违背上位法的规定,一旦违背,该下位法即无效,有关的国家机关可以撤销该下位法。国务院制订的《城市流浪乞讨人员收容遣送办法》只是国务院的行政法规,从法律效力等级上讲远远低于全国人大及其常委会制订的法律如《行政处罚法》、《立法法》。而且从最基本的法理来讲,我国是法制统一的国家,任何法律法规不得与《宪法》相抵触(《宪法》在序言和第五条中也规定了这样的原则),而国务院该项行政法规不仅直接违反了《宪法》的直接规定,也严重违背《宪法》的原则与精神。

二

从根本上讲,法律制定或法条规定的目的是规范社会关系,追求法律权利与义务的社会实现。法的实现又包括两种基本方式,即法的遵守与法的适用。法的遵守也就是守法,是指国家机关、社会组织和公民个人依照法的规定,行使权利和履行义务的活动。法的适用是国家司法机关根据法定职权和法定程序,具体应用法律、处理案件的专门活动。广义来讲,法的适用还包括行政机关在行使职能时依法作出裁决的活动。法的适用、法的遵守落实到具体的法条上,就是法条中关于权利与义务的规定在人们的行为中得到实现。

法条之于案例的重要意义就在于它设置了这样的一个行为标尺,即什么是允许的,什么是不允许甚至是禁止的。法条运用于具体案例就构成了判决的组成部分,案例是特定的社会现象,是由法律加以调控的社会现象,在法律未有规定或不加以调整的时候,它就不成为法律现象。

社会现象完善了法律或法条的规定。比如说,我国 1979 年刑法《总则》与《分则》加在一起总共 192 条,而 1997 年刑法《总则》与《分则》加在一起共452 条。就《分则》(规定各种犯罪行为的种类及其处罚)来讲,1979 年刑法只有 102 条,而 1997 年刑法则有 349 条,1997 年刑法是 1979 年刑法的三倍多。一些刑种是后来增加的。比如"洗钱罪",是我国 1997 年刑法新增加的刑种，它的产生就是针对社会上出现了这样的一些行为："明知是毒品、黑社会性质的组织犯罪、走私犯罪的违法所得及其产生的收益，而为其提供资金账户，协助将财产转换为现金或者金融票据，通过转账或者其他结算方式协助资金转移，协助将资金汇出境外，或者以其他方法掩饰、隐瞒犯罪的违法所得及收益的性质或来源的行为。"无疑这种行为对我国的社会关系或社会秩序构成危害，尤其是不利于我国社会主义市场经济秩序的孕育和发展，借鉴其他国家对此类行为的法律规定，我国将它确定为"洗钱罪"，构成了1997年刑法分则的一个法条。反过来，刑法对此类社会现象规定了以后，若再出现此类社会现象，那就成为法律现象或法律案例现象。比如某一个人从事了刑法规定的"洗钱罪"的行为，就要受到国家司法机关的审判，这样的案件就成了"洗钱罪"案例。

法条之运用于案例的结果，就形成了法院的"判决"。以刑法关于杀人罪的规定为例，对故意杀人者要处十年以上有期徒刑、无期徒刑或死刑。根据这一法条的规定，如果某一个人的行为构成了故意杀人罪的构成条件，那么他就有可能接受十年以上有期徒刑、无期徒刑或死刑的处罚。考察中国法院的判决，可以清晰地发现法条之于案例的重要意义。翻开法院的判决书，几乎千篇一律的格式：首先陈述案情，然后概括双方当事人及其代理人的主要意见，再次是本法庭认定的事实和适用的法律条文（通常写作是根据某某法第多少条规定，有时连法律条文的内容也不写明），作出如下判决甚至裁定等。有学者说，世界上很少有像我国这样简洁的判决书。考察美国的判决书，少则数十页，多则上千页，有理有据。也有学者建议我国法院判决也采用"对判决理由进行法理论证的判决书模式"，要求法官对判决书中认定事实的证据进行客观性、证明性、合法性的论证，对所适用的法律与案件事实的内在逻辑性和合法性、正确性、唯一性进行说明[6]。

三

学习法理、领会法条，一个比较科学的方法就是将其放在典型案例中去学习、去理解，这便是法学教学的案例教学法。法学案例教学法是一种苏格拉底式的经验教学法，这种教学法要求学生从司法审判的角度去阅读案例，学会如何通过案例进行推理,学会从特殊情况中演绎出一般原理。苏格拉底式教学法不仅能够教会学生对问题作出正确的反应,并且能够教会学生站在他人的立场思考问题。案例教学方法已在英美法系国家得到广泛运用,目前我国的法学教学实践中,也在不断地探索案例教学方法。

早在 20 世纪 20 年代,美国哈佛大学就将案例教学法运用到课堂教学中,哈佛大学医学院和法学院首先运用"病例"或"案例"组织教学。在医学教学中,教师把病例和治疗过程的有关材料整理成教案来指导学生进行学习,并用过去的实例来帮助诊断现实中相似的病例,这种方法取得了比较好的教学效果;至于法学的案例教学法,则是教师将某一个具体的案件及其审判过程中涉及到的法律规范和法律程序安排等编成实例,通过对案例的分析、讨论、启发、引导学生开展学习与研究,这种教学形式让学生有种"身临其境"的感觉。

案例教学法在哈佛大学应用以后,得到了广泛推广,时至今日,美国各大学法学教学中多采纳案例教学法。不仅如此,与美国具有相同法律传统的英国也采纳了这种教学方法。正如美国学者所说的:"这种教导方法,是根据英美法的形式而设的。"[7](P.329) 在英美国家,法规不是用立法方法来制订(只有很少的一部分法律是采用立法方法加以制订的),而是从英美高级法院已宣示的判决中寻找,也就是说英美法中的根本技术是通过法律的理解能力,从判决里寻找的。"因此,为欲训练学生使能善于运用起见,美国的法律教育,不得不依此目标而定形式,而案例方法确实极为成功。"[7] 虽然案例教学方法发端于美国,但在我国的法学教学中也被尝试使用。从 1985 年开展第一个五年法制宣传教育规划以来,我国就很重视"案例"对普法教育的作用。1991 年,司法部、教育部曾组织人员编写与《法律基础教程》相配套的《案例浅析》一书,作为《法律基础》课的教学参考用书。该书选编了 100 多个案例,分别运用刑法、民法、经济合同法、继承法、婚姻法、刑事诉讼法、民事诉讼法、行政诉讼法等法律的有关条款,对案例进行通俗易懂的分析。

近些年来,随着我国对法律人才需求的增加,法律教育的不断发展,从事法律教学的教师人数与接受教育的学生人数规模都空前地发展,相比之下,法律的教学方法仍滞后于传统的"填鸭式"的满堂灌,这种方法既不利于教学效果的提高,又不利于培养社会所需要的法律人才。在我国现阶段,为

提高法学教学的质量,提高法学培养人才的质量,可以用借鉴案例教学法并使之"本土化"。这是因为:

第一,虽然我国不承认判例法,法院审判也不会从先前或权威的审判案例当中寻找法律原则与规则(即归纳方法),但是怎样从"问题"当中找出法律的解决方法,这与英美案例教学方法是相同。通过案例教学,学生从案例当中寻找分析问题的方法,可以培养学生真正具有解决问题的能力。

第二,培养法学人才是为了满足社会对法律实践人才的需要,即主要是培养能够从事法律职业的专门人才(如法官、检察官、律师等),这种需要从近些年举办的律师资格考试(从2002年改名为司法资格考试,即将以前初任法官、初任检察官考试以及律师资格考试合而为一)中可以反映出来。为适应这种需要,在教学中实施案例教学法不失为一种有益的尝试。

第三,实施案例教学方法是法学教学方法改革的一个基本趋向。教学方法的改革是我国高等教育改革的一项重要内容。过去的法学教育偏重于"灌输"式教学,其弊端已十分明显,它既不利于课堂教学水平与效果的提高,又不能调动学生学习的积极性等,若实行案例教学法,则在一定程度上可以克服这些缺点。

在我国目前的法学教学中,广泛地采用了课堂案例讨论模式、旁听审判的案例教学模式、模拟法庭教学模式以及多媒体案例教学模式。近些年来又出现了一种新的案例教学模式,并逐渐引起了我国法律院校及有关学者的注意,并在实践中逐渐得到运用,这就是法律诊所案例教学法。

法律诊所教育于20世纪60年代在美国兴起,它是美国民权运动的产物。这一运动促使律师和法学院的学生对法律规则在实践中,尤其是在履行宪法中平等权利和正当程序原则时存在的不足引起重视。民权运动还使人们认识到将书本上的法律知识转化为实践的重要性,为达到这一目的,必须为涉及民事案件尤其是刑事案件而又缺乏法律知识的人们提供法律咨询。正是基于已经认识到司法制度中存在的缺陷以及法律教育在提供法律服务上的不力,美国法律界和法律院校开始更多地思考法律教育在解决这些问题上应该发挥的作用,认识到法律院校不仅应为社会提供法律服务,而且应培养学生有意识地为处于不利地位的一方委托人提供帮助。因此,多数法学院校设立法律诊所教育课程,在本校教师同时又是持证律师的监督下,为处于不利地位的委托人提供法律服务,并将其工作成绩计入学生的学分。在参照并吸收美国等其他国家法学案例教育学的基础上,我国"从2000年秋季开始,在美国福特基金会的资助下,借鉴美国法学院的经验,首次在全国七所院校尝试运用诊所法律教育方式,开设'法律诊所学'课程"[8] (P.6)。法律诊所教育也是一种案例教学方法,与现有案例教学法不同的是,其所谓的案例是让学生自己解决问题与分析问题的现实案例,它直接培养学生的实践能力,为学生走向社会准备了"准入"的条件,不需要通过在工作岗位上进行一段时间的实习之后才能从事适应本职工作。

参考文献

［1］陈兴良,《刑法的为学之道》,《法学家茶座》第二辑,2003年。

［2］汪全胜,《立法论证探讨》,《政治与法律》2001年第3期。

［3］苏力先生对这种观点提出疑问:如果意义真就隐含在语言之中,我们就应当假定,只要懂得语言,就应当了解法律。然而,在日常生活中,即使熟练掌握语言,认识每一个字词,即使有很高的文化,至少在很多时候,我们在读某一专业的书时也不知所云。参看苏力著:《解释的难题:对几种法律文本解释方法的追问》,载梁治平编,《法律解释问题》,法律出版社1998年,第33—34页。笔者认为这种观点不正确,日常语言和一些专业语言是不一样的,就像日常语言与法律语言有时并不对应一样。

［4］同样,苏力先生认为,意义是读者的创造,在一定程度上是由我们赋予文字的,而不是文字或语词的自然产物。参看苏力著:《解释的难题:对几种法律文本解释方法的追问》,载梁治平编,《法律解释问题》,法律出版社1998年,第33—34页。这种观点笔者不敢苟同。如果这样看来,不同的读者对同一个词可以赋予不同的意义,那么人与人之间应该通过什么方式来进行交流呢? 在苏力先生的文章中,苏力先生举例说明法律语言的历时性变化与法律语言的共时性变化。"例如'子女'这个词,究竟在法律中指什么? 也许在200年前,许多社会都将之仅仅理解为婚生子女,不包括非婚生子女。而200年后,人们对子女的理解就改变了,包括婚生子女,也包括了非婚生子女。""按照美国宪法,国会有权建立陆军和海军,而没有提到空军(当时的人们无法想象空军),但今天,所有的美国法官和律师都将这一条款理解为包括有权建立空军和其他必需的武装力量。"以上两个事例说明法律语言的历时性变化,但笔者认为苏力先生这两个例子恰恰说明了法律

语言在一定的历史时期意义的确定性,不然怎么能够得到同时代的共识呢? 在法律语言的共时性变化中,苏力先生举了一个美国案例。"美国曾经有一个案件,一个法律禁止进口植物果实,但不禁止进口蔬菜;有人进口番茄,因此发生了番茄究竟属于植物果实还是蔬菜这样一个问题。"这个案例也并不能说明法律语言的意义不确定,只能讲作为日常语言它本身就有两重意义或多种意义。如果法律给它予以确定,就不会存在理解的争议了。

［5］《中国青年报》2003年5月21日。

［6］有学者总结出法理论证对于法院判决的重要意义:"一、要求对判决理由进行充分的法理论证明是法律适用的基本要求;二、对判决理由作充分的法理论证是当事人的合法权利;三、对判决理由的法理论证是树立法律权威的重要途径;四、对判决理由的充分论证是司法公正与正义的基本要求;五、对判决理由的充分论证是实现法律监督的重要条件;六、对判决理由的法理论证是实现法的教育功能不可缺少的重要环节。"参见张静、李守一,《法理论证与判决理由》,《西北第二民族学院学报》2002年第2期。

［7］贺卫方,《中国法律教育之路》,中国政法大学出版社1997年。

［8］甄贞,《诊所法律教育在中国》,法律出版社2002年。

（责任编辑:古莉亚）

论商法的商业保护原则

姜世波　　张俊来[*]

一、商业保护原则的内涵和依据

商业保护原则,亦称商事责任有限性原则,是指商事主体在从事商事交易行为中对其违反约定或法定的义务的行为所应承担的损害赔偿责任依法具有有限性,并不承担赔偿全部损失的责任,以体现对商业主体和商业经营予以特别保护的法律制度。

商事行为的营利性决定了应对商事责任加以适当限制的原则。商事主体从事商事活动讲究成本、重视核算、谋求投资回报、追求利润最大化,带有明显的营利烙印。所谓"天下熙熙,皆为利来;天下攘攘,皆为利往",就是对商事主体趋利行为的真实写照。而作为规范商事主体及其商事活动的商法则始终渗透着确认营利保护和营业保护的原则。各国商法中商事登记、公司、证券、票据、保险、海商等规范均从不同方面反映了商法确认营利保护的价值取向和原则。营利必以营业为基础,没有相当规模的营业存在,营业的成本就会加大,利润率就不高,商人追逐利润最大化的目标就难以实现,因此,近现代商业为保证营业规模的扩大,建立了相应的营利和营业保护制度,从而使商法与民法的分野更加分明。所以,"商法与民法,虽同为规定关于国民经济生活之法律,有其共同之原理,论其性质,两者颇不相同。盖商法所规定者,乃在于维护个人或团体之营利;民法所规定者,则偏重于保护

---

　*　姜世波,山东大学威海分校法学院副教授,法学硕士,研究方向为国际私法、国际商法;张俊来,山东省公安边防总队教导大队。

一般社会公众之利益"[1](P.23)。确认营利保护、商业保护可以说是商法对商事交易价值规律的客观反映,可以说,没有商事主体对利润的孜孜追求,没有商法对营利行为的法律承认和保护,就不会有繁荣的市场经济,也就不会有人类物质文明和精神文明的进步。

商业经营的高风险性需要对商业经营予以适当保护。商业保护原则的确立还有一个重要的原因,就是商业乃高风险性活动。经营活动的高风险性对于经营者而言,如果经营不佳不仅会使经营的投入血本无归,而且可能面临家破人亡的危险,这使得一般社会公众对经营商业望而却步,这显然不利于经济的繁荣和发展。于是,公司制度和破产制度应运而生。

二、商业保护原则在商法中的具体体现

（一）公司有限责任制度

公司有限责任制度包括两个方面的涵义,一是公司仅以其全部自有财产对公司的债务承担责任;二是公司的股东仅以其出资额为限对公司经营及公司债务承担责任。

现代公司制度的最根本点就是公司的有限责任制度。有限责任制度自产生以来,逐渐形成为促进经济发展的有力的法律工具。美国学者伯纳德·施瓦茨在评价公司制度对美国经济发展的作用时曾谈到,"正是公司制度使人们能够聚集起来对这个大陆进行经济征服所需要的财富和智慧"[2](P.67)。公司的产生为社会化大生产提供了适当的企业组织形式,并在更广泛和更深层领域中促进了市场经济的发展,从而使资本主义在短时期内创造出了比以前所有社会都大得多的生产力。然而,公司乃是以有限责任为其显著特征的,公司制度正是通过有限责任等制度发挥作用的。公司有限责任是在原初商业经营在自然人和合伙等无限责任制度的基础上发展起来的,该制度改变了商人经营责任的基础,使商人从过去无限制责任的重负下得以解脱,得以以有限的资本从事多种经营,又加上仅以投资为限承担责任,这就从根本上分散和减少了商业风险,激发了人们创业的积极性,大大解放了社会生产力。难怪,美国前哥伦比亚大学校长巴特勒(N. N. Butler)在1911年曾指出:"有限责任公司是当代最伟大的发明,其产生的意义

甚至超过了蒸汽机和电的发明"[3](P.42)。前哈佛大学校长伊洛勒(C. W. Eliot)也认为"有限责任是基于商业的目的而产生的最有限的法律上的发明"[4](P.3)。许多学者认为,有限责任改变了整个经济史。尤其是自 20 世纪80 年代开始,许多国家顺应现代市场经济发展的客观需要,先后在公司法中确立了一人公司的合法地位。一人公司的出现与发展,使人们对传统的公司社团性理念以及公司法律制度产生了极大的冲击,使人们不得不重新思考公司制度的本质特征。公司的本质特征已不再突出其社团性,而是"公司是独立于其出资人的法人"[5](P.103)。换言之,资本独立和有限责任是公司的本质属性。商人只要有意愿,皆可受公司有限责任保护①。

(二)破产免责制度

破产免责是指在破产程序终结后,对于符合法定免责条件的诚实的债务人未能依破产程序清偿的债务,在法定范围内予以免除继续清偿责任的制度。破产免责制度是在破产法发展到后来才出现的,因为人们注意到,不给债务人免责的机会,使债务人不能从破产程序中得到优惠,产生的直接影响是:债务人没有主动申请破产的原动力,如果不能及时申请破产,致使财产状况更加恶化,最终给债权人造成损失。另外,债务人也不能积极地配合破产程序的进行。但如果给债务人以免责的优惠,虽然可以避免这种弊端,但又会对债权人的权利造成损害。如何平衡这两种价值的冲突,各国在立法政策上的不同选择,形成了免责主义与不免责主义[6](P.23)。

早期的破产免责制度本来是英美法中特有的一种社会政策性法律制度。其内涵是:当善良、诚实的事业家陷于破产境地时,在法院的监督下使其偿还一部分债务,其余的债务则在法院的认定下给予免责,从而使债务人恢复失权、走向新生。目前,采取不免责主义的国家已十分罕见。英美法的破产免责制度是在 1705 年安妮(Anne)女王法的创意下制度化的政策。1800 年美国的首部破产法继承了这一制度,并且在之后的一百多年中比英国更快更彻底地发展成具有美国特色的慷慨免责制度。与美国破产免责制度把免责看成是破产人享有的当然的权利不同,英国的破产免责制度则一

---

① 虽有商事合伙和个人独资企业的企业形式,企业出资人应承担无限责任,但有一人公司的形式,则无疑为出资人承担有限责任进行经营提供了安全的避风港。

直把免责看作是给与诚实的破产债务人的恩典。于是,英美两国破产法的指导地位发生了逆转,1978年修订的现行美国破产法的"新规出发政策(the Fresh Start Policy)",对1986年英国的支付不能者法(Insolvency Law)的制定产生了积极的影响。现在,除英国和美国外,在破产法中采取免责主义的还有加拿大、澳大利亚、日本等国和我国的台湾省[7](P.191)。德国破产法从1877年到1999年1月1日的漫长历史中一直采取非免责主义,直到1999年1月1日生效的新破产法才最终承认了免责制度。

关于免责制度的立法主要有两种:一为当然免责制度,二为许可免责制度。当然免责制度是指随着破产程序的终结,破产人自动获得免责,无须提出申请而经法院许可。我国台湾破产法及美国破产法均采当然免责制度。当然免责制度与许可免责制度的根本区别是对债务人的监督义务应由法院承担,还是由债权人对之监督。现代各国普遍的做法是:给予免责优惠,同时规定一定的条件。大多数国家对于有恶意破产、制作虚假账目、欺诈性地处分财产等不诚实的行为的,难以获得免责。即使是诚实的债务人,在法定期间内已经被宣告过破产,并曾获得过一次免责的,也不能免责。另外,法律一般还规定破产人对国家或政府的债务、具有人身性质的债务、因欺诈等而产生的债务也不能免责[6](P.23)。

商业经营是高度风险性的事业,破产免责主义与公司有限责任是保护商人经营的一枚硬币的两面,当然,前者除了可以保护债务人(破产人)外,还有一项更重要的作用是能够公平地保护所有债权人。但商业经营的实践表明,如果过于强调对债权人的保护,其结果可能适得其反。破产免责主义正是为了避免债务人逃亡,促成债务人协助进行清算,以维护债权人的利益。随着社会经济的发展,负债成为经济生活中常有的事情,社会观念上不再把破产作为犯罪来看待。债务人固然要对其债务负责,但债权人也应承担相应的风险,惟其如此才能体现公平。在破产财产分配完毕后,免除债务人继续清偿的责任正是这一公平理念的体现。与这种观念相对应,破产制度的立法宗旨也从片面维护债权人利益转向兼顾债务人和债权人双方的利益,对于诚实而不幸的破产人通过免除其不能偿付的债务以给予其重新开始的机会,反映出破产立法对善意的、无过错的债务人的必要保护。

(三)国际海事赔偿责任限制制度

海事赔偿责任限制,是指船舶发生重大海难给他人带来重大损失时,对事故负有责任的船舶所有人、救助人、保险人或其他人，根据法律的规定，对受害人提出的损害赔偿请求，可以将自己的赔偿责任限制在一定范围之内的一种法律规定。海事赔偿责任限制，是海商法中特有的，并有别于民法中一般民事损害赔偿的法律制度。

海事赔偿责任限制这一制度，最早可追溯到 13 世纪，因为当初是为了保护船舶所有人的利益而建立的，所以也称之为"船东责任限制"。由于各国对船舶所有人责任限制的规定不尽相同，从而出现了法律冲突问题。为了更好地解决各国不同法律规定的冲突，先后产生了三个船舶所有人责任限制国际公约：《1924 年关于统一海运所有人责任限制若干法律规定的国际公约》、《1957 年关于海运船舶所有人责任限制的国际公约》、《1976 年海事索赔责任限制国际公约》（以下简称《76 年公约》）。《76 年公约》将船舶所有人责任限制向前推进了一步，完成了"船舶所有人责任限制"向"海事索赔责任限制"的演变。国际海事法上之所以设置如此制度，主要由于：海运业往往需要巨额投资，但由于海上运输的高度风险，船舶遭受外部威胁的风险大，且船舶远离船东，船东对船舶和船员的监控有一定的困难；由于外部风险和船员的疏忽或过失而造成对第三方重大人身伤亡和财产灭失比陆上运输要大得多，船东常常无力承担，使船东面临倾家荡产的厄运，这势必导致无人愿意冒此风险经营海上运输业，而世界经济的发展离不开海运的支持，因为国际贸易的 80％的货物运输都是由海上运输来完成的。于是，调整国际海上运输活动的海商法上便产生了海事赔偿责任限制这一制度。

以《76 年公约》为例，对于旅客人身伤亡索赔的责任限制，公约规定，按船舶载客定额计算，每位旅客赔偿额为 4666 特别提款权乘以旅客定额，所得的数额即为赔偿限额，但最高不得超过 2500 万特别提款权。对于其他任何索赔方面规定：（1）有关人身伤亡的索赔：①吨位不超过 500 吨的船舶，为 333000 计算单位；②吨位超过 500 吨的船舶，除第①目外，应增加下列金额：自 501 吨至 3000 吨，每吨为 500 计算单位；自 3001 吨至 30000 吨，每吨为 333 计算单位；自 30001 吨至 70000 吨，每吨为 250 计算单位；超过 70000 吨，每吨为 167 计算单位。（2）有关任何其他索赔：①吨位不超过 500 吨的船舶，为 167000 计算单位；②吨位超过 500 吨的船舶，除第①目外，应增加下列金额：自 501 吨至 30000 吨，每吨为 167 计算单位；自 30001 吨至 70000 吨，每吨为 125 计算单位;超过 70000 吨,每吨为 83 计算单位。

海事赔偿责任限制制度的实质就是在一定范围内通过保护航运经营人,以促进航海业的快速的发展。

(四)保险补偿原则

保险补偿原则是指当保险标的发生了保险责任范围内的损失时,保险人应按照保险合同条款的规定履行赔偿责任,保险人的赔偿金额不能超过保单上的保险金额或被保险人遭受的实际损失,保险人的赔偿不应使被保险人因保险赔偿而获得额外利益。

保险合同是一种补偿性合同,旨在补偿被保险人的损失,而不能使其从中获利,因此保险合同的履行以保险利益为基础。如果保险理赔使被保险人获得保险利益之外的利益,则有激发被保险人人为制造保险事故以从中牟利之虞,扩大了道德风险,将给社会的稳定运行和伦理体系谱上一笔不和谐音符。

保险补偿原则是对补偿性的保险合同的赔偿金额施加各种限制性的赔偿后果。具体体现在以下方面:(1)对保险赔偿前提的限制。这又包括两个方面:① 在损失发生时,被保险人必须对保险标的具有可保利益,才有可能获得保险赔偿。② 保险标的遭受的损失,必须是以保单承保风险为近因造成的损失。(2)对保险赔偿金额的限制。其中包括:① 保险赔偿不超过保险价值。保险价值即保险标的的经济价值。它是投保人或被保险人对保险标的所具有的可保利益的货币表现形式,是确定保险金额的依据。② 保险赔偿受到保险金额的限制。保险金额简称保额,指投保人对保险标的的投保金额,是保单上确定的保险人负责损失赔偿的最高责任限额,是计算保险费的依据。这又因定值保险和不定值保险而有所不同。定值保险是指在签订保险合同时,保险人与投保人通过协商将保险标的的价值加以确定,并且以双方确定的保险价值作为保险金额的保险。在定值保险中,保险金额等于保险价值。保险事故发生后,保险人应以约定的保险价值作为计算保险赔偿金额的基础。海上货运保险多采用定值保险单。不定值保险是指在保险合同签订时,保险人和投保人对保险标的的价值不加以确定,保险价值是留待事故发生后再进行核算、核实的保险。采用不定值保险,在投保时虽然合同双方没有确定保险价值,但投保人却要为保险标的确定一个保险金额。这样一来,投保时确定的保险金额就有可能同保险事故后,经核实而确定的保险价值存在着差异,出现不足额保险、超额保险和足额保险三种情况,而在不同的情况下,保险赔偿的限额是不同的。

除了上述国际商法部门存在着限制商人责任,保护商人的制度外,其他还有诸如现代海事法中的国际油污损害民事责任中的赔偿限额制度、国际航空运输中赔偿责任限制、信用证业务中的"独立抽象性原则"、保险中的免赔额制度等等。但是,需要强调的是,国际商法承认和保护的商人营利必须是通过合法交易、正当手段的谋利,在遵守公认的商业道德的基础上所获得的经济收益和利润。对于采用非法交易、不正当手段、违背公认的商业道德而获得的收益和利润,各国法律不仅不予以承认和保护,还要予以相应的法律制裁。这就意味着,国际商法是承认和保护利己的法,决不是承认和保护损人的法[8](P.72)。

参考文献

［1］张国键,《商事法论》,台湾:三民书局 1980 年。

［2］[美]伯纳德·施瓦茨,《美国法律史》,中国政法大学出版社 1989 年。

［3］Tony Orhniai ed., *Limited Liabilcty and the Corporation*, Croom Helm, London & Camberra, 1982.

［4］Phillip I. Blumberg, *The Law Of Corporate Groups*, Little Brown and Company, Boston and Toronto, 1987.

［5］朱慈蕴,《一人公司对传统公司法的冲击》,《中国法学》2002 年第 1 期。

［6］李永军,《论破产法上的免责制度》,《政法论坛》2000 年第 1 期。

［7］加藤正治,《英国破产法的特征》,《破产法研究》第 6 卷,有斐阁 1927 年。霜岛甲一,《英国破产法制的现状——续英国破产法的特征》,《判例时报》1975 年第 319 号,第 3 页。转引自陈根发,《破产免责制度沿革论》,中国民商法律网,http://www.civillaw.com.cn/weizhang/default.asp?id=20766. 2005 年 5 月 28 日访问。

［8］雷兴虎,《略论我国商法的基本原则》,《中外法学》1999 年第 4 期。

（责任编辑:古莉亚）

黄海学术论坛
2006 年　第 7 辑　　Huanghai Academic Forum　　2006　No. 7

面对传统的超越与重构

——关于经济法责任理论的再思考

张旻昊 *

一、引言：跨越传统的艰辛

　　经济法责任问题一直是学界关注的热点，也确是一个公认的"难垦之域"。近读张守文教授的新作《经济法理论的重构》（以下简称《重构》）一书，其中有关规范经济法责任理论的分析阐述（第四编第十七章），颇具开拓与创新价值。作者对超越传统法律责任理论的积极构想和系统分析，以及对法律责任的分类、经济法责任的客观性和归责基础等相关问题的论述，均不失精彩与独到，令人耳目一新，深受启发和触动，由此也激发了笔者尝试对相关问题作进一步梳理探究的渴求。

　　超越传统，实现经济法责任理论研究的新突破，是《重构》的重要命题和分析点之一。该书认为，囿于时代和制度约束，传统的责任理论不可避免地会存在褊狭和缺失。超越传统才能实现对传统法律责任理论的拓补，而对传统责任理论的超越，首先是对责任形态分类理论的超越，因为它会对责任理论中的其他问题的研究产生重要影响。传统责任理论认为，法律责任的具体形态可能有多种，然而最为重要的是民事、刑事和行政这三种责任形态，有时还可能追加违宪责任，从而形成所谓的"三大责任"或"四大责任"。

---

　　* 张旻昊，山东大学威海分校法学院副教授，硕士生导师，研究方向为经济法、商法。

而这样的分类主要是以行为人所违反的部门法为基础的。但由于部门法并不仅限于上述几个，而且部门法的划分本身就存在诸多问题（如异面和交叉），因此，以传统分类去套用各类法律，自然会出现问题。如果承认责任是违反法定义务所应承担的法律后果，就可以依据该后果的具体情况做不同的分类。并且，责任形态的"独立"只是相对的，在各个部门法的责任之间，实际上存在着内在的关联。

《重构》从比较分析视角提出，要科学地确定经济法上的责任形态，就应充分地认识到，与民法、刑法上的一元化责任体系不同，经济法领域多层次的二元结构导致各类主体的地位呈现出非对称性与非均衡性，即在对立且互动的调制主体与调制受体中，因其法律地位不平等，有关其权利义务的具体规定也就不同，进而，与其义务直接关联的责任也自然会判若云泥。此外，由于各类主体所违反的法律不尽相同，因而可能承担的责任有"本法责任"和"他法责任"之别，从而形成具体责任承担方面的"双重性"特点。而且，如果从实证的角度来看，经济法主体在承担责任上具有"非单一性"的特征[1](P.427—463)。

面对传统和经济法理论研究的困境，《重构》提出"超越与重构"的思考，无疑具有积极意义和建设性价值，充分表现出经济法学人的责任和勇气。而且，上述分析论证对于促进相关责任理论的"打通"，实现经济法责任理论研究的拓补，增进对现行责任制度的全面理解，不无助益。但通篇研读后笔者感觉，《重构》对传统法律责任理论的超越仍面临种种"困惑"，表现出受困于传统的些许"无奈"，尚存在再探讨的空间。经济法属于现代经济与社会生活之产物，在中国更属于后生之法律。受传统的和现实的多种因素影响，经济法及其理论研究自始就面临着困境与挑战①。因此，经济法责任理论研

---

① 笔者曾在另一篇文章中指出："无论在中国还是在西方，说经济法的诞生带来了一场法的革命都不为过。中国经济法正是在学界、特别是法学理论界的一片争吵声中度过了其多难的童年。自20世纪70年代末经济法落地中国始，一场关于经济法的学界大讨论已跨世纪地持续二十余年，迄今硝烟未尽。可以说，这场讨论形成规模之大，派生学说之多，发生冲突之激烈，持续时间之长乃至局面之混乱，为中外法学史上任何一次同类讨论所不及。"经济法在中国的"生难"由此可见一斑。参见拙作：《中国经济法之争的内涵及原因分析》，载《山东社会科学》2005年第9期，第75页。

究的深入和突破,无疑将有助于从整体上改变经济法的生存环境。循着《重构》提供的思路,本文提出超越与重构经济法责任理论的一些个人见解和分析。

二、解读"超越":从"简单分类"到"复杂结构"

一般而言,"超越"应当是站在更高的层次上,以实现更高的目标,突破传统是第一性的。法的体系带有整体性,经济法责任是一种部门法责任,要建立经济法责任理论,应当首先认知和完善整体或一般法律责任理论,而不局限于如何处理经济法责任与传统的"三大责任"或"四大责任"之间的关系。作为"超越"的前提,是对传统的"三大责任"或"四大责任"理论进行整体充实和提升,重构法律责任一般理论。即,先确定统一的法律责任基础或划分标准,再分析确定各个部门法的责任形态及其侧重。《重构》对传统理论的质疑和重构的积极态势甚为可贵,然而,作为部门法的研究,《重构》显然没有对法律责任一般分类理论给予太多的关注,这虽可理解但不无遗憾。

法理与部门法兼容互动,是现代法律责任理论研究的主导路径,有利于法律责任理论的创新发展。法的一般理论的构建和发展,离不开部门法研究的支持,部门法研究的深入,也同样需要法的一般理论的指导。或许是由于最近二十年来我国部门或单行法律的社会需求及相关立法的发展超乎寻常,法的一般理论研究出现了明显的滞后和错位,亟待改进和拓补。法的一般理论研究需要更多关注和适应部门法的发展和理论建设。在此背景下,无论是运用传统的"三大责任说"还是"四大责任说",都只是在承认部门法划分(存在)且日益多元化的前提下,首先确认存在着不同的法律责任类型及其具体责任形态。这表明:一方面,人们虽然认可民法责任、刑法责任、行政法责任甚至宪法责任的独立存在,或以传统法律责任划分作为部门法相关问题研究的起点,但这既不意味着法律责任仅限于如上的三种或四种[②],

---

② 传统的"三大责任"或"四大责任"理论,是以传统的主导性法律(民法、刑法和行政法)为依据衍生出来的,事实上适用了主导和先占原则,其局限性是显而易见的。

更不说明某种具体责任形态专属于某种法律责任或具有单一法律责任属性。例如,我们承认存在民事责任,赔偿损失属于民事责任的一种,但我们不能说赔偿损失专属于民法责任。尽管传统的民事责任、刑事责任、行政责任等类型区分的强化,同民法、刑法、行政法的历史及其法典化的进程,同其界域的相对明晰,以及在立法上的相对成熟等,都有密切关联。然而,现代部门法呈现交叉存在的典型状态,法律责任的确定不应适用"划域而治"和"先占"。传统的优势在于厚重和积累,趋于保守则显现着它的不足。一味地抱守传统,不仅无法应对社会发展和事物变化,而且对于经济法、社会法等后生法而言,也有失公允;另一方面,传统法律责任体系及划分方法在新的法律环境下面临着普适性考验,需要拓展和创新。传统法律责任体系形成于相对简单粗犷的法律存在格局下,属简单分类。其平面结构及划分方法的单一,已不能适应现代法律多元交织、体系复杂的发展趋向。

限于专业和能力,笔者无从驾驭系统重构法律责任一般体系这样的法理学课题,但可以预见的是,现代法律格局下的法律责任划分,应该视野更开阔,视角多元并方法多样,法律责任体系也不再是简单抽象基础上的基本类型排列,而应是建立在系统分析归纳基础上的一个多层次的责任结构,笔者称之为复杂结构分类。至少,法律责任类型划分(抽象归类)同法律责任的表现形态(具体展开),无论在客观上还是在逻辑上,都是结构中的两个相关联的不同层面。归类强调属性的同一,注重界限和区别,处于较高层次。展开强调全面系统,注重充分和多样性,处于次(底)层次。归类统括着展开,展开形态在不同场景下可能属于不特定的某个类。在此意义上,以民事、刑事和行政责任为主的传统法律责任体系,以及《重构》中有关经济性责任和非经济性责任、赔偿性责任和惩罚性责任的划分等,都只是在较高层次的一种未穷尽的类(依据法部门属性、责任属性或设立责任的目的等)的区分。而在该层次下,存在着一个更丰富多样的责任形态系统[3]。而且,越是次一级层次的要素,越呈现多样性交织存在的特点。简单存在的分类更注重甄别,复杂存在的分类则需同时兼顾区别和联系。现代法学基本理论包

---

③ 对于次层次,《重构》一书虽未作有意解构,但也进行了一定分析说明,可参见该书第四编第十七章第三部分。本文不再另作具体展开。

括法律责任一般理论的研究,应密切关注到部门复杂多样的发展态势,并据此作出足以指导部门法研究深入细化的理论归纳。同理,有关经济法责任的理论分析与重构,也理应在明显别于传统的、立体多元的结构范式下展开。

三、法理上的"共通"和部门法上的"差异"

按照法理,法的一般责任分类应当是诸法共通的,责任形态则依部门法的不同而各有侧重。《重构》的法律责任划分在"类型划分"层面有更多的可借鉴之处④。例如,按照追究法律责任的目的,可以把法律责任分为赔偿性责任与惩罚性责任;依据责任的性质,还可以把法律责任分为经济性责任和非经济性责任,或称为财产性责任和非财产性责任。当然,处于同一层面的还可有其他种分类[1](P.444—445)。但值得注意的是,一方面,这样的分类虽适用于任何部门法,但表现于不同部门法中的具体责任是各有侧重的。民(商)法的责任形态根据其主体权利义务的均质性特点,应侧重于赔偿性责任或经济性责任,辅之以惩罚性责任或非经济性责任;行政法根据其作为"控权"法的特点,应对那些越权或滥用行政权以及行政不作为的国家行政机关及其工作人员施以惩罚,所以其责任形态应侧重于惩罚性责任和非经济性责任,辅之以经济性责任或称财产性责任;刑法根据其惩罚犯罪的特点,应侧重于惩罚性责任或非经济性责任,辅之以财产性责任;经济法根据其"协调"法的特点,应是赔偿性责任与惩罚性责任并重、经济性责任与非经济性责任并重。另一方面,同是赔偿性责任和惩罚性责任,表现于不同部门法中也应是有差别的。如民法的赔偿责任更侧重于补偿性,

---

④　笔者以为,根据本文对现代法律背景下法律责任的"复杂结构分类",《重构》将传统法律责任分类及其作者从其他角度进行的分类尝试一并定位在"责任形态划分"层面是不准确的,或可说是一种非自觉判断。这些分析均应属于较高层面的"类"的研究。而且,这几种分类是否处于同一层面上,似还是一个值得再推敲的问题。仅就普适性而言,在法律多元交织的现代法时代,由于受限于同特定部门法的内在联系,传统法律责任分类在部门法域的适用,远不如从其他角度分类的适用更便利和合理。

即使是惩罚性责任也具有协商性⑤；行政法的赔偿责任虽也具有补偿性，但更侧重于惩罚性；刑法的惩罚性责任更侧重于人身自由罚；经济法的赔偿责任兼具有补偿性和惩罚性，只是其惩罚性责任比起行政法和刑法来说，表现形态更趋向多样化，更显现其作为强制性经济规则的特征。此外，随着社会的发展和法律关系趋向复杂，各部门法之间的界域已不再像以往那样明晰，法律关系主体的角色表现出明显的多重性和不确定性。同一主体可能扮演着多种法律关系中的角色，或在一个整体活动的不同时空（场景）下，成为了不同（部门法的）法律关系中的角色。在此复杂情况下，相关主体违反的可能不只是某个法律，所侵害的也不只是某个法律所保护的权益，那么就应根据其作为不同角色所违反的不同法律之规定，按照各个部门法所侧重的法律责任形态，追究其不同的法律责任，而无需一如传统法的理论和实践那样，去追问其到底属于民事责任、行政责任还是刑事责任。况且，划分法律部门的动机和重要性，在于确定各个部门法所调整的主要社会活动领域及调整宗旨[2]，而不在于直接确定适用何种法律责任。各个部门法法律责任的特殊性，也断不会成为划分法律部门的标准。因此，笔者认为，各部门法的法律责任理论应当是各自独立的，但法律责任形态可以是共通的，不应存在专属于某个部门法的责任形态。如果说法律部门的划分与法律责任二者之间有关联的话，那是因为只有确定不同的法律部门，才能依据其宗旨和价值追求，确定其归责基础和归责原则，进而选择其承担责任的形态。

四、再论经济法责任的特性

（一）角色与责任的统一：质疑责任的"双重性"

经济法主体责任的"双重性"，是《重构》的一个重要命题或结论。按照《重构》的阐释，经济法主体具体承担的法律责任可能由"本法责任"和"他法

---

⑤　例如违反合同约定责任中的支付违约金，须以当事人的事先约定为依据，无约定的，无权要求对方支付违约金；有约定的，即使违约未给对方当事人造成财产损失，也要支付违约金，因此具有惩罚性。

责任"构成。其中,"本法责任"是经济法主体违反了经济法规范所应承担的法律责任,即经济法责任;而"他法责任"是指经济法主体在违反了经济法规定的同时,也违反了其他部门法规范,从而也应承担相应的法律责任,此即相关部门法的责任[1](P.435—436)。无疑,"双重性"命题的提出和论证,拓展了法律责任研究的视野,提供了认知经济法责任的另一种思路。但这一思路是有局限和缺憾的。

首先,同一法律关系主体承担多种法律责任是可能和现实的,问题在于,作为经济法主体,何以生出"他法责任"来?部门法的法律责任应是该部门法主体违反本法规范所应承担的(一个或多个)法律后果。既然叫"他法责任",就不能再认定其为经济法主体的行为后果。角色决定责任,没有角色根据的责任要么是虚拟,要么是推定。"经济法主体的他法责任"一说在客观上无法实证,在逻辑上更是不通的。根据前述现代法律关系主体角色多重性的情形,事实上真实发生的,并非同一法律关系主体违反了两个或多个部门法并为此承担双重或多重法律责任,而是同一主体(在同一时空或不同时空下)于不同的法律关系中扮演着不同的角色,并由此承担不同法律关系中的不同角色应承担的法律后果,是角色的多重决定了责任的多重。这样的情形在现代市场经济环境下是普遍存在和经常发生的。

其次,如果说经济法主体违反的是实质意义的经济法,则不存在"他法责任"的问题。例如,我国《反不正当竞争法》是为保障社会主义市场经济健康发展,鼓励和保护公平竞争,制止不正当竞争行为,保护经营者和消费者的合法权益而制定的,是典型的经济法中的市场规制法。其第20条第一款规定:"经营者违反本法规定,给被侵害的经营者造成损害的,应当承担损害赔偿责任……"第21条第二款规定:"经营者擅自使用知名商品特有的名称、包装、装潢,或者使用与知名商品近似的名称、包装、装潢,造成和他人的知名商品相混淆,使购买者误认为是该知名商品的,监督检查部门应当责令停止违法行为,没收违法所得,可以根据情节处以违法所得一倍以上三倍以下的罚款;情节严重的,可以吊销营业执照;销售伪劣商品,构成犯罪的,依法追究刑事责任。"这里,我们不能因为该法规定了"经营者违反本法规定,给被侵害的经营者造成损害的,应当承担损害赔偿责任",就认定经济法主体承担的是民法责任；也不能因为该法规定了"监督检查部门应当责令停止违法行为，没收违法所得，可以根据情节罚款，情节严重的，可以吊销营业执照……"就认定经济法主体承担的是行政法责任。因为这里的"经营者"是作为市场规制法中的被规制对象出现的，其违反的也是经济法的规定，要求其承担这些责任的目的是为了保护其他经营者的合法权益，维护正常的社会经济秩序，是通过协调个体营利性与社会公益性之间的矛盾，来体现经济法的价值追求，因此同样也不存在"他法责任"的问题。至于"构成犯罪的，依法追究刑事责任"的规定，表明此时的法律关系主体已由原来的经济法主体转变成了刑法主体，是以刑法主体的身份承担刑事责任，而不是以经济法主体的身份承担"他法责任"。

（二）竞合抑或聚合：关于"非单一性"责任的重新审视

关于经济法责任的界定，我国经济法学界长期通行并惯用"综合说"，虽有学者提出过种种质疑，但该说至今仍占主导地位⑥。《重构》提出的经济法责任"非单一性"命题，既可视为是"综合说"的新解，也可看作是前述"双重性"的换位和延伸。依书中阐释，经济法主体所承担的责任往往较重，表现为存在着多种责任的竞合。这主要是因为经济法主体的违法行为不仅会侵害具体的个体利益，而且还会侵害公共秩序和公共利益，因此，经济法主体往往不仅要承担民事责任和行政责任，而且还可能受到刑事制裁[1](P. 437)。

本文首先认为，依照"角色决定责任"原则，"综合说"及《重构》所作的新解均不成立。经济法主体承担责任的"非单一性"，并非指经济法主体要承担多种不同属性的法律责任——既要承担经济法责任，还要承担民法责任、

---

⑥ "将经济法中的法律责任划分为行政责任、民事责任和刑事责任三种，这是我国经济法学界的通行做法，并且这三种责任形式的框架在我国既有经济法律、法规中的体现最为直观。"（参见李昌麒主编《经济法学》，中国政法大学出版社1999年版，第125页）有学者据此认为，"综合说"的思想来源，主要是对于"我国既有经济法律法规"的"最为直观"的分析，即把经济法律、法规中规定的，并且往往作为一个独立章节的"法律责任"一章中所反映出的行政责任、民事责任和刑事责任，一并概括为经济法责任。（参见董玉明、王高林：《经济法责任"综合说"质疑》，十三省、市、自治区法学会第十九次经济法学术研讨会交流论文）

行政法责任和刑法责任,而是基于经济法主体要承担的责任是多种形式的——既可能是赔偿性责任,还可能是惩罚性责任;既可能是经济性责任,还可能是非经济性责任。其次,经济法责任较重但通常不存在多种责任竞合的问题。所谓责任竞合,是指某种违反义务的行为,在法律上常常符合多种法律责任的构成条件,从而在法律上导致多种责任形式并存和相互冲突的现象。民法中,在责任竞合的情况下,不法行为人的违法行为的多重性,必然导致双重或多重请求权的存在,为了避免双重或多重请求权的实现造成对不法行为人的不公平和使受害人获得不当利益,各国法律都否认了受害人可以实现双重或多重请求权的主张。所以,责任竞合的必然结果是:允许受害人选择请求权。既然经济法主体要承担多种责任且不可选择,显然不是责任竞合问题,而是"责任聚合",即不法行为人实施的某一种违法行为,将依法承担多种形态的责任,受害人也将实现多项请求权[3](P. 178—180)。因为,经济法主体的具有多重侵害性的行为,既侵害了其他主体的合法权益,也侵害了社会公共利益,扰乱了正常的社会经济秩序,违反的是经济法的规定;而经济法恰恰是以协调个体营利性与社会公益性之间的矛盾为己任的,因此要求经济法主体承担的法律责任是经济法上的多种责任的聚合,是加重责任,而不是选择责任的责任竞合。

总之,经济与社会的发展、法律与制度的创新和系统化同法学理论研究的进步和深化,应该是同步互动的。要丰富和完善经济法责任理论,就必须面对经济与社会发展的需求,在更积极自觉的意义上超越传统理论,在兼顾法理统一和部门法特性的前提下,系统分析和揭示经济法应然的法律责任属性及其具体表现形态。当然,本文并非这种规范意义上的研究,而只是在研读《重构》之余,引发出"就事论事"的点滴思考。

参考文献

[1] 张守文,《经济法理论的重构》,人民出版社 2004 年。

［2］史际春,《经济法的地位问题与传统法律部门划分理论批判》,《当代法学》1992年第3—4期。

［3］陈晓君,《合同法学》,中国政法大学出版社2002年。

（责任编辑：古莉亚）

黄海学术论坛
2006 年　第 7 辑　　Huanghai Academic Forum　　　　2006　No. 7

司法中利益衡量的可操作性

张伟强*

　　根据规则解决纠纷是对法官的基本要求,然而由于人类理性的有限性及社会生活的无限多样性,规则总会有空缺与模糊之处,对事实的定性也并不总是一清二楚,因此法官从来都不能像"自动售货机"那样判案。或者因为人们还有更为紧迫的任务,或者是因恐惧而不敢正视,这一问题曾一度被遮蔽。但毕竟不能永远靠自欺欺人过日子,人们逐渐开始发现并直面这一问题。法官如何才能在规则不完善或事实定性不清时,避免主观臆断,作出恰当的裁判呢? 利益衡量开始抛头露面,并步步高升,然而它真的有这个能力吗,它又如何为法官提供客观且具有可操作性的方法呢? 在此,我们试对这一问题作些认真的探讨。

一、利益衡量的起源与困境

　　不同的世界观对应着不同的方法论,不同的法哲学自然意味着不同的司法方法。古典自然法学认为存在一个永恒不变的、正义的自然法秩序,它被上帝宠爱,且能够为人之理性所认知和实践,实在法必须完全或尽可能的符合这一自然正义,否则就是"恶法",人们没有义务予以服从。资产阶级革命及其以后的法典编纂运动可以说是将永恒的天国秩序落实到人间的伟大努力。在此背景下形成的概念法学认为,人们凭借理性能够制定出完美、

　*　张伟强,山东大学威海分校法学院助教,法学硕士,研究方向为法学方法论。

自足、包罗一切的成文法典，法官只要仔细阅读法典，就能找到一切案件的答案，只要严格遵从三段论的推理逻辑就能实现正义。概念法学及其"形式主义司法方法"的诞生有其必然性与重大意义。首先，当时西欧各国的首要任务是消除封建割据，建立统一的民族国家，进而开辟统一的国内市场，以满足资本主义经济发展的需要，而制定并强制推行统一的法典就成为达成这一任务必需且有效的方法。其次，革命前司法权主要掌握在旧的封建贵族或庄园主手中，曾被用来压迫人民、抵制革命，因此人们对司法裁量权极具戒心。再次，受启蒙运动的影响，人们对"理性"的力量十分推崇，认为凭借理性能制定出完美的法典，建立起理想的秩序，且当时的法典基本适应了自由资本主义的需要。在此情况下，概念法学就为资本主义法治秩序的确立提供了正当化理由，其严格形式主义的司法方法论则为法治秩序的实现提供了可操作性的技术。然而，再美好的梦想也无法代替现实。我们的理性远没有我们想象的那样无所不能，完美无缺的成文法只是一种不切实际的幻想，单纯的概念分析、逻辑推理无法获得妥当的结果，法条与事实间的矛盾日渐显现，并随社会生活的变化日益突出。现实永远胜过理论，人们不得不对传统的概念法学及其方法论进行反思和批判。

曾为概念法学派重要代表的德国学者耶林反戈一击，出版《法律：作为实现目的的一种手段》一书，主张法律是社会生活的产物，其目的在于实现个人原则与社会原则的平衡，倡导目的法学，批判概念法学[1](P.108、109)。在他的影响下，欧洲出现了自由法学运动。他们主张法官不应拘泥于法律条文，而应在社会生活中根据正义与平衡原则自由地发现法律，主张法官拥有广泛的自由裁量权。后来，德国学者赫克在批判概念法学与自由法学的基础上提出利益法学，认为法律是为解决种种利益冲突而制定的原则和原理，法官裁判案件应仔细考察立法者所欲保护的利益，并在法律无规定时自行利益考量[1](P.144、145)。与欧洲的新法学相呼应，美国法学家亦对形式主义的概念法学进行了批判，其代表学派主要有社会学法学与法律现实主义。例如，庞德认为法律是实现社会控制的一种方式，旨在实现个人利益、社会利益与公共利益的某种平衡，他承认司法的裁量因素；卡多佐主张，司法既包含着创造的因素也包含着发现的因素，法官必须对相互冲突的利益进行权衡，在两个或两个以上可供选择的、逻辑上可以接受的判决中作出选择；霍姆斯则发出了"法律的生命始终不是逻辑,而是经验"的名言[1](P. 147—151)。现实主义法学走得更远,认为法官的行为本身即是法律,法官裁判无任何预测性可言[1](P. 153、154)。上述诸派的思想尽管不尽相同,但都不再视法为自足的逻辑体系,抛弃了严格形式主义的司法方法,认识到法的形而下的社会属性及司法的自由裁量性。利益衡量的司法方法论即是在这些学说的影响下兴起并不断发展的。它于20世纪60年代被引进至日本,产生广泛影响,有的法学家甚至将利益衡量看作决定性的司法方法[2](P. 309、310)。概括地说,当法律存在不同复数解释,对案件事实的法律定性存在不同的意见,或法律对相关案件没有规定时就需要进行利益衡量,以求得妥当的结果。但我们究竟根据何种标准进行利益衡量,如何保证裁判结果妥当客观,而不是法官主观任意的产物,这是利益衡量自产生起就面临的困境。此问题若得不到满意的解决,利益衡量的可操作性与正当性就会大打折扣,尽管人们在实践中不得不采用它。

　　传统法学理论对此进行了种种努力,但却始终未能找到令人满意的、富于解释力的标准。传统法学中用于利益衡量的工具莫过于个人利益、社会利益、公共利益,及自由、安全、公平、效率、个人尊严等概念。然而这些概念本身就极具模糊性与不确定性,且任何一种利益都不具有绝对至上性,根本无法确立起稳定的位阶关系,不能给法官与大众提供可操作的明晰的判断标准。正因为如此,研究利益衡量的著名学者加滕一郎才不得不说,利益衡量并没有构成一种独立的方法论,只是一种思考途径[2](P. 311)。而平井一雄先生则认为利益衡量只是法官发现裁判结果的心理过程,其本身并不能对结论予以正当化的论证[3](P. 309—311)。但若如此,利益衡量对司法就没有什么价值可言,毕竟重要的是如何在判决书上陈述理由证立结果,而非如何发现结果。由于传统法学始终未能找到有效的衡量标准,人们只能寄希望于法官的英明与自律。即如星野英一所言,我们只能努力使每个解释尽可能地客观妥当些,并相信它是当时最佳的解释,至于它到底是否客观妥当,我们不拥有判定权[3](P. 279—280)。此种观念发挥到极致,就是认为早餐亦会决定判决的法律现实主义观点。当司法实践中的利益衡量不可避免,法学理论又无法提供一种有效的衡量标准时,法官也只能依赖自身的经验、价值观念及对社会生活的认知与信念。拥有不同哲学观念的法官会作出不同的判决,其对社会生活的影响与贡献自不相同。正如美国老罗斯福总统所言,"法院对经济和社会问题的裁决取决于法官的经济和社会哲学;对于我们人民在20世纪和平的进步而言,我们应主要归功于那些秉持20世纪的经济和社会哲学,摒弃了过时哲学的法官,那种过时哲学本身便是自然经济条件的产物"[4](P.4)。然而对于今天的人们来说,将美好生活秩序的获得托付给某些人的良心与哲学观念,不仅是个人自尊心难以接受的,亦是令人胆战心惊的事。幸好现代经验科学的发展为我们寻找较为明晰且具有可操作性的利益衡量标准提供了某种可能。

二、法经济学视角的利益衡量

自20世纪60年代起,法经济学开始兴起并迅速发展,它运用经济学的理论成果分析法律问题,获得了许多清晰而又具有说服力的结论。在此,我们主要考察法经济学的成果对解决利益衡量的困境所提供的可能。我们首先了解一下法经济学的一些基本观点[5](P.26—27)。在法经济学看来,法律是一种社会激励机制,它既可以激励个人从事生产性活动,进行创造财富的行为,也可能激励人们从事瓜分、掠夺财富的"寻租"行为,显然,前者是可欲的。法律对利益资源的分配会影响交易费用的大小,降低交易费用的配置有利于提高社会福利,增大交易费用的配置则会降低社会福利,良好的法律应是最小化交易费用与自身的运作费用从而实现福利最大化的规则。法官的裁判结果会给社会成员的未来行为产生影响,从而影响整个社会的福利。

对相互冲突的利益进行衡量作出抉择也就是在当事人及社会成员间进行资源配置,据法经济学的理论,其必然会按照最小化交易费用、给人以正确激励及最大化社会福利标准进行配置。此种标准同功利主义有相似之处,因此人们常以反对功利主义的理由来反对福利最大化标准[6]。其中最有力的反对理由可由一个故事予以说明。两位肾病患者生命垂危,急需更换肾脏,此时一位健康者走进医院,若强行将健康者的肾脏移植给两位病人,就能用一个人的生命挽救两个人的生命,按照传统功利主义的原则,我们应允许这一强行移植。但显然这种情况在实际生活中是无法想象和实行的,否则将没人敢去医院。福利最大化原则正是考虑到此种判决结果对社会成员未来行为的影响才不会同意这种做法。因此,法官在利益衡量时考虑的并非是个案中的利益配置,而是此种利益配置对社会成员未来交往行为的影响,其追求的妥当结果应是一般性的社会结果,而绝非个案结果。为进一步说明此问题,我们不妨来看一个大家都熟悉的"知假买假"是否为消费者的案例。

"知假买假"是否属于《消费者权益保护法》保护的消费者范畴,在司法实务及理论界已争论很久,且不同的法院做出了不同的判决。有人认为据《消费者权益保护法》第二条"消费者为生活消费需要而购买、使用商品或者接受服务,其权益受本法保护"的文义,"知假买假"显然不是为生活需要而购买,因此不是消费者。亦有人主张《消费者权益保护法》立法的本意在于区分消费者与经营者,只要不是为生产或销售目的而购买就应属于消费者,且做此解释符合《消费者权益保护法》保护消费者权益的目的,有助于打击日益猖獗的制假售假行为。从司法方法的角度看,这是一典型的解释性问题,即法律的应用需要对其意义进行解释,而解释结果又有多个。这时,法官必须运用利益衡量方法做出抉择。法官的判决必然是在"消费者"与商家间进行权利(利益)配置,必须考察配置结果对商家与"消费者"未来行为及社会福利的影响。如此我们倾向于"知假买假"者亦是消费者,亦应受《消费者权益保护法》双倍赔偿的保护。以真实商品的价格销售假冒伪劣是一种不具有产出性的寻租行为。此种行为将大量的资源用于如何欺骗消费者而不是用于生产或服务,就好比小偷将大量的时间与精力用于偷窃别人财物,而不是努力工作产出财富,这是对稀缺社会资源的极大浪费。一个假冒伪劣充斥的市场必然会极大挫伤消费者的信心,从而不敢消费或不得不花费极高的成本鉴别真伪。而这都是对社会财富的浪费,因此为提高经济效率必须消除制假售假行为。当下假冒伪劣屡禁不止甚至愈演愈烈,乃至严重影响到我国商品的贸易声誉,在许多国家导致了抵制中国商品的事件,其中一个重要原因就在于行政打假的资源有限,打假不力;同时分散的个体消费者常常无力有效鉴别真伪,即使发现上当受骗亦因诉讼成本(包括金钱、时间)过于高昂没有亦无法通过法律途径有效维权及惩罚商家,以至于商家有恃无恐,寻租行为愈演愈烈,制假售假泛滥。而"知假买假"的消费者恰恰克服了这一困难,有效提高了商家的售假风险与成本,从而能够很好地打击售假制假,促进良好市场秩序的形成。因此承认"知假买假"者的消费者地位有利于促进民间执法行为,保障公民放心消费,激励企业通过提高产品或服务质量创造财富实现利润,从而提高社会福利。

当法官遇到既有法律无法实现良好的社会后果,面临是否要突破原有法律、创造一条新规则时,不仅要考虑新规则对社会福利的提高,还要充分考虑改变一条既有规则破坏人们的可预期性带来的损失。法的确定性尽管不是至善,却显然是一种善。只有当创新一条规则的收益足以弥补规则变更导致的损失时才允许创新规则。法官必须充分重视现有的法律、道德及社会价值观,利益衡量并非无法无天,"不应当忽视服从既定法律规则的好处"[7](P.305)。

最后,法官在进行利益衡量确立一项规则时还应充分考虑该规则的执行成本。尽管有的规则一旦实施能够有效降低交易费用,但若其自身的执行成本极其高昂,以致根本无法实施或其成本超过了带来的好处,那么也只能遗憾地予以抛弃。实质上,如果法官能够确认所有侵权案件中的过失,那么过失责任原则就是有效率的。但由于某些案件中,法官确认过错的能力有限,根本无法获得准确的过错信息,或尽管可能但其成本太过高昂,因此实行严格责任就是一种占优选择。

借助现代经济分析工具,我们就为利益衡量提供了一项较为确定的具有可操作性的判断标准,即给人以正确激励,最小化交易费用,最大化社会福利。当然,此标准也只有相对的客观性,毕竟在具体的权利配置中如何能够最小化交易费用还有赖于法官据其经验知识予以确定,自由裁量的因素依然存在。因此,要保证利益衡量能够获得妥当的社会后果,必须要有确保法官有动力亦有能力以社会福利最大化为目的与标准进行利益衡量的制度因素。长期以来,法官一直在无意有意地行使着利益衡量的权力,并在相当程度上推动了法律与社会的进步,而没有陷入利益衡量论反对者所担忧的恣意境地,就是因为人们逐渐建立起了一套行之有效的制度。

三、利益衡量的制度保障

司法裁判的过程也是一个包括法官在内的不同利益主体进行博弈的过程[8]。作为普通人的法官在这一过程中同样是自身利益最大化的追求者。

只有使法官自身利益的最大化取决于追求社会福利最大化的裁判结果时，法官才有动力自律审慎地合目的地进行利益衡量，而非滥用自由裁量权以社会利益为代价谋求个人私利。为此，就必须保障法官能够处于独立、超然的地位，能够抵制非正当诱惑及利益集团的非正当压力。同司法独立相关的一系列制度的价值就在于此。法官任职终身，非经正当法律程序不得罢免；法官待遇不能随便更改，优厚的退休金；在本人或亲属与案件存在利益关系时进行回避，不能充当自己的法官，甚至法官及其亲属必须退出相关商业领域等制度皆旨在保障法官的超然地位。当法官与案件的裁判结果没有现实直接的利益关系时，法官就能够以社会福利最大化为标准和目标进行利益衡量，毕竟有利于社会福利最大化的规范的确立从根本上有助于作为社会一份子的法官及其子孙后代的利益，他们又何乐而不为呢？法官进行判决必须详细说明理由，详细说明理由本身即是对恣意妄为的有效制约，且详细阐明理由的过程能够促使法官对自己的结论进行有效的反思和检讨，以期尽可能减少错误。我国目前司法行政化，法官无力抵制行政领导及寻租者的压力与诱惑，不具有超然地位与独立能力，且司法判决大多不阐明正当理由，是司法不公的根源所在。

仅仅法官有动力进行公正良好的司法还不够，他们还必须有能力对相关问题进行分析处理以寻得良好的结果，这就要求建立良好的法学教育与法官遴选机制。法学教育必须帮助未来的法律职业者掌握履行职责所必须的知识与方法。法律职业者除法学知识外必须具备相关的历史、经济、社会、政治乃至自然科学等多方面的知识，只有这样他们才能适当地履行职责。法官在长期的社会生活中积累的经验智慧与洞察力，对于他们履行使命也有着极其重要的意义。因此在西方国家，一般只有在经历不少于10年的法律从业经验后才能被选为法官，这保障法官能够事先积累起必要的经验。同时，严格的选任制度亦保证了法官的精英化。

即使法官的素质高于当事人及其律师，但个人的智慧与经验毕竟是有限的，尤其在分工日益发达的今天，法官不可能成为所有方面的专家。而且法官一言堂式的独断裁判亦同现今社会的民主参与理念背道而驰。因此，应充分发挥当事人在形成证立裁判结果中的作用。简单地说，就是当事人必须为自己主张提供有说服力的理由，努力证明自己对权利配置的主张是合法的，己身主张的法律解释是符合社会福利最大化的，以此说服法官做出有利于己的判决。真理源于论争，且这种论辩能够为法官形成证立自己的结论提供至关重要而自身又不知道的信息。这就需要建立起正当的诉讼程序，保证当事人双方享有平等且充分的辩论权利。同时，发挥当事人的作用亦是摆脱法律证立的"明希豪森—三重困境"的有效方式。为证明一项裁决的可接受性，须说明理由，然而该理由亦需理由，继而理由的理由又需理由，如此，我们就会陷入无穷递归的境地；若要摆脱此处境，我们只能在某一点断然终止论证做出决断；或者求助于逻辑循环，在相互支持的论点间进行循环论证，这就是"明希豪森困境"[9](P.1—2)。但"假如对任何一个规范性命题不断进行证立的要求，被另外一个命题通过一系列有关证立活动的要求来代替的话，这个困境就能够被克服"[10](P.263)。只要遵守了一定的讨论规则和形式，规范性命题就可以按照理性的方式加以证立，经此讨论或议论程序所得的结论就可以称为理性的、可接受的结论。对此问题的论述应首推德国学者阿列克西，其法律论证理论即旨在确立法律（亦为理性的）论辩的规则和形式。他所总结的论辩之理性规则是："任何一个言谈者必须应他人的请求就其所主张的内容进行证立，除非他能举出理由证明自己有权拒绝证立(a)任何一个能够讲话者，均允许参加辩论；(b)任何人均允许对任何主张提出质疑；(c)任何言谈者均不得在论辩之内或论辩之外由于受到统治强迫的阻碍而无法行使其在(a)与(b)中所确立的权利(d)"[10](P.366—367)。这连同"如果有谁想将某人 A 与某人 B 做不同对待，那么他就负有责任，对这样的理由进行证立"，"如果有谁想对不属于讨论对象的命题或规范进行抨击，那么就必须说明这样做的理由"，"已经提出论述者，只有当出现反证时才负有责任作进一步的论述"，"如果有谁想在辩论中就其态度、愿望或需求提出与先前的表达无关的主张或陈述，那么他就必须应他人的请求证明其为何提出这样的主张或这样的陈述"四项论证负担原则[10](P.263)，为我们构建合理的诉讼程序提供了标准。

当然所有这一切仍不能保证裁判结果的绝对正确，只能是尽可能的减少错误，这是我们所能够做到的。更为幸运的是，由于无效率的法律错误的配置了财产，推翻此种无效率法律的原告能够既获得财产重新分配的利益，又能获得财产增加（更有效率的利用）的利益，而推翻有效率法律的原告仅能获得财产重新分配的利益,且受损于财产减少,因此一般而言,为建立有效率的法律而付出的资源能够多于无效率的法律,通过不断的诉讼,法律会逐步趋向于有效率[11](P.682、683)。

参考文献

［1］［美］博登海默,《法理学——法哲学与法律方法》,邓正来译,中国政法大学出版社1999年。

［2］梁慧星,《民法解释学》,中国政法大学出版社2000年。

［3］段匡,《日本民法解释学》,复旦大学出版社2005年。

［4］卡佩莱蒂,《比较法视野中的司法程序》,徐昕、王奕译,清华大学出版社2005年。

［5］张建伟,《转型、变法与比较法律经济学》,北京大学出版社2004年。

［6］对功利主义与福利最大化问题的分析,可参见波斯纳,《正义/司法的经济学》,苏力译,中国政法大学出版社2002年。

［7］波斯纳,《道德和法律理论的疑问》,苏力译,中国政法大学出版社2001年。

［8］李秀群,《司法中的利益衡量——一个博弈论的分析》,《山东公安专科学校学报》2004年第1期。

［9］舒国滢,《走出"明希豪森困境"》,阿列克西,《法律论证理论》(代译序),中国法制出版社2003年。

［10］阿列克西,《法律论证理论》,舒国滢译,中国法制出版社2003年。

［11］考特、尤伦,《法和经济学》,张军等译,上海三联书店1994年。

（责任编辑：古莉亚）

黄海学术论坛
2006 年 第 7 辑　　　Huanghai Academic Forum　　　2006　No. 7

违法性意识及其可能性

——一个司法解释引起的重大刑法理论问题

刘 军[*]

一个貌似成人的网名为"疯女人"的幼女通过网上交友,先后与 9 名男少年发生性关系。2003 年 1 月 23 日,最高人民法院就辽宁省高级人民法院所请示的这一案件以批复的形式进行了司法解释,即《关于行为人明知是不满 14 周岁的幼女,双方自愿发生性关系是否构成强奸罪问题的批复》(以下简称《批复》),其主要内容为:"行为人明知是不满 14 周岁的幼女而与其发生性关系,不论幼女是否自愿,均应依照刑法第 236 条第 2 款的规定,以强奸罪定罪处罚;行为人确实不知对方是不满 14 周岁的幼女,双方自愿发生性关系,未造成严重后果,情节显著轻微的,不认为是犯罪。"这一司法解释一经颁布立即引起了广泛的关注与争论,经过一段时间的理论探讨,2003 年 9 月 1 日,由中国人民大学刑事法律科学研究中心主办的"最高人民法院有关'奸淫幼女罪'司法解释专题研讨会"在中国人民大学隆重举行。研讨内容包括:是否必须坚持主客观相统一原则、我国刑法所规定的奸淫幼女犯罪是否以"明知"为要件、如何正确理解《批复》中的"明知"的含义、是否有必要确立严格责任、《批复》是否不利于保护幼女以及是否会放纵犯罪、最高法院的司法解释是否越权违法以及是否恰当、在强调刑法保护机能的同时是否应同样关注其保障机能等诸多方面的内容,澄清了许多模糊认识[1](P. 100—107)。至 2004 年,有关奸淫幼女犯罪的理论探讨仿佛已经"尘埃落定",相关文章已不

　* 刘军,山东大学威海分校法学院讲师,法学硕士,研究方向为外国刑法学、刑事政策学。

再热闹。其实,为很多人所忽略的是,最高法院的司法解释蕴含着一个重大的、在我国现行的犯罪论体系中没有得到其应有地位的刑法理论问题——违法性意识及其可能性,这也是本文所关注的焦点。

一、"明知"的含义

何谓"明知"?"明知"的内容又包括哪些?在解释"明知"时,最高人民法院研究室负责人指出,《批复》中的"明知"是指"知道或应当知道"[2](P. 29)。《现代汉语词典》认为,"知道"是指"对于事实或道理有认识"[3](P. 1612),那么在刑法领域,"知道"就是指对客观事实有主观上的认识,即属于明确知道,因而当然属于"明知"的范畴。有问题的是"应当知道","应当"的意思是"应该",即"理所当然"[3](P. 1508)。因此,"应当知道"的潜台词就是"并不知道",即虽然对于客观事物的情况是应该有认识、是理所当然地有认识的,但是却又确实没有认识。那么,"应当知道"则"理所应当"地不属于"明知"的范畴。

笔者认为,最高人民法院研究室负责人对于"明知"的解释是不能成立的,即"明知"就是对客观事实有认识,难以涵盖"应当知道"。对于故意犯罪而言,应当具备犯罪故意的罪过形式,我国通常认为犯罪故意包括认识因素(即明知自己的行为会发生危害社会的结果)和意志因素(即希望或者放任这种结果发生)。而"明知"则是犯罪故意的认识因素,一般认为其内容包括:一是行为人对行为本身的认识;二是行为人对行为结果的认识;三是对其他构成要件要素的认识,包括时间、地点、方法、手段以及犯罪对象等。奸淫幼女犯罪是以特定的刑法保护客体——幼女为犯罪对象的故意犯罪,因而对于幼女这一构成要件要素的明知也是不可或缺的。在理论上有争议的、在我国的刑法理论体系中尚未引入的是对于违法性的认识问题,即"明知"的内容是否包括"违法性意识"?

所谓违法性意识是指行为人对于自己的行为不为法律所允许的意识,即行为人认识到了自己的行为所具有的违反法律的性质。在此应当区分形式违法性与实质违法性,所谓的形式违法性是指违反刑事法规范,即违背了实定法的规定;而实质的违法性则是指对法益的侵害或威胁(法益侵害说)或者是对法规范、法秩序的违反(规范违反说)。笔者认为,违法性意识及其可能性是关于自己的行为在法律上不被允许的形式违法性与实质违法性的契合。这是因为,其一,有"不知法律不宽宥"以及"不许不知法律"的格言以及传统。不能仅仅因为不知法律而无罪,更何况国民有应当知晓法律的义务。因此,就不能仅仅以对形式违法性无认识(不知法)为借口辩护无罪。其二,行为人虽然可能不知法——因为行为人毕竟不是法律专家,但是对于自己行为对法益的侵害、威胁的实体性质或者对于违反法规范的性质却还是能够意识到的,因此,只要行为人具有实质违法性的认识甚或疑忌,便可以认为具备了违法性意识。"为了能够存在违法性的意识,只要在行为人心理漠然地表现出自己的行为在成为法规范基础的国家社会伦理规范上是不允许的就够了。当然不需要正确地知道禁止的法令和其条章,也不需要表明自己的行为确实是不被允许的。"[4](P.393) 其三,一个行为虽然具备了形式违法性但并不必然地就具有实质的违法性,如果该行为不具备法益侵害或威胁的性质,或者是为共同生活共同体所允许、容忍的甚至是对共同生活有利的,则不具有违法性。其四,有一些行为虽然可能具有实质的违法性,但是却不具备形式的违法性,如通奸、吸毒、堕胎等行为应当说在实质的意义上具有一定违法性质,但是在一些国家并没有规定为犯罪,因此,依该国法律也不具备违法性。由此,笔者认为所谓的违法性意识是指行为人所具有的受形式违法性所限制的实质违法性的意识。学者之间会因为对于违法性意识所采形式违法性还是实质违法性标准不同而对违法性意识的概念及其意义而有不同的认识,这也是许多学说之所以各执一端的原因之所在。

历来,违法性意识作为故意的内容(故意说)有以下几种学说[5](P.478—481):"严格故意说"、"限制故意说"和"自然犯"、"法定犯区别说"。"严格故意说"认为对于故意来说,以认识到违法性为必要。因为,如果行为人虽然认识到了其行为的客观事实,但是并没有违法性的意识,即没有意识到其行为的违法性,则不会形成反对动机来抑制该行为,也就不存在会突破该反对动机来实施犯罪的决意——这被认为是故意犯罪的主观恶性较过失犯罪为重的标志,因此,如果不存在违法性意识则必然会阻却故意。"限制故意说"认为只要行为人具有违法性认识的可能性而不必具有事实上的违法性意识就能够成就故意。因此,如果出现违法性错误的场合,只要具有违法性意识的可能性便成立故意犯;如果没有违法性意识的可能性则阻却故意。"自然犯、法定犯区别说"认为,对于自然犯而言违法性意识不是犯罪故意的成立要素,而对于法定犯而言,则要求认识到其行为的违法性才能成就故意。笔者认为,"严格故意说"将违法性意识作为故意的必然要素,能够较好地区分故意与过失的主观恶性的轻重,有其合理的一面,但是将之绝对化却是其不足之处;"限制故意说"仅将违法性意识可能性作为故意成立的条件,而违法意识可能性是过失的成立要件,该学说有混淆故意与过失的嫌疑。相比较而言,"自然犯、法定犯说"区别对待自然犯与法定犯则自有其优势所在,因为,按照加罗法洛关于自然犯、法定犯划分的旨意,自然犯是侵害了利他情感——怜悯感和正义感的犯罪,是一种具有自体恶的犯罪,即无需法律规定,这些犯罪行为本身就具有恶性。因此,就自然犯而言,对于行为事实的认识即表征了其具有违法性认识;而法定犯则是一种禁止恶,即是因为法律的禁止性规定才成为犯罪的犯罪,因此对于法定犯而言,则要求具有对法律规范的认识。如果不具有违法性意识则阻却故意①。而对于具有自体恶的自然犯而言,在对犯罪事实有认识的场合下却没有意识到违法性的情形几乎是不可能存在的,因此,行为人只要认识到了犯罪事实即可推定其具有违法性意识。对于作为自然犯的奸淫幼女犯罪而言,行为人只要认识到了是不满14周岁的幼女或者是对其年龄产生了犹疑,但是仍然与其发生性关系,即可推定其具有违法性意识,在这种场合,行为人不能以不知法作为辩护理由,因为奸淫幼女犯罪是伤害了怜悯感或者仁慈感这一利他情感的犯罪,是作为在社会上生活的人所具有的常识性的认识,是故无论幼女是否自愿,均应以强奸罪定罪处罚则是合理的。至于其是否因"确实不知"而不具有违法性意识,则由被告负举证责任。

二、"确实不知"的意义

奸淫幼女犯罪是自然犯,因此,只要认识到甚或有相当地怀疑对方是不满14周岁的幼女就能够推定其具有违法性意识。在发生了事实认识错误的

---

① 当然,也有学者认为,在今日的信息社会,对于法定犯的规定,一般人也会在相当的范围内了解其大概的内容,因而可以在认为行为人具有犯罪事实的表象时,就可以在事实上推定其存在违法性意识。——参见大塚仁:《刑法概说(总论)》(第三版),冯军译,中国人民大学出版社2003年版,第393页。

场合,不能够唤起违法性意识时,可以说是阻却了故意,但是,行为人是否就必然地不再承担刑事责任了呢?

按照字面含义,"确实不知"是指对于"不知"的情形是真实的、非虚假的。《批复》中,"确实不知"是指虽然对方是不满14周岁的幼女,但是由于事实认识错误,对于对方是幼女这一事实没有认识到,并由此也没有唤起违法性意识。但是对于"确实不知"的场合法律也是区别对待的,亦即对于"确实不知"如果是具有违法性意识可能性时,则虽然由于其不具有违法性意识而阻却了故意,但是却可能成立过失;而如果不具有违法性意识可能性时,则阻却了责任,行为人不具有可苛责性。如耶赛克等认为:"只有能够认识到自身行为是被法律所禁止的人,才是有责的行为主体。"[6](P.537—538)

之所以区别对待,是因为对于有违法性意识可能性的场合行为人只要履行了一定的注意义务,就能够避免没有唤起违法性意识的错误,而这一注意义务又是法律所期待的、行为人能够做到的义务,在这种情形下行为人对自己失于一定的注意义务而导致的侵害法益的行为负责就是合理的;反之,如果对于不存在违法性意识是不可避免的场合,即不可归咎于行为人的场合,则对之苛以刑罚便是不公正的。"缺乏违法性的意识是由于不可抗拒的原因时,也承认行为有责任故意,就明显地违背责任主义。"[4](P.393) 我国刑法对此也有类似的规定,刑法第十六条规定:"行为在客观上虽然造成了损害结果,但是不是出于故意或者过失,而是由于不能抗拒或者不能预见的原因所引起的,不是犯罪。"我国刑法理论对该条款的概括是"不可抗力和意外事件",但笔者认为,该条款还蕴含了对于违法性意识可能性的规定性。"不可抗力和意外事件"是对一类事件的概括,其本意是指不可归咎于行为人的情形——"不是出于故意或者过失"——从行为人的视角来看是"不可避免"的,亦即"不能抗拒或者不能预见"是对"不是出于故意或者过失"的一种情景解释而已,从这个意义上来讲"不可抗力和意外事件"并不能完全概括出该本条的全部意蕴。犯罪故意是因为具有违法性意识即认识到了自己的行为是违法的而仍然决意实行该行为,其本身就表明了行为人具有较强的违反法规范的意识和人格态度,因而能够使用较强的刑罚手段予以抑制;而过失则是虽然具有违法性意识但是并没有实现的意识(有认识的过失),或者虽然不具有违法性意识但是其原因却是可归咎于之的(无认识的过失)。易言之,是具有违法性意识的可能性的,是故得以对之进行刑法上的谴责;如果不具有违法性意识可能性是不可避免的、不可归咎于行为人的原因所造成的,即行为人在当时的场合不可能认识到自己行为的违法性,则不得进行责任的非难,而如果法律对这种情形亦予以期待的话,那么法律本身就是不公正的、多余的,甚至是恶的。因此,对于不具有违法性意识可能性而又是不可避免的、不可归咎于行为人的原因所造成的,则是不能予以刑罚责难的。

据此,对于奸淫幼女犯罪而言,如果行为人不知对方是不满14周岁的幼女是真实的而且又是不可归责于其本人的原因所造成的,则不具有违法性意识的可能性,因此是不得予以刑罚责难的;如果行为人不知对方是不满14周岁的幼女是真实的但是却是可以避免的,之所以没有认识到是因为没有履行法律所期待的注意义务,即行为人具有违法性意识可能性时,则仍应当认为是犯罪(过失)。但是,我国刑法第15条第2款规定:"过失犯罪,法律有规定的才负刑事责任。"亦即说明"刑法分则没有明文规定罪过形式的犯罪只能由故意构成"[7](P. 205)。而在刑法第236条第2款规定的以强奸罪论处的奸淫幼女犯罪中并没有明文规定罪过形式,因此只能是故意犯罪,所以,对于即使有违法性意识可能性的"确实不知"的情形也难以追究刑事责任。这也就是有些学者所指责的不利于保护幼女、容易放纵犯罪的情形。而《批复》中的意见倾向却是,即使在第一种场合下,即不具有违法性意识可能性的情形,如果在造成了严重后果、情节并不显著轻微的情况下,仍然会认为是犯罪,这本身就违背了责任主义原则,是一种客观归罪。

行文至此,再回头看《批复》,对于"明知"和"确实不知"的行文不是没有问题的,即使是在对《批复》的解释中扩大了关于"明知"的范围使之包涉了"应当知道"——实质是突破了刑法第15条关于过失犯罪的规定——而限制了"确实不知"的范围,但是其意欲惩罚"确实不知"的情形在逻辑上仍然是难以自圆其说的。该司法解释之所以困难重重,一个重要的原因就是,最高法院决策者没有违法性意识及其可能性理论的支撑而又跟着感觉走进行司法解释所导致的。

三、违法性意识及其可能性对我国犯罪论体系的完善

在我国犯罪论体系中终究有无必要、能否以及如何引入违法性意识及

其可能性则成为需要探讨的问题。

围绕着违法性意识在犯罪论中的地位本身就有许多相互对立的学说，例如，违法性不要说认为只要有犯罪事实的认识就足以成就故意，不需要违法性意识，因此，即使是出现违法性错误也不阻却故意[5](P.476)。在我国，虽然理论上并没有正式承认违法性意识及其可能性，但是，仍有许多学者在我国理论框架内解释并承认违法性意识的必要性。如，陈兴良先生认为，"根据我国刑法主客观一致的原则，如果某个人不知道，而且显然没有可能认识到自己有意识的行为是违法的，因而也不可能认识到它的社会危害性时，应该认为是无认识，那就是意味着这行为欠缺意识因素，就不能认为他有罪过，也就不能认为构成犯罪"[8](P.49)。笔者认为，违法性意识作为故意的内容是行为人主观过错的体现，作为罪过其不仅是一个心理范畴，而更具有其社会意义。一方面，心理事实之所以获得法律上的相关性是因为可以根据其心理事实对犯罪主体进行道义上的谴责；更重要的是，人作为一种社会动物，其心理的形成、行为的定势是有一定的社会决定性的。具有某种社会意义的事实如宗教信仰、伦理道德、行为的社会危害性、刑事违法性等都影响着人的心理态度的形成，而行为人的心理态度尤其是是否具有违法性意识与对其实施的行为的否定性评价是密切相关的。对基于行为人的违法性意识所实施的犯罪行为进行法律上非难，既可以达到影响行为人的心理的效果，又可以通过这一责难传达信息给社会上一般人以抑制犯罪。可以说，对于犯罪行为进行评价的不仅是具备违法性意识这样一种心理事实，而更是一种在违法性意识支配下有可能实施适法行为而选择了实施犯罪行为这一事实。如果行为人并没有违法性意识及其可能性，亦即对于行为人没有可能采取适法行为的场合仍然按照犯罪来处理，则既缺乏正当性之根据，又无通过惩罚犯罪来预防犯罪之可能，只能是彰显刑罚的恶劣性。毕竟在现代法治国家正当性与合理性是刑罚权之根本。从这一意义上来说，违法性意识及其可能性是进行责任非难的根据，如李海东先生指出，"违法认识是责任谴责的核心内容。因为，认识到违法性仍然实施这一行为最清晰地表现了行为人违法的人格。通过法律规范发生的呼吁的直接对象是人的意志的形成过程。谁有意识地违反法律规范行事，就明确表明了他对法律所保护的利益的藐视。"[9](P.115)因此，笔者认为应当将违法性意识及其可能性引入我国的刑法理论以完善我国的犯罪论体系。

那么,违法性意识及其可能性在我国犯罪论体系中的地位如何? 关于违法性意识及其可能性在犯罪论体系中的地位包括故意说和责任说[5](P.478—484)。责任说认为故意与过失是构成要件中的要素而不属于责任要素,而只有违法性意识的可能性、责任能力以及期待可能性才是责任要素。我国的犯罪论体系被称为"四要件"、"平面式"的犯罪构成理论,在此之外并没有一个单独的责任判断阶段,因此,责任说并不适合我国引入违法性意识及其可能性的理论;但是,这并不是说我国就没有关于责任的构成要素,而是将其中的大部分归于犯罪主体和犯罪的主观方面这两部分了,因此,基于我国目前的犯罪论体系,笔者赞成故意说的观点,易言之,可以将违法性意识在犯罪故意中进行阐述,并认为将自然犯与法定犯区别对待能够较好地把握违法性意识;对于违法性意识可能性则可以在故意与过失之后作为故意与过失的共同要素列专题进行论述。这样可以在我国现行的犯罪论体系不变的情况下,顺利地引入违法性意识及其可能性理论,以便不断地完善我国的刑法理论。

一个貌似平平的司法解释竟引起了如此之大的争议,虽然刑法学者们仿佛"团结一致"、"真理在握",但是面对质疑我们不仅反思,这难道不是我国的刑法理论的苍白、没有自我更新的能力所导致的吗? 因此,我们应当感谢那些仿佛并不属于刑法"专业槽"、但是却以审视的眼光看待仿佛已经不容置疑的"真理性"理论的有胆识的学者,并以此为契机完善我国的刑法理论才是正道。

参考文献

[1] 中国人民大学刑事法律科学研究中心,《主客观相统一原则岂能动摇——有关"奸淫幼女犯罪"司法解释专题研讨会纪要》,《法学》2003年第10期。

[2] 陈兴良,《奸淫幼女构成犯罪应以明知为前提——为一个司法解释辩护》,《法律科学》2003年第6期。

[3] 《现代汉语词典》,商务印书馆2002年。

〔4〕大塚仁,《刑法概说(总论)》(第三版),冯军译,中国人民大学出版社2003年。

〔5〕马克昌,《比较刑法原理——外国刑法学总论》,武汉大学出版社2002年。

〔6〕汉斯·海因里希·耶赛克、托马斯·魏根特,《德国刑法教科书(总论)》,中国法制出版社2001年。

〔7〕张明楷,《刑法学》,法律出版社1997年。

〔8〕陈兴良,《刑法哲学》,中国政法大学出版社1992年。

〔9〕李海东,《刑法原理入门(犯罪论基础)》,法律出版社1998年。

（责任编辑：古莉亚）

黄海学术论坛
2006 年　第 7 辑　　Huanghai Academic Forum　　2006　No. 7

关于清代中朝政府间的朝贡贸易的中韩观点比较

——以朝贡性质的定位及中朝双方经济负担的考察为中心

徐　萍[*]

一、序　　论

众所周知,中国古代的对外贸易形式多种多样,从贸易性质上可以大致分为私贸易和公贸易两种,所谓公贸易也就是政府之间的带有政治性色彩的贸易,其代表形式就是亚洲贸易体系中曾经一度盛行的朝贡贸易。

在明清时期,对外贸易的形式主要有国境边界上的公开贸易(开市)、非公开的后市、两国间通过使臣来往的朝贡和回赐、使臣一行在北京会同馆中进行的会同馆后市等。其中中朝之间的朝贡和回赐是中国皇帝和朝鲜国王确认宗主—番邦友好关系的一种礼仪,带有鲜明而强烈的政治色彩,同时,事实上这种形式也带有调节政府所需物资的贸易作用。朝贡和回赐与私贸易相比来讲品种更为珍贵,数量也更为大。朝鲜的朝贡品主要是土特产,而中国回赐的主要是丝绸、书籍、金银、马匹等高价奢侈品,对其交换物品的价值,在学术界还没有更为准确的衡量标准,因而这种贸易形态其交换的价值暂时还无法准确计算。

明清时期,尤其是在清朝中后期,由于政府在对外关系中所执行的控制贸易及隔绝与外国交往的闭关政策,以乾隆二十二年(1757)为界,大体可分为前后两个不同时期。前期禁海的目的主要在于隔绝大陆人民与台湾郑氏

　＊　徐萍,山东大学韩国学院教师,韩国学中央研究院硕士,主要研究方向为韩国学、韩国语教育。

抗清力量交通,防范人民集聚海上;以后则着重防禁"民夷交错",针对外国商人,以条规立法形式,严加限制对外贸易。朝贡—回赐这种贸易形式在整个国家的对外交往中显得更加举足轻重。而在整个亚洲范围内,从日本十年一朝和朝鲜一年三朝这种说法来看,朝鲜可以说是与中国政府维持着相对密切的以朝贡—回赐为交流形式的政府间贸易的国家之一。这也是选择朝鲜作为朝贡贸易价值及作用研究的原因之一。

关于这种贸易的性质定位以及最大收益方,在韩国和中国的学术界已有很多的学术成果,但却是一直存在着争论,处在各执己见的分歧状态,没有比较充分的分析和理解。多数中国学者的观点认为这种交易只是对朝鲜一方有利,而韩国学界则认为事实并不完全如此。本研究通过对《朝鲜实录》、《万机要览》和各种《燕行录》等资料的研究,通过比较中韩学术界不同的观点,明确两国学者对于朝贡行为的性质定位和朝贡经济负担情况的主要分歧点所在,同时在经济负担的分歧方面试分析其出现差别的原因。

二、关于朝贡的定位

（一）关于朝贡外交的不同观点

关于朝贡的性质,中韩史学界观点有一致的地方,也存在不同的方面。

具体说来,中国史学界认为,朝贡是中国古代封建礼法制度中的特有概念,这种外交手段是中国古代王朝特有的一种外交体系,其立足点是传统政治思想中的中心大国的定位。杜佑说:"自古至周,天下封建,故盛朝聘之礼、重宾主之仪。"[1](P.403) 即,自商周以来,中原王朝都一直认为自己居天人之中,是"天朝上国",是世界的主体,故自称"中国"、"中华";而周边乃至更远的地区与国家都是蛮夷戎狄居住的化外之地。这样,他们与中原王朝的关系自然被限定为自下而上的朝贡关系。进入朝贡体系的各诸侯、各藩属均要向天子履行朝觐和贡物的义务,天子应当以礼相待,并进行回赐。由此形成了一种古代封建国家关系形态,这就是以封建礼法制度为纽带、以册封—朝贡关系为表现形式的宗藩关系。在这样的宗藩关系中,双方的交流是全方位的。宗主国不但在政治上、军事上给藩属国以强有力的支持,在经济文化方面,双方的交流也达到了前所未有的深度和广度。

但是这种朝贡外交的实质是名义上的宗主认同外交,并不是扩张式的帝国外交,因而,在政策导向上则是采用了《论语》中提出的"王者不治夷狄,来者不拒,去者不追"。在实施过程中,便形成了一个定式:凡肯朝贡的国家、地区、部族,不论远近,不论是否有过恩怨前嫌,一概慨然接纳;凡要与中原王朝建立关系、展开外交者,必须以朝贡方式进行。进至清朝,外国使节们到来后,都要先安排学习各种朝贡礼仪,会见之时,要以藩属朝贡觐见之方式,行跪拜礼。

既然朝贡外交的实质是名义上的宗主认同外交,因而它的目的只是要造就"四夷顺而天下宁",造就万邦来朝、八方来仪的盛世,并没有其他帝国那种军事的、经济的功利要求。西汉董仲舒所言"正其谊不计其利,明其义不计其功"可以视为这一外交思想的总纲。在这一总纲下,中原王朝对于肯称臣朝贡者,或册封,或建羁縻州府,或仅止于朝贡往来,别无其他更多的要求。如汉代对日本倭奴国王的册封,也是注重形式与名义,没有近世其他国家那种宗主国对附属国的军事控制与经济掠夺关系。就羁縻关系而言,也是如此。

然而韩国的史学界却认为,朝贡是中国周朝时期诸侯通过直接向天子进献方物的方式来明确君臣之义的最根本的臣礼行为。天子将其作为一种政治支配手段来对诸侯进行有效的统治。之后这种制度成为将以汉族为中心的中华思想作基础的、对其他民族的一种安抚、吸收政策,但此时朝贡关系并不具有对其他民族进行支配的性质,在周边国家的立场上也只是将此作为一种和中华圈接触交流的稳健的方式而已。单纯立足于这一点上可以说朝贡没有任何体现两者支配关系的可能性。因此所谓朝贡所内涵的从属、隶属的观念和意义只是中国单方面的观念和思维方式,而对对方民族是没有意义的。即,周代诸侯国相互之间为达成共存的结盟关系而使用的交邻之理,也就是说小国"事大",大国"字小",为此作为大国和小国间必须具备的礼仪道德,小国以信来拜奉大国,大国则以仁来护佑小国,这样看来"事大字小"最终是以表现大小国间友谊和亲善、相互共存的交邻之礼为出发点的。但是在弱肉强食的春秋战国时代,大国为示威单方面的要求事大之礼,而这种事大之礼也必然成为伴随着大量进贡物品的"朝聘事大"。总之,随着霸权争夺战争的反复,朝聘事大逐渐带有了弱小国家一种自我生存和维持安全的政治、经济、军事性的护国策性质,用以进贡物品为前提的朝聘事大代替从属关系。这种制度在汉朝以后也适用到了中国和周边国家的关系上。因此以中华观念为基础将类似于君臣、父子关系的礼仪行为适用于国际关系中,形成了东亚独特的"朝贡、册封"外交形态。因此,所谓中国和周边国家的朝贡册封关系可以说是周边弱小国家为了自身的安全通过与中国的正式往来钝化中国侵略可能性的外交政策。进一步说,这也是中国通过对周边国家的羁縻政策树立相互不可侵犯的共存关系的前提条件。而且自愿与中国进行经济文化交流时也需要遵循朝贡和回赐的程序,在此意义上来看,得到中国的册封就表明了编入了东亚的外交体系,即具有获得国际认证的性质。这种朝贡册封关系成为汉朝之后东亚各国间的基本方针,包括韩国的所有国家或是自愿或是被迫都被纳入了这种规范之中[2]。

简单说来,中韩史学界关于朝贡定位的最大差异在于,朝贡一方究竟是出于自愿还是被迫;接纳朝贡的一方是否由于国力和军事的优势而给对方造成统治威胁,因而在政治上享有对朝贡国的支配权。同时,这种外交的性质究竟仅仅是中国自己的一种传承已久的自我思维方式,还是得到周边国家政治外交认同的国际政治体系编排方法,也是争论的焦点之一。

但是,中韩史学界对朝贡外交也有观点一致之处,即,朝贡是周边弱小国为了维持政治统治稳定和周边局势安定的一种有效的外交手段。但这也体现了上述不同论点中的威胁论一说。

(二)所谓朝贡贸易

朝贡贸易是国家之间的朝贡—回赐以及使臣一行在北京地区进行的交易的总称。朝鲜进贡给清朝的朝贡有岁币和方物,岁币是丙子胡乱以后朝鲜每年上贡的沉重罚金和税金。方物是就礼物而言的,相对来说数量较少。使臣前往时往往会呈上表奏文,有按照惯例的,例如冬至使,也有随时进献的情况,比如别使。岁币和宋进献给辽和西夏的类似,可称其为税金。在明朝只有方物而无岁币。清朝中期也曾一度赦免岁币的进贡。

　　史学界一般认为,在宗藩关系里,朝贡与回赐具有特殊的功能和意义。首先,贡物与回赐过程中实现的物资交换使其具有一定的经济贸易的功能。但是,这种交换,与原始社会部落间的人们物物交换不同,与奴隶制国家君主们无止尽的掠夺占有不同,也与资本主义商人崇尚的自由贸易不同。"贡"与"赐"的形式和内容都被严格的礼仪制度所限制,封建帝王们更多关注的是其中的政治意义和文化思想交流的重要内容:藩属国坚持"每行必贡",大事进贡以尽"事大之诚";宗主国执行"厚往薄来",大量回赐以彰"柔惠远人"。贡物与回赐都是通过藩属国派出的朝贡使团来实现,完成双方宫廷之间的交换和贸易[3]。

　　而清代中朝宗藩关系下的朝贡贸易包含两个层次的贸易活动:一是朝鲜国王对清廷的"朝贡",包括定期的"年贡"和不定期的"贡物"和"礼品",清廷对朝鲜王室的"回赐"也有例行的和"特赏""特赐"的区别。这个层次的贸易活动是在双方宫廷范围内进行的,形式上是一种交换(贸易),但其政治含义远大于经济利益价值。朝贡和回赐都是在封建礼法制度下的特殊形式,必须遵循严格的礼法制度的程式。

　　另一个重要组成部分则是使团大规模的经贸活动。如前所述,朝鲜使团来京朝贡的同时,所进行的朝贡—回赐这种纯政治性、形式性的交换之外,使臣一行在北京会同馆中进行的会同馆后市也是重要的朝贡贸易组成部分。在很多情况下,它兼有官方贸易和私人贸易两种形式。官方的使团经贸活动是指朝鲜使团进入北京后在会同馆等处开市,直接与清朝市民和商人贸易,称为"八包贸易"[4](P.353)。"八包贸易"起初是为了维持使团必需的费用和使团随行人员的生计而设,商人的参与使之成为清代中朝朝贡贸易的主要形式。与之相关的,还有"栅门后市"、"沈阳八包贸易"等,尽管在交易品种、数量、地区以及程式上受清政府一定的限制[4](P.353),但也一度演变为规模很大的经贸活动。

　　这种使团的经贸活动也是经由宗主国认可并按一定程式在一定的地点和既定的贸易种类范围内进行的。对于宗主国来说,允许其藩属国的使团进行开市买卖,是对藩属国政治上依附于自己的一个奖赏。对于藩属国而言,使团贸易是与其宗主国间的一条极其重要的合法经贸渠道,其使团直接深入中国内地与商民交易,经贸活动的范围和价值都大大超过边境互市或海上贸易,甚至可以说也是藩属国来朝建立正式交流目的之一。

三、朝贡贸易中有关中朝双方负担情况的争议

（一）清代朝贡贸易所达成的贸易规模推测

从《万机要览》[5](P. 521—539)记载的朝贡及回赐的物品种类和数目来看,清朝政府给朝鲜的回赐虽然有每次给国王的马匹、绸缎、银两,给使臣和其随行人员的绸缎银两等,但价值却不及朝贡品的 1/10。因此在韩国学术界有很大一部分学者认为与其称朝贡—回赐为贸易,不如说是单方面的税金掠夺和榨取。朝鲜作为清朝政府的藩属国在很长一段时间内一直贡献税金即岁币,这给朝鲜政府造成了巨大的负担,致使货币曾经充足的国库一度紧张,市场流通中由于货币不足而保持了物物相易的形式。但是可以肯定的是朝鲜政府进献的这种税金与中国各省进献的税金相比不仅性质不同,在数量上也可以推测是远少于中国各省税金的。

虽然朝贡可以称为是一种不公平不均衡的贸易形态,但是使臣一行每次都能够完成很多的贸易量（这称为会同后市）,首先以朝鲜政府的预算开支大量购入医药品、绸缎等必要物资,大约能达到银 3—4 万两左右。同时使臣一行也会进行很多的交易,朝鲜政府给与使臣一行人参 8 包（80 斤,约银 2000 两）允许其进行贸易,这也称为"8 包贸易"。使臣一行包括翻译、武官共 30—40 名,合计总共可以达到银 10 万两。下级军卒马夫等共 300—400 名,可以进行少量的贸易,一人按照 100 两来计算也可以达到 3—4 万两,因此使臣一行每次去北京朝贡时至少可以达到 10 万两左右的贸易量。朝鲜后期每年朝贡 3—4 次,可以推算其进行的贸易至少达到了 30—40 万两的规模。

（二）中朝双方贸易负担情况考察

关于朝贡贸易,中韩双方在经济负担情况上一直持有不同的观点。

中国清史学家多数认为清朝政府一直本着自古以来"天朝大国"、"厚往薄来"的传统原则,对包括朝鲜在内的来朝的诸边国家使臣一行通常给予丰厚的回赐,此外朝鲜使臣一行的北京之行在朝贡的政治贸易之外通常也伴随着相当数量的贸易,售出的土特产往往会换得具有高额利润的奢侈

品——绸缎、瓷器等。因而清史学家认为朝鲜正是因为这样的附加贸易利润而对朝贡这种所谓带有浓厚政治色彩的不等价贸易交换乐此不疲;然而由于大量的回赐传统和原则,这样频繁的朝贡却给清朝造成巨大的经济负担,因此清政府一度下令免除部分朝贡,但这仍阻止不了朝鲜的热情,最后无奈"赏收"和"加赏",这种赏收和特例成为清朝和朝鲜贸易的重要组成部分。

而韩国学者们多数认为,从有关每次朝贡贸易的记录中的内容统计来看,朝贡物品换算的价值应当是远远超过回赐的价值的。特别是朝贡致使大量的白银流入中国,这给原本白银紧缺的朝鲜造成了巨大的负担,严重影响了朝鲜的经济发展和贸易流通。

两国具体的论断依据如下。

1. 韩国学者的依据

据韩国史学家全海宗的统计,1637—1894年,朝鲜向清朝派出各种使团607个[6](P.65)。他对清朝和朝鲜的经济负担比较研究结果如下[6](P.98):

清代中朝朝贡贸易关系的经济负担表

负担者	项 目	一次费用	总 额 (1637—1894)	平均 (年)	备 注
朝鲜(按照最小额评价)	岁币	8—30	2,350	9.1	初期30万两,1728年以后8万两
	方物(冬至行)	2.5	640	2.5	年一次
	同(其他使行)	1	260	1	免除及移准除外,咨行等除外
	燕行使行路费	1.3	650	2.5	年平均约2行未满
	支敕	23	3,890	14.6	年平均0.68行
		计约7,790	29.7万两		

负担者	项　目	一次费用	总额 (1637—1894)	平均 (年)	备　注
清(按照 最高额 评价)	赠与王室(年 贡时)	0.41	105	0.41	年1次
	同(清侧庆事)	0.09—0.15	6	0.02	计约50次
	同(朝鲜封典)	0.09	2.7	0.01	计约30次
	同(朝鲜哀礼)	0.09	2.7	0.01	计约30次
	同(随时)	0.01—6	13.2	0.05	计约90次
	使行(年贡时)	1.42	365	1.42	年1次
	同(其他一般 使行)	0.42	108	0.42	年平均1行未满
	同咨行	0.015	2.6	0.01	年平均0.7行余
	同(加赏)	0.02—0.03	2.5	0.01	计约100次
	朝鲜使行下程	4	2,000	8	年平均2行未满
	清使行下程	2	347	1.35	年平均0.68行
	计约2,955		约11.7万两		

1800年物价基准,单位 钱1万两,银1两按照钱3两换算。

　　由出使的朝鲜使节记录的《燕行录》中也明确地记载了使团一行所携带的物资及进贡的情况。其中记载了清军入关之后一次谢恩朝贡(1792年)的程序[6](P.61)[7](P.147),其间需经历入栅式、沈阳交付分纳、入京式、入京下程、表咨文呈纳、鸿胪寺演仪、朝参仪、方物岁币呈纳、下马宴、领赏仪、上马宴[7](P.148—159)这几个环节,除对程式和礼仪的叙述之外使节还详细记录了进贡的礼单及回赐的礼单,如下:

　　皇帝前:

　　年贡:白苧布200匹,红棉绸100匹,绿棉绸100匹,白棉绸200匹,白木棉1000匹,生木棉2800匹,五爪龙席2张,各样花席20张,鹿皮100张,獭皮400张,青鼠皮300张,好腰刀10把,大好纸 1000 卷,小好纸 3000 卷,米 100 石(内 70 石糯米)。

冬至贡物:黄细苧布 10 匹,白细苧布 20 匹,黄细棉绸 20 匹,白细棉绸 20 匹,龙纹簾席 2 张,黄花席 20 张,满花席 20 张,满花方席 20 张,杂彩花席 20 张,白棉纸 2000 卷。

元旦贡物:黄细苧布 10 匹,白细苧布 20 匹,黄细棉绸 20 匹,白细棉绸 20 匹,龙纹簾席 2 张(以上 5 种同冬至贡物),黄花席 15 张,满花 15 张,满花方席 15 张,杂彩花席 15 张,白棉纸 2000 卷。

万寿节贡物(冬至、元旦、万寿节方物依例定为 3 起):黄细苧布 10 匹,白细苧布 20 匹,黄细棉绸 30 匹,白细棉绸 20 匹,龙纹簾席 2 张,黄花席 20 张,满花 20 张,满花方席 20 张,杂彩花席 20 张,白棉纸 2000 卷,紫细棉绸 20 匹,獭皮 20 张,6 丈油苫 10 部。

皇太后前:

冬至贡物:螺钿梳函 1 事,黄细苧布 10 匹,白细苧布 20 匹,紫细棉绸 30 匹,白细棉绸 10 匹,黄花席 10 张,满花 10 张,满花方席 20 张,杂彩花席 10 张。

元旦贡物:同上冬至贡物。

万寿节贡物:除无螺钿梳函外,其余与元旦贡物同。

今谢恩之 4 起贡物

皇帝免除查议之谢恩贡物

黄细苧布 30 匹,白细苧布 30 匹,黄细棉绸 20 匹,紫细棉绸 20 匹,白细棉绸 30 匹,龙纹簾席 2 张,黄花席 15 张,满花 15 张,满花方席 15 张,杂彩花席 15 张,白棉纸 2000 卷(余准方物,减豹皮等贡物皆与上同)。

皇太后前之谢恩 4 起贡物(每起贡物)

黄细苧布 10 匹,白细苧布 10 匹,白细棉绸 20 匹,满花 10 张,杂彩花席 10 张。

(此外 3 起贡物与上同)

由于皇后缺而皇太子废,未有所呈[7](P. 158—160)。

此外还有送给使团途经各地官吏及下属人员的礼物,其总数物品比以上罗列的多出几倍[7](P. 167)。除了这些需要供呈的物品之外,使团一行还会携带大量的盘缠和生活必需品以及官方允许的民间贸易的商品。由此可以看出朝鲜每年的朝贡时投入的物资量是非常巨大的。然而这些物资通过不等价的政治交换或者等价的贸易交换所得的价值，究竟是大于等于还是小于其原有价值仍待研究，而对回赐物品价值的判断也是其中重要的一个部分。

2. 中国清史学家的考察

如上所述，朝鲜使节根据不同的使命向清廷呈送不同的表文和贡品，清廷则给以回赐，包括朝鲜王室、使团官员、属员。大批量的物资在这一过程中得以交换。根据中国清史学家的考察，"丁丑约条"中规定的岁币的品种和数量是："每年进贡一次，其方物数目：黄金百两，白银千两，水牛角二百对，豹皮百张，鹿皮百张，茶千包，水獭皮四百张，青黍（鼠）皮三百张，胡椒十斗，腰刀二十六口，顺刀二十口，苏木二百斤，大纸千卷，小纸千五百卷，五爪龙席四领，各样花席四十领，白绵布二百匹，各色绵绸二千匹，各色细麻布四百匹，各色细布万匹，布千四百匹，米万包。"[8](P.431)

清史中有一份朝鲜进贺皇帝寿辰的礼单是这样写的：

> 朝鲜国王臣李×右伏，以诞膺天休，聿届弥月之节，恪执壤奠，敢输向日之忱。谨备：
>
> 黄细苎布一十匹，白细苎布二十匹，黄细苎布三十匹，紫细苎布二十匹，白细绵绸二十匹，黑细麻布二十匹，龙纹帘席二张，黄花席二十张，满花方席二十张，杂彩花席二十张，豹皮一十张，獭皮二十张，白绵纸二千卷，厚油纸一十部。右件物等，制造匪工，名般至少，岂称享上之礼，聊表由中之诚。臣无任兢惶激切之至，谨随表奉进以闻。

同时又有进献皇后的礼物礼单：

> 朝鲜国王臣李×谨备中宫殿下进献礼物：红细苎布一十匹，白细苎布二十匹，紫细绵绸二十匹，白细绵绸一十匹，黑细麻布二十匹，黄花席一十张，满花席一十张，杂彩花席一十张。右件物等谨奉以闻[3]。

根据清道光三年（1823）的一次进贺呈贡以及皇帝出巡或者举行大的活

动时朝鲜呈贡的土产方物[3]明细,可以看出虽然是不同时期、不同名目的呈贡,但呈贡方物的种类与《燕行录》中所记载的大致相同。在这一方面中韩双方的学者似无大的争议。

　　然而,中国清史学家普遍认为,清朝政府坚持对朝贡的厚往薄来的原则,有对呈贡的回赐与加赏制度,然而对于朝鲜的频繁的使团应接不暇,在经济日益衰退的同时逐渐不堪重负,不断地减免朝鲜的贡物。清廷在对朝鲜贡物进行减免的过程中,十分重视贡物与回赐的政治层面的含义,强调"非土产不贡",对非朝鲜土产之物全部减免;非"服食器用"之物,一概减免;大量减免朝鲜"常贡"贡物数量,并尽量减低朝鲜朝贡的频密度,以控制贡物数量;坚持"厚往薄来"、"柔惠远人",大量回赐、赏收、加赏"[3]这样几个原则。

　　最初对朝鲜贡物的减免始于清崇德五年(1640)清帝减免年贡的谕令,其后经顺治、康熙、雍正朝屡次裁减,到雍正六年(1728)最后一次减免后,朝鲜年贡数量已不到最初的十分之一,最初的岁贡物品有18项,减免后只有9项且数量大幅度减少[3]。除此之外,清廷还一再合并或减免朝鲜的"随表贡物"。甚至屡次将朝鲜谢恩礼物"留抵",即按额抵消下回朝鲜"正贡"或"常贡",或干脆让朝鲜使者带回。但这样仍然不能阻止朝鲜贡献谢恩礼物的热情,因而清廷不得不命令朝鲜停止贡献部分礼物。

　　朝鲜如此频繁的朝贡也从另一个角度反映了清朝政府对贡品回赐的厚薄程度。

　　例如,《燕行录》中也详细记载了一次朝贡的回赐情况:

　　　　国王前。冬至。彩段五表里,银子二百五十两。正朝。彩段五表里,银子二百五十两,骏马一匹。玲珑鞍　全备。圣节。彩段五表里,银子二百五十两,骏马一匹。玲珑鞍　全备。年贡。彩段五表里,银子二百五十两。上使副使各　冬至。大段绸二表里,银子五十两,黄绢二匹。正朝。大段绸三表里,银子五十两,鞍具马一匹,黄绢二匹。圣节。大段绸三表里,银子五十两,鞍具马一匹,黄绢二匹。年贡。大段绸二表里,银子五十两,黄绢二匹。〇自前。以黑靴子具毛清赐给。康熙癸亥。以黄绢代给。押物官以青布代给。书状官　冬至。大段绸一表里,银子四十两,黄绢一匹。正朝。大段绸二表里,银子五十两,黄绢一匹。圣节。大段绸二表里,银子五十两,黄绢一匹。年贡。大段绸一表里,银子四十两,黄绢一匹。大通官三员各 冬至。大段一表,银子二十两,黄绢一匹。正朝。大段一表里,银子三十两,黄绢一匹。圣节。大段绸一表里,银子三十两,黄绢一匹。年贡。大段一匹,银子二十两,黄绢一匹。押物官二十四员各 冬至。小段一表,银子十五两,正朝。小段一表里,银子二十两,青布四匹。圣节。小段绸一表里,银子二十两,青布四匹。年贡。小段一表,银子十五两。从人三十名 冬至。银子四两。正朝。银子五两。圣节。银子五两。年贡。银子四两。国王前。谢恩彩段表里,银子两,骏马匹。玲珑鞍 全备。上使副使各 大段绸二表里,小段一表,银子五十两,鞍具马一匹,黄绢二匹。○宗班正使。加赐大段五表,貂皮十令,大段团领方绸单衫袴各一袭。书状官 大段绸二表里,银子五十两,黄绢一匹。大通官三员各 大段绸一表里,银子三十两,黄绢一匹。押物官二十四员各 小段绸一表里,银子二十两,青布二匹。从人三十名各 银子五两。奏请等使并同。

按照清史记载,清朝政府的回赐数额也逐渐上升,清初,清廷回赐品定例为:"雕案马一匹,貂皮百有二十张,银百两。"至顺治十年(1653)回赐礼单为:"案马一匹,黑貂皮二十张,貂皮百张,银百两。"其中,黑貂皮用绸缎代替,貂皮则用银两折价支付。雍正朝以后,清廷对朝鲜王室"常贡"的回赐为:万寿圣节、元旦节两行回赐相同:二等鞍马一匹,表缎五匹,里五匹,妆缎四匹、云缎四匹,貂皮百张。冬至、岁币两行回赐:无鞍马,其余与万寿圣节、元旦节两行回赐相同。

然而值得注意的是,这种呈贡和回赐是一种在封建礼仪制度下执行的不等价物品交换,属于一种政治行为,不能算是为朝贡贸易的主体。

对于朝鲜"随表贡物"的呈贡形式,清朝政府采取赏收或特赐的方式,虽然这也具有浓厚的政治色彩,却完成了实际意义上的贸易交换。特赐的物品种类繁多,不拘一格,带有一种随意性,同时也遵循了一个大的原则,即往往以绸缎布匹辅以笔墨纸砚等器具[3]。

从上文列举的朝鲜朝贡的代表性物资与清政府的回赐情况,可以看出:对于经济负担这一问题,韩国学者们的考察范围除了在朝堂之上的呈贡之外,还包含了对各层官吏的赠与物品,因此认为即使加上官方允许的使团贸易的盈利,负担仍甚为庞大。然而中国的清史学家们的考察范围则只针对于朝堂之上的政治行为,多数学者认为清朝政府一向坚持厚来薄往原则,回赐品的价值应当在朝贡品的价值之上,再加上使团的贸易盈利,这也是造成朝鲜频繁来朝的一个侧面原因。

四、结 论

如前所述,中韩史学界关于朝贡定位的最大差异在于,朝贡一方究竟是出于自愿还是被迫;接纳朝贡的一方是否由于国力和军事的优势而给对方造成统治威胁,因而在政治上享有对朝贡国支配权。同时,这种外交的性质究竟仅仅是中国自己的一种传承已久的自我思维方式还是得到周边国家政治外交认同的国际政治体系编排方法也是争论的焦点之一。

关于朝贡贸易的经济负担,中韩双方观点的分歧主要在于使团所负担呈现对象的范围。从双方史料在对清朝皇室的呈贡物品的比较中可以看出差别并不是很大,从清政府对厚来薄往原则的坚持上也可以推测出回赐物品的价值与贡品价值应该是差距不大,然而全海宗教授的列表中超过半数的差额可推测为使团的进献对象中也包括了清朝的各层官吏。

然而笔者认为,对于朝鲜使臣给各层官吏及其下属的赠与,既不属于朝堂之上的正规的、带有浓厚政治色彩和目的的交换,也不能说是一种民间贸易形式,只是由于为达成某种目的而进行的一种疏通手段。如果清朝政府的各层官吏对于朝鲜使节的赠与没有回赠,这就不能构成完整的贸易行为,也不具备贸易的性质和机能,严格来说,就不能将其列入朝贡贸易的考察范围之内。如果清朝政府的各层官吏对于朝鲜使节的赠与有回赠,其价值就同样应该包含在朝贡贸易回赐的价值中,然而各种史料中都缺乏这方面记载,因而自然也无法对双方的经济负担作出明确的比较。

同时,根据格雷欣法则[9],岁币和各种回赐银两以及朝贡回赐物品在对方国内流通时,其价值可能会与在本国内的价值不同,在没有充分认识和理解西方一直强调的等价原则理论之前,东方贸易体系中重视的则是名目价值的交换,这就给双方价值所得和物品交换时的等价合理性打了一定的折扣。换言之,朝贡贸易中的上贡品和回赐品的名目价值可能远远超过其实际所具有的价值。朝鲜进贡来的大部分是土特产品,往往流入民间,而清政府回赐的物品多为奢侈品,往往为朝鲜贵族所保存,这也是清史学家的另一个着眼点。然而双方达成的这种政治性交换,二者的实际价值衡量标准也有待进一步考证。

参考文献

［1］杜佑,《通典》卷74,浙江古籍出版社1988年。

［2］《韩国民族文化大百科词典》。

［3］刘为,《宗藩关系下的贡赐与贸易——清代中朝朝贡贸易研究之二》,《中国东北边疆研究》,中国社会科学出版社2003年。

［4］蒋非非、王小甫等,《中韩关系史》(古代卷),社会科学文献出版社1998年。

朝鲜人称会同馆贸易为"八包贸易"。八包贸易始于明朝,1653年又予以恢复。朝鲜政府为了弥补燕行人员的旅费,允许他们随身携带8包人参到北京发卖,每包10斤,共80斤。1685年朝鲜人28名越江到中国境内采参,枪伤清政府派到东北的绘画舆图官役,结果为首6人处死,余犯减等发落。有关地方官受严厉处分,国王罚银万两,朝鲜政府为避免再次发生类似事件下令禁止人参出口贸易。燕行人员改携银两,按照每斤人参25两白银计算,8包折价2000两。但朝鲜产银量有限,长此下去难以为继。1745年于白银之外,恢复了对中国出口皮毛、海带、海参、棉布、纸张等杂货,以货折银,即价值2000两白银的杂货等于一个8包。1797年朝鲜开始向中国出口红参,8包的内容又一次改变,形成白银、杂货、红参共存的局面。使团成员按等级高下携带价值不同的货物,堂上官及高级通事每人可以携带价值3000两白银的银货,称一个半八包。使团的其他成员有的可带一个八包,有的只能带半个八包(折银1000两),八包中的白银叫"包银",人参叫"包参"。

［5］《万机要览》,民族文化促进会(韩),1966年。

［6］［韩］全海宗,《中韩关系史研究》,西江大学人文科学研究所《人文研究》专刊第3辑,一潮阁。

［7］《燕行录选集》第三辑,民族文化文库刊行会(韩),1986年。

［8］《清世祖实录》卷33,第2册。

〔9〕400多年前，英国经济学家格雷欣发现了一个有趣现象，两种实际价值不同而名义价值相同的货币同时流通时，实际价值较高的货币，即良币，必然退出流通——它们被收藏、熔化或被输出国外；实际价值较低的货币，即劣币，则充斥市场。人们称之为格雷欣法则，亦称之为劣币驱逐良币规律。

（责任编辑：刘宝全）

日本"山姥"考

蔡春花[*]

山姥是日本民间传说中的一种怪物,但却带有鲜明的性别特征,因为在众多的民间传说中,山姥往往以"住在山里的老太婆"这一形象出现。有关山姥的传说遍布日本各地,作为日本民间世界的想象物,这一形象的背后隐藏着丰富的历史与民俗的信息,是日本民间传说中一种具有深长意味的"女性"形象。

一、从"马方山姥"谈起

相当多的山姥传说共同描述着,山姥的模样看上去就像一个老太婆,住在深山里,并且有着超乎人类的本领。这些几乎千篇一律的说法都缺乏对这一形象的更为具体的外形描绘。其中"马方山姥"的传说比较特别,也有一些地方把这类传说称为"牛方山姥"。"牛方"和"马方"都是人的名字,传说大体讲述的是牛方或马方于日暮时分,在山脚下遇见山姥而发生的一系列奇遇。下面译出的,是一则流传于爱知县的传说——

> 日暮时分,秋天的夕阳早早沉入了西边的森林。一个叫马方的人,哼着歌,牵着一匹马正从山边经过,马背上是今晚的菜肴——秋刀鱼。这时,碰上了山姥。山姥有一丈多高,布满皱纹的脸上,有一双往上吊的眼睛,嘴巴裂到了耳朵边,很长很长的白

---

[*]　蔡春花,文学博士,福建师范大学中文系讲师,研究方向为比较文学。

头发像铁丝那样硬,在夕阳中闪闪发光。

山姥一边用火辣辣的眼神盯着惊慌失措的马方,一边把秋刀鱼扔进嘴巴里。很快,吃完秋刀鱼的山姥又开始"咔嚓咔嚓"地吃起运货的马。

这时,马方趁山姥不注意,赶快朝来的方向逃跑。慌乱中,他也辨不清方向,等到歇下来时,才知道自己跑进了一户人家。马方摇摇晃晃地进了门,就在地炉边坐了下来。突然,他闻到了一股烧饼的香味,才发觉自己饿了。扒开地炉里的灰一看,正是烤得颜色诱人的烧饼。一个,两个,马方几乎是不自觉地把烧饼往嘴里塞。吃完后,马方找了一些瓦片埋到了灰里。吃多了烧饼,马方感到口渴,掀开了架在地炉上的锅,一阵酒香扑鼻而来。他把酒都喝光了,然后再装入了水。酒足饭饱之后,马方觉得有些困了起来,环视了一下四周,用竹子搭建的佛龛旁,架着梯子。他顺着梯子爬到佛龛上,想着这下谁也来不了了,收起梯子正想睡大觉。忽然觉得有人开了门进来,他想:是这里的主人吧?悄悄地往下一看,惊得几乎摔倒,进来的是刚才的山姥,原来这里就是山姥的家!糟了,逃是逃不掉了。马方把耳朵紧贴着佛龛的下方,屏住呼吸,观察着下面的举动。只听山姥独自嘟嘟囔囔地说:"烧饼变成了瓦片,酒变成了水,那就睡吧。"接着,似乎就要爬上佛龛来,马方全身缩成一团,忍不住地发抖。但又听山姥说道:"梯子没了,那就先睡在锅里吧。"

不久,锅里传来了山姥的鼾声。马方轻轻地下了佛龛,找了一块很大的石头压在锅盖上,然后点燃了火,开始煮。

"哎呀哎呀!有滴答滴答的鸟叫声,已经是早上了,起来喽。"锅里的山姥说道。

山姥似乎在锅中坐了起来,接着说:"嗳嗳,暖和起来了,太阳也出来了吗?"

石头太重了,想从锅里出来的山姥怎么也掀不开锅盖,只好接受"烹刑"了。第二天早上,马方掀开锅盖一看,山姥已经完全溶化了,只留下一摊红红的血。马方把它拿出去,倒在那里的荞麦地上,荞麦的根眼看着就红了起来。以后,这种红色就再也没有褪掉[1](P. 156—157)。

这一传说里的山姥有着独特的外形和奇特的果腹之欲,不仅吃食物也吃人。山姥同时也很愚蠢,轻易地被马方瞒天过海,最终被饱食了一顿的马方上了"烹刑"。以上两者都与山姥的怪物身份相符。这一传说还解释了荞麦的颜色特征的由来,这也是民间传说的一种功能,即通过传说的演绎来解释某种风俗、风土等等,在这一意义上,民间传说是保存民间文化的"活化石"。

在"马方山姥"系列的传说中,也有不是用以解释某种作物的特征,而以收获财富结局的。譬如山姥被烧死后,山姥的尸体变成了金、银、铜钱等;或者变成能医治百病的药、医治天花的药;或者变成能卖高价钱的杉树脂或松树脂,传说里的主人公皆因此而成为富翁。从这一角度而言,山姥的形象是立体的,她是人类生活的威胁者与施惠者的共同体。这样的形象除了表达人们对于象征着祸害的山姥的敬畏情感外,也是人类征服被妖魔化了的自然后所获得的战利品。而实际上,这类传说既代表了外界对于深山生活的一种想象,也传达了深山生活对于物质需求的心声。

二、从"纺线的山姥"到山姥的乳汁与"姥皮"

另一种山姥的传说则围绕着纺线的姑娘和山姥而展开。一则具体的传说讲到,一个姑娘在家里纺线时,接连三天山姥都出现在她的身边。山姥让姑娘为她做饭团,饭团做成后,山姥解开自己的头发,露出头顶上的大嘴巴,快速地把饭团一个个地扔进去吃掉。此外,山姥还出人意料地吃下了姑娘所纺出来的五彩线。吃完后,山姥对姑娘说:"明天一大早,你到窗下看看。那里不管有什么,你都要爱惜它。"第二天早上,窗下席子的上面堆着小山样的一堆粪。家里人嫌脏,建议把它丢到厕所里。姑娘记着山姥的话,让大家帮忙把它拿到河里去冲洗。于是,人们的眼前现出了五色的蜀江锦,长长的蜀江锦在水中漂流着。这一家人因此发了财,被称为"锦长者",意思是指因为锦缎而发财的富翁[2]。

山姥与金钱的关系是这类传说与"马方山姥"系列传说的内在联系。

但这类传说增加了两种内容。一、善恶之教化内容。虽然没有明确的表述，但姑娘对待山姥是善良而宽容的，也正因此，山姥才给了她不尽的财富。与此形成对照的是，其他"纺线的山姥"系列的传说里，纺线的姑娘的家人恶待山姥，致使山姥最终死去。从此这家人无论纺多少线，都会消失得无影无踪，贫穷自然也永远跟随着他们。这样的结局也带有民俗信仰的痕迹，即对于被人格化了的某种祸患的伤害，同样会导致不幸。从另一个角度看，这样的故事也许是经年累月在深山中以纺线度过一生的人们，以想象来填补漫漫长夜的产物，用想象中的意外财富来点燃他们的希望和对生活的热情。二、山姥长在头顶上的大嘴巴，还是鬼的象征。但这里所说的鬼并非指人死后的幽灵，而是指由神衰落后的妖怪。正如日本研究者指出的，妖怪与神在根源上是二而一的东西。神既能给人带来幸福，也能带来灾祸；在历史的演变中，神也发生了分化，好的神仍称为神，坏的神就成为妖怪[3]。也就是说，上文传说中的山姥在其形象的源头也应是神的一种，后来转化为怪物，但还保留着给人类带来财富或使人类失去财富的神奇本领。对于这一形象的原始原型，本论文还将在后面论及。

仅就山姥与财富的关系而言，不单山姥的尸体、甚至于粪便也可以转化为财富。但山姥的神奇之处还不止于此，民间传说对于山姥的表皮还有着丰富的理解。所谓的"姥皮"指什么呢？有的认为它指山姥的皮肤；有的说它是山姥穿着的一件独特的衣服，一穿上就会变成老太婆的模样；有的说它是用蛤蟆皮做成的衣服或头巾，一穿上或戴上它，就会变成老太婆的模样。姥皮的功用很神奇，除了能让人变成老太婆外，也能依人的意愿，使人变成大美人或者所希望的年龄。如果想要什么，只要说出想要的东西来，拍打三次"姥皮"（或者挥动"姥皮"），就会获得想要的东西。以上种种充分展示了人们对于这一形象的神奇性的想象，其间既不乏人类的各种超越现实的美好期望，从中也可看出山姥这一形象绝非仅止代表着怪物而已。

最富喜剧色彩的一则山姥传说，几乎是用夸张戏谑的手法描述了山姥的另一种让人哭笑不得的"功夫"——

渔夫父子俩，通常都是晚上出去捕鱼。一天晚上，父子俩捕完鱼，就在一个叫"念佛鼻"的海岬上生火休息。这时来了一个老太婆，对他们说道："天太冷了，让我烤烤火吧。"儿子虽然觉得很厌恶，但还是让"她"烤火。

父亲觉得老太婆的样子很像山姥,心想:说不定一不小心就会被她吃掉。父亲对儿子使了使眼色,对老太婆说:"有鲷鱼,您要吃吧?"然后,父亲让儿子回船上拿鲷鱼,儿子没找着鲷鱼,又要上岸时,心里很清楚船上没有鲷鱼的父亲让儿子再找找。趁老太婆不注意的时候,父亲跳进海里,砍断了缆绳,把船往海里推。山姥很生气地说:"哦,竟然敢骗我!"然后就亮出了巨大的乳房,挤出奶来。被挤出来的奶扭成了绳子,拉住了船,把船往回拽。船摇摇晃晃地靠近山姥,眼看就要被山姥抓到手时,父亲用菜刀砍断了"乳线",这才逃走[1]。

如果说此前的山姥形象的女性特征只是付诸"老太婆"的外形,那这里的能挤出奶的巨大乳房则明确地展示了它的女性身份。作为民间文化里的一种,传说这一体裁本身不可避免地带有底层民间文化的鄙俗的特性。但上述传说则比较复杂,表层的对于怪物的嘲笑和深层的对于女性的揶揄是结合在一起的。这也使山姥成为日本民间传说里各具鲜明特征的众多女性形象中极为独特的一种。

三、"死体化身型"的作物起源神话与绳文土偶

"马方山姥"传说的结束部分,马方将山姥的血倒在荞麦田里,荞麦的根部从此变成红色的。在另外的一些传说中,山姥从天空中摔下来后,头撞在荞麦田里的石头上死去,血渗透到荞麦的根,将荞麦的根染成红色。大林太良在研究这类故事时认为,这类故事包含了作物起源的神话。他说:"山姥死去,因为它的血,就出现了诸如现在的荞麦等。换言之,可以更清楚地说,这则故事,与'死体化身型'的作物起源神话有着本质的联系。"[4]

这里的"死体化身",指死后从尸体里长出的另一事物。大林太良所揭示的结论,在另一则传说里表现得更直接——

马方在运米的途中被山姥夺去了很多的米,他悄悄地来到了山姥的屋后,看着山姥用一个大锅煮了抢来的米,全部吃掉后,又用这个锅烧了一锅的热水,然后在锅里洗澡。马方偷偷地在锅底下烧火,把山姥烧死了。马方把山姥的尸骸扔到田里,田里长出了很多的人参。传说最后特意交代道:"这就是人参这种作物的起源"[1]。

　　如前所述,山姥的尸骸不仅可以变成钱、药、树脂,还能生长出作物。所以日本学界认为,山姥的传说蕴含着日本绳文时期的女神信仰,山姥是由女神转化为妖怪的,山姥的传说可以追溯出绳文时期日本人的自然观[4]。

　　学者们之所以认为山姥传说和"死体化身型"的作物起源神话有本质的联系,是因为在《古事记》中就有关于从女神的身体里取出食物,从女神的尸骸中生长出作物的记载。速须佐之男命被天照大神驱逐出高天原后,向大气津比卖神讨吃的东西。"于是,大气津比卖从口鼻及肛门取出种种美味,做成种种食品而进之。速须佐之男命窥见她的所为,以为她以秽物相食,遂杀大气津比卖。从被杀的神的身体上生出诸物:头上生蚕,两眼生稻,两耳生栗,鼻生小豆,阴部生麦,肛门生大豆。神产巢日御祖命使人采集,即为谷类之种子。"[5]

　　女神大气津比卖从口鼻和肛门取出美食,从她的尸体的各个部位生长出各种作物。这位女神即人间作物的远祖。本来肛门、排泄物、尸骸都有不洁的意味,但女神的神性身份消解了它。女神大气津比卖即为山姥的最初原型,随着时间的推移,神性的色彩渐褪,而后转化为怪物。山姥的尸骸、大便、乳汁、姥皮的各种神奇功能,其最初的源头也是女神大气津比卖创造作物的神话。

　　为了更好地印证这一观点,日本学界力图从绳文时代中期大量出现的女性土偶上,去寻找女神信仰的考古证据,并希望能从中找出山姥形象的痕迹。

　　绳文时代中期的土偶全部为女性,其中很多是孕妇土偶,也有很多土偶被着力强调的是乳房或生殖器,抱着孩子或背着孩子的土偶虽然很少,但也存在。至于能清楚地显示出是男性的土偶则一个也没有。让人感到奇怪的是,它们没有一个是完整的,都呈现出被破坏过的状态。而且,同一个地方出土的碎片,都不能完好地组合出完整的土偶形态。山梨县的释迦堂遗址挖掘出了1116片碎片,但它们中间却不能组合出任何一个完整的土偶。而在同一时期制作的、与这些土偶放在一起的其他非土偶的土器,却经常能完整地保存其复杂的形态。

　　为什么会出现这种现象?原因是什么?另外的碎片又被拿到哪里去了?

　　对绳文时代中期的居住地遗址的考古告诉我们,这些土偶的碎片,在家中的地位是特殊的。新潟县一个叫栃仓的地方,就保留有一个这样的遗址。遗址里共有三处地方放置着土偶碎片,从其放置的形态上看,可以推断出它们是用来祭祀的。其中一个碎片是仅存胴体的土偶,它被埋在洞穴的深处,土偶片立着,周围则由涂着红色的土器围着。尽管这只是一些土偶的碎片,但它们不仅只是养育孩子的母亲的象征,还是尊贵的母神的象征。

　　绳文时代前期的土偶非常简单。但到了中期,大土偶出现了,制作方法、土器纹样等也变得复杂起来。它们被精心制作出来以后,在某一特定的时间里被破坏,然后很少的一部分(可能也是最重要的部分)碎片放在家里祭祀,剩下的或者埋到田里,或者送到某些进行集体祭祀的地方,或者分散在部落周围。考古学者们解释说,这种有计划地破坏土偶的现象,是与大气津比卖女神的神话相联系的。这些被破坏的土偶就是神话中被杀死的女神,因为女神的尸体上会生长出作物,所以将土偶埋在田里,则是祈求收成,之后人们在这里烧地种植作物。这就是当时的一种信仰。

　　因为制作土偶的目的是要打破它,所以制作方法也很特别。一个土偶不是由同一块黏土制成的,而是各个部分分开做,之后用竹签或木签连接起来,外面覆盖上黏土,然后再装饰上纹样("蛙纹"为典型的绳文纹样之一)、眼睛、鼻子等。

　　绳文时代中期出现的煮东西的蒸器中,有一种叫"人面把手深钵"。钵体整体上像是一个怀孕的女子,胴体中间细,上面的钵体是膨胀的,用来装食物;中间有一个盖,似乎是为了空气的流通而设置的;下面的部分则装水;钵体装饰着表示人的脸的把手。用这样的容器蒸食物,被认为是从女神的身体中取出好吃的食物,所以这种深钵还有一个很突出的特征:头顶的部分有一个很大的口。装在里面的食物就从这个大口中取出来,这就好像食物是从女神的口中源源不断地吐出来一样。山姥的头顶有一个大嘴巴,其灵感也许就是出自这里。有些传说中的姥皮是蛤蟆皮,其灵感是否也来源于绳文"蛙纹"呢?

　　伤害女土偶的身体,从这样的身体中产生出人类的生活必需品,是当时的女神信仰,这也是绳文时期日本人自然观的一种表现。

四、别离的丰收

日本的民俗语汇里，有一个词叫"别离的丰收"，日语原文为"别れ作"，读音为"わかれづくり"或"わかれさく"。它的意思是：家里有重要的人死了，为后人着想，在那一年作物将有大丰收。所以这样的丰收也叫"别离的丰收"。

这体现了民间对非寻常的丰收年的一种警惕。例如在高知县的一些乡村，南瓜如果长得异常大，那就意味着将有不幸。在这种异常的丰收之后，往往接下来的两三年里，收成都非常不好。对于这种"别离的丰收"，民间通常很慎重地对待，也会采用一些应对方法。比如祖祖代代耕作的田地，以一年为限，让给年轻的继承人；或者以退还租种地等方式，更换耕作者。采用这种耕作方式，据说虫害、风灾、水灾都比较少，收成也比一般的年成好。这也是另一种形式上的"别离之丰收"。

有很多的山村选择种荞麦，做法一般是先烧田，后种荞麦，之后无需特别的照料。山里人特别当心荞麦出现"别离的丰收"的现象，在一些地方，如果荞麦出现异常的丰收，就由当家人爬上屋脊，高声叫道："大家一起来祝愿吧。"然后大家聚在一起饮酒。据说，这就是避开"别离的丰收"的方法。

与之相反，在日本的土佐郡，也有一些山村把意外的丰收或幸运说成是"山姥附体"，有的农家甚至把山姥当成自己的祖先。土佐郡土佐山村里有一条叫"山姥瀑"的瀑布；另外，一个祭祀山姥的断崖边，有一条瀑布叫"白瀑"，与之相关的传说谈的均是山姥与丰收的话题。

一个种稗子的农人，他田里的稗子突然都抽出了两股穗，割掉以后再长出的还是抽两股穗。没几年，仓库、住房里都堆满了稗谷。家眼看着繁荣了起来，主人也成了有身份的人。但是，主人很害怕稗田的这种现象，有一天叫人去烧田。在燃烧的田里出现了一个发出尖叫的老妪，她被火烧伤了，拉着衣服的下摆跳到瀑布里去。这个瀑布就叫"山姥瀑"。

再更为古老的时候，一个叫龟次的人，家里突然出现"山姥附体"的现象。田里的作物，抽出的是两股穗，割了再长，总是割不尽。而且奇怪的是，在田里时，只要想想自己要什么，回家时家里就有那样东西。出身贫寒的龟次,对这种奇妙的幸运抱着疑虑。有一天,他提前干完田里的活,突然回家时,从障子的破口处,看见一个陌生的老太婆,在家里不停地扫着地。不经思考的龟次不由地叫道:"啊!"声音一发出,老太婆一下子就飞了出去,在"白瀑"的上方消失了。当然,龟次的家也很快就衰落了。

山姥隐藏在田里或者家里,会给这个家庭带来富裕的生活,这样的传说还保留着绳文时期女神信仰的核心要义。山姥消失了,家里的作物也不再丰收,这也算是一种"别离的丰收"。

不过,深山里仍少不了将山姥当成怪物。据说住在深山里的山姥,会发出"喂——"的喊声,如果答应了,就会被山姥取去性命。如果听到山姥的叫声,但默默地翻过山,那一年田地里就会丰收。因为害怕山姥,人们还会在特定的时节举行一些用以避开山姥的活动。

每年的十一月,一种叫"本川神乐"的夜神乐,在土佐郡的大川村到本川村的各个部落巡回。这个季节里,山村的夜晚寒冷得让人浑身发抖。村人们聚集在一起饮酒,带上面具跳舞,人们都兴奋地大叫着。往往时针已过了十二点,但激越的太鼓、铜拍子的声音还在山里回响,人们以彻夜玩乐的方式来避开山姥。深夜以后,人们开始跳小豆神乐。盛上一斗的作物种子,盖上斗板,原本是一种禁忌;如果这样做,将使作物不生长或长得很不好。但只在这一神乐的时刻,盛一升的小豆放在方形的量斗里,盖上斗板,由四个神乐大夫(由村民或采伐工担任)从量斗的四角,各自用左右手取出小豆握在手里,在整个舞殿里上下挥舞,从右往左不停地往返,他们一边用尊敬的称呼喊着山姥,一边向天花板上扔豆子。如此三次,第四次时,四个大夫抬起量斗高举向天花板,小豆飞散,在旁边等着的村民们,就争着捡小豆子。据说这时捡到的小豆子,春天里用来播种,一粒就能收获一万粒。从科学的角度而言,这当然是不可能的,只是寄托了人们对于丰收的美好愿望而已[6](参看"别离的丰收之日记")。

从考古文物到民俗,从神话到传说,集结在山姥形象身上的历史文化信息极为丰富。山姥既是人们忌怕的,要回避的;又是丰收、财富与幸福的象征。各类传说里的山姥形象是相互矛盾的,"她"时而以妖怪的面目出现,时而又展露出"她"的远古面貌。日本民间就是在这种又惧怕又欢喜的心态中塑造出了活跃于山间的山姥形象。

参考文献

[1]《日本传说大系·第七卷》,东京:みずうみ书房。

[2] 西本鸡界,《日本民间故事选粹》,邓三雄等译,湖南人民出版社1979年。

[3] 高木立子,《日本的妖怪——鬼》,www. white-collar. net/wx _ has/Other/006htm。

[4] 吉田敦彦,《绳文宗教的母神和日本人的自然观》,伊东俊太郎编,《从绳文到现代科学》,东京:河出书房1995年。

[5] 安万侣,《古事记》,周作人译,中国对外翻译出版公司2001年。

[6] 桂井和雄,《俗信的民俗》,东京:民俗民艺双书,1973年。

（责任编辑:姚晓雷）

黄海学术论坛
2006 年 第 7 辑 Huanghai Academic Forum 2006 No. 7

中韩女性小说的一种叙事模式

—— 以《与往事干杯》和《我的最终所有》为中心

李光在 *

一、引 言

进入 20 世纪 90 年代以后,文学创作有了比较明显的变化。80 年代传统的现实主义小说追求真实的普遍性、客观性和外在的东西,侧重于探索与集体命运相连在一起的自我(这个时候的自我就不可避免地带有某种政治色彩)的价值。我们知道始于伤痕文学的中国新时期文学带有强烈的国家与政治色彩,比如反思文学、改革文学就带有明显的国家意志倾向。韩国的情形也和中国一样,作为 80 年代主流文学的民主民众文学开始脱离其中心部位而滑向边缘地带。正如金明仁说的那样,"到今天'民族文学'已经走到尽头了,不仅要谢幕而且还要关门。…… '民族文学'不再是战胜我们在现实日常生活中遇到,而且威胁我们的敌人或对手的东西了。因为可以极端地说'你'、'我'、'我们'都可以是我们致命的敌人。…… '敌人'是谁? '我们'又是谁? 连这个问题也回答不上来,我们又有什么资格来谈论作为一个主体的'民族'和'民众'呢?"[1]

像这样进入 90 年代以后关注民族前途、关心民众命运的宏大叙事文学退缩到了一角,而小说创作开始转向侧重抒发个人的、主观的、内在的真实

---

* 李光在,中国海洋大学外语学院韩语系副教授,文学博士。

情感,表达个人对世界、对生活和对生命的独特体验和感受,从中挖掘个体生命的意义与人生的究竟的微观叙事方面上。这种创作特征尤其在女性作家的作品中凸显出来。

"90年代文坛上的最大的变化是性别秩序的逆转现实。不考虑这一点而妄图诊断90年代的文学,那么任何诊断都容易成为似是而非的东西。……文学的女性化,或者女性占优的文学时代的开始到现在已经成为了不可动摇的社会现实。"[2]"1995年是女性主义文学的狂欢"[3],这种观点都在证明90年代以后女性文学创作的繁荣和丰富性。

这一时期中韩两国的女性作家并没有直接的相互影响关系,但是在小说创作中表现出了惊人的相似,虽然在题材的选择、艺术的追求和表现的方法等方面也表现出了不同的特征,但是在小说的叙事策略、塑造的人物(特别是男人的形象)和女性人物内心的大胆表露和她们的思维特征等方面呈现出很多相似之处。

我们知道,比较文学方法中的平行研究注重"相似"、"类似"、"卓然可比",但不像影响研究那样相比较的作家或作品或对象之间有"事实联系",因此平行研究不受时空、作家作品的影响地位等因素的绝对限制。"平行研究通常包括了对文学的主题、题材、人物、情节、风格、技巧、甚至意象、象征、格律等的比较,此外还包括文学类型、文学史上的时期、潮流、运动的比较,自然也包括对作家、作品的全面比较。"[4](P. 124)

本文拟就中韩女性作家的小说叙事策略通过具体作家的作品的分析加以比较研究,当然这种比较只是诸多小说叙事策略中的一个。为此选择的两位作家是陈染和朴婉绪[5],着重分析她们的代表作品之中篇小说《与往事干杯》与《我的最终所有》。

二、时间旅行:追忆

追溯时间,沉湎于过去是陈染和朴婉绪最内在最基本的人生方式和创作态度。因此向过去的时间的旅行成了她们观察人生、思考人生和凝视人的生命的窗口。在他们的作品里,时间被倾诉被体验,置于人的主体之中,即在生命存在的本体意义上加以观照和反思人生的。在她们纤细敏感的情绪流动和如泣如诉的叙事语调中,时间完全被置于自然状态,她脱离于情节结构而浓缩成一种生存感受。

在陈染,追忆是不可忽视的叙事动力和叙述方式。她的不少小说作品以倒叙的方法追述过去的历史。正如作者所表白的那样,时间和记忆不管逝去多少岁月,每一次的记忆都给她带来了心灵的战栗。而在朴婉绪的大部分作品中,我们很容易发现韩国南北战争所留给人民的伤痕和痛苦的痕迹。

我们不禁要问,为什么女性作家的作品里时间被倾诉被对象化,而很自然地淡化了故事情节的展开呢? 也许陈染的《与往事干杯》和朴婉绪的《我的最终所有》这两篇小说文本为我们提供解开其谜的一把钥匙。

下面要具体分析一下陈染的《与往事干杯》。让我们先看一段小说原文。

> 已是深夜,我躺在床上,熄了灯。窗外也很静谧,没有一丝风,星星孤零零挂在天空,凝视着这个孤独的世界。
> 我从出生就开始了回忆。
> 我从出生就学会了回忆。
> 我从出生就没停止过回忆。[6](P. 223)

在陈染,回忆是命中注定的,她回忆而且会回忆,懂得为什么回忆。小说以第一人称的手法叙述着"我"的爱情——死于华年的——生活,也向读者陈述着一个女人的成长经历。

小说描写的爱情故事没有超出一般性的老套的模式,但是却给我们带来一种新鲜感,因为小说采取了独特的叙事策略。小说一开始就强调这个故事是在好友"乔琳"的请求下讲的,但是我们很容易发现这个"乔琳"是小说文本虚设的人物。故事的叙述者其实与小说主人公"我"完全一致,"乔琳"也就自然成了文本设置的一个理想读者,"我"的故事的忠实听众,而至于这一听众对"我"的故事的反应退居到次要地位,"我"也没有去理会她的反应。

"我躺在床上",思绪便开始苏醒了,在"我"这里,"夜,是思维的白天"。于是在"写给乔琳的故事"的名目下,"我"就把自己"不很长久的岁月,浓缩成一小瓶黑色的墨汁,涂洒在纸页上";"我"就领着乔琳沿着"我"生命的来路往回走[6](P. 223)。"我"的思绪也陷入个人丰富的情感际遇之中,回忆成为倾诉的动力。读者在"我"心灵的告白之下感觉到说话者就像在自己的面前,与自己作面对面的交流。

"我"的童年是在"压抑、窒息得随时都可以可能爆发战争的家"里度过的,因此"荒凉的废墟"的"颜色就是我童年的颜色"。"无论色彩斑斓的盛夏,还是黯淡邈远的冬季,蓝天始终与我远离"。"忧愁"也变成了"我"与生俱来的东西。这也决定了"我"的爱情,"我"的命运,也便决定了故事的情感基调。上高中的时候虽然发生了所谓的"爱情",但那段情感却阻碍了情感正常的发展道路,最终成了"死于华年"的爱情的根源,"我"也抱着负罪感活在这个世界上。"……我似乎感到是我杀了那个人,是我使那个正在青春豆蔻、芳香四散年华的人离开了人间。"

"回忆这些,令我厌倦",但是"记忆其实并不是真的在岁月的延续中退缩","重要的是过去的事并没有过去,那一切我无法忘怀"。所以她反复强调将过去"遗忘、遗忘、再遗忘"[6](P. 220,227,260,281,288),邀请朋友,"与往事干杯,让那一切成流水"。但正如小说的末尾描述的那样"纸页上已经涂满了往昔的痕迹","我"的人生永远抹不去往日的影子,这一影子便决定了小说的叙述话语特征。

与陈染一样,朴婉绪的小说《我的最终所有》的最显眼的叙事策略也是对过去的回忆。作品中对过去的追忆成了主人公今天人生的支撑点。前面已经提到过,我们在朴婉绪的作品世界中很容易发现韩国南北战争的痕迹。换句话说,她的文学作品中总是能够发现魂灵形象[7](P. 615)。也就是说作者是根据自己的体验构筑小说世界的,而且那种体验成了表达感情的基础。

小说《我的最终所有》描写了在韩国20世纪80年代民主化运动中失去健壮的儿子的一位母亲的切肤之痛,以及战胜这一痛苦而自立的艰辛的过程。而这种过程是通过电话这一特殊媒体传达的。小说中所讲述的故事也是在特殊的年代里会普遍发生的一种现象,而小说的特别之处也正是在于它的叙事方法上。

整篇小说文本以电话构成。我们知道电话就是通过话筒互相通话的一种交流工具,在正常的通话过程中双方的作用一般是相同的,既是说话者又是听话者,但是在这部小说中互相通电话的妯娌之间的作用是完全不一样的，即一方是几乎单方面说话者，而另一方则处于完全听话者的地位，处于被动的听众的位置。

> 什么话都是我自己说而嫂子就一声不吭，只是在听着我说话，就我一个人自己说话，有时甚至让我觉得嫂子把听筒悄悄地放在箱子上而去做另一种事情似的。……嫂子可真坏！怎么能够不吭一声而光是去听人家在说话呢？在通话中根本听不到对方的声音，那种感觉是什么样的恐怕嫂子是无法知道的。简直就像悬崖绝壁。[8](P.108)

经常打电话的是这一方，说话的也是这一方，因此当人面对悬崖绝壁呐喊就有回音产生一样，在通话过程中一个人说话就像自己说给自己听一样。在民主化运动中无情的钢管——代表专制统治的——夺走了豆蔻年华的儿子的生命，失去了儿子以后生活着的现实对于母亲是痛苦的，而这种痛苦是剜肉刺骨之痛，因此不管对方是谁，如果不讲出心口的伤痛，胸口闷得就要被爆炸似的。但是逢人就讲，叫大家听烦了，现在连亲生女儿也不愿意继续听下去。

> 妈，您也太过分了，到此为止别再继续讲了，哥哥死后都过了七年了。就哥哥是您的孩子，女儿就不是您的孩子吗？您知道姐姐为什么到今天还没有嫁人吗？……您无法知道，因为您根本就不关心。……我没有信心做像姐姐那样的孝女，但我一直努力好好待妈妈您。可是我已经累了，姐姐也是，很快会累垮的。……您叫我们觉得活在这个世界上是个罪过。妈，我们也有属于我们自己的人生，您非要这样待我们不可吗？妈妈真是太过分了。[9](P.113)

儿子死都有七年了，但对于母亲来讲却像昨天刚刚发生的事情似的，那种痛苦是无法忘怀的，无法面对失去儿子以后的现实，但到现在已经无人去分担她的痛苦了，时间已经把失去亲人的痛苦给带走了，但是这种痛苦对一位母亲来讲是刻骨铭心的，所以时间过得再多，心里却一直装着儿子，对守在身边的女儿则熟视无睹，对女儿的年龄、女儿的婚姻就没有余力去考虑。为表达母亲的心灵创痛，小说文本选择了另一种倾诉方式——电话。在这里我们可以知道作者朴婉绪的高超之处，作者把韩国 70 年代艰辛的民主化过程,通过在这场民主化运动中失去儿子的一位母亲的灵魂创痛以及千辛万苦的自立过程而具体地呈现在读者面前。

在上一段的引用部分中,我们可以知道在通话的过程中如果一方不讲话,那是什么样的结果,就是说在通话的过程中对对方的讲话置之不理而可以去做其他事情的。但是如果人与人面对面情形就完全不一样了,在没有人听讲的情况下母亲的话就不能继续,当然我们也无从知晓母亲的故事和失去儿子的母亲的痛苦的程度,但是正是因为电话这一特殊的谈话工具,使得我们不仅能听完母亲反复所讲的故事,而且和母亲一起去体会去感受失去儿子的巨大痛苦。

回到这里,引起我们关心的是两位作者为什么都采取了这种叙事策略的呢?我们知道这两篇作品所陈述的不是同一故事,但是通过回忆所表现出的主题是同一的,即女性的自立过程。女性的自立本身就是不容易的事情,而经历了无数次的挫折乃至失败以后,从痛苦的过去走出来自立,就难上加难了,因此小说中的故事就是关于生活与活着的故事,在文本中女主人公的自我陈述也始终是现在进行时。女性在述说自己经验的过程中创造围绕自己的对世界的情节。

三、女性话语:唠叨

前面已经论述过女性作为叙述的主体而讲述的各种故事中典型的主题特征是自我与自我的故事,讲述自己故事的诸多策略,比较普遍性的有沉默、犹豫、反复或强调等。因此女性讲故事的行为本身就带有政治性,在写作形式上女性的文章就带有"自叙性"。

在这两篇作品中我们极其容易发现"乔琳"和"嫂子"是叙述者为把自己的故事讲完而虚设的听众而已。在于陈染,"乔琳"是"我"的倾诉对象。小说一再强调自己的故事是"死于华年的真实故事",而"我"却不是"历尽沧桑、满头银发、步履蹒跚、额头上爬满岁月炎凉的龙钟老妇"[6](P.218)。"我"渴望"乔琳"能听完自己的故事,而且希望她相信这故事的真实性,从而得到一个"精神的家园"。正因为乔琳是"我"的好友,"我"就能够毫无保留地向朋友敞开心扉,倾诉自己的过去,倾诉自己的经验感受与现在的心境。这种倾诉就很自然地成了"我"的内心表白。但是这种表白因为"乔琳"的虚构性，成了向自我的告白和解剖，从而文本构筑了一个自足而封闭的私人空间。

文本在叙述当中反复确认"乔琳"的存在，确认"乔琳"是不是在听，在这种质疑下"我"希望乔琳腹中的小宝贝也成为自己故事的听众。"乔琳，你疲倦了吗？你腹中的小宝贝这时也肯定在等待我的故事。"[6](P. 236) 而这种确认并不是真正意义上的确认，而是故事展开的需要且是一种叙事策略。在陈染构筑的这个空间里，我们很自然地和乔琳一起随着说话者的故事一起进入"我"的经验世界，而一起经历，一起感受。

而到了朴婉绪的《我的最终所有》，"嫂子"的虚构性就更加强烈。拿起听筒的一方可以是随便任何一个人，因此说话者的对象，即听话者的具体性在文本里无关重要，而重要的就是说话者的发话工具，母亲在倾诉自己"泰山般的悲痛"的时候一直在叫唤嫂子，使自己有一种不是在电话里而是和嫂子面对面谈话的感觉。文本里反复确认"嫂子"的存在就足以证明母亲痛苦的程度有多大。我们也因为"电话"这种特殊的发话工具，才能与小说文本的听话者一起把失去儿子的一位母亲的倾诉听完。作者想把民主化运动的艰巨性和失去儿子的母亲的痛苦原原本本地告诉大家，而这种艰巨性和痛苦是通过母亲所讲的反反复复的重复故事来表现的。因此在小说文本里的"嫂子"就像陈染的"乔琳"一样，不是为了听母亲的故事而特别设定的人物，而是说话者为了把内心的话讲完而设计的一种装置。这样一来小说中说话者的故事通过具体人物而展开，到最后却返回到说话者。小说的结构是闭路的，就像陈染文本形成自足的封闭的私人空间一样。

在建构自足的封闭的私人空间的时候，两位作者都使用了女性特有的话语，即唠叨。在女性的人生历程中，与外面的世界相互疏通的方法之一就是说话，女性的自我创造是在说话的过程中完成的，换句话说女性的发话行为就是女性自我的再现和自我价值的确认。因此不聚精会神倾听她们的话语，不去了解她们所处的语境，就根本无法知道他们在说什么，也无法听进去，当然也就发现不了女性。两部小说文本在倾诉过去的故事或插曲的时候，毫无连接，也没有传承，这也证明了女性话语的特征——唠叨。她们在唠叨，所以她们在发现着自己；她们在唠叨，所以她们在找回着自己；她们在唠叨，所以她们也在重新创造着自己。因此我们可以说她们唠叨的过程，就是自立的过程。其实"我"与"母亲"就是在反反复复的唠叨中艰难地完成了战胜过去而自立的过程的。

四、文本结构：闭路到开放

G. 普林斯认为听话者在叙事文本里以"你"的符号起说话者所讲述的故事的听众的作用，这个时候"你"可以被直接表现也可以间接表现出来，但是无论什么时候说话者的存在总是暗示着听话者的存在，因为在发话行为中第一人称即包含了第二人称[10](P. 32—39)。G. 普林斯的这一理论说明了在这类文本中属于被动地位的听话者的作用以及他们存在的重要性。

在这两篇作品中我们可以发现非常明显的共同叙事特征，即在两个文本中都有叙事自我与经验自我的紧张关系和说话者与听话者的距离。

首先在《与往事干杯》中女主人公也是说话者"我"在陈述"死于华年"的爱情故事，也是努力去忘却这一"死于华年"的爱情的过程，这个过程也就构成了叙事自我与经验自我的紧张关系。为了忘却"我"讲了"我"的经验，也因忘却而完成"我"的今天的人生，正如小说所描述的那样，"一切都会过去，时间使一切消失"，也因忘却"世界因此而正常，因此而继续"[6](P. 286,288)。

再来看《我的最终所有》，小说中女主人公也是说话者"我"失去儿子以后一度与世界建立了一道厚厚的墙，建立起了只属于自己的世界，这个世界连女儿也未能容下。在一个偶然的机会遇到了养着患痴呆症的儿子的同学以后，望着一边骂儿子一边又悉心照顾的同学，埋葬在她心底的母性终于复苏了，发现了自己一直生活在自我欺骗的世界中，而这种母性的复苏过程造成了小说的一种特有的紧张关系，给读者带来无尽的审美享受。

在这两篇小说中我们很容易发现叙述者，正如斯坦泽指出的那样，在这类文本中"讲故事的我"和"被讲到的我"辩证地统一在一起[11](P. 63)，即这类叙事模式一般在自传性质强的成长小说或自我觉醒、自我独立的小说中经常见到。这种叙事结构也就很自然地形成说话者与听话者之间距离的紧张关系。

在《与往事干杯》中"我"一再强调自己的故事是写给"乔琳"的，而且是在"乔琳"的请求下所讲的。这样在文本结构上好像"乔琳"是发话者,但整篇小说"我"在发话而"乔琳"是通过"我"的指出才被确定其存在的,更多的时候"乔琳"是另一个"我",所以"乔琳"就成了折射"我"的另一面镜子。在"老巴"即"我的爱情"死后,"我"去找了"乔琳",临出门前由镜子反射出的"我",是个"已是容颜消殒"的人,而出来开门的"乔琳"又是什么样子呢?

> 她蓬着头发,眼窝深陷,一身疲乏与倦慵,一眼便可以看出她刚刚度过了那一场难熬的妊娠反应。我们彼此经历了许多以后,再一次见面,所有的话一时间只化作默默的凝视,无从说起。她依然美丽,也许是因为婚姻生活的稳定和愉快,她消失了早年那种四处无依的忧郁以及为着寻找爱情而显现出来的孤独。……她说我看上去好像是去地狱旅行了一趟,神情麻木而冷漠。[6](P. 285—286)

我们很容易发现,这段对"乔琳"的描述,其实是"我"经历了一系列人世沧桑以后的"我"的心境与现实。如此小说在叙事方法上形成了一种说话者与听话者的距离的张力,使读者听到一种如泣如诉的爱情故事。这种情况到了《我的最终所有》就更鲜明和突出,在之前也说过,这篇小说全部由电话构成,电话文本决定了小说的这种特征。在小说中说话者与听话者的角色具有双重性,即作品是从回电话开始的,从这个意义来讲打电话过来的"嫂子"是发话者而回电话的"我"应该是听话者,但是在文本里她们俩的角色完全颠倒过来,"我"几乎一个人发话,而"嫂子"的话是间接的,即是由"我"带出来的,这就造成了她们俩的紧张关系,小说也是在这种紧张关系中发掘出了作品的主体意旨。

这种文本结构形成了比较强烈的个人化叙事的同时,作品的主旨是开放性的,即通过叙事自我与经验自我的紧张关系和说话者与听话者距离的张力,表现出了人生是自我完善的一个无止境的过程的主题思想。

五、结 论

通过以上分析可以知道追忆是两位作者的基本叙事方式,在爱情"死于华年"和失去儿子以后的孤独中追忆的冲动成了倾诉的动力。她们所述说的故事是他们自己的故事,悲痛也只属于他们自己。因此两位作者为了述说为了倾诉都选择了自己故事的理想听众"乔琳"和"嫂子",而"乔琳"和"嫂子"的随意性使小说空间成为了自足的私人空间,她们的倾诉也像回音返回到声音的发源地。所以这种倾诉是自己内心的告白,也是向自我的无望的告白和解剖。一种孤独绝望的倾诉变成茫然无辜的追忆,成为小说文本最基本的叙事模式。

在这种叙事模式中主人公的叙述方法便很自然地成为女性特有的发话方式——唠叨。因为女性在不停的唠叨中忘掉孤独,忘掉自己是一个人。女性在诉说自己经验的过程中形成对世界的认知,所以女性唠叨的过程也是发现自我、发现周围和认识社会、认识世界的过程,从而最终完成自立,因此女性的发话行为本身就带有政治性。

在这种发话模式下,故事情节便很自然地被淡化,小说中故事的展开毫无连接,毫无传承,就是说唠叨语言的特征是分裂的。因此你要不专心听讲她们的故事,就无法理解他们在说些什么,也就根本发现不了女性。

在这两篇作品中我们可以发现非常明显的共同叙事特征,即在两个文本中都有叙事自我与经验自我的紧张关系和说话者与听话者的距离的张力,作品通过这种结构表现了主题思想。

如此在进入20世纪90年代以来,中韩女性作家作品中表现出同一特征的比较多,譬如在作品的内容、主题的设定、叙事策略、创作方法等。为什么这一时期中韩女性作家在小说创作上表现出如此相似的特征?她们的共同点和不同点是什么? 其原因在哪里? 诸如这些问题有待进一步探讨。

参考文献

［1］［韩］金明仁,《民族文学已经过时了》,《实践文学》1995年夏季号。

［2］［韩］韩琦,《从女性占优的文学时代到个性占优的文学时代》,《小说与思想》1996年春季号。

［3］杨经建,《欲识庐山真面目:90年代文学的"新状态"》,《中国现代当代文学研究》2000年第2期。

［４］陈惇、刘象愚主编，《比较文学概论》，北京师范大学出版社 2000 年。

［５］朴婉绪(1931—　　)，韩国著名的当代女性作家，主要作品有《裸木》、《母亲的桩子》、《那年冬天真暖和》、《请说一句话》等。

［６］陈染，《与往事干杯》，《中国小说 50 强(1978—2000)》，陈染卷，时代文艺出版社 2001 年。

［７］[韩]崔元植，《美丽灵魂的拥护》，《韩国小说文学大系 69》，朴婉绪篇，东亚出版社(韩)1996 年。

［８］[韩]朴婉绪，《请说一句话》，《松树》，1994 年。

［９］[韩]朴婉绪，《我的最终所有》，同上书。

［10］G.普林斯，《叙事学》，崔相奎译，文学与知性社(韩)1988 年。

［11］F.斯坦泽，《小说形式的基本类型》，安参焕译，探求堂(韩)1982 年。

（责任编辑：刘宝全）

《心》: 一部诠释荀子思想的小说

李光贞[*]

　　被日本人称为"国民作家"的夏目漱石,从小就受中国古典文学的熏陶,曾经在二松学舍学校专门学习过汉学,受中国博大精深文化的影响很深,有很高的汉文学修养。在夏目漱石的作品中,时时可看到中国文化的影子,他的小说《心》可以说就是一个典型的例子。《心》发表于大正三年(1914),从4 月 20 日开始在东京和大阪两地的《朝日新闻》上连载,一直到 8 月 11 日,分 110 回连载完毕。这部小说是精装本,外部包装正面封皮、背面书皮、书脊等裸露在外突出的地方,用的都是汉字"心",而其他用的都是平假名"こゝろ"。封面的"心"字,形状直接引自《康熙字典》中的"心",在小说的封底部分还有"心·荀子《解蔽篇》心者形之君也而神明之主也"的汉文。

　　"心"的日语读音是"こゝろ",初版本是夏目漱石自己亲自装帧设计的,小说名用汉字的"心",并把荀子的《解蔽篇》放在书的背面封皮,绝不仅仅是为了起装饰效果或给读者以视觉上的冲击,而是通过外观设计装帧来表现小说的内容,它明确地反映了作者的意图:在构思这部作品时,是当作"心"而不是当做"こゝろ"来构思的,此"心"不等于彼"こゝろ"。中心突出部位的书名用汉字而不用假名,主要原因就在于这个"心"字与荀子的思想有密切的关联,因为这个"心"字就是取自荀子《解蔽篇》中的那个"心者,形之君也,而神明之主也"的"心"。

　　荀子是中国古代杰出的唯物主义思想家、教育家,战国末期儒家学派中

---

　　* 李光贞,山东大学博士研究生,山东师范大学外国语学院副教授,硕士生导师。

的大师。与孟子的主性"善"不同，荀子主性"恶"，他认为人性恶是天然的，而后天的"善"则是人为教育的结果，否认天赋的道德观念，强调后天环境和教育对人的影响。《性恶篇》的开头部分这样写道："今人之性，生而有好利焉，顺是，故争夺生而辞让亡焉，生而有疾（嫉）恶焉，顺是，故残贼生而忠信亡焉，生而有耳目之欲，有好声色焉，顺是，故淫乱生而礼仪文理亡焉。然则从（纵）人之性，顺人之性，必生于争夺，合于犯分乱理而归于暴。故必将有师法之化，社义之道（导），然后出于辞让，合于文理，而归于治，用此观之，然则人之性恶明矣，其善者伪也。"[1] 即人一生下来，就有许多天生的劣根性，如轻易为利所诱、有嫉妒他人之心及热衷于物质追求等，如任此天性发展，必会引起许多原可避免的争执，从而破坏社会秩序及道德，导致混乱局面的产生。作为社会中的一分子，作为社会存在的一员，是不会靠着人类自身的自觉而大家能够平和、和谐地生活在一起的，这是人的本性。尽管如此，那么为什么人类社会还会进行下去呢？那是因为有一个"虚伪"的"礼"存在的缘故。"人之性恶，其善者伪也。"人的天性本属于恶，后来所以会有善的一面，只是人为所致。对于人与生俱来的"恶"怎么办？荀子又写了《解蔽篇》。

> 凡人之患，蔽于一曲，而闇于大理。治则复经，两疑则惑矣。天下无二道，圣人无两心。今诸侯异政，百家异说，则必或是或非，或治或乱。乱国之君，乱家之人，此其诚心，莫不求正而以自为也。妒缪于道，而人诱其所迨也。私其所积，唯恐闻其恶也。倚其所私，以观异术，唯恐闻其美也。是以与治虽走，而是己不辍也。岂不蔽于一曲，而失正求也哉！心不使焉，则白黑在前而目不见，雷鼓在侧而耳不闻，况于使者乎？德道之人，乱国之君非之上，乱家之人非之下，岂不哀哉！……故为蔽：欲为蔽，恶为蔽，始为蔽，终为蔽，远为蔽，近为蔽，博为蔽，浅为蔽，古为蔽，今为蔽。凡万物异则莫不相为蔽，此心术之公患也。人何以知道？曰：心。心何以知？曰：虚壹而静。心未尝不臧也，然而有所谓虚；心未尝不两也，然而有所谓壹；心未尝不动也，然而有所谓静。……心者，形之君也，而神明之主也，出令而无所受令。[2]

什么是"蔽"？为什么又要"解蔽"呢？用荀子的话来说，就是要排除掉我们心灵上种种可能处于蒙蔽状态、不光明状态的部分，去掉心灵的伪饰，把人类真正的本性和事物的真相大白于天下之意。在此,夏目漱石给小说起名《心》的意义不言自明:它与荀子的思想有密切的关联。在仔细研读该小说时就会发现,小说自始至终贯穿着一条"光"和"影"的主线。这里的"光",在不同的场合,可以是阳光、灯光、甚至是灿烂的笑容,指的是人心中光明的部分;而"影"则指的是人心处于蒙蔽状态、不光明状态的部分,人类心灵深处那黑暗的部分。在不同的场合,"影"可以是黑影、阴影,甚至是阴郁的脸色。下面就沿着小说故事情节的发展,探讨一下小说是怎样通过"光"和"影"这一主线来表现荀子思想的。

《心》这部小说,是用第一人称的方式来展开叙述的。在小说的开头部分,"我"还是东京帝国大学的学生,在镰仓的海水浴场,碰见了被称为"先生"的男子,两个人交往的过程成为小说的第一部分,题目为"先生和我"。第二部分的题目是"双亲和我",大学毕业后,"我"回到家乡,围绕着"我"和父亲的关系展开故事,"我"在乡下,仍然想着远在东京的"先生"夫妻的事情。"先生和遗书"是小说的第三部分,这一部分几乎占了小说一半的篇幅,是先生自杀前留给"我"的遗书。小说一开始就这样写道:

> 第二天,我跟在先生的后面下了海,和先生向相同的方向游去。往深海游了约有二百米时,先生回过头来跟我讲话了。浩瀚的蓝色海面上,除了我们两个人以外,再无他人。放眼望去,灿烂的阳光照耀着附近的山山水水。我的心情十分愉快,不禁在海水中手舞足蹈地上下翻腾起来。但先生的手脚却突然停了下来,我也学着他的模样,仰面躺在了海上。万里无云,天空蔚蓝,灿烂的阳光,照在我的脸上。我不禁大声喊道:"心情真好啊。"[3](P.7)

小说中两个主要人物在"照耀着附近的山山水水"的"灿烂的阳光"下相遇相识了,对"我"来讲,这是一个心情愉悦的明亮的场景。

第二次见到先生是到回东京以后的事情了。回到东京后,"我"去先生家拜访,夫人说先生不在,到杂司谷墓地去扫墓了。"我"马上追到了杂司谷墓地。

> 秋田左侧有一条很宽的路,路两旁栽有枫树,我沿着这条路向前走去。突然,从前面的茶馆里闪出一个人来,那个人很像先生。

我径直向前，一直走到可以看到对方眼镜框上反射的阳光时，冷不防大声叫了声"先生"。先生马上站住了，看着我的脸。

"怎么回事……怎么回事……"

先生连问了我两遍。在这静悄悄的中午，总觉得先生的话语带着很特殊的声调。我一下子答不上来。

"是跟在我后面来的？怎么回事……"先生的态度很镇定，声音也很沉着，但他的脸上却飘过一丝阴云。[3](P.9)

同第一次在夏季"灿烂的阳光"下相遇相识不同，在秋季再次的相见中，先生的脸上始终笼罩着一层"阴云"。夏目漱石笔下的人物，在不同季节的阳光下相继登场，在地下投下了不同的"影"。这个"影"暗示着人物各自的命运，喻示时光不会倒流。第一部分一开头就是盛夏季节，炽热的阳光照亮了小说中人物的世界；而"我"再一次到先生家拜访的时候已然到了秋天，而且是"杂司谷那棵银杏树，树叶都掉光了"的深秋了。这季节的循环不是单纯的自然界变化，而是暗示着人物的命运如同那四季的变化一样，不可抗拒。

不久就到了冬天了，在日本最高学府读书的"我"，也到了该写毕业论文的时候了。"梅花开的时候，冷风渐渐往南吹去。大致忙完一阵后，有关樱花的消息断断续续传来耳畔。但我仍然像驾车的马一样目视前方，被论文抽打着狂奔。进入四月下旬，终于写完要写的东西。这期间一次也没有进过先生的家门。"[3](P.44)那时的大学，与日本现行的学制不同，9月份开始新学期（现在日本学校新学期4月份开始），6月份是毕业生离校的日子，所以交论文的时间一般应该是初夏了。"我获得自由，已是初夏时节了，八重樱花落后的枝条已不觉伸出了绿叶，迷迷蒙蒙的。我纵目四顾辽阔的天地，自由地拍打着翅膀。我立刻往先生家走去。"[3](P.44)这样，从论文中解放出来的"我"，"打算把先生拉近即将满目苍翠的大自然中"，"只是想把先生领到郊外去。"不久，他们到了一个苗圃中，"芍药圃旁边有一条旧长凳，先生在上面躺成个"大"字。我坐在余出的端头吸烟。先生仰望澄碧的天宇。我看围拢自己的嫩叶看得入迷。细看之下，嫩叶每一片叶子都不相同。即使同一株枫树，也没有一条树叶上叶片都呈同一颜色。先生随手挂在细衫树苗顶端的帽子被风吹下。"[3](P.45)这一段描写可以说是细致入微，读到这里会令人联想到春天万物复苏的初绿,心情十分愉悦。但先生在初夏温馨的阳光下,却说出了"你家里有财产吗? 如果有的话,还是趁早分了吧。"这与愉快的春天郊外散步极不相称的话。先生问我家几口人,问有没有亲戚,问我叔父叔母情况。最后这样问道:

"全是好人么?"

"好像倒也没什么算是坏的人。差不多都是乡下人。"

"乡下人怎么就不坏呢?"

我被追问得透不过气来。然而先生甚至让我思考得余地都不留给我:

"乡下人反而比城里人还要坏。还有,你刚才说了,你的亲戚里面,好像是没有可算是坏人的人。但你是认为世间是存在坏人那种人的吧? 世人不会有像是从坏人模子铸出来的坏人。平时都是好人,至少是普通人。而到了关键时刻,就摇身变成坏人,所以也才可怕。大意不得的。"[3](P.48)

这是先生的话,也是荀子的话:人都是"恶"的,"平时"看起来像是善人,但那是"伪装的",不过是做一种姿态给大家看,如果机会来了,人人都会露出坏人的本性来。这样重要的谈话,因为狗和小孩的出现而中断了。再一次出现"光"和"影"已经到了下一章了。

"先生的话中,惟独一点我想刨根问底,就是到了关键时刻任何人都将变成坏人这句话的含义。单单作为词语,我不是不能理解;但我想把握它的内涵。狗和小孩离开后,宽阔的新叶园重新归于静谧。我们像被锁住嘴巴,半天都不说不动。眼前的树大约是枫树,那青翠欲滴的新叶似乎渐渐黯淡下去。远处马路传来拉货车的隆隆声。我猜想拿获四村里人拉着花木什么的去赶庙会。先生听到了那声音,忽然像从冥想中清醒过来似的站起身来。"[3](P.49)这"渐渐黯淡下去"的当然是夕阳西下时的情景。夏目漱石在此以敏锐的季节感和时间的感知力,让树叶的"阴影"同先生关于人的"性恶说"的内心告白遥相呼应,入木三分。

不久又到了夏天,这年的夏天是明治四十五年(1912)的夏天。"我"在乡下的父亲因为上了年纪,健康每况愈下,但还在翘首盼望儿子大学毕业。"我"其实没有回家的打算,但因为父亲生病,不得不回家一趟,于是"我"去向先生辞行。

　　"注意照看病人。"太太说。

　　"九月见。"先生道。

　　寒暄完毕，我迈步走到格子门外。玄关与院门之间有一株郁郁葱葱的丹桂树，像要挡住我去路似的在夜幕下张开枝叶。我望着覆盖黑黝黝叶片的树梢走了两三步，想象它在秋日里的花朵和馨香。先生家的房子和这株丹桂树已成为一体，留在了我的记忆深处。我站在树前，想象着今年秋天再度跨进先生家门的情景时，从格子门射出的玄关的灯一下子灭了。看样子先生夫妇进到里边去了。我一个人来到黑乎乎的院外。[3](P. 60)

　　此处的"我"，正好在想到"今年秋天再度跨进先生家门的情景"时，"玄关的灯一下子灭了"，而先生的自杀正是在秋季，其中深刻的象征意义不言而明。"先生夫妇进到里边去了"，"我"一个人出了院门，"来到黑乎乎的院外"，夏目漱石在此有意识地、巧妙地利用了"光"和"影"，给小说所要表达的思想加了一个高明的注脚。

　　第二部分的"双亲和我"，也自始至终贯穿着"光"与"影"。在第二部第五章里，回到乡下家里的"我"，仍时常想到远在东京的"先生"。明治天皇驾崩的消息传来以后的情景，与"我"在离开东京之前在向先生辞行时，先生关于死的谈话（第一部三十五章）遥相呼应。"我又独自进入宅内，来到放有自己桌子的地方，一边看报纸一边想象东京这个日本最大的都会。我的想象集中在它在怎样的黑暗中怎样蠕动这一画面上。倘若它不黑黝黝地蠕动，它也就寿终正寝了。便是在这嘈杂不安的场景中，我看见了先生家那恍若一点灯光的屋宇。此刻我没察觉到那灯火被自然而然卷入无声的旋涡中，全然没觉察出不久那灯火也必然消失的命运将出现在我自己面前。"[3](P. 71)这一部分的"光"，是先生外部的东西，是物理的"光"，"影"是太阳的光投下的"影"，或者说是灯光投下的"影"。

　　在第一部第六章中，有"我"对先生的一段描述，描述的虽然只是先生的外表，但与人物的内在性质却有着密切的关系。

　　刚才说了，先生始终静静的，不急不躁。但脸上有时候会掠过一丝奇特的阴云,如黑色的鸟影从窗前划过,稍纵即逝。我最初从先生眉间发现那阴云,是在杂司谷墓地下意识招呼先生的时候。那异乎寻常的一瞬间,使得我本来快活流淌的心脏血液陡然顿了一下。但那只是一时的迟滞,不到五分钟便恢复平日的流逝,把黯淡的云影完全忘却脑后,及至慢慢回想起来,已是深秋了。[3](P.11)

在第一部第十五章中也有一段关于先生的描写,不过这次描写的不是先生的外表。

先生的信念似乎是活的信念,不同于火烧后彻底冷却的石屋轮廓。我眼睛里的先生的的确确是思想家。而在思想家所构筑的主义后面,大约有极为有力的事实,并且不是同自己无关的别人的事实,而是自己有过切肤之感的、几乎使热血沸腾脉搏止跳的事实。

这不是我想入非非,先生本人已这样告白过。只是那告白犹如白色的云峰。告白给我的脑袋罩上了不明真相的可怕迷雾。至于为何可怕,我不得而知。告白是那样地虚无飘渺,然而显然让我的神经发颤。[3](P.26)

为什么可怕?因为不明真相,因为事情的真相被蒙蔽而可怕。事情的真相究竟是什么?到了第三部分的"先生和遗书"中,叙述者已由"我"换成了先生,情况也发生了变化,已从物理的"光"和"影",转向了伦理学方面的"光"和"影",事情的真相也渐渐开始明朗。例如在先生的告白开始后的第三部分第二章中,这样写道:

我准备将人世的暗影毫不顾忌地往你头上掷去。不得害怕。一定要定睛逼视阴暗物,从中抓取对你有参考价值的东西。我所说的阴暗,当然是伦理上的阴暗。我是在讲究伦理的环境中出生又在同样条件下长大的人。或许我关于伦理的思考同今天的年轻人大相径庭。但即使再荒谬,也是我自身的一部分,不是暂且借来一用的衣物。所以我想,对于即将展开人生的你或许有几分参考价值。[3](P.95—96)

第十八章中开始出现了困扰先生一生的"阴影"。"假如没有他切断我生活的行程，我恐怕也就没必要给你留下这么长的文字了。就好像我呆愣愣站在恶魔的通道前，而未意识到其瞬间的魔影将使我一生黯然失色一样。老实说，是我自己把他拉来的。"[3](P.119) 先生把 K 带到自己租住的房子里，让他与自己住在一起。在与房东一家的相处中，K 也喜欢上了房东小姐，先生知道后一时目瞪口呆，不知如何是好，反复思考后决定寻找"一拳将其打倒在地"的时机，而且那个时机很快就来了。

在散步的途中，"我"迅速摆出一副一本正经的态度。这当然是出于计谋，但由于撒谎也有与此相应的紧张，自己无暇感到滑稽或羞耻。"我"首先来了一句："精神上没有上进心的人是渣滓!"这是两人在房州旅行时 K 用在我身上的话语。现在我以同样的语调一字不差地掷还给他。然而，我决不是报复。对"先生"的话，K 出人意料地答道，"渣滓，我是渣滓"[3](P.152)。

那天晚上，从睡眠中被叫醒的先生，一看"K 的黑影"立在那里。

> 我很快安稳地睡了过去，突然叫我名字的声音使我睁眼醒来，一看，隔扇拉开二尺来宽，K 的黑影立在那里。他的房间一如傍晚点着灯。情况急转直下的我一时竟开不得口，呆愣愣注视着眼前的一切。
>
> K 问我睡了没有。K 总是睡得很晚。我反问黑影般的 K 有什么事。K 说也没有事，只是趁上厕所顺便问一声睡了还是没睡。由于 K 背对灯光，我完全看不清他的脸色和眼神，但我听出他的语气反倒比平时镇定。
>
> 稍后，K 一下子拉开隔扇，我的房间立时回到刚才的黑暗。我闭上眼睛，想在黑暗中做一个静静的梦，往下便什么也不晓得了。但第二天早晨想起昨晚的事，总好像不可思议，心想那一切说不定不是梦。于是吃饭时间我问了 K。K 说的确开隔扇叫我名字来着，却不明解释为什么那么做。待我兴头过时，他反过来问我近来可睡得稳。总觉得有点异常。[3](P.155)

"背对灯光"的"K 的黑影"，在此的象征意义非常深刻：K 一下子拉开隔扇，先生的房间回到"黑暗"中，那"黑暗"，正是先生人性中"恶"的部分，意即重又回到潜藏在先生"恶"的"原本的黑暗"之中。而 K 的自杀，正是那几天后的事情：

　　我举棋不定，而决心等到第二天再做计较是在星期六晚上。没想到K这天晚上自杀了。现在想起那情景我还为之战栗。平时枕头朝东躺下的我，惟独这天晚上枕头朝西铺下褥子也可能出于一种什么因缘。一股由枕头吹入的冷风突然把我吹醒。一看，K和我房间之间平时拉得严严实实的隔扇，此时和上次那个晚上同样开着。但K的黑影却不像上次那样立在那里。我仿佛得到了暗示，一边撑臂爬起，一边定睛往K的房间窥看。灯火苗若明若暗地点着，被褥也铺着。但棉被像是被蹬开似的在脚部堆在一起，K本人头朝那边脸朝下附着身子。

　　我叫了一声"喂"。但毫无回音。我又招呼K，问他怎么了。K的身体仍然一动不动。我一跃而起，跑到隔扇拉合处，借着昏暗的灯光从那里环顾他的房间。

　　这时我的感觉同突然听到K向我表白心迹时的大同小异。我的眼睛往他房间里一扫，顿时眼睛像用玻璃球做的假眼一样停止了转动。我木棍一般定在那里。这一感觉如疾风掠过我之后，我又暗叫失策。一道无可逆转的黑色光柱贯通我的未来，一瞬间把我的整个生涯可怖地展现在我眼前。我浑身瑟瑟发抖。[3](P.162)

　　这一段描写，给人印象最为深刻的是死的形象，是"和上次那个晚上同样开着"的两个人房间之间的"隔扇"。但这一次，在那个虚空的空间里，没有了"K的黑影"，只不过是"灯火苗若明若暗地点着"。确认K自杀后，"一道无可逆转的黑色光柱贯通我的未来"，在此，"光"和"影"已融为一体，成为"黑暗的光"，这一伴随先生一生的"黑暗的光"，瞬间照了过来。

　　打败了竞争对手，如愿以偿地同自己心爱的人结婚了，在世人的眼里，先生无疑是个胜利者，但背叛K的罪恶感一直在鞭挞着他的心，他无法过上幸福美满的生活，那个"黑暗的光"，在时时拷问着他的灵魂，也贯穿了他的一生，使他常常自责，不能自拔。

　　如果我以那样的善良之心在妻面前陈词忏悔，妻肯定流着欢喜的泪水原谅我的罪过。我所以未能做到，并非由于我有利己打算，只是我不忍心给妻的记忆抹上一个黑斑。在纯白色的物品上毫不留情地甩上一滴黑墨，这对我是极大的痛苦——请你这样

理解。[3](P.167)

当然，他有时也怀疑 K 的死因不是单纯的失恋：

> 我怀疑他是由于像我一样孤独寂寞的不行才突然采取最后措施的。这又使我不寒而栗——一种自己也同 K 一样走在 K 走过的道路上的预感，开始不时风一般掠过我的胸际。而且，我胸间不时有可怕的阴影闪过。最初只偶尔袭来，我心头一震。但时过不久，我的心便同那可怕的一闪两相呼应起来。最后，即或外面不来，我也觉得那东西与生俱来似的潜伏在自己心底。每当我有如此感觉之时，我就怀疑自己脑袋是否出了问题。然而，我没有心绪找医生或什么人看。[3](P.169)

现在那个"可怕的阴影"，已从外到内不断地"袭来"，所有的"遮蔽"了的"虚伪"，都被完全暴露出来，在所有"伪饰"的东西被"解蔽"的时候，他还有 K——不，应该说一般意义上的人的本性已经大白于天下：他只不过是被"黑色的光"所照出的"黑影"而已。

> 请记住：我便是这样活过来的。第一次在镰仓见到你时也好，同你一起去郊外散步也好，我的心情基本无大变化。我的身后无时无刻不有黑影相随。我是为了妻而拖延着生命在世上蹒跚独行的。在你毕业回乡期间也是如此。约好九月同你再见的我并非说谎。的的确确是想见你的。秋去冬来冬亦尽，而见你的念头是坚定不移的。[3](P.172)

《心》在明治精神的终点、先生的告白声中划上了句号。

人性恶是一个古老的命题，恩格斯也指出："人来源于动物这一事实决定了人永远无法彻底摆脱兽性。所以，问题永远只能是摆脱或多或少的问题，只是兽性或人性程度上的差异问题。"[4](P.110) 在该篇小说中，夏目漱石以推理的手法，对先生"罪"的记忆进行"解蔽"，析出人类心灵深处的那个"黑影"。正如日本著名的夏目漱石研究专家江藤淳所指出的那样："带着荀子的人生观去读作品，给人留下的印象就是恰如要用一种严密的方法去验证荀子的定理。"[5](P.120) "作品隐含着'人之性恶'是一切罪恶的根源的哲理。"[6] "光"和"影"作为一条主线，自始至终贯穿在小说中："光"在闪烁，

"影"在出现,与荀子的"性恶说"不谋而合。其实,这也是夏目漱石本人关于人性的观点。

参考文献

［1］《荀子·性恶》。

［2］《荀子·解蔽篇》。

［3］夏目漱石,《心》,林少华译,花城出版社 2000 年。

［4］《马克思恩格斯全集》第 20 卷,人民出版社 1972 年。

［5］江藤淳,《夏目漱石》第 3 卷,日本东京:有斐阁,1983。

［6］吴鲁鄂,《蒙尘的"心"与解蔽之道》,《武汉大学学报》(人文科学版)2004 年第 1 期。

（责任编辑:管恩森）

从海洋权利争夺透视
俄日北方四岛争端

焦　佩*

北方四岛即择捉、色丹、齿舞、国后,是战后俄日关系的死结,同时也是学者们关注的重点。但是长期以来,对北方四岛问题的分析主要集中于介绍俄日双方立场和解决方案的提出上,而对这种岛屿领土争端的特殊性显然关注不够。其实,岛屿争夺在许多方面异于陆地争夺。那么,在海洋权益争夺激烈的今天,就更需要研究这些特殊性。于是,本文试图以海洋权利为视角对北方四岛问题进行分析,分别从岛屿与海洋权利争夺、岛屿与海洋权利谈判、岛屿与我国海洋权益争夺前景三个方面展开论述。

一、北方四岛与海洋权利争夺

从太空俯视北方四岛,它南接日本北海道,北临千岛群岛,西隔鄂霍次克海。从传统的海洋权利来看,它是俄罗斯在西太平洋的咽喉,日本北部海上利益的要害。从目前的海洋权利来看,谁控制了它,谁就把周边海域纳入了自己的版图。总之,海洋对一个国家来讲,从安全上意味着自身的进攻和防御能力,从经济上联系着无尽的资源和矿藏。正因为如此,世界各国针对海域划界的纷争此起彼伏。到目前为止,全世界已经有 300 多处海域出现划界纠纷,争议岛屿达 1000 多个[1](P. 9)。在此背景下,我们不难分析北方四岛

* 焦佩,硕士,山东大学威海分校哲学与社会发展研究中心教师,主攻方向为东北亚政治关系。

与俄日海洋权利的密切联系。

首先,争夺北方四岛就是争夺战略交通权。海洋是世界交往的重要桥梁,也是强国的必争之地,自古海上的主要航道、狭窄海域和海上咽喉要道都是兵家必争之地。英国称霸世界时,就控制了多佛尔海峡、直布罗陀海峡、马尔他海峡、亚历山大海峡、好望角、马六甲海峡、苏伊士运河、圣劳伦斯河入口等重要航道[1](P.169)。北方四岛是俄罗斯在西太平洋的咽喉,一旦丧失就等于封死了鄂霍次克海通向太平洋的大门,割断了太平洋舰队的交通航线,让出了择捉和色丹的优良不冻港,甚至危及到堪察加半岛海军基地战略核潜艇的安全。俄军总参谋部就曾在《总参谋部关于划定领土问题的决定》报告中称:北方四岛"不仅能扩大俄的防御范围和确保堪察加军事基地的运输通道,而且在发展太平洋舰队方面起主要作用,四岛对俄在远东地区的防御有着不可取代的作用,一旦日本占有四岛,将对俄的安全构成严重威胁"[3](P.70)。所以,俄罗斯即便在北方四岛争议不断的情况下,还加快当地的海空基地建设。目前,俄罗斯在国后、择捉已经建有 5 个空军基地,驻有米格—23 和图—22"逆火"轰炸机[4]。日本对北方四岛的海洋战略交通也有清醒认识。日本是个地形狭长的小小岛国,内陆任何地方距海岸都不超过 120 公里,海洋交通防御系统决定其在战争中的胜负。如果日本能够收回北方四岛,就可以减少俄罗斯海上进攻的概率,同时将自身防御范围向北扩大 200 公里以上。

其次,争夺北方四岛就是争夺海疆拓展权。《联合国海洋法公约》规定沿海国有权划定 12 海里领海、24 海里毗连区和 200 海里专属经济区。这样世界上约 1.3 亿平方公里的近海将成为各国拓展海疆的"舞台"。但是,《联合国海洋法公约》却没有规定重复海域的具体划分原则,再加上各国海岸线大多曲折,地质情况和国家利益也千差万别,矛盾冲突也就呈上升趋势。据统计,全世界海岸相向和相邻国家之间共有 420 余条潜在边界,至 1989 年中期仅有 150 条的边界协议得以缔结,不到海洋边界总数的 1/3;在整个太平洋区域,共有 97 条海洋边界,至 80 年代末仅有 30 条划界得以完成,还有 2/3 以上的海洋边界有待划分[5]。可以说,《联合国海洋法公约》的实施,把海洋权的争夺引入了秩序化且残酷化的竞争时代。所谓秩序化,是指海洋权的争夺纳入了国际法的轨道,取得一些共识;残酷化则是指,几乎每个海洋国家都存在海洋权管辖范围的划分问题。由此看来,北方四岛也就不仅仅是陆地领土划分的问题,它的归属直接关系到俄日两国海疆扩展计划。北方四岛向西关系到鄂霍次克海的划分,向东关系到在太平洋上的扩展,向南则威胁到日本近海,向北直捣俄罗斯北太平洋军事老巢,俄日两国必定慎之又慎。

再次,争夺北方四岛就是争夺海洋资源开发权。据资料统计,现有陆地资源的储量只能满足人类在未来 70 年的需要,资源短缺问题将越来越严重。这样,节约能源的同时各国不得不想方设法"开源",占世界 71％的海洋自然成为各国"逐鹿"的新场地。随着海上石油勘探技术的不断改进,世界石油生产的重心有可能移向海洋[5](P.156—157)。北方四岛所涉及到的争端不仅仅局限于相当有限的岛屿领土面积,也涉及到该岛周围所蕴含的广泛资源。如果说,过去俄罗斯不愿意放弃北方四岛是基于民族主义和国家领土至上的观念的话,那么现在的北方四岛就不仅仅是俄罗斯 0.029％领土的缺失和颜面的问题,它还意味着丢失了 16 亿吨的石油能源,1867 吨黄金,9284 吨白银,397 万吨钛,2.73 亿吨铁,1.17 亿吨硫,36 吨稀有金属铼,以及每年 20 亿美元以上的海洋收入[6]。当然,对日本这样一个资源贫乏,主要依靠进口原料的国家来讲,这样的诱惑更是抵挡不住。

最后,北方四岛争夺还关系到俄日两国海洋经济发展前景。日本是世界海洋经济中最发达的国家之一,海洋是日本经济发展不可缺少的"蓝色土地"。1997 年日本海洋经济产值已超过 1000 亿美元,2000 年达到 1500 亿美元,目前占日本国民生产总值的 14％以上,加上临海产业约占日本国内生产总值的 50％。其中渔业年产量 1000 万吨以上,开发海港 1094 个,造船业占世界造船市场份额的 30％,日本的海水淡化量还是世界之最[7]。俄罗斯也同样是世界海洋经济大国,海洋水域总面积达 700 万平方公里,具有丰富的海洋资源。2001 年 7 月 21 日,俄罗斯总统普京批准了《俄罗斯联邦至 2020 年期间的海洋政策》,并将这一政策作为今后俄罗斯的海洋政策的基础,为未来的海洋发展战略指明了道路。其中,特别强调对海洋的资源开发和科技创新,显示了俄罗斯建立海洋强国的决心。该文在结束语中公开宣告:"俄罗斯联邦之所以公布国家海洋政策,就是要坚决和牢固地加强自己在主要海洋大国中的地位。"[8]这样,南下的俄罗斯和北上的日本在北方四岛上自然互不相让。

二、北方四岛与海洋权利谈判

作为领土争端,北方四岛问题的处理具有一般领土争端所具有的共性。因此,在俄日双方的谈判机制和内容上具有一般领土争端谈判的相似性。具体表现在:

第一,打历史牌,这是和一般领土谈判的同样之处。俄罗斯认为自己最先发现并开发了北方四岛。例如在《18世纪上半叶俄罗斯在太平洋北部的探险》一书中,详细描写了1691年俄国人首次发现了千岛群岛,并首次了解了岛上阿努人的生活情况,并给这些岛屿起名为"库里尔群岛"[9](P.46)。直到1992年,俄罗斯政府才在俄日两国外交部共同编写的《关于日俄领土问题的历史文献资料汇编》中承认北方四岛是日本的领土。但在民间,俄罗斯许多舆论仍坚持北方四岛是其历史属地。日本政府从来就坚持北方四岛是其固有领土,是日本人最先发现了北方四岛并居住在那里。岛上主要居民——阿伊努人,是日本现在的唯一少数民族,从北海道迁移至此,隶属于日本大明松前藩统治。1644年日本的松前藩绘制的虾夷地图上,就第一次出现了千岛群岛。18世纪末,德川幕府直接派官吏进行管理,此后日本政府一直对北方四岛实行有效统治,直到第二次世界大战结束。

第二,打国际法牌,这也是一般领土谈判的主要依据。北方四岛的归属问题主要涉及到以下几个国际文件。(1)1855年的《下田条约》,它解决了俄日两国在千岛上的边界问题,其中规定"今后日本国同俄罗斯国的边界,在择捉岛和得抚岛之间,择捉全岛属于日本,得抚全岛及其以北千岛诸岛属俄国。"俄日两国都对此条约没有异议。(2)1943年的《开罗宣言》,规定"日本不得保留以暴力与贪婪获得的领土"。日本认为宣言不具有国际法效力,并强调北方四岛非以暴力和贪婪获得。(3)1945年的《雅尔塔协定》,写明"千岛群岛须交与苏联"。这是俄罗斯的举证,日本却认为是秘密协定不承认。(4)1951年的《旧金山和约》,规定"日本放弃对千岛群岛及由于1905年9月5日《朴茨茅斯条约》所获得主权之库页岛一部分及其附近岛屿之一切权利、权利根据与要求"。虽然日本承认此条约,但以苏联当时并没有签字为借口,声称不能作为谈判基础。

但是,海岛争端毕竟不同于陆地领土争端。在谈判的内容、所依据的法律、机制等方面具有其独特性。在俄日双方谈判过程中,我们可以看到北方四岛谈判的特殊性。

第一,提倡共同开发模式,这是海岛争端谈判最主要的独特之处。从前面的分析我们已经知道海岛的归属不仅涉及到岛屿本身,还涉及到岛屿周围的大陆架和海洋经济专署区的划分。这样,如果北方四岛归属问题不能解决,这片海域开发也就会冲突不断。仅就渔业来讲,1956年苏联就开始限制日本渔业在这一海域发展,1977年苏联又单方面建立渔业专管区进一步缩小日本渔业范围,近年来俄罗斯还向其他国家发放渔业捕捞证。这些做法都遭到日本的强烈抗议,并促使日本政府经常鼓动其渔民进入北方四岛海区捕鱼。以后双方如果各自强行开发此海域,战争必将一触即发。所以在谈判旷日持久,海岛占有权难以解决的情况下,针对海岛周边海域一般都会提出共同开发的方案。就北方四岛来讲,1996年11月俄罗斯提出的"福克兰群岛方案"就属于这种类型,即先搁置领土主权,俄日双方共同开发四岛。1998年4月日本方面提出的"香港方案"中,也提议在俄罗斯把北方四岛归还以前可以采取共同管理的模式。

第二,连锁效应明显,这也是《联合国海洋公约》生效后赋予海岛谈判的意义。《联合国海洋公约》虽然确定了海洋经济专署区的范围,但对重复海域的划分规则没有给出明确规定。表示,具体划界时可以采用多种原则、标准和方式。但是,不管采用什么原则、标准和方法,都须经有关国家的商量和同意。然而各国国情千差万别,具体利益和战略考虑又各不相同,因此达成协议自然不是轻而易举之事。另外,目前没有达成划分协议的海域远远多于已经达成协议的海域,全球大约有370处国家间存在海洋界限划定问题。所以,一个国家在海洋权利谈判中使用的原则,很可能被其他国家以习惯法的形式在与其以后的谈判中加以引用。特别那些还没有达成任何海洋划分协定的国家,第一步更显得尤为重要。日本与周边国家都有海岛冲突,北方四岛除外,还有独岛和钓鱼岛,这些冲突都没有达成任何协议。针对俄罗斯提出的先还齿舞、色丹两岛的建议,日本一直坚持一并归还,俄罗斯自然也没有答应,反而提出先签订和平条约再解决岛屿争端的方案。

第三,谈判举证独特,争议多。在海岛谈判中,地质结构法是谈判双方的重要引证之处。海岛属于哪块大陆架? 在地质结构上和哪里共架? 这些不仅可以给岛屿谈判提供证据(特别是那些无人小岛),还关系到大陆架和海疆划分结果。这样,谈判国家都会加强对海底地质结构的研究,日本和俄罗斯自然也不例外。日本一直认为北方四岛,特别是齿舞和色丹绝对不属于千岛群岛,从海洋地质学上看,齿舞和色丹岛显然是位于北海道根室半岛延长线上的北海道附属岛屿。俄罗斯则坚持北方四岛属于千岛群岛的一部分,是萨哈林州的组成部分。此外,日本的海洋地质学远未停留在为已有争端解决的服务上,早扩展到了整个太平洋。日本认为联合国关于海洋权划分的标准是以对大西洋的地质结构为基础的,太平洋的海洋地质结构要复杂得多。要在太平洋的争夺中取胜,日本必须加强海洋地质研究,争取提供能够改写联合国标准的精密结果。俄罗斯也从苏联时期就一直进行"南部海洋地质"和"北部海洋地质"两大勘探计划,以科技来促进海洋权利谈判取胜。

总之,海岛谈判的这些特殊性使我们不仅要在谈判中注意技巧的使用,还要为谈判未雨绸缪。所有国家在未来的时间里大多会面临海岛谈判的问题,只有当前做好相关的法律人才的培养工作,发展相关科技,才能在未来的谈判中使国家利益最大化。

三、北方四岛与我国海洋权利争夺前景

我国海洋权利意识起步较晚,开发的过程也非一帆风顺。一方面,我国海洋经济从80年代以后才得到迅速发展,但产业结构还主要停留在传统的海洋渔业和海洋交通运输业上,滨海旅游、海洋油气、海水利用、海洋医药和海洋食品等新兴海洋产业的产值不到30%。另一方面,我国所处的海洋领域也不太平,除和越南在北部湾问题上达成过协议外,其他争议岛屿和海域问题都没有解决。目前,我国海洋权益受到的最大挑战主要来自日本,在钓鱼岛问题和东海油气开发上都剑拔弩张。另外,我国也不希望中日关系完全崩溃而蒙受经济损失,这和俄罗斯的立场又有相似之处。所以从北方四岛争端中,我国至少可以从以下几个方面得到启发。

一是要加强宣传力度。日本很注重舆论宣传，在北方四岛问题上国际舆论基本都是一面倒的声音。大多数文章认为北方四岛是日本固有的领土，俄罗斯应把非法占有的土地归还，这从国际社会对北方四岛的名称态度上就可以看出来。俄罗斯对北方四岛称为南千岛群岛，认为其属于千岛群岛，国后、择捉自不必说，齿舞和色丹岛据《苏联军事百科全书·军事地理》卷载也属于千岛群岛的一部分，"千岛从苏联堪察加半岛南端延伸到日本北海道，全长 1200 公里，中间被许多千岛海峡分割，大岛中包括齿舞和色丹岛。"[10](P.843) 日本则认为北方四岛不属于千岛群岛，被俄罗斯非法占有。根据 1875 年《库页岛千岛群岛交换条约》，千岛群岛只包括得抚岛以北的 18 个岛屿。当前国际社会显然是不赞成俄罗斯的看法的，南千岛群岛的提法也没有被国际社会所采纳。就连俄罗斯在 1992 年与日本共同编写的《关于日俄领土问题的历史文献资料汇编》中也承认了日本在北方四岛上的历史所有权。可见日本在国际舆论宣传方面更胜一筹。日本注重游说加金钱外交，这在目前日本"争常"的过程中已经得到充分的表现。日本的网站基本都采用三种以上的文字，教科书也时时更新，并有许多民间团体造势。所以，我们国家在东海和南海争议问题上也要加强宣传，特别是海外宣传。

二是要有效遏制日本的单方面占领行动。日本虽然在宣传和鼓动上占了上风，但是俄罗斯毕竟是北方四岛实际的占有国。日本在谈判中不得不处于被动局面，虽然日本在经济方面给俄罗斯开出很多诱人的条件，俄罗斯却一直主张经济合作和北方四岛问题分开进行。此外，俄罗斯还想方设法把这种实际占有情况合法化。过去苏联就一直坚持"战后边界不可更改"原则，即第二次世界大战后形成的边界不可侵犯。这一原则，1975 年在欧安会由苏联提出并得到了通过。虽然欧安会的文件只适合欧洲，但是苏联在"北方领土"问题上也采取同样的立场。认为如果重新划分四岛的归属将引起多米诺骨牌现象，欧洲许多国家都将提出边界更改要求，对远东雅尔塔体制和战后所形成的边界造成破坏。相比之下，日本除非采取武力，对俄罗斯的强硬立场也无可奈何，就连对俄罗斯对北方四岛的单方面开发也只能表示口头反对和抗议而已。这对我国来讲，在钓鱼岛问题上如对日本的单方面占有举动不采取有效阻止，就会给将来的谈判增加十分的难度。

三是加快发展海洋技术，争取在共同开发过程中最大限度地维护国家利益。海洋权利争夺和其他国家利益争夺一样,是和国家实力紧密联系在一起的。海洋强国才有实力去争取、开发和维护自己的海权。即使共同开发也是实力强的国家占尽先机,海洋技术的先进程度是共同开发中的制胜法宝。1961年,日本就成立了海洋科学技术审议会,提出了发展海洋科学技术的指导规划。1980年海洋开发审议会提出日本海洋开发远景规划设想和基本推进方针的咨询报告,明确了1990年海洋开发的目标,展望了21世纪海洋开发的远景规划设想。此后,日本采取滚动的研究方式,每隔三至五年进行一次,预测的时间也不断向前展延。正是如此,日本目前才能在北、西、南三个方位向邻国发起海上挑战。我国海洋技术水平还处于初级阶段,科技对海洋经济发展的贡献只有30%左右。目前我国在东海油气开发上,已经表示愿意共同开发靠日本的一侧海域。如果这一方案实施,我国的科技还需要进一步发展才能更好维护国家利益。

综上所述,北方四岛只是国际海洋争端的一个小小缩影。但是,由于其涉及国家的重要性和地理位置与我国的临近性,北方四岛争端的谈判过程和未来走向都会对世界海洋权利争夺,特别是东北亚海洋权利争夺,产生深远的意义。我国的海洋发展战略也将直接或间接地受到影响,相关研究还有必要深入下去。

参考文献

［1］吴纯光,《太平洋上的较量》,今日中国出版社1998年。

［2］詹姆斯·多尔蒂、小罗伯特·普法尔茨格拉夫,《争论中的国际关系理论》,阎学通、陈寒溪等译,世界知识出版社2003年。

［3］李勇慧,《"北方领土"主权终归谁属——试析俄日"北方领土"之争》,《东欧中亚研究》1999年第1期。

［4］http://www.cnhubei.com/200411/ca614990.htm

［5］王逸舟,《〈联合国海洋法公约〉生效后的国际关系》,《百科知识》1996年第6期。

［6］http://www.cnhubei.com/200411/ca614990.htm

［7］朱大奎、张永战,《海洋权益、经济及一体化管理研究》,《海洋地质动态》2004 年第 7 期。

［8］《普京总统的强国蓝图》,《中国海洋报》(国际版)2003 年 3 月 21 日。

［9］《18 世纪上半叶俄罗斯在太平洋北部的探险》,莫斯科科学出版社 1984 年。

［10］《苏联军事百科全书》第六卷,解放军出版社 1986 年。

（责任编辑：吴文新）

钓鱼岛问题中的美国因素

陈　旭[*]

无论从历史上、法律上还是地理上讲,钓鱼岛及其附属岛屿都是我国的固有领土,这一点已无须赘述。但考察钓鱼岛问题的历史,我们不难发现,钓鱼岛问题的由来以及至今该问题都未能得到解决,美国自始至终在其中扮演着极不光彩的角色。

一、中日钓鱼岛争端各阶段中的美国因素

(一) 由来

1895 年,日本乘战胜清朝、强迫清廷签订《马关条约》之机,把台湾岛连同钓鱼列岛一起划入日本版图。二战后,作为战败国的日本被迫把台湾及其附属岛屿归还中国,但美国出于自身战略上的考虑,1951 年竟背着中国与日本签订了非法的《旧金山条约》,将钓鱼岛划入美国托管的琉球区内,并在战后长期控制着钓鱼岛。中国政府不承认《旧金山条约》,明确提出,日本是"非法窃取",美国是"非法"托管。1968 年 10 月联合国亚洲远东委员会宣布钓鱼岛海域可能蕴藏着大量石油,很可能成为"第二个中东"。此时日本暗自庆幸,这几个小岛屿眼下还在美国人手里,因此想从美国手里得到对这几个小岛的"行政权"乃至"主权"。当时面对日本和台湾地区两方关于钓鱼岛

*　本论文受山东大学威海分校 2005 年重点项目基金资助。
　　陈旭,山东大学威海分校哲学与社会发展研究中心,助教,研究方向为国际政治。

的争执,美国的表面态度是对两盟友不偏不倚:认为琉球原自日本手中得之,现应将行政权归还日本,至于中国和日本之间的主权争执,由两家自行解决。美国表面上中立,实际上则偏袒日本。1972 年,根据美日签署的归还琉球(冲绳)协定,美国不顾海峡两岸中国人民的强烈抗议,将钓鱼岛包含在归还范围内。

由此可见,钓鱼岛问题的由来固然源于日本残存的扩张野心,但若没有美国撑腰,以其战后的实力,日本对钓鱼岛的企图也难成气候。而美国对钓鱼岛争端的态度可谓耐人寻味:表面上不偏不倚,私下里与日本私相授受、相互勾结。这种“表里不一”也奠定了日后美国对中日钓鱼岛问题态度的基本格调。

(二) 搁置

进入 70 年代,国际格局发生了重大变化。美苏两强对立体系开始瓦解,美国的以中国遏制苏联的战略与中国推行的反霸统一战线相结合,中美关系实现缓和。1972 年 6 月 17 日,即日美归还琉球协定生效后一个月,一贯敌视中国的佐藤内阁下台,田中角荣组成新内阁。在尼克松访华的冲击下,田中政府对与中国发展关系表现出了积极姿态,同年,中日实现邦交正常化。在中苏关系恶化的背景下,出于安全上的考虑,中国决定暂时搁置钓鱼岛争议,并向日本提出签订以“反霸”和搁置钓鱼岛争议为主要内容的和平友好条约。此时的美国不愿因中日钓鱼岛问题妨碍其联中抗苏的大局,因而不断向日本施加压力。1978 年 5 月 3 日,在日美首脑举行的会谈中,美国总统卡特明确提出希望日本“态度更积极一些”[1](P.171)。日本自然不敢怠慢。同年,中日签订和平友好条约。随后,中国领导人从中日两国人民友好合作的长远利益出发,提出“搁置争议,共同开发”的战略设想。此后两国基本上遵守这一默契。

由此可见,进入 70 年代,日本虽然随着经济实力的增强提出“多边自主外交”,但在大的战略方向上仍然追随美国。这一时期关于钓鱼岛主权争议能够搁置,与美国外交战略的调整有密切关系。从而也可看出在美日同盟关系中,日本从一开始也只是美国全球战略的一颗棋子而已。

(三) 激化

随着 80 年代末 90 年代初的国际风云变幻,日本开始在钓鱼岛问题上蠢蠢欲动起来,沉默近20年的钓鱼岛主权争议因此又有重新激化的趋势。特别是1996年入夏以来,日本国内的右翼反华势力在钓鱼岛海域连掀恶浪(包括设置灯塔、木制太阳旗、纪念碑、实行200海里专属经济区等),猖狂挑衅中国的主权地位,气焰空前嚣张。不难发现,这与同年4月初日美两国首脑发表所谓"日美安保联合宣言",宣布将日美军事合作范围从《日美安保条约》规定的"保障日本安全"扩展到包括中国在内的"整个亚太地区"不无关联。虽然美国政府在"尖阁群岛"主权问题是采取中立立场,避免明确说其适用《日美安保条约》。但在9月20日,日本报纸透露:驻日美军为了把"尖阁群岛"的一部分岛屿用做射击训练场,已通过日本政府同土地所有者签订了租赁合同[1](P.239)。这一事实证明美国政府已间接承认"尖阁群岛"的主权属于日本。

2000年,美日两国又抛出"新日美防卫合作指针相关法案",新指针直指包括我台湾海峡在内的"远东地区"。2001年12月10日,美国负责情报和调查事务的助理国务卿弗德在演讲中更暗示:钓鱼岛一旦受到攻击,美国有可能为日本提供支持。进入2003年以来,钓鱼岛问题更是成为中日关系的焦点,先是日本《读卖新闻》在元旦时发布一则消息,说日本政府已经与声称拥有钓鱼岛所有权的日本国民签订了所谓正式租借合同,这种租借合同今后将长期维持下去。然后在1月下旬,就在全世界的眼睛都盯着伊拉克的时候,从日美政治军事磋商会上又传来消息说,日本和美国已经就在钓鱼岛驻扎美军问题达成基本共识。

2005年8月7日至13日,美军驻西太平洋地区部队在冲绳和关岛附近海域举行了"联合海空2005"大规模军事演习,共有1万多人参加,规模之大,为近年少有,突显美国介入钓鱼岛问题的兴趣[2]。另据此前日本防卫厅和美军太平洋总部作战部门发布的消息,日本陆上自卫队和美国陆军将于2006年1月举行代号为"山樱"的联合军演,内容是模拟美日两军携手抢夺"遭入侵的西南孤岛",无疑这实际上是把目标瞄准了中国的钓鱼岛[3]。

所以,从钓鱼岛问题近年来的发展看,日本方面的动作越来越多,也越来越频繁,每一个大的动作后面我们都可以看到美国的影子。而美国也一改以往坚持的"不承认任何一方'对钓鱼岛拥有主权'"的立场,公然与日本走到一起,特别是主动提出在钓鱼岛驻军,使"日本方面相信,钓鱼岛由此而产生的'美国因素'将大大增加日本在与中国关于钓鱼岛主权争端中的筹码"[4](P.37)。

二、美国在钓鱼岛争端中的利益

就美国而言,作为一个区域外的大国,原本与钓鱼岛没有任何意义上的主权关系,没有领土上的任何关联,但在中日钓鱼岛争端的初始、搁置、激化等各个阶段,我们都可以看到挥之不去的美国阴影。这体现了作为冷战后唯一超级大国的利益已深入到世界各个角落。具体到钓鱼岛问题上,美国有着巨大的经济和战略利益。

(一)经济利益

美国原油消费量占全球总产量的约 1/4,人均消费量是全球人均消费量的 6.3 倍。20 世纪 70 年代,美国国内的石油生产潜力发挥到了顶峰,此后,随着国内石油消费量的不断攀升,它对海外进口石油的依赖越来越强。1983 年,美国进口石油占其同期国内石油消费总量的 35%,1988 年这一数字上升到 55%,整个 90 年代,这一数字基本保持在 50% 左右。据英国经济情报部门预测,到 2020 年,这一数字可能达到 66%[5](P.9)。因为美国能源组成中过分依赖进口石油,国际上石油价格的波动和中东局势都严重影响着美国社会经济的安全,石油安全难以保障成为冷战结束以后美国霸权地位的潜在威胁。

因此冷战结束以来,美国一直将确保能源安全列入国家对外政策的优先考虑范围。美国对境外石油的自由开采极为关注,有时甚至不惜发动战争(如海湾战争以及对伊拉克连续不断的军事打击和经济封锁)来保证石油的稳定供应。为此,1991 年美国政府制定了《国家能源战略》,并于 1998 年对其进行了局部修改,其基本战略目标是:(1)确保美国能源安全供应,以满足其不断增长的能源需求;(2)保持美国经济在世界上最强的地位;(3)减少美国及其友邦和盟国对潜在的不可靠能源供应地的依赖;(4)履行环境保护方面的义务[6]。在上述能源战略的指导下,美国实施石油进口源的多元化,在保持对中东能源控制的基础上,着力加强了在油气资源丰富的中亚里海地区的能源外交努力,以尽可能分散风险。最近几年,在反恐的旗号下,美国已经控制了海湾地区,在中亚和阿富汗也派出大批部队。紧跟着美国军队的步伐,美国的大石油公司迅速控制了中亚、里海和伊拉克的大部分石油资源,充分体现了军事占领为美国能源利益服务的一面。然而,从现实来看,俄罗斯和伊朗在里海地区根深蒂固的影响使得美国要维护其在该地区利益必须同俄、伊开展合作,这对美国来说是有难度的;另外该地区尚不稳定的政治形势也加大了美国能源外交的成本。所以从长远来看,美国还必须寻找更可靠的石油源,而石油藏量几乎等同于海湾地区的钓鱼岛海域无疑是个"不错的目标"。

其实早在1968年,钓鱼岛蕴含丰富石油的消息一经传出,有关方面立即闻风而动。首先,日本、韩国、我国尚未统一的台湾省等各方都暗自分别竞相和美国的各大石油公司签订开发合同。美国因此一下就获得了几乎一半的采油合同。为什么都要找美国呢?因为美国技术先进、资金雄厚、财大气粗,而且更重要的是,可以凭美国作靠山,来压制对方。韩国和美国的德士古、海湾、贝壳及温德菲勒等公司签订了1860万亩的采油合同。1968年9月,美国的克林顿、海洋、海湾及阿姆哥等4家石油公司和台湾的中国石油公司也签订了1500万亩采油合同,还把东海域划分为5个矿藏区,决定与台湾地区"合作开发"采掘黄海、东海、台湾海峡、南海的海底石油。日本也不示弱,也和美国的公司签订了采油的合同[1](P.4)。但在1971年慑于中国政府的严正警告及联中抗苏的战略需要,尼克松总统下令,警告所有美国石油公司不得参加钓鱼岛地区石油勘测和开采。可以说,到了嘴边的肥肉就这样跑掉了。此后就很少再听到美国对钓鱼岛的资源问题发表过言论。然而2004年7月,美国国务院又突然表示,对中日两国在钓鱼岛和东海能源问题的立场均不满意,准备提出一套全新的解决方案,摆出一副"裁判者"的架势。这表明美国对钓鱼岛的能源还是"念念不忘",企图借着美日同盟关系来分得钓鱼岛海域资源的"一杯羹"。

(二)战略利益

美国除觊觎钓鱼岛海域的资源外,现实的战略环境也使得美国要在钓鱼岛问题上助日本一臂之力。冷战结束后,美国的全球战略重心向亚太地区倾斜,"美国在亚太地区的一系列军事部署及军事同盟归根结底都是为了防止中国崛起后改变亚太地区现有格局,迫使中国遵守现状。无论是钓鱼岛问题,台湾问题,还是南海问题,都是如此。"[7](P.280)一方面,钓鱼岛重要的战略价值在于:地处西太平洋第一岛链,西临台湾、北接东海,战略位置重要。如果以中日两国领土与该岛的距离计算,钓鱼岛与最近的我国领土——台湾岛附属岛屿彭佳屿和日本的先岛群岛距离大致相等,各为90海里。在军事上如果日本占领钓鱼岛,可将其防御范围由冲绳岛向西推远300多海里,可对我沿海地区实施军舰、飞机的抵近侦察。还可在钓鱼岛建立导弹基地,直接威胁我台湾及沿海地区的安全。1997年底,日本自卫队前教官、研究员高井三郎曾撰文《日本自卫队尖阁群岛计划》,建议日本应该尽快派遣有一定规模的作战部队直接登上钓鱼岛进行部署,以便可以对我国东南沿海地区如福州、温州、宁波等地进行严密监视。高井还认为"如果中国控制了钓鱼岛海域,便控制距大陆500公里以内的东面和南面海域,这在进攻和防御两方面都处于有利的战略地位"[8]。可见日本的意图就是控制钓鱼岛,进而遏制中国,这与美国的亚太战略目标不谋而合。因此美国可以借日本之力通过钓鱼岛问题遏制中国。

另一方面,美国企图通过对日本在钓鱼岛等一系列问题上的支持,换取日本对美国提出的建立东亚地区战区导弹防御(TMD)系统的支持。特别是伊拉克战争后,由于身陷中东地区,美国迫切需要日本在亚太地区的战略支援,这使得美日在钓鱼岛问题上有了"交易"的可能。在2003年月下旬的日美政治军事磋商中,美国代表团就提出,如果日本愿意参加美国在东亚的TMD计划,那么美国方面将"非常认真地考虑改变一些对日政策,以加强双方在这一问题上的合作"[4](P.37)。可以说,日本是否决定参加美国的东亚TMD,将成为美军能否顺利驻扎钓鱼岛的先决条件之一。

总之,为了维护在亚太地区的战略安全利益,美国希望介入钓鱼岛主权问题,增加另一个遏制中国的砝码,此举导致日本越来越具挑衅性的做法,增加了我国收回钓鱼岛主权的解决难度。

三、理性应对钓鱼岛问题中的"美国因素"

钓鱼岛是我国固有领土,美日无论出于何种意图在钓鱼岛上驻军都是对我国主权和领土完整的侵犯。因此,两国在钓鱼岛问题上的一举一动都值得我们高度重视。但另一方面我们也应理性应对"美国因素",冷静观察,稳住阵脚,不宜采取过激行为。

美国驻军钓鱼岛虽说是美日联手对付中国的一种战略尝试,但两国也是各有各的意图:日本欲凭借"美国因素"在钓鱼岛问题上加大与中国周旋的筹码,并借机扩充军备,加强日美同盟制约周边国家,以实现政治和军事上的"崛起";而美国则期待通过美日军事合作换得日本对美国亚洲战略的支持,找到实现其亚洲战略的契机。所以两者的战略出发点和长远走向各不相同,目前只是暂时殊途同归而已。

对美国来说,近代它在东亚的一贯政策就是防止任何其他势力独霸东亚。所以冷战后,美国在东亚的主要防范对象不仅有中国,也包括日本。90年代中期,当日本为了联合美国共同制约中国,希望对日美同盟进行"再定义"的时候,美欣然同意。日美联盟再定义的实质是:将过去日本只需将其基地出租给美军,改换为参与亚太安全之中的对美合作以及日美共同构筑联合干预亚太安全事务的机制。但新日美同盟中的日美双方地位显示出的不对称性也必将影响日美合作的效果:对日本而言,美国是帮助其实现亚洲战略的全部依托;而对美国来说,日本却只是美国实现全球战略的一个棋子。在钓鱼岛问题上美国的考虑是,在遏制中国的战略上,既然已经有了日美同盟这一基本框架,则没有必要在诸如钓鱼岛等直接牵涉到中国的问题上介入过深,毕竟美国在中短期内仍与中国有着双方互有所需的利益关联;况且钓鱼岛对美国的战略地位,又远不能与台湾地区和朝鲜半岛相比。在美国的战略思维中,亚太地区存在着三大潜在冲突"热点",那就是朝鲜半岛、台湾海峡和南中国海,其中后两者都与中国有着直接关系,因此成为美国防范、制约中国的整体战略企图中的两个环节。在这方面,还必须考虑到美国正在亚太拼凑军事同盟的动向。在"亚洲小北约"和美澳日韩安全论坛之外,美国国家安全委员会官员不久前曾试图游说菲律宾等国组建新东南亚军事联盟。因此,美国在军事介入南中国海主权争端方面给东南亚国家一些甜头,其实有着更深的战略考虑,其对美国的含义远非直接介入钓鱼岛风波所能相比。所以可以预见:美国从其整体考虑出发,不可能满足日本在钓鱼岛问题上提出的所有要求,抑或趁机要求日本在配合美国整体战略方面做出更多贡献。

对日本来说，它也顾忌中国方面的军事反应，不敢贸然宣布钓鱼岛主权的归属。在借美的力量达到一定的遏制效果后，日本必将希望美国不要眷恋钓鱼岛，由日本自身来把握钓鱼岛问题上的战略先机，借此强化日本在亚太地区的地位。所以未来日本在钓鱼岛主权争端中注入的"美国因素"是有限度的。

因此对中国来说，应理性对待钓鱼岛争端中的"美国因素"。在当前国际环境和国际秩序下，科学分析美日的战略利益和意图，从长远出发，不宜采取过激行动，从外交上入手，采取各种方式，分别给美日两国做工作。归纳起来还是邓小平那句话：冷静观察、稳住阵脚，沉着应付、有所作为。

参考文献

［１］张平，《钓鱼岛风云》，国际文化出版社 2000 年。

［２］左渐晓、龚常，《美国联合海空 2005 军演逼近钓鱼岛》，《环球时报》2005 年 8 月 17 日。

［３］章卓，《美日联合军演规模较大　战略重点是遏制中国》，《世界新闻报》2005 年 8 月 17 日。

［４］杜朝平，《美军瞄准钓鱼岛》，《当代海军》2003(7)。

［５］郑立峰、赵景文，《冷战后美国的能源战略及其在里海地区的能源外交》，《国际石油经济》2001(10)。

［６］斯·扎·日兹宁，《美国能源外交评析》，《俄罗斯研究》2001(1)。

［７］谭宏庆，《防范与遏制：美国亚太战略布局与中国》，傅梦孜主编：《反恐背景下美国全球战略》，时事出版社 2004 年。

［８］《日本"租借"钓鱼岛意欲何为》，《世界新闻报》2003 年 1 月 6 日。

《恒先》新解三则

赵建功 *

　　关于上博楚简《恒先》，学者已有许多可喜成果，只是其中仍有诸多问题尚未达成共识，有待学界进一步探讨。在诸位前辈时贤的启发下，笔者在此就其中三句话的句读及文字释读问题略抒管见，以就正于大方之家。

　　一、"恙宜利主，采物出于作。作焉有事，不作无事。" [1]

　　1. 恙宜：恙读为祥，宜读如字，祥、宜皆为古祭名，在此泛指礼义。

　　祥：古丧祭名，在此泛指礼义。《礼记·杂记下》："自诸侯达诸士，小祥之祭，主人之酢也哜之，众宾、兄弟则皆啐之；大祥，主人啐之，众宾、兄弟皆饮之可也。"《礼记·间传》："父母之丧，既虞、卒哭，疏食水饮，不食菜果；期而小祥，食菜果；又期而大祥，有醯酱……期而小祥，居垩室，寝有席；又期而大祥，居复寝。"《仪礼·士虞礼》："期而小祥，……又期而大祥。"

　　宜：古祭土地神之名，在此泛指礼义。《尚书·泰誓上》："宜于冢土。"孔《传》："祭社曰宜。"《尔雅·释天》："起大事，动大众，必先有事乎社而后出，谓之宜。"

　　祥、宜在古文献中常常并举，祥又作详，宜又常作义，古皆常通。《管

　　* 本文为教育部"985 工程"和 John Templeton Foundation GPSS Program（全球审视科学与精神研究项目）"科学与人文精神"研究成果。
　　赵建功，哲学博士，华中科技大学哲学系讲师，主习中国哲学。

子·白心》:"祥于鬼者义于人……义于人者,祥其神也。"《管子·五辅》:"上度之天祥,下度之地宜,中度之人顺,此所谓三度。故曰:天时不祥,则有水旱;地道不宜,则有饥馑;人道不顺,则有祸乱。"[2]

廖名春先生说:"'恙'通'祥','义者宜也',故'恙宜'可读作'祥义'。《左传·成公十六年》:'德、刑、详、义、礼、信,战之器也。德以施惠,刑以正邪,详以事神,义以建利,礼以顺时,信以守物。民生厚而德正,用利而事节,时顺而物成,上下和睦,周旋不逆,求无不具,各知其极。''详义'即'祥义'。也作'义详'。《墨子·迎敌祠》:'其人为不道,不修义详。''义详'即'义祥'。所谓'详以事神,义以建利','祥义'当指礼义。"[3]可从。

2. 恙宜利主:据《大戴礼记·本命》"礼义者,恩之主也","恙宜利主"颇疑为"恙宜者,利之主也"之缩略,训为祥义以利为主旨。

古常训"义"为"利",二者常紧密相联。《墨子·大取》:"义,利;不义,害;志功为辩。"《墨子·经上》:"义,利也。……利,所得而喜也。害,所得而恶也。"《周易·乾·文言》曰:"利者,义之和也。……利物足以和义。"帛书《经·前道》:"圣[人]举事也,阖(合)于天地,顺于民,羊(祥)于鬼神,使民同利,万夫赖之,所谓义也。"《庄子·徐无鬼》:"爱利出乎仁义,捐仁义者寡,利仁义者众。"

廖名春先生说:"'主',指君。'祥义利主',礼义利于君主。"可备一说。

3. 采物:读为彩物,指形形色色的事物,在此主要指人为私利造作的事物。

"彩物"古又作"物彩"。廖名春先生谓"指区别等级的旌旗、衣物,也就是体现礼制的器物。"可从。帛书《二三子》:"夫文之孝(教),彩物毕存者,亓唯龙乎?德义广大,瀺物备具者,[亓唯]圣人乎?"《左传》文公六年:"古之王者知命之不长,是以并建圣哲,树之风声,分之彩物,着之话言,为之律度,陈之艺极,引之表仪,予之法制,告之训典,教之防利,委之常秩,道之礼则,使毋失其土宜,众隶赖之,而后即命。圣王同之。"孔颖达《疏》:"彩物,谓彩章物色,旌旗衣服,尊卑不同,名位高下,各有品制。"《左传》隐公五年:"讲事以度轨量,谓之轨;取材以章物彩,谓之物。不轨不物,谓之乱政。乱政亟行,所以败也。"孔颖达《疏》:"取鸟兽之材以章明物色采饰,谓之为物。章明物彩,即取材以饰军国之器是也。"

董珊博士说："'彩物出于作'的'作'，可训为'用'。……'彩物'似专指万物之名而言。这是说人欲应用万物，而分辨万物进而给万物命名，于是天下有事（《恒先》前文'事出于名'）。如果人不利用万物，则无名无事。"[4]

庞朴先生读为"详宜（义）利，主采物，出于作"，并解释说："宜即义。详义利，指有为者之明辨善恶与利害、理想与事功。主采物：不详。'主'似为动词，主张什么。出于作：详义利、主"采物"，皆出于人为造作，于是天下乃有事；不作，则无事。"[5]

刘信芳先生从庞先生读，说："战国文字'主'有二读，除读'主'外，还有读'重'之例。……若释'主采物'为'重采物'，读为'踵采物'，则与上文'详义利'句相承。'详'是审察的意思，'踵'是寻的意思。'详义利，踵采物'诸句，大意是：审查追寻义利以及采物制度，义利、采物出于创作。"[6]

皆可备参考。

4. 作焉有事：人为造作则会滋生人为事务。

廖名春先生说："'作焉有事'之'作'，李零释文脱漏。因上句'作'下有重文符号而补。"兹从之。《管子·枢言》："故有事，事也；毋事，亦事也。吾畏事，不欲为事；吾畏言，不欲为言。"

全句意为，礼义制度当以利为主，而与之相关的许多事物（如繁文缛节）实际都是出于人为的造作，人为造作则会滋生人为事务，不人为造作就不会有那么多人为事务。

二、"与天之事，自作为事，甬以不可庚也。"

"之事"之前，庞朴先生依下文句式补"下"字，又依李零先生读"与"为"举"。廖名春先生从之。可备一说。

1. 与：助也，辅助。

廖名春先生曾读此字为"与"[7]。兹从之。《老子》第七十九章："天道无亲，常与善人。"马叙伦《校诂》："与，读与助之与。"高亨《正诂》："《吕氏春秋·乐成》篇：'孰杀子产？吾其与之。'高注：'与，助也。'"《战国策·秦策一》："不如与魏以劲之。"高诱《注》："与，犹助也。"

2. 与天：辅相万物之自然，参赞天地之化育。

这种思想在古文献中很常见。例如楚简《老子》丙本："［圣］人……能辅万物之自然而弗敢为。"[8]帛书《经法·国次》："天地位，圣人故载。过极失当，天将降殃。人强胜天，慎避勿当。天反胜人，因与俱行。先屈后信，必尽天极，而毋擅天功。……唯圣人能尽天极，能用天当。"帛书《经·观》："天道已既，地物乃备，散流相成，圣人之事。"《庄子·山木》："吾愿君去国捐俗，与道相辅而行。"《庄子·达生》："夫形全精复，与天为一。天地者，万物之父母也，合则成体，散则成始。形精不亏，是谓能移；精而又精，反以相天。"郭象《注》："还辅其自然也。"成玄英《疏》："相，助也。"《集韵》："相，助也。"《越绝书·外传枕中》："圣人缘天心，助天喜，乐万物之长。"《周易·泰·象》："天地交，泰，后以财成天地之道，辅相天地之宜，以左右民。"李鼎祚《集解》："虞翻曰：相，赞。……郑玄曰：财，节也。辅相、左右，助也。"《中庸》："唯天下至诚……可以赞天地之化育，则可以与天地参矣。"郑玄《注》："赞，助也。"《管子·心术下》："圣人裁物，不为物使。"《荀子·王制》："天地生君子，君子理天地。君子者，天地之参也，万物之总也，民之父母也。无君子，则天地不理，礼义无统，上无君师，下无父子，夫是之谓至乱。"杨倞《注》："参谓与之相参，共成化育也。"《论衡·自然》："然虽自然，亦须有为辅助。"

我们通常认为，儒家（像上引《周易》、《中庸》、《荀子》、《论衡》）才讲辅相万物之自然，参赞天地之化育，而道家好像只讲无为，不讲这种思想。但从上引《老子》、帛书《经法》和《经》、《管子》、《庄子》等道家的主要文献中，我们可以很明显地看出，道家亦主张人要辅相万物之自然，参赞天地之化育。例如，《庄子·大宗师》讲"不以人助天，是之谓真人"，但这只是强调人应该"去知与故，循天之理"（《庄子·刻意》），严格遵循自然规律办事，而不可用基于人自身的私欲和所谓聪明智慧的作为去破坏大自然的和谐，只有做到这一点，方可谓达到了真人境界。《庄子·秋水》之"无以人灭天"，及《庄子·应帝王》之"混沌"、《庄子·逍遥游》之"大树"、《庄子·至乐》之"养鸟"等寓言皆是此义。这与其"相天"、"与道相辅而行"的思想并不互相抵牾。

廖名春先生曾经训"与天"为"取法天"[7]。可备一说。《国语·越语下》："持盈者与天，定倾者与人，节事者与地。"韦昭注："与天，法天也。"《管子·形势》："持满者与天，安危者与人。"《形势解》："天之道，满而不溢，盛而不衰，明主法象天道，故贵而不骄，富而不奢，行理而不惰。故能长守贵富，久有天下而不失也。故曰：'持满者与天。'"

3. 为：成也，成就。

《广雅·释诂三》："为，成也。"《淮南子·本经》："五谷不为。"高诱《注》："不为，不成也。"

4. 自作为事：自然而作乃可成事。

这是道家的一贯立场。《老子》第二十五章："人法地，地法天，天法道，道法自然。"第三十七章："道常无为而无不为。"第三十八章："上德无为而无以为。"《庄子·大宗师》："不以心捐道，不以人助天，是之谓真人。"《庄子·秋水》："无以人灭天，无以故灭命，无以得殉名，谨守而勿失，是谓反其真。"

5. 甬：读为用，因也，奉行，遵从，因循。

《尚书·甘誓》："用命，赏于祖；弗用命，戮于社。"《韩非子·内储说上》："赏誉薄而谩者，下不用。"其中之"用"皆可训为奉行，遵从。

6. 以：犹而也。

《周易·同人·象》："文明以健，中正而应。"《周易·系辞上》："蓍之德圆而神，卦之德方以知。""以"与"而"皆互文义同。

7. 赓：读为更，更改，变更。

此从李零先生。《尚书·益稷》："乃赓载歌。"《史记·夏本纪》作"乃更为歌"。

8. 甬以不可赓：因循自然而不可肆意更改自然之道。

道家思想家一再强调这一点，其他思想家亦常有同样的主张，例如《老子》第三十八章："上德无为而无以为。"帛书《经·兵容》："天地刑形之，圣人因而成之。圣人之功，时为之庸，因时秉□，是必有成功。"《国语·越语下》："天因人，圣人因天。人自生之，天地形之，圣人因而成之。"《庄子·齐物论》："唯达者知通为一，为是不用而寓诸庸。庸也者用也，用也者通也，通也者得也，适得而几矣。因是已，已而不知其然，谓之道。"《管子·心术上》："君子不休乎好，不迫乎恶，恬愉无为，去智与故；其应也，非所设也；其动也，非所取也；过在自用，罪在变化。是故有道之君，其处也若无知，其应物也若偶之，静因之道也。……无为之道，因也。因也者，无益无损也。……因也者，舍己而以物为法者也。感而后应，非所设也；缘理而动，非所取也。……道贵因，因者，因其能者言所用也。"《管子·势》："夫静与作，时以为主人，时以为客,贵得度。知静之修,居而自利;知作之从,每动有功。故曰无为者帝,其此之谓矣。"《管子·乘马》:"无为者帝,为而无以为者王,为而不贵者霸。"《关尹子·三极》:"圣人之治天下,不我贤愚,故因人之贤而贤之,因人之愚而愚之;不我是非,故因事之是而是之,因事之非而非之。"《韩非子·解老》:"夫缘道理以从事者,无不能成。"

全句意为,辅助天地之事,自然而作乃可成事,故须顺其自然,而不可企图更改自然之道。

三、"举天下之作,强者果天下之大作,其冥龙不自若。作甬有果与不果?两者不废。"

1. 作:作为,人事。

《尔雅·释言》:"作,为也。"《说文》:"作,起也。"《诗经·大雅·常武》:"王舒保作。"郑玄《笺》:"作,行也。"

2. 强:强大,强盛,强有力。

《字汇·弓部》:"强,壮盛也。"《墨子·非乐》:"老与迟者,耳目不聪明,股肱不毕强。"银雀山汉简《孙膑兵法·客主人分》:"甲坚兵利不得以为强。"

通常所谓的"强"在道家的思想体系中是负面价值,处于被否定的一面。例如《老子》第三十六章:"柔弱胜刚强。"第七十六章:"坚强者死之徒,柔弱者生之徒,是以兵强则灭,木强则折,强大处下,柔弱处上。"第七十八章:"天下莫柔弱于水,而攻坚强者莫之能胜,以其无以易之。弱之胜强,柔之胜刚,天下莫不知,莫能行。"《管子·心术上》:"人者,立于强,务于善,未于能,动于故者也。圣人无之,无之则与物异矣。异则虚,虚者万物之始也。"

3. 果:成也,胜也。

《尔雅·释诂》:"果,胜也。"郭璞《注》:"果,得胜也。《左传》曰:'杀敌为果。'"《广韵·果韵》:"果,克也。"《广雅·释诂一》:"果,信也。"清刘淇《助字辨略》卷三:"凡言与事应曰果。"《老子》第三十章:"善者果而已,不敢以取强,果而勿矜,果而勿伐,果而勿骄,果而不得已,果而勿强。"王弼《注》:"果,犹济也。"高亨《正诂》:"'果而已'犹胜而止。"《论语·子路》:"言必信,行必果。"皇侃《义疏》引缪协云："果，成也。"[9]

4. 大作：大事。

《周易·益·初九》："利用为大作，元吉，无咎。"孔颖达《疏》："'大作'谓兴作大事也。"[10]郭店楚简《缁衣》："《祭公之顾命》云：'毋以小谋败大作，毋以嬖御塞庄后，毋以嬖士塞大夫、卿士。'"上博楚简《缁衣》、《逸周书·祭公》、《礼记·缁衣》与楚简《缁衣》略同。《逸周书·祭公》："汝无以小谋败大作。"孔晁《注》："大作，大事也。"

5. 冥厖：读为冥厖或冥庞，指强者自己蒙昧无知，自高自大。

冥：幽也，暗也，夜也，在此引申为暗然无知。《说文》："冥，幽也。"《广雅·释训》："冥，暗也。"《诗经·小雅·斯干》："哕哕其冥。"郑玄《笺》："冥，夜也。"

厖，大也，在此引申为自高自大。《尔雅·释诂》："厖，大也。"《说文》："厖，石大也。"桂馥《义证》："《集韵》、《类篇》引作'石大儿'。"段玉裁《注》："石大其本义也，引伸之为凡大之偁。"徐灏《注笺》："大有厚义，故厖亦训厚。"《集韵·江韵》："厖，厚也。"《说文》："庞，高屋也。"段玉裁《注》："引伸之为凡高大之偁。"《左传》成公十六年："是以神降之福，时无灾害，民生敦厖，和同以听。"杜预《注》："厖，大也。"《诗经·商颂·长发》："受小共大共，为下国骏厖。"毛《传》："厖，厚。"《荀子·荣辱》引此诗作"骏蒙"。杨倞《注》："蒙读为厖，厚也。"王先谦《集解》："厖作蒙，鲁《诗》也。《方言》：秦晋之间，凡大貌谓之朦，或谓之庞。明厖、蒙声近通用。"《诗经·召南·野有死麕》："无使尨也吠。"《经典释文》、《太平御览》卷六九六引"尨"作"厖"。

刘信芳先生读为"炽厖"。廖名春先生读为"冥蒙"。亦皆可通。

炽，盛也，在此引申为盛气凌人。《尔雅·释言》："炽，盛也。"《说文》："炽，盛也。"《诗经·小雅·六月》："狝狁孔炽。"毛《传》："炽，盛也。"

蒙：阴暗，引伸为蒙昧无知。《尚书·洪范》："乃命卜筮，曰雨，曰霁，曰蒙。"孔《传》："蒙，阴暗。"《周易·蒙》："匪我求童蒙。"孔颖达《正义》："蒙者，微昧暗弱之名。"

6. 自若：自如，自然。

《国语·越语下》："自若以处，以度天下，待其来者而正之，因时之所宜而定之。"《鹖冠子·泰鸿》："毋易天生，毋散天朴，自若则清，动之则浊。"

7. 甬：读为庸，犹何也，相当于岂、难道。

《左传》宣公十二年："庸可几乎？"《国语·晋语六》："庸知天之不授晋，且以劝荆乎？"《庄子·天地》："其庸可得邪？"

8. 作甬有果与不果？

两者不废：事情岂有成与不成之分？成与不成两者都自有其意义，都不会作废。

与《周易》"一阴一阳之谓道"的思想一样，道家也主张，事物总有对立而又统一的两个方面，它们相辅相成，相即不离。《老子》第二章："天下皆知美之为美，斯恶矣；皆知善之为善，斯不善已。故有无相生，难易相成，长短相形，高下相倾，音声相和，前后相随。"第七十七章："圣人为而不恃，功成而不处。"第三十章："善者果而已，不敢以取强。"第五十八章："祸兮福之所倚，福兮祸之所伏。孰知其极？其无正也。正复为奇，善复为妖。人之迷，其日固久。"《管子·白心》："功成者隳，名成者亏。故曰孰能弃名与功，而还与众人同？孰能弃功与名而还反无成？无成有贵其成也[11]，有成贵其无成也。日极则仄，月满则亏。极之徒仄，满之徒亏，巨之徒灭。孰能（己无）[亡]己乎？效夫天地之纪。"

强者冥然，不懂得矛盾双方对立统一的道理，因此，做出一些成绩便忘乎所以。

全句意为，举凡天下之事，强者成就了天下的大事，就骄傲自大，不再能安然自若。事情岂有成与不成之分？成与不成两者都自有其意义，都不会作废。

参考文献

［1］《恒先》释文见马承源主编，《上海博物馆藏战国楚竹书·三》，上海古籍出版社2003年，第287—299页。下引李零先生说即出自此书，不再出注。

［2］《墨子·公孟》："有义不义，无祥不祥。"其"义"、"祥"之义与此处所讲不同。

［3］廖名春，《上博藏楚竹书〈恒先〉新释》，《中国哲学史》2004年第3期。下引不注。

[4] 董珊，《楚简〈恒先〉初探》，"简帛研究"网2004年5月12日。

[5] 庞朴，《〈恒先〉试读》，"简帛研究"网2004年4月26日。下引不注。

[6] 刘信芳，《上博藏竹书〈恒先〉试解》，"简帛研究"网2004年5月16日。下引不注。

[7] 廖名春，《上博藏楚竹书〈恒先〉简释（修订稿）》，"简帛研究"网2004年4月19日。

[8]《老子》帛书甲乙本、楚简甲本略同。通行本《老子》第六十四章多作"圣人……以辅万物之自然而不敢为"。

[9] 见程树德，《论语集释》，中华书局1990年，第929页。

[10] "兴作"二字在此似为多余，似为训"为大作"之"为"，或者所引《周易》原文当为"为大作"。

[11] 王念孙云："'有贵其成'当作'贵其有成'，与下文'贵其无成'相对。'无成贵其有成'者，功未成而贵其有成也。'有成贵其无成'者，功成而不有其功，即上文所云'弃功与名而还反无成'也。"郭沫若云："王校适得其反。原文之意贵'无成'而不贵'有成'，……故曰'无成有贵其成也，有成无贵其成也'。下句误耳。"见《郭沫若全集·历史编》第六卷，《管子集校（二）》，人民出版社1984年，第456页。

（责任编辑：吴文新）

黄海学术论坛
2006 年 第 7 辑　　Huanghai Academic Forum　　2006　No. 7

《商君书》与儒家伦理观

张德苏[*]

　　儒法之争是中国历史上一个不断的话题，古代长期存在的一个观点是，法家严酷、暴虐的法制思想破坏了儒家的礼制，"遗礼义，弃仁恩……捐廉耻"[1](P. 2244)，从而在道德意义上否定了法家；20 世纪五六十年代，在马克思主义唯物史观的指导下，学界认为儒家思想是维护奴隶社会以来的礼制，而法家是代表新兴地主阶级建立法制，又从社会发展的角度上否定了儒家；而近年来另一种意见呼声越来越高，那就是法家的刑与儒家的礼在本质上是相通的，认为"法家的法肯定的依然是等级制"，"一旦以耕战政策达到平定海内、稳定统治以后，并不是要建立一个'法治'的平等社会，而是依然要制礼作乐"[2](P. 171)。也就是说法家与儒家只是手段与道路的不同，而社会理想则是完全相同的。历史似乎走出了一个圆满的正反合过程，然而事实却未必这么简单，前两种观点都是从自己既有立场出发而得出的结论，我们不去多论，第三种看似中立平和的观点却存在很多与事实不合的地方，即使在几位学者多有引述的《商君书》中，法家也从未正面表达过对"礼乐"的兴趣，法家的人性论决定了它不可能弃刑赏，行礼乐，"法儒相通"的说法是存在着很大问题的。然而我们也不得不承认，《商君书》对儒家伦理的态度是有些暧昧的，文中的确存在着对儒家社会理想的认可；而且《商君书》虽然对儒家进行了有意识的批判，然而这种批判却是无力的、远未触及要害的。这些恐怕就是导致"法儒相通"论的诱因，本文试析之。

---

　　* 张德苏，山大威海分校副教授，在读博士，主攻先秦两汉文学。

《商君书》二十六篇(其中两篇有题无文),并非皆作于商鞅之手,有些篇章是其后学之作,高亨以来学者多有考证,总体言之,"这部书的内容都符合商鞅的思想实质,没有重大的自相矛盾之处"[3](P.7),且在战国时代已经成书,而且在韩非之前就得到了普遍的流传,"藏商、管之法者家有之"[4](P.1066),因此,把《商君书》当作为早期法家的思想资料是可靠的。

《商君书》中谈到儒家人物、伦理及典籍时存在三种态度:一是说法制能带来儒家思想期待已久却不能达到的伦理效果;二是指出儒家伦理有典籍的危害并建议国君摒弃之;三是作为一种客观的社会现象摆出来,不加评判。

一、法制能实现儒家的社会理想

(1)《商君书·靳令》:"力生强,强生威,威生德,德生于力。圣君独有之,故能述仁义于天下。"

(2)《商君书·画策》:"所谓义者,为人臣忠;为人子孝;少长有礼;男女有别;非其义也,饿不苟食,死不苟生。此乃有法之常也。"

另外还有一个需要辩证的例子,刘丰在其《先秦礼学思想与社会的整合》一书第171页引用了《商君书·赏刑》中的一段话:"汤、武既破桀、纣,海内无害,天下大定,筑五库,藏五兵,偃武事,行文教,倒载干戈,搢笏,作为乐,以申其德。"认为这是法家在以耕战平定海内后,依然要制礼作乐的一个证明,对此我觉得刘著有断章取义之嫌,这段话在原文中只是作者论述"壹赏"之效的一个事实论据,作者并没有对这个事实本身作何评价,应属本文分类的第三种。顺便指出,刘丰在其书172页引用的"先务耕战,而后得其所乐"似乎也没采用《商君书》的原义。

上面我们列举的两例应该就是"法儒相通"观点最好的论据,这里用儒家的语言表达了法所能达到的效果,如第(1)例说"故能述仁义于天下"这是儒家式的社会理想,而实现它的根本是什么呢? 是"力",法家的"力"最终能带来"仁及天下"的太平盛世;第(2)例甚至很全面、很准确地列出了儒家道德的几个方面,这些都是儒家所渴望实现却久难实现的社会理想,而在这里,法家人物却自信而淡然地说:"此乃有法之常也",为法家陡然增加了无穷的魅力。然而这两个例子让我联想起《史记·商君列传》中的一条资料：赵良规劝商鞅"道虞舜之道"时，商鞅说："始秦戎、翟之教，父子无别，同室而居。今我更制其教，而为其男女之别。大筑冀阙，营如鲁卫矣。"这里也是在强调突出法制措施的儒家效果，但我们能不能由此得出"儒法相通"的结论来呢？我看还不能，因为这几段话都不是法家对自己社会理想的正面阐明，没有表现出要把儒家伦理作为自己的目的来实现，却很明显地带有一种自我辩护色彩，是想通过把法制的手段与儒家的理想挂起钩来，从而减轻代表传统的儒家思想对他们的压力。

这个说法的根据在于，首先，从统计学的角度看，在《商君书》二十六篇众多的批判儒家的话语中，仅仅在这两处提出这样的观点，可以推定这不是法家的核心观点，从语气上，尤其是从商鞅回答赵良这个旁证上看，它是对来自儒家的批驳的回应，是不得已之语。其次，"仁"一类的社会理想在商君书中被认为是已经过时的思想，《开塞》篇含有法家思想对人类社会发展史的一个系统阐述，其中有云："上世亲亲而爱私，中世上贤而说仁，下世贵贵而尊官。""上贤说仁"是中世的思想，而当世则要"立君尊官"，"一听于法"，"杀人不为暴，赏人不为仁"（《商君书·赏刑》）。这样的思想认识怎么能以建立仁德之世作为自己的社会理想呢？再次，从《商君书》中的"人性论"上看，法家思想不可能相信儒家的社会理想，儒家的伦理是建立在道德自觉之上的，绝非是在赏之诱与刑之威等外力胁迫之下建立起来的，它的理论前提是人性善，但《商君书》认为人性是"趋利避害"的："羞辱劳苦者，民之所恶也。显荣佚乐者，民之所务也。"《商君书·错法第九》："夫人情好爵禄而恶刑罚，人君设二者以御民之志，而立所欲焉。"《商君书·赏刑第十七》："民之欲富贵，共阖棺而后止。"儒家伦理在法家的理论中是得不到论证的，法家人物所持的人性论使他们不可能相信儒家的道德合理性。

《开塞》中的一段话也容易让人当成是"法儒相通"的依据，需要分析："故兴王有道，而持之异理，武王逆取而贵顺，争天下而上让，其取之以力，持之以义。"李存山先生在细读了《开塞》之后，对这段话很有兴趣，在其大作中提出：陆贾的"汤武逆取而顺守之"，不就是《开塞》篇所言"（汤王）武王逆取而贵顺"吗？[5]并且以之与孟子"以力服人者，非心服也，力不赡也；以德服人者，中心悦而诚服也，如七十子之服孔子也"（《孟子·公孙丑上》）一段话相类比。这也是一种"法儒相通论",然而也没有建立在精审的阅读之上,如果我们继续往下细读的话,就会看到"持之以义"之"义"根本不是儒家的"义"或"德治",仍然是法家的"法"及"法治":

> 今世之所谓义者,将立民之所好,而废其所恶。此其所谓不义者,将立民之所恶,而废其所乐也。二者名贸实易,不可不察也。立民之所乐,则民伤其所恶。立民之所恶,则民安其所乐。何以知其然也?夫民忧则思,思则出度;乐则淫,淫则生佚。故以刑治则民威,民威则无奸,无奸则民安其所乐。以义教则民纵,民纵则乱,乱则民伤其所恶。吾所谓利者,义之本也。而世所谓义者,暴之道也。[3](P.77)

文中"吾所谓利者",高亨注引陶鸿庆《读诸子札记》云:"利乃刑字之误"。那么这句话就应该是"吾所谓刑者,义之本也"。孟子、陆贾所推崇的"义"显然就是本段中所说的为"暴之道"的"今世之所谓义",而商鞅所称道汤武"取之以力,持之以义"的"义"则应该是以"刑"为本的"义"。其实质与儒家的"义"是根本不同的。所以《开塞》不可能开出陆贾的思想,如果陆贾的话与此有关系的话,也仅是言词的相袭而已。

由上面的分析可以看去,这种情况虽然表现为对儒家理想的认同,却不是真实的表达。这种不明朗的态度为"法儒相通"说提供了不可靠的证据。

二、《商君书》对儒家伦理与典籍的批判

(1)《商君书·农战》:"农战之民千人,而有诗书辩慧者一人焉,千人者皆怠于农战矣。""诗、书、礼、乐、善、修、仁、廉、辩、慧,国有十者,上无使守战。""故其境内之民,皆化而好辩乐学,事商贾,为技艺,避农战。如此则不远矣。(高亨注:或说,"不远上当增亡国二字。")国有事,则学民恶法,商民善化,技艺之民不用,故其国易破也。"

(2)《商君书·去强》:"国有礼有乐,有诗有书,有善有修,有孝有弟,有廉有辩。国有十者,上无使战,必削至亡;国无十者,上有使战,必兴至王。国以善民治奸民者,必乱,至削;国以奸民治善民者,必治,至强。国用诗、书、礼、乐、孝、弟、善、修治者,敌至必削国,不至必贫。"

（3）《商君书·说民》："用善则民亲其亲。任奸则民亲其制。"（注意，这里说的是"用善"，而不是说"善"本身）

（4）《商君书·算地》："故事诗书谈说之士，则民游而轻其君；事处士，则民远而非其上；事勇士，则民竞而轻其禁；技艺之士用，则民剽而易徙；商贾之士佚且利，则民缘而议其上。"

（5）《商君书·靳令》："六虱：曰礼、乐；曰诗、书；曰修善、曰孝弟；曰诚信、曰贞廉；曰仁、义；曰非兵、曰羞战。"

这些批判是从两个方面进行的，第一个方面是儒家伦理中的亲亲倾向使人们背离君主和制度，《商君书》从这个意义上反对善、修、仁、廉、孝、弟等儒家道德；亲亲原则，尤其是由此发展出来的"亲隐"原则与法家思想是尖锐对立的，却是儒家伦理思想的重要基础，自孔子的"直躬"之论，到孟子的"窃负而逃"都是申明、贯彻这一原则。这是强调以血缘关系确立的家族团体利益的一种思想，是儒家道德"推己及人""仁及天下"的基础和前提。但法家思想则是要建立一个以国君为核心的打破了传统的狭隘的血缘家族的政治国家，并在这样一个大的范围内统一步调，致力耕战。这样的国家组织对于家族集团的内外有别，尤其是家族集团内的互相包庇是不能容忍的，所谓"法制设而私善行，则民不畏刑"。政治国家需要对违背政令的人及时予以制裁，所以与"亲隐"原则刚好相对立的"告奸"原则被法家提出来了。这也就是"用善则民亲其亲。任奸则民亲其制"的含义，由此可以看出，有利于血缘家族集团的儒家道德会对法家设计的政治国家存在着显然的威胁，这种威胁后来被韩非概括为"父子孝子，君之背臣也"、"君之直臣，父之暴子也"，当然会成为《商君书》批判的对象。

第二个方面是学诗书的儒士被任用违背了当时法家"作壹而得官爵"，使利出耕战一孔的局面难以形成，《商君书》是从这个意义上反对学习诗书礼乐等儒家典籍的。

法家学派之所以在战国时期被许多国家接纳，并最终使秦国完成了统一中国的大业，正是因为它敏锐、独到而实际地看清了在那个战乱的时代立国生存并进而征服他国的根本——耕战。为了能把全国的力量统一到耕战上来，《商君书》主张要利出一孔，"作壹而得官爵"，也就是说，除了耕战之外，不允许有第二个富贵的渠道出现。所以《商君书》反对国家给"学诗书"、

"事商贾"、"为技艺"的人以上升的机会,说"民以此为教者,其国必削"[3](32)。学《诗》、《书》而得显荣,获官爵,是对法家耕战政策釜底抽薪式的破坏,法家必定会批判之。

由上就可清楚,无论是从理论需要上讲还是实践需要上讲,法家对儒家伦理及学习儒家经典的反对与批判都是非常必要的,因此这种批判态度定然是真诚的。然而其批判的力度与深刻性却是不能让人称美的。《商君书》中对儒家的批判只是一种外部批判,也就是说是从与法家所设想的国家政策不能相容的角度进行的批判,在这样的角度上,"孝"、"弟"与"私斗"等效,读《诗》、《书》与"事商贾"、"为技艺"同理,也就是说这种批判根本没有触及到儒家伦理思想的本质。这种对儒家思想虽然真实却浅薄无力的批判同样容易导致"法儒相通"的误解。

三、《商君书》中有关儒家伦理的陈述

《商君书·农战》设想百姓的想法是:"我疾农,先实公仓,收余以食亲,为上忘生而战,以尊主安也。"

《商君书·君臣》:"农不离廛者,足以养二亲,治军事。"

《商君书·修权》:"授官予爵,不以其劳,则忠臣不进。"

《商君书·赏刑》:"忠臣孝子有过,必以其数断。"由这句话可以看出当时在秦国"忠臣孝子"仍然为社会所称扬。而同篇的"杀人不为暴,赏人不为仁"一语,也可看出当时人的道德评价标准仍存在"仁"、"暴"的对立。

《商君书·慎法第二十五》:"使民之所苦者无耕,危者无战,二者,孝子难以为其亲,忠臣难以为其君。今欲殴其众民,与之孝子忠臣之所难,臣以为非劫以刑而殴以赏莫可。"这里认为"孝子"、"忠臣"可以从情感上乐意为君父做事。虽没有明显的称赞之意,但也没否定。

在这些语句涉及到的大多是民间的情形,它出自反对儒家伦理的思想家笔下,更可证明这些伦理道德在当时社会中的广泛存在是客观的、无法回避的。

综上所论,《商君书》表达过儒家的理想可以通过法家的手段达到,但这不是一个真诚的表达,因为《商君书》中没有法家意图去实现儒家理想的任何证

据。我们由此说这只是缓解儒家压力的一种策略,比由此推出"法儒相通"的观点来更为谨慎,也更为合理。《商君书》对儒家伦理与典籍的批判是真诚的,这不仅表现在文中的不容置疑的强烈语气上,我们还能看到来自法家理论方面的根据。但这种真诚的批判却是无力的,它只是一种外部批判,仅是在承认"耕战"是一种正确的策略的前提下指责儒家伦理不利于"耕战"的实行,如果"耕战"策略的正确性受到怀疑,它对儒家的一切批判都将化为乌有。《商君书》甚至没有通过系统地讨论人性论来否定儒家理想的根据,也就是说,在《商君书》中,法家没有对儒家伦理思想进行起码的理论意义上的批判。

如果进一步探讨,我们便可以看到,法家思想只是一种政治思想,甚至只是一种有利于君主的政治思想,它缺乏政治、经济、文化、伦理等各方面作一个全面的设计或设想,它并没有深入到中国古代深厚的文化积淀之中去,从而没有也不可能创造出新于或仅仅是异于儒家伦理的价值观念,浅薄不可能代替深厚,急功近利也不可能代替人性丰富的深层要求,因此法家的主张只能依靠国家权力去强力推行,而不能变成人们的自觉行动。没有新的伦理思想作武器,当然也无法从更深刻的层次上去批判一个旧的伦理思想,只能是排斥它,用外在的力量排斥它。在这一点上法家远逊于儒家的另两个论敌——道家和墨家。从这个层次上讲,法家相对于儒家的劣势就不仅仅是早期儒家的问题,而是法家这一学派的命运了。但也正因为如此,儒家可以把法家接纳到自己体系中来作为统治思想的一个重要组成部分,而不可能这样接纳道家与墨家。法家不能独立成为社会统治思想,一旦如此,就会由于人生价值与意义的缺失而陷入狂暴之中,秦王朝的政治实践已经为我们作出了注脚。但当它成为儒家政治思想的一个部分的时候,却不失为对付人性负面成分的一个得力工具。

参考文献

[1] 班固,《汉书》,中华书局 1962 年。

[2] 刘丰,《先秦礼学思想与社会的整合》,中国人民大学出版社 2003 年。

[3] 高亨,《商君书注译》,中华书局 1974 年。

［4］陈奇猷,《韩非子集释》,上海人民出版社1974年。

［5］李存山,《〈商君书〉与汉代尊儒——兼论商鞅及其学派与儒学的冲突》,《中国社会科学院研究生院学报》1998年第1期。

（责任编辑：管恩森）

黄海学术论坛

2006 年　第 7 辑　　Huanghai Academic Forum　　2006　No. 7

《梓潼帝君化书》成书年代辨析

宁俊伟[*]

关于梓潼神之渊源,明代周洪谟在考校神祇之时谓:"梓潼帝君者,记云:神姓张名亚子,居蜀七曲山,仕晋战没,人为立庙,唐、宋屡封至英显王,道家谓帝命掌文昌府事及人间录籍,故元加号为帝君。而天下学校亦有祠祀者,因京师旧庙辟而新之,岁以二月三日生辰,遣祭。"[1](P. 1308)。

由于唐宋时期,进仕之途一般来说以科举为主,所以士子们很自然地要求神灵保佑,得中金榜。文昌帝君即成为广大士子膜拜的主要神祇,在元仁宗时敕封为辅元开化文昌司禄宏仁帝君,定为忠国、孝家、益民、正直之神,在民间影响极大,是天下同祀的大神。

《梓潼帝君化书》收于《道藏》洞真部谱录中,《道藏提要》认为:"此传叙述梓潼文昌帝君历世显化的事迹,以帝君鸾坛降笔写成,全书系自传体,作于元末。"

在仔细阅读分析《梓潼帝君化书》之后,我认为此书并非一时之作,包括序言在内共分成三个大部分,分别作于不同的时期,现分列如下:

第一部分:序言,作于宋代,整理于元末。

第二部分:从"元命第一"至"桂籍第七十三"作于北宋时期。

第三部分:从"孝廉第七十四"至"弥蝗第九十七"作于南宋末。

---

*　宁俊伟,山西大学哲学社会学学院讲师,北京师范大学哲学与社会学学院在读博士。主要研究方向为中国哲学、道教思想史。

一、序言部分

因文中记有延佑三年(1314年)元仁宗所封帝号可知,这一序言当整理于元末,但从序言所述,正文要早于序言多时,不会出自元朝末年,文中作"矧予化书九十七帙,布在人间久矣,滥觞于腐儒之手,以鱼为鲁,以根作银,赋佚混石玉者众矣"[2],因此,需要进行校检,同时又说,此书有南北二本,经梓潼帝君新校,北本为准,其结果"北本经予亲校,事实详明,断自丁未化前,更定舛讹,桂籍化之后,删改繁乱"[2]。由此可以看出,在桂籍化之前的部分,是本书的基本部分,而桂籍化之后,便是由多人加以增订的内容,所以,在桂籍化之前,只需要"更定舛讹",而桂籍化之后的内容,就需要作删改繁乱的工作了。从现在看来,在桂籍化之前,无论是从文理、年代顺序等各方面来看,都与桂籍化之后的内容有很大的不同,桂籍化之后的内容确实是比较复杂的。

这里还有一个问题需要进行分析,即这篇序言是原来就有的,而不是元末时所作,元末时只是整理而非新作。

在序言中,称宋代为"皇国",在介绍九十七化时,其八十三化"忠显者,佐皇国也"[2],其内容为平定"均顺之乱",是宋朝之事,在元末之时,称宋朝为"皇国"则是不能解释的。

由此可知,此序为原有,在元末作了整理而不是新作。

二、从"元命第一"至"桂籍第七十三"

这一部分共计七十三化,为《梓潼帝君化书》的基本部分,在这一部分中,首先,"元命第一"、"流形第二",说明了其"本为吴会之人,生于周初,迄今七十三化矣",第七十三化为晋代,也就是说此文的立足点在晋代。

在此部分中,自周初初次转生至晋时主文昌,完成了作为文昌、梓潼神的神化合一的全过程,其基本的立论反映了宋代的"三教合一"的趋势,在此篇中,特别突出的一点是儒家的成分占了很多,同时,对于佛教并不排斥,如在"生民第三"中,称其初次转生之时,"耆者相逢每相许,谓吾他日是鸿儒"[2]，在其初次转世的二十化中，只有"奉真第六"、"回流第十一"、"降瘟第十二"三化与道教有关，在"归寂第十九"开始介绍佛教，并且梓潼神是运用佛教的方法来结束其第一次的转世，文中称传法者对梓潼神说"西方大圣古皇先生归寂法"，梓潼神借此法而归寂。而其余各化，几乎全与儒家伦理道德有关。

在第二次转生时，自"感生第二十一"至"尽忠第二十九"中，所有的内容均为宣传忠孝之事，几乎看不到明确宣传道教的内容。

自"栖真第三十"至"酷虐第六十二"中，梓潼神正式地成为蜀地之神，被封为"蜀北门山王"、"北郭神张仲子"，与《华阳国志》中介绍的张恶子神开始有了联系。

在以后的"悯世第六十二"至"桂籍第七十三"中从时间上来看，是从汉初转世为赵王如意至晋武帝太康八年，这段时间里，是梓潼神转世最为频繁的一段，共计转为人四次，转为蛇一次，转为龙一次，令人眼花缭乱，在这一部分中，重点对于儒家的忠孝进行了宣传，并且用了很大的篇幅去宣传佛教的教义。大讲因果报应，轮回转世等佛教教义。如在"邛池第六十五"中，称其对诸吕之报为"物命相偿，宿业所致"。而在"解脱第六十六"中，更称其报复诸吕而致获罪，"宛转困苦"之时，"天光忽开，五色云气，浮空而过，中有端相，绀发螺旋，金容月莹，现语妙胜"，为"西方大圣正觉世尊释迦文佛也"，于是，由释迦佛为其说法，而梓潼神"听佛宣说，得灌顶智，得大辩才，得通神力，得圆满相，龙天八部，皆大欣悦，予皈依焉"[2]，这样，梓潼神又跻身于佛教之中了。

这一部分中，对于同道教的关系，却极少宣传，在"丁未第七十一"、"水漕第七十二"中写到"火德佐王千万祀，始从今日拜其嘉"[2]，等于说是梓潼神正式崇拜的开始，在"水漕第七十二"中，"梦里为龙为帝王，多生习气未能忘，笑他酒馔修淫祀，书我官御牒水乡，风雨声中奔卫子，桑麻阴下舞商羊，职司全蜀幽明事，七曲迁居道路长"[2]，这就是《清河内传》中，自称"缘水府得达"的诠释，化中，梓潼神正式成为全蜀的最高神，"有旨以予总护全蜀幽明之事焉"[2]，在"桂籍第七十三"中，其赞为"儒家桂籍隶天曹，得失荣枯数莫逃，梦契真诚题义显，牒随阴德姓名高，封妻荫子由寒裔，曳紫腰金自白袍，为报鸡鸣无寐客，勉心文行莫辞劳"[2]，并且称"帝以予累世为儒，刻意坟典,命予掌天曹桂籍,凡士之乡举里选,大比科制,服色禄秩,封赠奏予,乃至二府进退皆隶焉"[2],这样就几乎完整地叙述了《清河内传》的内容。

在这一部分的内容中,有两点应进行仔细地分析。

在"大丹第四十八"中,在描写老子化胡的内容,老子封其为蜀地之神,并称"尔宜永享蜀祀,以慰斯民"[2],并且"乃命徐甲取囊中药一粒予曰:'此大丹也,汝宜饵之,大者与道合真,丹者与心为一,尔后五通具足,非汝凤昔之比,中原扰扰,吾甚厌之,今将入西域行化,三百年后,西方之教法盛行,当来中国,尔宜信之。'予敬受焉"[2],化所描述的就是在元代引起佛道大辩论,并累及元《道藏》被焚的老子化胡说,由于七十三化之后的内容,基本可以断定是南宋时的作品,所以,"大丹第四十八"不可能出自全真道等得宠的元代前期,而经过佛道大辩论之后,有老子化胡内容的作品,在元代则决没有问世的可能,所以它只能是出在元代以前。

另外,在前七十三化中,没有关于民族仇视的内容为化,而在七十三化之后,则文风大变,有关夷戎之类带有民族仇恨的字眼则不断出现,并有数处以抗击异民族入侵为题材的化。这也是七十三化之前的部分,是北宋时作品的一个佐证,因整个北宋期间,虽然受到了辽、西夏的威胁,但是辽、西夏并没有灭亡宋朝的力量,而宋朝虽然在"澶渊之变"中给辽岁币,但是通过榷场的贸易完全可以得到补偿,并还有盈余,即使后来再加上给西夏的岁币,但其数量也不很大,澶渊之盟后,北宋与辽一直保持着比较平静的关系,同西夏的作战,也只是限于边疆地区。所以,在北宋同辽、西夏的关系中,不足以使整个社会感到异民族的压力,普通的百姓也不会因此而产生强烈的民族仇恨,而在南渡之后,上至朝廷,下至百姓,时时感到异民族的压力,百姓流离失所,对于金人的仇恨是刻骨铭心的,所以从七十四化开始,民族仇恨便充满了整个后半部分,据此,七十三化之前,应产生于北宋中末期,而非南宋时的作品。

三、自"孝廉第七十四"至"弥皇第七十九"

此部分共计二十四化,就是在序言中,通过梓潼帝君自述说明的后半部分,也就是需要"删改繁乱"的部分。

　　事实上,这一部分的内容特别复杂,文风与前七十三化大不一样,所述内容也同前面有所不同。

　　首先,在通过对序言中所提到的九十七化的题目与正文中九十七化的实际题目相比较,题目上有两处不同:

　　其一,正文中序言题目中的"神扶第七十六"去掉,而增以"中兴第九十六"考察这两部分的内容,在"神扶第七十六"之前,是"感时第七十五",在其中,讲到前秦失败,姚苌建国,在序言的简介中称"感时者,悼王化也;神扶者,显八公山也"[2],由此可知,神扶化的内容为淝水之战故事。淝水之战,由东晋取得胜利而告终。所以,神显然不是去扶前秦,此化中定然是有大量的仇视异民族的内容,所以在元绍圣之后,在修改序言时,去掉了这刺激元统治者的一化,而加以中兴化,"中兴第九十五"所说之事,为梓潼君自述转世为三十六代天师张宗演,文中提到"盖以劫运未消,教风怯振,所幸道德五千文一脉存焉"[2],这就曲折地说出了全真教在佛道大辩论失败之后,所受的打击是沉重的。所以梓潼帝君不可能自述转世为全真道的任何人物,据《元史》中记载"相传至三十六代天师宗演,当至元十三年(1276 年),世祖已平江南,遣使召之,至则命廷臣郊劳,待以客礼。及见,语之曰:'昔岁己未(1259 年),朕次鄂渚,尝令王一清往访卿父,卿父使报朕曰:'后二十年,天下当混一'。神仙之言,验于今矣',因命坐赐宴,特赐玉芙蓉冠,组金无缝服,命主领江南道教,仍赐银印"[3](P.4526)。这样,因正一教与元廷的这段渊源,便转世为张宗演,另外,在以前的各化中,由周初至最后"弭蝗第九十七"宋度宗时,基本上是按年代前后顺序排列的,只有"中兴化"是明显地插入,所以,在《梓潼帝君化书》中,只有这一篇应是元代作品。

　　其二,序言中的"终亲第九十四"与正文中的"摩维洞天第九十五"本为一个内容,只是标题不同,但从分析内容来看,两种名称都是可以的。

　　第二,在称谓上,对于宋朝之前的称谓并无特别之处,而叙述宋朝之事,则加以"皇朝",有关宋代之事,从"忠显第八十二"开始至"弥蝗第九十七",只有"中兴第九十六"为后人所增。在各化中,其中"忠显第八十二"称"皇朝均顺之乱"[2]时梓潼神曾助官兵作战,在"圣治第八十三"中,称"皇朝一祖四宗,垂拱太平",并称宋为"太平风化乐唐虞,政治馨香等太初"[2]这些似不会出现在元代。

第三，在对待少数民族的态度上，这一部分中，仇视的心理特别突出，如"孝廉第七十四"中，"建兴中，悯戎狄窥伺朝纲"，"圣治第八十三"中称"率服四夷明德教"，"标忠第八十四"中称"寇氏澶渊平虏力"，"标忠第八十四"、"兴国第八十五"中，专化为寇准、张浚来抗击外敌，像这样对其他民族仇恨的语句，在七十三化前是没有的。

第四，在最后的"弥蝗第九十七"中，记咸淳丁卯因旱不雨，峡之郡丞程生光叔求雨而悟道之事，其最后，也是全文结束处，写道"是岁秋七月既望再书于侍生安节野人杜南强所事之鸾坛"，也就是说，这最后一部分的写作时间为宋度宗咸淳丁卯，即1267年。

通过以上分析可知：《梓潼帝君化书》序言是作于宋，而于元末重订；正文分为两大部分：七十三化前，基本可以认定是北宋时所作，七十三化之后的内容为南宋时的作品，在元末对该文删定时，又作了修订的工作。

参考文献

［1］《明史·礼志四》，中华书局。

［2］《正统道藏·梓潼帝君化书》。

［3］《元史·释老传》，中华书局。

（责任编辑：吴文新）

论语义悖论与语形悖论
结构的统一刻画

夏卫国[*]

一、语义悖论与语形悖论

悖论是奇异的循环。国内逻辑学界影响比较大的一个定义为:悖论是从某种共识中逻辑地推导出来的两个相互矛盾命题的等价式。由此构成悖论的三要素:(1)所谓共识既可以是人们公认的明晰的知识,也可以是人们不自觉地确认的共同的直觉,或者是某个特定的理论体系。(2)任一悖论没有逻辑推理错误,而是从某些共识合乎逻辑地推导出来。(3)任一悖论表现为或可以表现为两个相互矛盾命题的等价式,即 $P \leftrightarrow \neg P$[1](P. 4—6)。

1925 年,拉姆塞(F. P. Ramsey)最先把悖论分为逻辑—数学悖论和语义悖论。他认为,前一种悖论与元素、集合、基数与序数等数学概念有关。后一种悖论与意义、命名、指称、真、假等语义概念有关,并不出现在数学中[2](P. 1—61)。拉姆塞的分类得到学界的认可,只不过后来学界更喜欢把逻辑—数学悖论称为"语形悖论",于是悖论基本被分为两大类:语义悖论和语形悖论。下面把两大悖论的典型例子简要叙述。

(一)语义悖论

此类代表性悖论主要有三种。第一,说谎者悖论。这个悖论有很多种

* 夏卫国,山东大学威海分校哲学研究所讲师,研究方向为逻辑文化。

说法。最早的有:所有克里特岛人都说谎。从这句话真可推它假,反之从这句话假只能推出它可能真。按照定义,这种表述是"伪悖论"。所以,公元前4世纪的欧布里德斯(Eubulides)把它改述为:一个人说:"我正在说的这句话是假话。"可以推出,这个人说真话当且仅当他说假话。说谎者悖论还有许多变形。例如,一张明信片的一面写有一句话:"本明信片背面的那句话是真的。"翻过明信片,背面写有:"本明信片背面的那句话是假的。"无论从哪句话出发,结论都为:该明信片上的那句话是真的当且仅当该句话是假的。又例如,有唯一一个析取命题:"2+2=5或者这个析取命题是假的。"2+2=5明显是假的,于是该析取命题的真假取决于"这个析取命题是假的"的真假,可知:此析取命题为真当且仅当它为假。

第二,里查德悖论。此悖论由法国人里查德(J. Richard)于1905年发现的。任一语句都是用可能重复的法语或其他语言的字母加上若干其他符号或空位构成的有穷长的符号系列。现在设想:由能用有穷长语句加以定义的一切十进位小数组成一个集合K,并且令K中的元素按字典顺序排列为$K_1,K_2,K_3,\cdots,K_n,\cdots$,且令$K_n = 0.X_{n1}X_{n2}X_{n3}\cdots X_{nn}\cdots$,这里$X_{nn}$表示$K$中的第$n$个小数的小数点之后的第$n$位数。另外构造一个无限十进位制小数$M_n = 0.Y_1Y_2Y_3\cdots Y_n\cdots$,并将$Y_n$定义为:如果$X_{nn} = 1$,则令$Y_n \neq 1$;若$X_{nn} \neq 1$,则令$Y_n = 1$,也就是说使每一个$Y_n$都不同于$X_{nn}$。$M$是能用有穷长的语句定义的无限十进位小数,而$K$是由所有有穷长语句加以定义的无限十进位小数的集合,故M属于K。但是,由M的定义可知,M与K中的任一十进位小数都有一个有穷差值,故M与K中的任一十进位小数都不同,所以M不属于K,由此导致悖论。里查德悖论还可以用另外一种方式表述。自然数各子集的性质可以用有穷长的语句写下来,作为相应部分自然数的定义,并用自然数给这些定义编号,这会出现两种情况:(1)非里查德数,特征为:所编号码与相应定义所揭示的性质相符,如关于素数的定义刚好编在第7号,而且正好是一个素数;(2)里查德数,特征为:所编号码与相应定义不符,如关于奇数的定义却编在第8号。于是,里查德数是与相应定义不符的编码自然数,非里查德数是与相应定义相符的编码自然数。是否里查德数,也可以用有穷长语句所揭示的自然数的性质,也是一编码数。请问:"是里查德数"的编码数是里查德数还是非里查德数?逻辑的结论是:

它是里查德数当且仅当它不是里查德数。

第三，格雷林悖论。1908 年由德国人格雷林（K. Grelling）发现的。所有的形容词可分为两类：一类是对自身适用的，"中文的"、"短的"；一类是对自身不适用的，如"英文的"、"红色的"。前一类次称为"自谓词"，后一类词称为"非自谓词"。现在的问题是："非自谓词"这个词是自谓的还是非自谓的？逻辑的结论是：它是自谓词的当且仅当它不是自谓的。

（二）语形悖论

此类代表性悖论主要有三个：第一，布拉里——福蒂悖论。1897 年由布拉里——福蒂（C. Burali — Forti）发现而得名。在集合论中有三个定理：（1）每一良序集必有一序数；（2）凡由序数组成的集合，按其大小为序排列时，必为一良序集；（3）一切小于或等于序数 a 的序数所组成的良序集，其序数为 $a+1$。根据康托尔集合论的造集规则，由所有序数可组成一良序集 M，其序数为 b，这样 b 也应包括在由所有序数组成的良序集 M 之中，而根据（2）、（3），由包含了 b 在内的所有序数组成的良序集 M 的序数应为 $b+1$，比 b 大，故 b 不会是所有序数的集合的序数，自相矛盾。

第二，康托尔悖论。此悖论由康托尔（G. Cantor）发现的。素朴集合论有一条康托尔定理：任一集合 K 的基数小于其幂集 $P(K)$（由 K 的一切子集所组成的集合）的基数。根据概括规则，可由一切集合组成集合 N，由康托尔定理，N 的基数小于 N 的幂集 $P(N)$ 的基数。但是，$P(N)$ 又是 N 的一个子集，证明如下：设 x 为 N 的一个子集，即 x 属于 $P(N)$，由此可知 x 是一集合，故 x 属于 N，因此 $P(N)$ 为 N 的子集，从而 $P(N)$ 的基数小于或等于 n 的基数，矛盾。

第三，罗素—策梅罗悖论。此悖论由罗素和策梅罗（E. Zermelo）各自独自发现的。根据概括规则，由下述条件可定义一个集合 D：对任一 x 而言，x 属于 D 当且仅当 x 不属于 x。在这个条件中用 D 替换 x，得到悖论性的结果：D 属于 D 当且仅当 D 不属于 D。通俗地说，所有集合可分为两类：正常集合与非正常集合。正常集合的特点是集合本身不能作为自己的一个元素，例如所有中国人组成的集合。非正常集合的特点是集合本身可作为自己的一个元素，例如所有集合组成的集合。现假设由所有正常集合组成一个集合 F，那么 F 属于或不属于 F 本身呢？如果 F 属于自身，则 F 是非正常集合,所以它不应是由所有正常集合组成的集合的一个元素,即 F 是正常集合;如果 F 不属于它自身,则它是一正常集合,所以它是由所有正常集合组成的集合 F 的一个元素,即 F 是非正常集合。于是,F 属于 F 当且仅当 F 不属于 F。

二、对角线方法与对角线引理

如何给悖论一个合理的解释? 英国哲学家和逻辑学家 J. F. 汤姆逊 (J. F. Thomson) 揭示了语形悖论与语义悖论的统一结构。要说清楚这个问题,我们得先了解康托尔的对角线方法。1891 年,德国数学家康托尔用"极端简洁"的对角线方法证明了实数集合 R 不可数和对任一集合 S,其幂集 PS 的基数大于 S 本身的基数。以下简要说明这两证明过程。

第一,实数的集合 R 不可数的证明。

考虑 0 与 1 之间的所有实数的集合 R',在 10 进制下,其中每个实数都可写成无穷小数。假设该实数集是可数的,即可以和自然数集 N 建立一一对应,则它们之中每个数均可获得一个编号自然数。兹将编号数为 n 的实数表示为:$n—0.\,a_{n1}\,a_{n2}\,a_{n3}\cdots a_{m}\cdots$,$a_{m}$ 表示第 n 个实数的第 n 位数。于是,0 与 1 之间的实数可排列为如下矩阵:

$$1—0.\,a_{11}a_{12}a_{13}\cdots a_{1n}\cdots$$
$$2—0.\,a_{21}a_{22}a_{23}\cdots a_{2n}\cdots$$
$$3—0.\,a_{31}a_{32}a_{33}\cdots a_{3n}$$
$$\cdots\cdots\cdots$$
$$n—0.\,a_{n1}a_{n2}a_{n3}\cdots a_{m}$$
$$\cdots\cdots\cdots$$

如果 R' 是可数的,则上列矩阵就包含了其所有元素。依据康托尔的思路,我们考察矩阵中从左上角到右下角的序列,即 a_{11}、a_{22}、a_{33}、$\cdots a_{m}\cdots$,这就是所谓对象线元素序列。而我们可依照如下原则构造一个新数 $b=0.\,b_1b_2b_3\cdots b_n\cdots$,条件就是每一 $b_n\neq a_{m}$,比如可令当 $a_{m}=1$ 时,$b_n\neq 1$,而当 $a_{m}\neq 1$ 时,$b_n=1$。换言之,这个小数由矩阵中的逆对角线元素构成。这样构成的 b 显然也属于 R',据可数假设,它应当在矩阵某一行出现,但依其构造步骤,b 与矩阵中的第一行在第一位上不同,与第二行在第二位上不同……与第 n 行在第 n 位上不同……,如此便使得它不同于矩阵中的任何一行,从而出现矛盾,由归谬法则可否定 R' 可数的假设。由于全体实数 R 与 R' 等势(可建立一一对应),R' 不可数的证明也就是 R 不可数的证明。

第二,对任一集合 S,其幂集 PS 的基数大于 S 本身的基数的证明(康托尔幂集定理)。PS 的基数不小于 S 的基数是显然的,问题是它是否等于 S 的基数,即 PS 可否与 S 等势呢? 仿照前面的证明方法,假设 PS 与 S 等势,则存在一个对应 f 使 S 的元素和 PS 的元素一一对应。那么我们自然可提出 S 的任一元素 x 是不是它的对应者 $f(x)$ 的元素的问题,即或者 x 属于 $f(x)$ 或者 x 不属于 $f(x)$。现考虑这样一个集合 S',它的元素是且仅是 S 中所有那些不是自己对应者的元素的元素,即 x 属于 S',当且仅当 x 不属于 $f(x)$。由于 S' 也是 S 的一个子集,因此必有 S 的某一元素 x_n 与之对应。兹问:x_n 是否属于 S'? 可得:x_n 属于 S' 当且仅当 x_n 不属于 S',矛盾,从而证明原假设的 PS 与 S 等势不成立。

1962 年,汤姆逊在《论几个悖论》一文中分析了康托尔的对角线方法,首次提出了"对角线引理"。[3] (P. 104—119) 他指出,运用对角线方法的关键步骤,是构造出一个具有"逆对角线性质"的"新"元素,使之不在矩阵所表示的集合之中,康托尔对角线方法的一个共同特征是:与而且仅与某集合中所有那些同自己没有某关系的元素具有某关系。先来看实数集 R 不可数的证明。在 b 的构造过程中,实际上定义了这样一个二元关系 $P(m,n)$:若 m 代表矩阵中第 m 行,则 n 代表矩阵中第 m 行第 n 位数。这样 $P(m,n)$ 就成为矩阵中对角线元素的刻画。假如"新数"b 出现于矩阵之中,根据 b 的构造要求则有:$P(k,n) \leftrightarrow \neg P(n,n)$,即 k 与 n 有 P 关系,当且仅当 n 与 n 没有 P 关系。就是说,某数是第 k 行的第 n 位数的充分必要条件,是它不是第 n 行的第 n 位数。(因 k 是新数 b 的编号数,故这个定义就是为 b 本质地含有的。)而对角线方法的使用表明,这样的行 k 在矩阵中不可能出现。用集合论的语言表述即为:令 N 是自然数集合,P 是如上定义的二元关系,则 N 中不存在这样的元素,它与且仅与 N 中所有那些与自身不具有 P 关系的元素具有 P 关系。(既然自然数集合中没有这样的元素,即不存在 b 的编号数,故而 b 不可能成为矩阵之内的一行。)再来看康托尔幂集定理的证明。由 S' 的定义知:

x 属于 S'，当且仅当 x 不属于 $f(x)$，设 $f(x_k)=S'$，则有：x 属于 $f(x_k)$，当且仅当 x 不属于 $f(x)$，再定义 Q_{XY} 为 y 属于 $f(x)$，则得到：$Q_{X_kX}\leftrightarrow\neg Q_{XX}$。由对角线方法证明，$x_k$ 不可能在前述矩阵中出现，从而亦可用集合论语言表述为：令 S 是任一集合，Q 是如上定义的二元关系，则 S 中不存在这样的元素，它与且仅与 S 中所有那些与自身不具有 Q 关系的元素具有 Q 关系。上述 P、Q 都是一种特殊的关系，N 是一个特殊的集合，概括二者的共同特征将其一般化，可以得到：令 S 是任一集合，R 是任一至少在 S 上有定义的二元关系，则 S 中没有这样的元素，它与而且只与 S 中所有那些同自己没有 R 关系的元素具有 R 关系。用通行的符号语言表示即为：$\neg(\exists z)(z\varepsilon S\wedge(x)(x\varepsilon S\rightarrow(Rzx\leftrightarrow\neg Rxx)))$，这就是所谓"对角线引理"。我们将"对角线引理"转换成一阶逻辑的表达方式是：

$$\neg(\exists y)(Sy\wedge(x)(Sx\rightarrow(Ryx\leftrightarrow\neg Rxx)))$$

对此推导如下：

(1) $(\exists y)(Sy\wedge(x)(Sx\rightarrow(Ryx\leftrightarrow\neg Rxx)))$ 假设

(2) $Sa_y\wedge(x)(Sx\rightarrow(Ra_yx\leftrightarrow\neg Rxx))$ a_y(1)存在限定

(3) Sa_y a_y(2)合取消除

(4) $(x)(Sx\rightarrow(Ra_yx\leftrightarrow\neg Rxx))$ a_y 同上

(5) $Sx\rightarrow(Ra_yx\leftrightarrow\neg Rxx)$ a_y(4)全称消除

(6) $Sa_y\rightarrow(Ra_ya_y\leftrightarrow\neg Ra_ya_y)$ a_y(5)变项易字

(7) $Ra_ya_y\leftrightarrow\neg Ra_ya_y$ a_y(3)、(6)，分离规则

(8) $\neg(Ra_ya_y\leftrightarrow\neg Ra_ya_y)$ a_y(7)语义规则

(9) $(\exists y)(Sy\wedge(x)(Sx\rightarrow(Ryx\leftrightarrow\neg Rxx)))\rightarrow(Ra_ya_y\leftrightarrow\neg Ra_ya_y)$

                                                          (1)、(7)假设消除

(10) $\neg(\exists y)(Sy\wedge(x)(Sx\rightarrow(Ryx\leftrightarrow\neg Rxx)))$ (9)否定后件就否定前件

以上证明可知，对角线引理是一个普通且简单的逻辑真理。汤姆逊认为，格雷林悖论的得出依赖于下述预设："他谓的"一词存在于形容词集合之中，而这个预设是明显违反对角线引理的，没有哪一个形容词的汇集中会含有这样一个形容词，它对且只对该汇集中所有那些"非自谓的"的形容词为真。但我们确实可以把那些不适用于自身的形容词叫做"非自谓的"。又如

罗素悖论。令 S 是集合的一个汇集,再令 S_0 是 S 中所有那些正常集合的汇集。根据对角线引理,S_0 就不是 S 中的一个集合。但另一方面,"本身不能作为自己的一个元素的集合"也是集合的一条性质,构成一个集合,这个集合也应该把它本身包括在内。再如汤姆逊特别分析了一个"伪悖论"——理发师悖论。假设该村有一位理发师,他规定:给并且只给本村中不给自己刮胡子的人刮胡子。请问,他给不给自己刮胡子? 按照对角线引理,该村不存在这样的村民,他给并且只给那些不给自己刮胡子的人刮胡子;而按理发师规定,又会导致矛盾。但此悖论与前述悖论不同在于,我们可以得出这样的结论:或者该村这位理发师自己指定了一条根本无法执行的规定,或者该村没有这样一位村民,或者该理发师是一位女士。总之,两大悖论都是以对角线引理的推论作为后承,具有统一的结构,这样实际上取消了拉姆塞分类。有些西方逻辑学家把所有这些悖论统称为"对角线悖论"。

三、"对角线悖论"的哲学意义

"对角线悖论"的提出,对深入理解一阶逻辑本身的性质以及对悖论的理解,提供了新的研究思路。

第一,对角线悖论可以深化我们对一阶逻辑性质的理解。一阶逻辑是经典演绎逻辑的完善形态。它将量词加在个体而不加在谓词上,例如 $(X)Fx,(X)(Fx \rightarrow Gx),(\exists x)Fx \wedge (\exists y)Fy$,等等。根据对角线引理,一阶逻辑的个体域中不能以对象的自否定关系去确定对象,因此,一阶逻辑对象域中的个体都是"原子个体",既不涉及对象内部的任何结构与关系,又不涉及对象之间的过渡与连接,而只处理个体性质与关系的有无。另外从逻辑规律的角度看,"同一律的内容是:在同一思维过程中,每一思想与自身同一。"[4](P.141)"矛盾律的内容是:在同一思维过程中,两个相互矛盾或相互反对的思想,不能同真。"[4](P.143)"排中律的内容是:在同一思维过程中,矛盾思想不能同假,必有一真。"[4](P.145)它们必须满足的一个前提条件是:在同一思维过程中。也就是说,任何一种思维,不论它涉及什么内容和范围,采取何种形式,必须满足"确定性"。一阶逻辑的个体就是具有这种"确定性"的个体。然而对角线悖论在某种程度上构成了对"确定性"的一种轰击;肯定观念与否定观念的一种折射；对立统一关系的一种深刻反映。

第二，由于对角线引理的作用，被经典逻辑"悬置"起来的悖论式命题有可能开放。罗素的类型论、塔尔斯基的语义学、克里普克的真理论在解决悖论的方案上总体不太成功，逻辑学界有学者在对角线悖论认识的基础上，主张容纳有意义、有价值的"真矛盾"，这方面代表性的理论有赫兹伯格（H. Herzberger）的"素朴语义学"[5](P. 479—497)，普里斯特（G. Priest）等人所倡导的"次协调逻辑"[6]等等。这些研究涉及知识库的推理、常识推理等方面，从而有助于人工智能研究。

参考文献

［1］张建军，《科学的难题——悖论》，浙江科学技术出版社1990年。

［2］F. P. Ramsey, The foundations of Mathematics and Other Logical Essays, ed. by R. B. Braithwaite, London and New York, 1931.

［3］J. F. Thomson, "On Some Paradoxes", Analytical Philosophy, ed. R. J. Butler(first series), Blackwell, 1962.

［4］中国人民大学哲学系逻辑教研室编，《逻辑学》，中国人民大学出版社2002年。

［5］H. Herzberger, "Naive Semantics and the Liar Paradox", Journal of Philosophy(79), 1982.

［6］G. Priest, In Contradiction, A Study of the Transconsistent, Martinus Nijhoff Publishers, 1989.

（责任编辑：吴文新）

法语代动词的文化内涵及与
英语对应动词的类比

蔡　谨[*]

在第二外语的习得过程中,学习者往往习惯用已有的母语背景知识来理解目的语的一些语言现象,这种方法无疑可以加快初学者掌握新知识的速度。但由于东、西方语言从属于不同的语系,表达方式差别较大,中国学生在学习法语的过程中,发现有一些语言现象很难在母语中找到相关的参照点。以初学者学习第二外语(法语)中的代词式动词为例;法语的代词式动词由两部分组成:动词本身和自反人称代词 se,简称为代动词(如:se laver.)。在使用中,自反代词 se 的人称、性、数要和主语的人称、性、数相一致(如:se laver: je me lave, tu te laves, il se lave, nous nous lavons, vous vous lavez, ils se lavent)。在法语中, 代词式动词是一种比较复杂且使用频率非常高的动词,人们可以根据不同的语境将其分别译成自反意义、相互意义、被动意义和绝对意义。但无论用于哪种意义,代动词中的自反人称代词 se 和动词本身都必须被看成一个整体,不能分割。这种独特的用法,在汉语中就很难找到相关的参照。

法语代词式动词的这种特殊性,从法国的历史文化背景角度看,是有其文化及宗教根源的。法国自古就是一个信奉宗教的国家,关于人是具有物质和精神的两重性的生命体的观念在当时普遍被人们所接受。即便是在科技极为发达的今天,许多宗教纪念活动至今仍是法国的传统节日,因此,

---

* 蔡谨,山东大学威海分校翻译学院法语副教授,法语语言文学专业。

宗教观念里的精神和肉体之间的关系在法语中的代动词上就得到了充分的体现。也就是说:在使用一个代动词时,主语人称被视为代表意识(精神),而自反代词则代表身体(肉体),主语所发出的动作或反及于自反代词本身,或作用于相互之间。然而,由于汉语中没有类似的动词,因此,在学习的过程中,初学者无论对动词的构成形式还是用法都感到非常困惑,而理解上的偏差往往又直接导致翻译上的佶屈聱牙。所以,学生作业中经常出现由代动词引起的错误,也就不足为奇了。如:"Je me réveille"译成了"我醒我自己",但实际上,正确的译法是"我醒了"。再如:Qu'est-ce qui s'est passé?并非"谁经过?"而是"发生什么事了?"。同样,如果不懂代动词的意义,"Cette tour se voit de loin."就很可能被译成"这塔看得很远",而实际上,正确的译文是"这塔很远就能看到"。那么,一个动词为什么要附带一个代词?这个代词究竟什么时候该译成自反意义或相互意义,又在什么情况下应译成被动意义或干脆不译呢?

其实,当我们对一些在母语中找不到参照点的语法现象感到难以理解时,我们不妨改变一下思维方式,换一个角度来考虑它。比如:在中国,大部分学习第二外语(法语)的学生都有一定的英语背景知识。而英语和法语都是欧洲语言,又同属于一个语系——印欧语系。两个国家不仅地理位置相临,且两国在政治、经济、文化等方面的相互接触和交流也非常频繁。这一切无疑对双方的语言产生着潜移默化的影响。所以,如果能用英语中的相关译法来诠释法语代动词的不同意义,一些看似复杂的语法问题就会变得简单明了,从而,也就避免了只把它们作为一种语法上的硬性规定灌输给学生。本文试图找出英语中与法语代词式动词的意义和风格相近的译文来明确并简化该类动词的用法,使学习者在翻译中能准确地理解并使用代词式动词。

法语中的代动词大多用于以下四种意义:

1. 自反意义(sens réflechi)

这类动词以直接或间接及物动词加 se 构成（如:se laver）;动作的对象反及于主语本身。自反人称代词 se 可以是动词的直接宾语,也可以是动词的间接宾语:如果动词本身后接宾语的话,那么,动词宾语为直接宾语,自反人称 se 即为间接宾语。而如果动词后不附带宾语,自反人称代词 se 则为直接宾语。这类用法相当于英语的动词带有一个反身代词 oneself。为了更清楚的明确代动词的功能，我们特作如下对比：

普通动词

(Fre.) En classe，les étudiants
　　　regardent le tableau noir.
　　　=In the class，the students
　　　look at the blackboard.

上课时，学生们看着黑板。

(Fre.) Il a lavé une chemise.
　　　=He has washed a shirt.

他洗了件衬衫。

(Fre.) Elle lave les cheveux de bébé.

　　　=She washes the baby's hair.

她给婴儿洗头。

代词式动词

(Fre.) Elle se regarde dans
　　　le miroire.
　　　=She looks at herself
　　　in the mirror.

她照镜子。（看自己）

(Fre.) Il se lave. (se 是直宾)
　　　=He washes himself.

他洗澡。

(Fre.) Elle se lave les cheveux.
　　　（se 是间宾）
　　　=She washes her hair.

她自己洗头。

说明：在左上例中，主语所做的动作及于另一个人或事物。而在右上例中，使用代词式动词表示主语所做的动作反及于自身，是自反意义。

2. 相互意义（sens réciproque）

这类动词由直接或间接及物动词加自反人称代词 se 构成。主语一般为表示复数概念的名词或代词，动作发生在主语之间。自反人称代词 se 可以是直接宾语或间接宾语；由动词的意义决定。此类用法相当于英语的动词与相互代词 each other 或 one another 一起使用：

普通动词

(Fre.) Le profeseur a rencontré
　　　ses étudiants.
　　　=The teacher has met
　　　his students.

老师遇到了他的学生。

(Fren.) Pierre aime Marrie.
　　　=Pierre loves Marry.

代词式动词

(Fre.) Ils se sont rencontrés.

　　　=They have met each
　　　other.

他们偶然相遇了。

(Fre.) Pierre et Marrie s'ament.
　　　=Pierre Marry love

263

皮埃尔爱玛丽。

(Fre.) Ces étudiants parlent français.

 =These students speak French.

这些学生说法语。

each other.

皮埃尔和玛丽相爱了。

(Fre.) Elles ne se parlent pas.

 =They don't speak to each other.

她们相互不说话。

说明:在左上例中,主语所做的动作及于另一个人或事物。而在右上例中,代动词表示相互意义,其标志是主语和 se 都是复数。代动词第一例和第二例中的 se 都是直接宾语,而第三例中的 se 则为间接宾语。因为作为普通动词的 rencontrer(meet) 和 aimer(love) 都是及物动词,而 parler(speak) 则是不及物动词。

3. 被动意义(sens passif)

这类及物动词都是由直接及物动词加 se 构成;主语一般是表示事物的名词。动词用第三人称。英语中类似用法也可以用主动语态来表示:

普通动词

(Fre.) Il a lavé une chemise.

 =He has washed a shirt.

他洗了一件衬衫。

(Fre.) Le marchant vend les revues.

 =The dealer sells the magazines.

书贩卖这类杂志。

(Fre.) J'écris une lettre.

 =I write a letter.

我写信。

代词式动词

(Fre.)Ce genre d'étoffe se lave bien.

 =This kind of stuff washes well.

这种布很经洗。

(Fre.) Ces revues se vendent partout.

 =These magazines sell everywhere.

这种杂志到处都卖。

(Eng.) Votre stylo s'écrit facilement.

 =Your pen writes quite smoothly.

你的笔写起来很滑润。

说明:在左上例中,主语为人,主语所做的动作及于另一个人或事物,表示主动意义。而在右上例中,代动词从形式上看仍然是主动结构,意思上则表示被动意义。其标志是主语是表示事物的名词。当然,法语同英语一样,也可以用系动词加过去分词来表达被动语态,在不想说明施动者或者用被动结构反而不自然的情况下,往往用代动词来表达被动意义。

4. 绝对意义(sens absolu)

这类动词中的自反人称代词并不是宾语,而是动词本身的固有成分,很多是古已有之的,是语言在长期使用中约定俗成的一种习惯(gallicisme),并没有任何明确的语法意义,因此不能把自反代词和动词分离开来进行分析。在英语中,有些动词也同样有固定的代词与之搭配使用,一旦分开,该动词就失去了所要表达的意思。

普通动词	代词式动词
(Fre.) passer 通过,经过	se passer 发生,免除,放弃
Apercevoir 瞥见	s'apercevoir 意识到,发现
Attendre 等待	s'attendre 期望
(Eng.) avil 有利,有助	avail oneself 利用
help 帮助	help oneself 请随便用、吃
look 看	look oneself 不改常态

说明:法语中绝对代动词有两种,一类是普通动词加自反代词组成,其词义往往和普通动词本意有差别,如上例。一旦拆开,则只能做普通动词使用。英语中带有反身代词的动词应归于此类。另一类只有代动词形式,若去掉代词 se,则该动词不复存在(如:se moquer)。英语中无此类用法。

通过以上的对比,我们不难看出,虽然法、英是两种不同的语言,在语法及词汇上都有自己的特点,但由于两种语言的相互渗透,加之两国的文化背景相同,许多表面上看似不同的语言现象经过对比分析便能找出一定的内在联系。因此,在语言的教学过程中,如果我们多注意观察、分析两种语言间的联系,找出它们的共同点进行对比教学,相信教与学都会收到事半功倍的效果。

参考文献

［1］Cassell's French-English/English-French Dictionary. Spain：Macmillan Publishing Co.，inc.，1978.

［2］Dictionary du Larousse Francais Langue Etrangere. 外语教学与研究出版社2001年。

［3］《法汉词典》，上海译文出版社1999年。

［4］《法汉科技词汇大全》，原子能出版社1986年。

［5］《拉鲁斯法汉双解词典》，外语教学与研究出版社2001年。

［6］《朗文当代英语词典》，外语教学与研究出版社1997年。

［7］《实用英语语法》，商务印书馆1981年。

［8］《新英汉词典》，上海译文出版社1994年。

［9］《英汉大学词典》，科学普及出版社1984年。

（责任编辑：常晓梅）

黄海学术论坛
2006年 第7辑　　Huanghai Academic Forum　　2006　No.7

标记性主位的语篇功能

李玉霞[*]

一、引　　言

　　主位结构被视之为语篇的谋篇机制之一,它以线性或层次性方式组织起来形成语篇(张德绿,2003)。自从布拉格学派的创始人马泰休斯在30年代提出"主位"(Theme)和"述位"(Rheme)这两个概念以来,很多学者沿用这两个术语,并把它们用于句层面上的研究。以往的研究都是从主位推进模式来探讨主位结构的功能。Halliday(1967)认为主位是说话人或作者表达信息的"出发点"(point of departure),而述位则是说话人或作者对这个"出发点"有关的陈述。胡壮麟认为主位—述位的反复衔接是实现语篇衔接和连贯的重要手段之一(胡壮麟,1984)。主位有标记性主位和非标记性主位之分,无标记性主位在陈述句中是语法上的主语,一般是名词或名词短语。在疑问句中,主位是疑问词,在祈使句中主位是动词。标记性主位在形成语篇的主位化过程中,可以为新信息(new information)提供背景知识(background knowledge),或者对已知信息(given information)与新信息之间施加对比功能。因此,无论从语篇的构建角度上考虑,还是从语篇的信息功能上考虑,标记性主位的语篇功能是不容忽视的。本文从一些实例出发将对标记性主位的语篇功能进行初步性探讨。

---

　*　李玉霞,山东大学威海分校在读英语硕士研究生,研究方向为英语语言教学。

二、标记性主位与语篇

主位结构以线性和层次性方式把句子的话题联系起来构建语篇，从信息结构的角度来看标记性主位作为新信息出现在已知信息之前成为发话的起点，限定着后续语流的内容。换句话说，标记性主位对语篇的衔接和意义上的连贯起重要的作用，因为它决定着句与句之间和段与段之间在某一特定语境下的适宜程度。例如：

（1）We are aware of our responsibility to our critics. We are also aware of our responsibility to the author，who probably would not have authorized the publication of these pages. *This responsibility* we accepted wholly，and we would willingly bear it alone.[1][P. 45]

（2）"Correctness"can rest only upon usage，for the simple reason that there is nothing else for it rest on. And all usage is relative.
For these propositions it follows that a dictionary is good only insofar as it is a comprehensive and accurate description of current usage.[2](P. 187—188)

在例（1）中 This responsibility 是标记性主位，宾语提前，成为信息的起点，和前一句 We are also aware of our responsibility … 中的述位 our responsibility 以重复的形式形成词汇衔接，在句与句之间具有承上启下的效果，突出了"责任"这个话题和中心内容，语篇也因之显得连贯语义流畅。如果把它改成无标记性的 We accepted this responsibility，信息的重点就大不一样了，信息的中心内容是"我们"而不是"责任"，因此，传达信息的角度及效果发生了变化。

例句（2）中 For these proposition 作为标记性主位在段与段之间起到衔接与过渡的作用。它限定了在这一原理下所得的结论。

英语句子和汉语句子一样，一个命题可用多种形式表达，但不同形式所表达的信息侧重点及所起的效果是不同的。Anderson（1977）在利用"构思图式"（schemata）分析语篇时指出，某一成分的主位排列结构可以帮助作者从不同角度描述事件便于增加或降低篇章的趣味性和深度。例如 Brown 和 Yule（1983）节选的侦探小说：

a. Late that afternoon she received a reply paid telegraph ...

b. In one place Betty saw the remains of the study safe ...

c. Without hesitating Betty replied ...

d. Then he went on ...

e. In the meantime she would be the better of professional aid ... [3][P. 58]

在这类侦探小说中状语成分常作为标记性主位放在句首,例如:表示地点常用 in that place, in one place 等;表示条件状况的常用 in that case, under the circumstances 等;表示时间的常用 meanwhile, before that, immediately, later on, soon, finally 等。在这种体裁中还大量使用表示人际关系的标记性主位,如 frankly, probably, possibly, maybe, obviously, evidently, apparently 等。因此标记性主位在凸显篇章的风格方面起着重要作用。

不仅如此,由于标记性主位具有独特的蕴含意义,有助于突出语篇的主题,表达特殊的含义。也就是说,"结构越有标记,语段就越有可能传达一种隐含的意义"(Davidson,1980)。因此,在语篇生成过程中说话人或作者根据表达的需要总是在有意地选择标记性主位,以达到成功的交际。例如:一对久别重逢的夫妇,丈夫说:"Why should we speak? Isn't this enough?"妻子回答说:"More than enough I believe. Until this moment I never realized ..."这里妻子连续两次使用标记性主位生动地表达了久别重逢,话到嘴边无从说起,此时无声胜有声的场面。

从以上分析来看,标记性主位具有以下功能:(1)标记性主位是实现语篇形式上的连接和语义上的连贯的重要手段之一。在保证语流畅通方面起重要作用。(2)标记性主位具有凸显文体的功能。(3)标记性主位利于突出语篇的主题,便于成功交际。

三、标记性主位与语篇组织

主位结构以小句的形式出现在语篇中,主位是信息的起点,在语篇中起"纲举目张"的作用,为述位的阐述和发展提供框架结构,无论在会话语篇还是书面语篇中,句与句之间或段与段之间形成不同形式的结构链,话题总是围绕这个链发展,而不至于背离话题太远,偏离主题。从主位—述位结构的形式来看,主位部分是已知信息,述位部分是新信息,通常情况下,已知信息在前,新信息即断言信息在后,但在语篇的形成过程中,根据表达需把新信息放在句首构成标记性主位。当然这种安排必须得当,才能准确地表达意义,以利于成功地交流。例如:一位妻子看到丈夫很晚才回家,非常生气地说:"To the pub you must have gone!"丈夫的回答是:"A meeting I had."这段对话中,妻子故意使用标记性主位表达气愤之情,丈夫同样使用标记性主位进行巧妙的回击,起到了很好的交流效果。

在书面语篇中,由于体裁的不同,标记性主位使用的频率有所差异,在语篇中的作用也不同。在新闻报道中,特别是关系到一些人物的介绍和重大事故的发生等语篇生产者往往使用标记性主位突出主题。例如:

As a Peking opera star, Xun Huisheng distinguished himself by his projection of innocent, vivacious and kind-hearted woman in the feudal society who fought despotic suppression and social injustice. Unlike world-renowned Peking opera actor Mei Lanfang who portrayed such woman as empresses and imperial maids, Xun Huisheng was adept at creating ordinary woman.[4](P.2)

在这篇人物报道中,作者通过使用标记性主位对荀慧生和梅兰芳两位京剧艺术大师各自的表演风格作了对比性的描述。文字虽然不多,但两位艺人的身份、艺术特点让读者一目了然,而且突出了荀慧生这个主题人物。相反,如果这篇报道改成无标记性的,语篇效果就大不一样了。文章显得啰嗦,繁冗不堪。

在政论性文体中,标记性主位在其主位化(thematization)过程中,能够确切地传达断言信息,因为政论文的特点就是阐述某种观点,为使其观点明确,有理有据并让人信服,语篇生产者必须从各个角度来展开论述,标记性主位作为信息流的起点,恰恰能帮助作者从不同的角度加以论证。例如:

With her indelible contributions to the cultural development of mankind, China is one of the earliest civilized countries in the world. *But due to the limitations such as geographic partition, and especially due to the language barrier, for foreigners except only a few so called "Sinologists"*, there scarcely be fair understanding of things of Chinese, particularly of her philosophy, "the intellectual quintessence of the time", in quite long a time.[5](P. 310)

这一片段主要阐述中国"时代精神的精华"的哲学由于种种原因难以得到世人的正确理解,围绕这个主题利用标记性主位从多个角度论证不为世人正确理解的原因。这样安排主位—述位结构,语篇思路清晰,简洁明了,而且突出了主要信息,读者容易体会作者的意图,认同作者的观点。

四、标记性主位与语篇的连贯

艾金斯认为主位的标记性与语气和小句主位结构之间的关系是互相联系的。句与句之间的主位与主位,主位与述位,述位与述位之间有着某种联系,以及变化推动语篇的前进和发展,使语篇形成上下语义连贯的系统(朱永生,2001)。而标记性主位作为主位的一种是"最不一般化,最不寻常的"(Eggins,1994)。因为它在语篇形成过程中是一种有效的衔接手段并支持着语篇的连贯。在一定程度上要受语体、语域、话题等因素的影响。

功能语言学家把主位分为三种类型,即主题(topic)主位,人际(interpersonal)主位和篇章(textual)主位。主题主位是无标记性的,而人际主位和篇章主位往往是标记性的。标记性主位带有很强的主观色彩,蕴涵丰富的人际意义,并以此来影响着语篇的连贯。标记性主位作为信息流的起点对后续语流施加连贯性制约。

标记性主位在交际过程中通过参与者共有的认知模式来保证语篇的连贯。这种认知模式同一定社会文化背景下形成的"行为潜势"(behavioral potential)(Halliday,1973)是一致的。如果语篇表达的意义与一定的认知模式相一致,语篇就是连贯的。例如:说话者在讲述他经历的一次交通事故:"It is horrible to see a car coming towards me. Luckily ..."很显然这段语篇是连贯的,尽管第二句语义转折了,由于交际双方对 Luckily 一词有共同的认知基础,听话者自然领会发话者要表达的内容是平安脱险了。事实上,无论在会话语篇还是书面语篇中标记性人际主位和篇章主位都是通过共同的认知或经历来实现语篇连贯的。Baker 曾指出,所谓的连贯就是人们根据自己的知识和经历来假定语篇是连贯的。一般来讲,人际标记性主位,如 obviously, personally, personally, usually, luckily 等等，能为交际对方提供预设信息，对后续语流施加连贯性制约。例如：老师要表达对学生 John 的看法："He is often late. Never does his homework. Obviously ..."如果从下面句子中选择符合语义连贯的句子：

a. he is a good student.

b. he is an intelligent student.

c. he is not a competent student.

很明显符合句义的只有句 C。

篇章标记性主位为后续语流提供背景知识和产生对照的效果，在形式上是语篇衔接的手段之一，在语义上又起连贯的作用。例如：

As he finished, jaw out-thrust, eyes flashing, the audience burst into applause and shouts of "Amen". *Yet* some thing was lacking. Gone was the fierce fervour of the days when Bryan had swept the political arena like a prairie fire.[6](P. 5)

As 作为篇章性标记性主位在此表达的是时间上的概念，Yet 为语义转折，它使前后两句形成语义上的对照，含有很强的讽刺意义。

还有一类，即名词或名词性短语作为补充成分充当标记性主位。在这种情况下新信息作为信息流的起点，从信息结构来看似乎不符合信息递增的原则，因为一般情况下已知信息和新信息按先后次序以线性排列的方式进行。信息的递增是语篇连贯的前提之一，而名词或名词性短语作为补充成分充当标记性主位是违背这种常规的，但这种常规的违背有时会对语流施加连贯作用，如同文体中的背离常规并不影响内容的表达，反而有加强语义的效果一样。例如：

"We came," repeated Mrs. Micawber, "and saw the Medway. My opinion of the coal trade on that river is that it may require talent, but it certainly requires capital. *Talent*, Mr. Micawber has; *capital*, Mr. Micawber has not ..."[7](P. 128)

Talent 和 capital 作为句子的补充成分成为标记性主位，成为信息流的起点，这种运用方法巧妙表达了 Micawber 进退维谷的处境，突出了主人翁所处时代金钱之上的特点，从整个语篇的角度来考虑，语段是连贯的。

五、结 束 语

本文从语篇的角度对标记性主位的语篇功能及其在语篇组织中的连贯作用进行了初步探讨,旨在阐述标记性主位可以提供语篇研究的一个视角。它对成功地交际和组织构建语篇都有一定的可行性和可操作性。

参考文献

〔1〕Halliday, M. A. K.. An Introduction to Functional Grammar. Beijing: Foreign Language Teaching and Research Press, 2000.

〔2〕张汉熙, Advanced English. Beijing: Foreign Language Teaching and Research Press, 1996.

〔3〕刘辰诞,《教学篇章语言学》,上海外语教育出版社 2000 年。

〔4〕China Daily, Qct, 19, 1985.

〔5〕王治奎,《大学汉英翻译教程》,山东大学出版社 1997 年。

〔6〕Scopes, John. The Trial That Rocked the World. Beijing: Foreign Language Teaching and Research Press, 1996.

〔7〕狄更斯,《大卫·可波菲尔》,世界图书出版公司 2003 年。

〔8〕张德禄,《语篇连贯与衔接理论的发展及应用》,上海外语教育出版社 2003 年。

〔9〕Yule, George. Discourse Analysis. Beijing: Foreign Language Teaching and Research Press, 2000.

〔10〕Levison, Stephen C. Pragmatics. Beijing: Foreign Language Teaching and Research Press, 2001.

〔11〕Halliday, M. A. K. and Hasan, Ruqaiya. Cohesion in English. Beijing: Foreign Language Teaching, 2000.

〔12〕Hoey, Michael. Patterns of Lexis in Text. Beijing: Foreign Language Teaching and Research Press, 2000.

〔13〕Mey, Jacob L. Pragmatics: An Introduction. Beijing: Foreign Language Teaching and Research Press, 2001.

［14］ Ellis，Rod. The Study of Second Language Acquisition. Beijing：Foreign Language Teaching and Research Press，2001.

［15］ Leech，G. Principles of Pragmatics. London：Edward Arnold，1989.

［16］ Sperber，D. and Wilson，D. Relevance：Communication and Cognition. Beijing：Foreign Language Teaching and Research Press，2001.

［17］ 朱永生、苗兴伟，《语用预设的语篇功能》，《外国语》2000年第3期。

［18］ 胡壮麟，《语篇的衔接与连贯》，上海外语教育出版社1984年。

（责任编辑：常晓梅）

黄海学术论坛

2006 年　第 7 辑　　Huanghai Academic Forum　　　2006　No. 7

关于第二语言习得中的母语
迁移的研究略述

唐鹏举[*]

一

从第二语言习得(SLA)学科史上讲,迁移(transfer)是第一个受到极大关注的习得因素,它由行为主义者提出并逐渐为广大 SLA 研究者所关注、接受、质疑、批判、重新定位。在现阶段,要想否定母语(即 L1)迁移是 SLA 中的重大影响因素这个地位已经不可能了,突破自身局限性的 L1 迁移又被学者们在认知框架下重新定位。

"迁移"这一概念来源于行为主义心理学,由 Lado 在《跨文化语言学》(1957)中提出。在心理学中,"迁移"指的是人们已经掌握的知识在新的学习环境中发挥作用的心理过程"[1](P.19)。Sharwood Smith 和 Kellerman 认为迁移就是一种跨语言的影响(crosslinguisitic influence),是中性理论(theory-neutral),与"干扰(interference)"、"借用(borrowing)"、"回避(avoidance)"等概念并提[2](P.1)。Kellerman(1987)认为迁移即"导致一种语言到另一种语言元素合并的程式(processes)"[2](P.301)。Odlin 则认为迁移是"由目标语和已经学过的语言之间由于相似或者相异而产生的影响"[3](P.27)。

通过以上对迁移的定义,我们可以看出,迁移的外延扩大了,已非当初行

---

[*] 唐鹏举,北京语言大学在读硕士,助教,现为山东大学韩国学院教师,研究方向为对外汉语。

为主义所定义的内容了。但事实上讲,仍然十分模糊。虽然如此,在开展迁移研究以来的近50年时间里,我们仍然能较清楚地把握关于迁移研究的脉络。

二

行为主义心理学认为,迁移分正迁移(positive transfer)和负迁移(negative transfer),前者可以帮助学习者顺利完成 L2 的学习,后者则会阻碍 L2 的学习,使其产生偏误(error)。而相应的是 L1 与 L2 相同或相似会产生正迁移,否则会产生负迁移。在此理论前提下,对比分析(Contrastive Analysis)在结构主义和行为主义的基础上发展起来,兴起于 20 世纪 50 年代,大盛于 60 年代。

对比分析认为,既然是两种语言之间的形式差异会引起学习上的困难,进而导致偏误,那么对比分析将两种语言进行对比,找出其相同相似或相异的地方,就可以预测学习上的偏误以及难度,这就是"强势说(the strong vision)"。后来对比细化,制定出不同的难度等级,如 Stockwell, Bowen Martin(1965)作出如下困难等级预测(由难及易):(1) 分裂(split),(2) 新项(new),(3) 缺项(absent),(4) 合并(coalesced),(5) 对应(correspondence)[1](P.23)。差异越大,越容易产生负迁移,就越困难;差异越小,越容易产生正迁移,产生的偏误就越少。但随后的实践却经常与对比分析的预测背道而驰,预测出偏误的地方,往往不出现偏误;预测不容易出现偏误的地方,却往往出现偏误。现在看来,其最大的缺陷在于将语言学的差异(语言学范畴)等同于学习的难度(心理学范畴)。

随后产生的"弱势说"(the weak vision)则在中介语理论的基础上发展而来,它不加预测,只对学习中的错误进行语言对比上的解释。然而它也不能胜任,因为它不能解释纵向调查出现的偏误。而且导致学习者出现困难和偏误有更多的原因,比如显著性(saliency)、此语言特征的交际价值、此特征的标记程度、说话或理解时的紧张程度等。对比分析的问题在于,它只能从 L1 迁移偏误的角度来解释"难度"的问题,但是即使难度可以用偏误来证明,但偏误也不一定可以用难度来解释。

随后兴起的偏误分析(Error Analysis)只是将迁移作为其可产生偏误的

诸多原因之一。

20 世纪 60 年代末和 70 年代初,一系列关于迁移偏误数量的研究开展起来,按照 Ellis 提供的资料显示,这种研究至少持续到 80 年代。但大多数的研究结果却显示,负迁移不是导致偏误的主要原因,其中最低时 3%(Dulay and Burt 1974),最高的也只有 51%(Tran-chi-chau 1975)[4](P.29)。

但 Ellis 认为 Dulay and Burt 的研究对迁移偏误的估计过于保守,而且界定发展偏误(developmental errors)与迁移偏误是极不容易的,将一些偏误剔除出迁移偏误之前,首先要证明 L1 对其没有影响。Kellerman(1983)、Zoble(1986)、Huebner(1983)等人的研究结果表明 L1 迁移对基本语序的影响较小,即使有明显的迁移,也被解释为话语策略。而 Givón 则反击了这种话语策略的解释,在他的研究里,同操夏威夷洋泾浜(Hawaiian pidgin)的菲律宾学习者与韩国学习者有不同的语序模式(wordorder pattern),这都受 L1 影响[5](P.313)。Odlin 认为在阅读里也有少量的基本语序迁移的例子,但是他解释说,基本语序迁移在初级阶段学习者中应大量存在,只是这方面的研究很少;另外一个原因则是由于语序非常重要,因而学习者特别注意,语言输出时的监察力度加强,使迁移的影响减弱[5](P.313—314)。

综上所述,研究者们对于迁移的作用与意义这个问题还远远没有达成共识。这是因为(1)各个研究对迁移的界定不同,特别是对迁移偏误的界定,(2)研究方法自身的限制,(3)心理语言学的不完善,(4)多关注负迁移的研究,而不关注正迁移,而且将偏误等同于负迁移。

三

综合目前的研究来看,迁移的限制因素可以分成五种,分别是(1)语言学层面(Language level);(2)社会因素(Sociolinguistic factors);(3)标记程度(Markedness);(4)语距及心理类型(Language distance and psychotypology);(5)发展因素(Develomental factors)。下面我们就简述一下对这五个因素研究的成果。

1. 语言学层面

(1)语音层面的迁移普遍认为比较明显,也得出了较为一致的结论,比如 L1 与 L2 语距越大学习速度越慢。但目前还没有人研究语音的准确性是否与语距也有关系。

（2）词汇层面。Kellerman 认为有大量的证据表明 L1 对 IL 有影响。Ringbom（1978）认为大部分词汇偏误是迁移偏误，Sjoholm（1976）则认为，语距越大，越容易迁移[5](P.316)。

（3）话语方面。大部分学者都同意在此层面上迁移是一个主要的影响因素，比如，话题评论结构在中介语（IL）早期是一个普遍的话语结构，如果 L1 也是话题评论结构的话，学习者就会更多地使用。

（4）句子结构层面。大部分学者认为 L1 的影响在此层面上比在前三个层面的影响都要小。

2. 社会环境

这要包括正式场合和非正式场合、学习场合和交际场合等，学生头脑中的社会环境影响也可分为外部（external）与内部（internal）两种情况。研究者很难在某一方面达成一致，如 Tarone 认为 L1 迁移在谨慎体（careful style）下要比在随便体（vernacular style）下要明显，因为谨慎体下，学习者更多地关注其话语（speak），因此会更大限度地运用其潜在资源，包括 L1[6](P.81)。而 Odlin 则相反，认为在班级的谨慎体中，学生会更注重正确的目标语形式，而非更注重话语达意。

3. 标记程度

Eckman 提出"标记相异假设（Markedness Differential hypothesis）"："（1）当目标语与母语不同，且标记程度更大时，学习有困难；（2）困难程度与两种语言的相异程度和目标语的标记程度有关；（3）虽然目标语与母语相异，但标记程度不比母语高，则学习不困难。"[7](P.321)这种假定比 Hyltenstam（1984）、White（1987）的提法更有代表性，但是还是有不少为难之处，比如：（1）如何确定一个语言的标记程度？（2）这种假说属预测性假说，如何证实？（3）与对比分析假说一样，此假说将语言学范畴（语言特征标记程度）与心理学范畴（学生感觉到困难与否）相混淆；（4）我们还可以再引申一下：什么是学习困难？是学习者自身的主观感受还是据其偏误的多少得出的客观数据？这最基本的问题也未能解决。

4. 语距与心理类型

大量的证据表明语距对迁移有影响，一系列实验（如：Sjoholm1976，1979；Ringbom1976，1978，1987）发现在学习的前一阶段，母语与目标语语距相近时，学习者在阅读理解测试上的优势非常明显，而逐渐地，母语与目标语语距较大的学习者产生的错误更少。心理类型上，Kellerman 认为"不是一成不变的，而是随着学习的深入而不断改变的"[8](P.40)。

5. 发展因素

Corder（1978）将 IL 视为"重组连续统（restructuring continuum)"[5](P.330)，即 L1 是 L2 学习的起点，被 L2 在学习中逐步替换掉，并且迁移在早期阶段比在后期阶段明显。但不否认，L1 迁移因素与 L2 学习中的自然发展规则（natural principles of L2 acquisition)之间的复杂的相互作用共同促成了 IL 的形成，越来越多的证据揭示了这一点。

另外，在习得的各个层面的迁移上的对比还很少有人涉及，即使有人涉及也是小范围内的。如听力、理解、口语、文字书写等各个层面受到的限制各不相同，迁移在这些限制条件下的运作情况如何？

四

L1 迁移曾被一些学者（如 Dulay 和 Burt)激烈否定，也曾一度为学界所弃，其根本原因是行为主义框架下的"迁移"概念的内涵与外延都与实证研究有很大的出入。而且从别的心理学视角来看，它看似充分其实很贫乏，不仅解释力不够，其理论基础也广受质疑。因此，20 世纪 80 年代以来的诸多关于 L1 迁移的研究都赋予了较多研究者个人的理解，下面就简述两个常见的研究模式对 L1 迁移的重新定位。

1. 信号竞争模型（the Competition Model)

此模型由 Brian Macwhinney(1984)等人提出，其主要观点是，语言形式与语言功能的关系靠语言信号来提示，而大脑处理信息的能力是有限的，在特定的瞬间只能处理数量有限的语言形式，因此在语言信息处理过程中，不同的语言信号为有限的信息处理通道而相互竞争。

基于此模型的研究发现,基于意义的信号提示强度要胜过基于语法的信号提示;如果母语信号提示越具有普遍性(即基于意义的信号提示),它们向 L2 学习转移的可能性就越大。Gass 等人的研究同时发现,L2 学习者一开始往往依赖母语信号提示系统去解释 L2 的句子,只有当他们意识到两种语言的信号提示系统不一样、不协调时,才转而采用 L2 中具有普遍性的信号提示[1](P.72)。

2. 普遍语法(Universal grammar)

普遍语法又称管辖与约束理论(Government and Binding),代表人物是 Chomsky(1982),20 世纪 90 年代 Chomsky 又将此理论发展到"最简方案"(Minimalist program)。普遍语法实际上是一组语言普遍特征,这组语言普遍特征由"原则(principle)"和"参数(parameter)"构成。"原则"是指适用于任何语言的高度抽象的语法构成,"参数"则反映了语言之间的差异。

普遍语法框架下的 SLA 研究有一种假定是,SLA 间接利用普遍语法,即,以母语的参数场为起点,转向 L2 参数场,语言的普遍原则也是通过母语发挥影响。

White(1986)做了一项研究,在这项研究中,我们明显看到母语参数场在 SLA 中所起的作用。因此他认为,"第一语言的参数场影响成年学习者对第二语言的看法,导致迁移性的错误,至少在一段时间内是如此。"[9](P.45) 但是另外一些研究(如 Cook1990,Thomas1989)却显示,由于某种未知的原因,母语参数场对 SLA 的影响不大。这结论的不同是由于实验方法、步骤、统计方法以及母语与目标语参数场的标准不一而造成的。

此外还有语言类型学的标记理论关于迁移的论述,上面已有论述,在此不再赘述。

由以上两种语言研究模式关于迁移方面的论述可知,迁移在现阶段并非作为一个可有可无的习得因素而存在的,虽然 L1 迁移对于 SLA 的作用到底如何,我们还不得而知,但我们已经知道 L2 习得是多种因素共同作用、相互作用的结果,其中一个不可忽视因素就是 L1 迁移。

五

在迁移概念被提出以来,经历了一个"被高估——被低估(甚至完全否定)——被重估"的过程,在这个过程里,迁移被在各个理论框架下、从各个角度论证。虽然现阶段迁移在 SLA 中的具体作用与地位仍然不够清楚,但重新定位后的迁移理论可为我们提供更多的启示。

现阶段对迁移的研究还有如下不足之处:

(1) 各种理论模式还不够健全,这直接导致研究方法的诸多缺陷。

(2) 绝大部分还是对负迁移的研究和对有无迁移的研究,而缺乏对迁移(包括正迁移和负迁移)的全貌的认识,以及对迁移的量化认识。

(3) 实证研究开展得还不够,并且由于研究中的无关变量难以控制,使得一些已经开展的实证研究缺乏说服力。

参考文献

[1] 蒋祖康,《第二语言习得研究》,外语教学与研究出版社 1999 年。

[2] Sharwood Smith and Kellerman. *Cross-linguistic influence in second language acquisition*. Oxford:Pergamon 1986.

[3] Odlin. *Language transfer*. Cambridge:Cambridge University press, 1989.

[4] Rod Ellis. *Understanding of second language acquisition*. Oxford: Oxford University Press,1985.

[5] Rod Ellis. *The Study of second language acquisition*. Oxford University Press,1994.

[6] Tarone. *Systematicity and attention in interlanguage*. Language Learning 32, 1982.

[7] Eckman. *Markness and the contrastive analysis hypothesis*. Language Learning 27, 1977.

[8] Kellerman. *Transfer and non-transfer:where are we now*? Studies in Second Language Acquisition 2,1979.

[9] White. *Implications of parametric variation for adult second language acquisition:an investigation of the prodrop parameter*. Oxford:Pergamon Press, 1986.

(责任编辑:刘宝全)

黄海学术论坛

2006 年　第 7 辑　　Huanghai Academic Forum　　2006　No. 7

1949 年以来的中国户籍制度演变述评

刘贵山[*]

　　从 1949 年中华人民共和国成立算起,中国的城市化已有半个多世纪的历史了。在这 50 多年里,中国的城市化走过了曲线式的历程。在城市化蹒跚而进的历程中,中国的户籍制度多次调整。文中所称的"中国户籍制度",是指新中国成立以后逐步形成和发展的一套以户为单位、以人为对象的户口管理制度,一般包括户口登记、户口迁移、户口统计、常住人口管理和暂住人口管理等内容。随着中国城市化进程的推进,不少学人对此展开了讨论和研究,提出了一些改革建议。本文试图通过梳理中国户籍制度的发展脉络,推演出其在 21 世纪上半叶的发展趋势。

一、计划经济条件下的户籍制度调整历程

　　第一阶段:居民户口自由迁移时期(1949—1957 年)

　　中国的户籍制度是先城市、后乡村逐步建立起来的。

　　1949—1957 年这个时期是户口迁移量持续增长的阶段。1951—1953 年间,城市人口净迁移率平均每年为 33.1‰;1954—1957 年间,城市人口净迁移率平均每年为 28.1‰[1](P. 67—69)。这是因为:第一,建国初期,华北和东部沿海人口稠密地区的大批农民沿着传统的迁移路线往东北、内蒙、西北边疆诸省区开垦拓荒。第二,国民经济恢复后,紧接着"一五"计划的实施,

---

　　*　刘贵山,山东大学威海分校法学院教师,法学硕士,研究方向为人口社会学。

国家为了改变旧中国不合理的工业布局,有计划有组织地把沿海城市的工厂企业迁往内地和边疆,使得大批职工和家属随同迁移。与此同时,还抽调了一批工厂企业管理干部、技术人员志愿到新兴工业城市和重点建设地区。第三,国家新建扩建的工矿企业从农村招收了大批农民进入城镇,并吸收大量自发进入城镇的农民就业。第四,国家有计划有组织地从东部人口稠密地区向地广人稀的黑龙江、新疆、内蒙古等省区进行集体移民(包括城镇青年、复员转业军人以及城市闲散人员等)开垦荒地。这个阶段户口迁移的特点是,政府实行自由迁移政策,允许城乡居民在城乡之间或城镇之间自由迁移,一般不加以限制。

这个时期是户口迁移最活跃的时期,在迁移流向上是内地农村迁往边疆地区的传统迁移路线与农村迁往城镇兼而有之,在迁移路线上是市场配置型自发式迁移和计划型有组织的宏观迁移两种形式并存。

第二阶段:控制居民户口迁移时期(1958—1978 年)

1958—1978 年是严格限制户口迁移,特别是严格限制农民向城市迁移的时期[2](P. 40—45)。

这一历史时期经历了"大跃进"、三年困难时期和十年"文化大革命",国民经济处于严重的困难状态,第二产业提供就业机会的速度减缓,加之城镇劳动适龄人口又呈现出线性增长的态势,第二产业无法吸纳大量农村剩余劳动力。面对城市就业人口处于饱和状态,粮食、副食品、住房、交通、就学、就医等问题逐步凸现的现实,政府把"自由迁移"的政策调整为控制城市人口规模的政策。采取的措施包括精简职工、知识青年上山下乡、干部下放农村等,酿制成了所谓的"逆城市化运动"。

"大跃进"造成了城市劳动力不足的假象,从而在全国各地出现过短暂的一股招工热潮。在农业战线崩溃、农村出现饥荒,城市出现了粮食短缺的灾难后,中央政府在1961 年提出了"调整、巩固、充实、提高"的八字方针。这段时期户籍制度的特点是"自由迁移"的政策终止,代之以"控制户口迁移"的政策,由城市迁往农村的人口大大超过由农村迁往城市的人口。

这个阶段的后期,随着"文化大革命"的偃旗息鼓和上山下乡运动的结束,知识青年和大批下放的干部返城,使迁入城市的人口又遽然陡增。从而导致政府再次采取严格限制人口自由流动的政策,中国城乡分割的二元户籍制度正式形成:以商品粮供应为基准,将城乡居民人为地分割为在发展机会和社会地位上均存在差异的两个板块。这种事实上的人身等级制度的户籍制度,限制着人口的合理流动,抑制了经济的发展,在很大程度上制约了中国工业化和城市化的进程,它使中国经济、社会结构的转型严重滞后于经济的增长和发展,使中国在经济迅速发展的同时,却存在85%的非农产值和不到30%的城市化水平、15%左右的农业产值和70%以上的农业人口[3](P.34—36)等结构方面处于不和谐、失衡的状态。这一制度的存在是有其历史必然性的。原因在于集中的计划经济体制将劳动力资源的配置、人口再生产、物质生活资料的再生产和再分配完全纳入到计划调节型的方式之下,客观上限制了人力资源的合理配置和人力资本的优化。

二元户籍制度从某种程度上说也发挥了一定的积极作用,尤其是对于减轻城市在工业化进程中的就业压力、保障城市工业化的优先发展、维护城市的社会稳定等方面。诸如在健全人口登记、维护社会秩序、控制人口盲目流动、保障公民权益、保持城乡人口和劳动力的数量、结构、分布平衡、促进经济和社会协调发展等方面功不可没。如果没有与计划经济体制相配套的户籍制度,城市人口的机械增长就会失控,粮油、副食品、燃料等基本生活必需品就不可能按计划供给,医疗、社会福利、住房配给等问题就会处于无序的状态[4](P.181—189)。

二、准市场经济时期的户口制度调整与改革(1979—1988年)

十一届三中全会的召开标志着中国进入了改革开放、建立和完善社会主义市场经济体制的新时期。在这样的大背景下,国家开始逐步调整和改革户籍制度。

1980年以来,国家为了减轻城镇人口对城镇提供商品粮、副食品的压力和城市在就业、交通、住房等方面的负担,在继续对城镇人口增长实行严格控制的同时,也在一定的程度上表现出了一丝松动,这主要表现为:对若干特殊"农转非"问题在政策上有了松动,先后解决了一批科技骨干、煤矿井下职工、三线艰苦地区职工的农村家属等迁入城市落户问题,以及部分边防军官的农村家属可以在原籍转为城镇户口;并把"农转非"的控制指标,由不超过当地非农业人口的 1.5%,改为不超过当地非农业人口的 2%。

由于经济体制改革的逐步实行和完善,市场经济的发展,乡镇企业的崛起,相当数量的农民工及其家属开始进入到城镇务工经商,并迫切要求在集镇落户。为了满足这部分人的迁入集镇落户的要求和促进集镇的发展,同时也是为了加强集镇户口管理。1984 年 10 月,国务院颁布了《关于农民进入集镇落户问题的通知》。通知规定:(1)凡申请到集镇务工、经商、办服务业的农民及其家属,在集镇有固定住所,有经营能力,或在乡镇企事业单位长期务工的,公安部门应准予落常住户口,并及时办理入户手续,发给《自理口粮户口簿》,统计为非农业人口。粮食部门要做好加价粮油的供应工作,可发给《加价粮油供应证》;地方政府要为他们建房、买房、租房提供方便,建房用地,要按照国家有关规定和集镇建设规划办理。(2)到集镇落户的农民应事先办好土地转让手续,因故返回者应准予"回流落户"。自理口粮户口的实施使农民基本上取得了进入建制镇与非建制镇(县城关镇以外)的权利,这是中国户籍制度的一项重大突破。它的历史功绩在于打破了几十年来僵硬的二元户籍制度,是中国户籍制度即将松动的一个信号。

与此同时,随着流动人口的空前骤增,一户一本的《户口簿》难以保证公民进行合法的社会活动。面对着人户分离的现象日益严重,流动人口的管理趋于失控的形势,公安部制定了《中华人民共和国居民身份证试行条例》,于 1984 年在北京首先进行了试点。1985 年 9 月 6 日全国人大常委会审议通过了《中华人民共和国居民身份证条例》,并于当月生效,从此中国开始实行居民身份证制度。身份证强调证明公民个人的身份,携带方便,与证明一家人身份及其关系的户口簿不同,更能适应市场经济条件下人们工作、生活和社会交往的需要,这是中国户籍制度的重大进步。经过几年的实践,中国的身份证制度终于确立,使户籍管理工作开始由单独的户管理向人户结合的管理方式过渡,为户籍制度的进一步改革奠定了基础。

1985 年,为规范流动人口的管理,公安部又颁发了《关于城镇暂住人口管理的暂行规定》。其中规定:对暂住时间拟超过三个月的 16 周岁以上的人员,可申领《暂住证》;对外来开店、办厂、从事建筑安装、联营运输、服务行业的暂住时间较长的人员,采取雇用单位和常住户口所在地主管部门管理相结合的办法,由这些单位的负责人登记造册,及时报送公安派出所或户籍办公室,登记为寄住户口,发给《寄住证》;凡在城市、集镇领取《暂住证》、《寄住证》的,均须同时交纳工本费。这一法规与1984年国务院颁发的《关于农民进入集镇落户问题的通知》可视为国家对乡镇之间、城乡之间公民迁徙自由的初步放开,标志着公民开始拥有在非户籍所在地长期居住的合法权利。

三、市场经济条件下的户籍制度改革历程

第一阶段:中国户籍制度改革的起步期(1989—2000年)

社会主义市场经济体制改革的总目标正式确立以后,户籍制度改革开始列入了议事日程。特别是1992年以来,各地相继放开了粮油价格,粮票、油票已成为历史,"商品粮"的显功能黯然失色。这既是城乡隔离体系变革过程中的重要的一步,同时也为户籍制度的进一步改革创造了关键性的条件。

1992年8月,公安部拟就了《关于实行当地有效城镇居民户口制度的通知》,同年10月,广东、浙江、山东、山西、河南等10多个省先后以省政府名义下发了实行"当地有效城镇居民户口"的通知。由于"当地有效城镇居民户口"的户口簿印鉴为蓝色,故也称作"蓝印户口"。这一政策的实施范围包括小城镇、经济特区、经济开发区、高新技术产业开发区,对象是外商亲属、投资办厂人员、被征地的农民;办法是实行"蓝印户口",即允许他们以"蓝印户口"形式在城镇入户,享受与城镇常住户口同等待遇。这一户口模式有以下特点:(1)入镇农民转变身份,成为新的城镇居民并与原有的城镇居民享有同等的权利与义务;(2)农民入镇时要支付一定的建镇费、开发费等,即城镇户口成为商品,农民要转变身份就必须购买或变相购买城镇户口;(3)城镇户口不属于国家严格控制的农转非指标,而是"地方粮票",只能在当地有效,迁往其他城镇时不予以承认。

此后,全国各地掀起了买卖户口热潮,范围主要集中在小城镇,农民每人可以4000元到数万元不等的价格购买小城镇户口。据公安、金融等相关部门估算,截止到1993年底,全国大约有300万农民购买了城镇户口,城市政府收入为250亿元左右。这充分反映了被画地为牢控制多年的广大农民对城镇美好生活的渴望和追求。

1994 年,城镇户口买卖活动非但没有绝迹反而日益高级化和合法化了。1994 年以前基本上是镇、县和县级市政府的行为,此时已改由省级政府统一安排,名义也由以前的"集资开发"改为"户籍制度改革的新举措"。为了吸引人才、投资或推动商品房销售,20 世纪 90 年代中期以后,大中城市也踊跃推出蓝印户口政策。蓝印户口是指在本市辖区范围内,对具备一定条件的非本市辖区常住户口人员,经本市公安机关核准登记,在一定期限内有效,并在规定年限内转为本市常住城镇居民户口的一种准常住户籍管理形式。1994 年,上海率先出台了有关规定,此后,深圳、广州、天津、厦门、南京、苏州等城市也相继推出了蓝印户口制度。

在某种程度上可以说,这种"蓝印户口"政策对于招商引资、引进人才,尤其是繁荣城市房地产市场,起到了积极的作用。通过投资、购房到大中城市落户的这种蓝印户口政策,虽然表面上不同于直接的户口买卖,但在一定程度上也是把传统户籍制度僵化、商品化,与收取城市增容费的中小城镇户口买卖本质上没有什么差别。

户口买卖的兴起,不失为冲破户籍壁垒的一种探索。但这种探索是在征收城市增容费的名义下,把户口这一身份标签异化为"商品"、通过交易来进行的。地方政府卖户口,是为了增加财政收入;农民买户口,是为了获得与"身份"相联系的福利待遇和社会地位。至于提高城市化水平,只不过是户口买卖的一种"泡沫化功能",因为买了户口的人未必都能获得在城市工作的机会和生活的空间;把户口这种不是商品的"商品"盲目推向市场,在交易规则不健全的情况下进行交易的做法不但不能打破城乡分割的制度化壁垒,反而给城乡发展带来诸多负面的影响。

第二阶段:中国户籍制度改革的加速期(2001 年以后)

随着以市场为导向的经济体制改革的不断深入,现行户籍制度的弊端日益暴露出来,成为束缚中国经济、社会发展的瓶颈因素之一。首先,等级森严的户籍壁垒拉大了城乡收入和消费的差距,导致内需严重乏力;其次,户籍壁垒延缓和阻碍着城镇化进程,从而制约着中国的现代化建设[5](P.1—3)。

进入 21 世纪,中国城镇化的发展到了关键时期。加快户籍管理体制改革的进程,有利于促进农村富余劳动力的转移,提高农业劳动生产率,优化农村经济结构,从而增加农民的经济收入;有利于改变进城农民的消费方式,增加对农产品和工业制成品的消费需求,刺激基础设施建设和房地产业的发展;也有利于促进中国城镇化水平的提高,加快国民经济战略性调整的步伐,缩小工农差别和城乡差别,促进全国城乡社会文明的进步。

市场配置型的资源方式呼唤着户籍制度的改革。2001年3月30日国务院批转公安部《关于推进小城镇户籍管理制度改革的意见》,中国户籍制度的改革进入加速时期,呈现出了新的特点。

其一是户籍改革先行的地区有明显的空间特征。概括起来有以下几点:(1)以中小城市和小城镇为主。例如在户籍制度改革中领先一步的浙江省,大幅度放开户籍的只是湖州、奉化这些中小城市。(2)以中西部地区为主,到目前为止,在户籍改革中有较大动作的大多数是中西部地区的城市。(3)虽然有东部地区的个别大城市在户籍改革中领先,但并非是具有空间优势的城市。

当前中国人口流动的趋势是从内地流向沿海发达城市和大城市,而不仅仅是单纯地从农村流向城市。上海市在第五次人口普查中,外来流动人口由于经济原因而来沪的占到总数的73.4%。而绝大多数流动人口,如来沪的四川、安徽等外地民工在流动之前对目的城市并没有充分了解,更无从做所谓理性判断。与此同时,我们还注意到,中小城镇户籍的放开并未导致人口的大量涌入,而这一事实非但不能说明城市人口的放开并不会导致人口大量流入,反而肯定了另一种可能性——大型城市和经济发达城市才是人群流动意愿的真正所在。

中国目前的户籍制度改革之所以只是集中在小城镇和中西部地区,而沿海发达城市和大城市户籍制度改革的步伐相对较慢,这是因为:

(1)大城市的基础设施建设的档次较高,每增加一个城市人口所需政府公共支出数额较大,在基础设施投资渠道和管理方式未进行根本性改革之前,城市政府的财力无法支撑在高水平基础设施投入条件下,大量新增的粗放型农村就业人口。

(2)由于大中城市的人均公共福利水平较高,外来人口的大量涌入,必然会稀释这些公共福利支出。从稳定城市社会的角度出发,在国有企业改革和城市社会保障制度改革未取得实质性进展之前,暂时不宜放开大中城市的户口迁移政策。

(3)对于人口已经高度膨胀的大城市来说,如果取消户籍这最后一道门槛,那么,必然会导致城市各系统之间的不协调。相对而言,小城镇的基础设施成本较低,劳动力转移的成本和风险也较小,能有效吸纳农村过剩的劳动力,从而可以避免因人口盲目涌入大城市所带来的一系列社会问题。

其二是各城市为吸引人才纷纷放宽了对人才落户的控制。1999 年,上海市制定了吸引国内优秀人才到上海工作的一系列措施,对人才的界定范围相当宽,并且人才的配偶、未成年子女可以随迁。作为户籍控制最严厉的城市之一,上海市对人才入户的开放态度在全国范围内引起很大的反响。从此,全国各城市纷纷出台一些政策,允许有硕士研究生及以上学历的,或者有双学士学位的,甚至于大学本科文凭的人口可以在本地落户。

其三是以经济壁垒取代了身份壁垒。现在中国大部分城镇都规定只要购房、投资、纳税达到一定数额,都可以依据当地规定在该城市落户。1997 年,浙江省就在全国率先推出了购房落户的政策。北京市规定,外来开办私企的人员,三年累计上缴利税 300 万元,招用本市人员连续 3 年保持在 100 人以上或达到职工总数的 90%,以及在京经营 3 年以上即可申办北京户口。

其四,由于城市就业制度的改革、社会保障制度的健全和城市居民诸多社会福利的取消,城市化与逆城市化的并存,使得城镇户口的功能在弱化和淡化。

作为传统计划经济体制的一个组成部分的现行户籍制度,其主要在两个方面与市场经济体制存在着严重的矛盾。其一是城市居民与农村居民的身份地位的不平等,这与市场经济要求的公民身份地位一律平等和机会均等相矛盾。其二是劳动力的计划行政型配置与市场经济所要求的市场配置型的要求不相容。因此,实现城乡居民身份平等化和迁徙自由化成为中国现行户籍制度改革的目标,这也是中国完善市场经济体制应有的一个重要内容之一。此外,城市化的功能与作用是明显的,城市化不仅是生产方式的转变、生活方式的转变,同时也是价值观念的转变。

四、结　　论

户籍制度并非是少数落后国家的"专利",其实世界上很多国家都有户籍制度,只是名称不同而已。例如:日本、泰国等东方国家叫户籍登记,而在瑞典、挪威等西方国家则称之为民事登记、人口登记等。户籍管理是国家行政管理的一项基础性工作,它通过对公民身份情况的登记来确认公民的权利能力和民事行为能力,证明公民的身份,便利公民参加各类社会活动,为政府制定国民经济和社会发展规划、配置劳动力资源等行政管理提供人口数据及相关基础性资料。人口管理也是公安部门进行治安管理的基础,目前公安机关进行的网上追逃之所以能够如此有效,就是有赖于强大的户籍管理基础。

所以关于中国户籍制度改革的趋势有一点是确定的,它在21世纪的上半叶或更长的一定时期内不可能被取消。通过梳理户籍制度的演变脉络,我们可以找到调整它的支点:中国现行户籍制度改革的关键是逐步剥离附加在户口上的各种利益,从而达到调整失衡的城乡利益格局,最终实现城乡居民真正的身份平等式的自由迁徙的目的。

[说明:(1)文中所引用的数据均来自国家统计局、公安部和相关部委,或根据相关数据测算,不再逐一注明;(2)文中多次出现的法规、决定以及文件等内容均出自笔者在参加国家计划生育委员会人口专家委员会委员、博士生导师李若建教授主持的国家自然科学基金项目"资源制约条件下的城市人口管理体制改革"所得,在此以表谢意。此外,由于法规的数量较多,故在此不一一列出。]

参考文献

［1］高珮义,《中外城市化比较研究》(增订版),南开大学出版社2004年。

［2］袁政,《市场能否合理调节人口的区域再分布:中国未来户籍政策选择分析》,《中国人口科学》2001年第5期。

［3］陈甫军、陈爱民,《中国城市化:实证分析与对策研究》,厦门大学出版社2000年。

［4］吕昭河,《制度变迁与人口发展》,社会科学文献出版社1999年。

［5］李培林,《农民工:中国进城农民工的经济社会分析》,社会科学文献出版社2003年。

(责任编辑:古莉亚)

黄海学术论坛

2006 年　第 7 辑　Huanghai Academic Forum　　　　　2006　No. 7

现代性背景下社会焦虑的基本体现

张　乐　陶艳兰[*]

当前,为数不少的社会成员似乎是或多或少地陷入一种焦虑的状态之中。"社会焦虑"作为一种比较普遍的问题困扰着人们。在各种社会群体中,尤其是那些社会弱势群体,不乏烦躁、压抑以及非理性冲动等紧张心理现象,他们在为眼前的生计和以后的出路着想时充满焦虑:基本生活所需费用如何解决? 就业或再就业问题何时能够解决? 面对现在婚姻生活的多变性,婚外恋问题怎么解决? 自己以及家庭成员的医疗费问题如何解决? 日益恶化的环境与自己身体健康的危机又该怎么办? 社会大众普遍对以后可能出现的不可预期处境心怀忧虑。

当社会焦虑开始在社会上蔓延的时候,它出现的社会背景也日益显现在人们的面前:中国社会正处在剧烈的转型时期,正在从传统社会向现代社会、从计划经济体制社会向市场经济社会过渡,在这一转型和过渡中,现代性的特征日益凸显,它们是中国现代化进程中不可避免的风险后果,人们在社会生活中各领域的社会焦虑就是这种后果的集中体现。在具体分析社会焦虑的基本体现之前,本文将对其社会背景即现代性及风险社会给予一定的关注。

一、社会焦虑的社会背景:现代性及风险社会

作为一个历史分期的概念,现代性标志了一种断裂或一个时期的当前

---

* 张乐,山东大学威海分校法学院教师;陶艳兰,苏州科技学院历史与社会学系教师。

性或现在性。它既是一个量的时间范畴,一个可以界定的时段,又是一个质的概念,即根据某种变化的特质来标示这个时段。作为一个社会学的概念,现代性总是跟现代化进程密不可分,工业化、城市化、世俗化、市民社会、民族国家等历史进程就是现代化的种种指标。

伴随着现代性的拓殖,风险成为了现代文明的中心。而作为一种社会理论和文化诊断,风险社会的概念指的是现代性的一个阶段,在这个阶段,工业化社会道路上所产生的威胁开始占主导地位。风险社会在三个参照领域带来了系统性的转变:

首先是现代工业社会与自然资源和文化资源的关系。这些资源的存在是工业社会赖以建立和发展的基础,然而在现代社会,各种资源却日益枯竭。这种矛盾和冲突同样适用于总的人类文化、生活方式和劳动资源与工业社会的关系。

其次是现代社会自身所产生的、超越了社会对安全的理解以及由此产生的威胁和问题之间的关系。一旦人们意识到这些威胁和问题的存在,就很可能动摇对社会秩序的根本假设。

最后,在全球领域,工业社会文化中集体的意义之源(阶级意识、进步的信念)正在逐步枯竭、解体,失去魅力。它的丧失导致了个性化过程的出现。

基于上述三个领域的转变,人们被迫适应工业社会向风险社会转变过程中的种种骚动。在这种环境中,随着教育机会的扩大、劳动力市场对流动性的强烈需求和社会关系高度发达的法律化,个人生活中的机遇、威胁、矛盾等原本可以在家庭、社区或社会阶级团体中得到解决的问题必须越来越多地由个人自己去感知、解释和处理。现在,个人必须掌握这些风险的机遇,但是由于现代社会的复杂性,个人不可能在坚实可靠的基础上做出必要的决策,即考虑到可能的后果。

在风险社会里,对由技术工业发展所引起的威胁的不可预测性的认识,需要对社会凝聚的基础的普遍原则加以审视。社会越来越成为自己的一个问题,变成一个"不确定性回归社会"[1](P.12)。这就意味着越来越多的社会冲突不再是仅仅被当作秩序问题而是被当作风险问题来看待。这些风险问题的特征就是没有确定性的解决办法,这种不确定性可以通过可能的计算加以领会,却不能通过此种办法得以根本消除。

风险问题导致了这样的一种要求,即工业社会必须使人们的生存状况可以由工具理性控制并且使之可制造、可获取、可解释。但在另一方面,风险社会中难以预见的一面及其对控制的需求反应的滞后效应反过来又引发出原来业已克服的"不确定性"领域的新的矛盾。

对于今天的中国社会,现代性不仅是再现了一个客观的历史巨变,而且也是无数"必须绝对的现代"的人们对这一巨变的特定体验。这是一种对时间与空间、自我与他者、生活的可能性与风险性的体验。恰如鲍曼所言:成为现代的就是发现我们自己处于这样的境况中:"它允诺我们和这个世界去经历冒险、强大、成长、变化,但是同时,又可能摧毁我们所拥有的一切"[2](P.3)。

转型期的中国,全部的社会关系都在不断的革新化。然而,原封不动地保持旧有的生活方式,却是大多数人的惯常思维。生产的不断变革,一切社会关系不停的动荡,这是现时代不同于以往一切时代的地方。固有的陈旧的关系以及与之相适应的被尊崇的观念和见解都在被逐步消解,那些新形成的关系等不到固定下来就已经陈旧了。固定的关系烟消云散,神圣东西的被亵渎,中国人开始变得焦虑不安起来,不得不重新审视自己的生活、地位以及人们之间的相互关系。

现代性的风险渗透在人们的职业变迁、情感婚姻生活以及个人健康等方面。以下就从现代性视角讨论社会焦虑的三个维度:就业焦虑、情感焦虑、健康焦虑。

二、作为现代性风险后果出现的社会焦虑

(一)就业焦虑

改革开放以来,中国社会环境变化幅度如此之大、变化速度如此之快,这在以前是难以想象的。这在个变动时期,必定会出现大量的新事物、新观念、新的行为方式和新的规则。人们对于这些事物的认同与适应需要经过一个时期。因此,在这个特定时期,社会成员对于新的社会环境往往存在着一种伴随着抗拒的认同的复杂心理状态。不少人对于社会的未来前景一时不会有十分的把握,也就难免出现一种比较焦虑的心理状态,这种状态十分

明显地存在于目前的就业过程当中。

在计划经济条件下,个人和国家及其代言人——"单位"之间建立了基本的信任。这种信任作为基本的"保护壳"在单位职工与现实的应对中提供保护。身处单位中的人们对于自己的事情毋需费很多的心思,个人的大部分事情如工作、住房、劳动与医疗保障甚至副食补贴,依靠单位和政府出面便都可解决。当这一切都变得理所当然的时候,"安全感"油然而生。安全感是人们对国家这个"看护者"认同的知觉,它源于对"看护者"缺场情感的接受,也即相信看护者(国家的保护)会随时出现的信念。在正常的环境里,"被看护者"投射到"看护者"身上的信任,可以被认为是一种抵御存在性焦虑的情感"疫苗",这是一种保护机制,以抗拒未来的威胁和危险。这种保护使得人们在面对让人消沉的境遇时还能抱有希望的勇气。在社会互动的环境中,从社会存在的风险和威胁的关系来看,人们对于国家的基本信任是一种遮护装置。作为一种"防护甲"、"保护壳",它是人们的主要情感支撑,在正常的时候人们借助它来处理日常生活事务。当然,这种安全感也源于"看护者"的培育,而焦虑的种子根植于与源初"看护者"分离的恐惧之中。这是对"看护者"缺失的恐惧,是一种被抛弃的感觉,可以被简单地理解为人们无助的痛苦反应。

上述恐惧来自于国家主导的一系列改革措施。当人们离开单位、改变传统的就业行为方式、面对一个问题式的未来社会时,就会出现一个吉登斯所说的"富有命运特征的事件"[3](P.129),即那些对人们来说具有特别后果的事件或情况。富有命运特征的时刻也就是指在个体对于他的抱负,或者更一般地说是对他未来生活息息相关的事件做出决定的那些时刻。面对社会变革,人们要对诸如"下岗"、"转岗分流"、"等待救济"或"自主创业"等一连串事件做出决定。然而,这些富有命运特征的时刻对于确保人们本体性安全的保护构成威胁。因为,对于那层国家和单位的"保护壳"如此重要的那种"顺其自然"的态度不可避免地被彻底打破,它让人们重新开始寻找适合自己的新的职业岗位,并且人们了解到国家所作的决策已经没有什么回旋的可能。

无论人们感到怎样的无助与恐惧,中国的社会转型、体制转轨还是如期到来。在市场经济条件下,从一定意义上讲,社会既充满了诱惑,也充满了风险。可是改革时期，个人的事情一般只能靠自己来解决。况且，中国的市场经济本身也并不成熟，很多必要的规范制度以及必不可少的"社会安全网"（诸如社会保障制度）尚未完善起来。在这样的情形之下，人们难免出现无所适从的心理状态，从而加重了关于"就业与失业"问题的社会焦虑。旧的"保护壳"被打碎了，新的"安全阀"却没有完全建立起来。焦虑的种子在弥散，面对就业压力和失业危险人们必然变得焦躁不安起来。

（二）婚姻焦虑

在工业化转型前的中国社会，爱情与婚姻所面临的风险相对来说是较低的，因为那时的爱情与婚姻相对来说是一体，婚姻有着相对稳固的纽带，如父母的意志、血缘的联结以及宗法制度的安排等，所以爱情（婚姻）的不确定因素相对较少。而在现代社会中，风险则有被拉平的趋势，而且随着社会分工的日益细化，风险也日益分散化。这表现在爱情或婚姻的双方由于有着各自的独立性而引发的爱情的分合，婚姻解体的可能性大大增加，它既可以由男人、也可以由女人来发起，虽然女性主动提出分手或离婚的风险成本相对来说要高得多。

现代社会中的爱情与婚姻呈现出某种二歧性的特点，一方面传统的维系爱情与婚姻的纽带大都面临着解体与断裂，现在所能唯一维系爱情或婚姻的只是取决于男女双方的感觉，"感觉在则爱在，感觉不在则爱消散"，毫无疑问，易变而流逝的感觉是最靠不住的，这使得现代的爱情与婚姻面临着极大的不稳定与风险；另一方面，现代社会又设计出种种规范与制度来调节和制约着人们的感情与行为模式，对于爱情来说，尚在道德的调节范围之内，而婚姻则成为一种社会制度的构建，这种制度会日益制定出缜密繁琐的规范来消除婚姻的不稳定性，提高婚姻的预期性，并且不断侵蚀原先由道德规范来调节的领域。比如，"包二奶（爷）"现象以前主要受道德及社会舆论的调节，但现在正逐渐被纳入法制制度的规约范围之中。因此，可以看出一个基本的张力结构，即在现代社会中，一方面感觉的泛滥使得爱情与婚姻面临着极大的不确定性与风险，而另一方面社会的制度规制又越发地严密与繁琐。

爱情婚姻生活中的二歧性所导致的新的风险是男女双方都要考虑的。尤其对女性来说，安全感是其生活在这变动不居的社会中可以依靠的落脚点。由此可知,人们在选择爱情或者婚姻的时候必然会考虑这方面的理由。同样,离婚则是个人生活的危机,它会危及到个人安全感及幸福感。分居和离婚的后果会导致人们长时间的焦虑和心理困扰。当然,现代的男女在巨大的风险面前并非束手无策,除了社会自身设计出种种制度来规约行为提高预期,人们还日益发展了自己理性化的能力。爱情与性行为是现代社会中的最后获得理性化的领域。现代社会中的爱情、婚姻与性行为日益沦落为一种手段与技巧,这虽非出于人们的本来意愿,但却恰恰是人们自身极端发展自己的理性以规避风险所带来的不良后果。

颇为无奈和悖谬的是,这种试图规避风险的理性化能力的提高虽然为生活在现代社会中的男女逃避爱情与婚姻的风险提供了便利与可能,但另一方面却又严重压抑了人的生存质感。因为,作为爱情的感性与所谓的理性能力有着先天的不协调与紧张,过于理性化使人的生命的本真被一种数量化的牢笼束缚住了。齐美尔认为,现代人的生存状况指示着生命造反形式本身[3](P.29)。齐美尔的断言表明:现代社会是一个感觉大爆炸的时代,生命妄图取消一切束缚与外在的压迫而返回自身,在一种生命的纯粹流动中,个体的自我存在与表达方成为可能。因此,对理性化牢笼的反抗以及对自我生命的表达,就使得现代人的生活也日趋沉重化和放纵化。婚外恋情和娼妓的泛滥,无非体现了现代人被压抑的生存感觉的暴动,日益程序化与常规化的感情模式已经无法满足人们对新奇与刺激的追求。面对来自社会和婚姻自身的压力,社会舆论变得更加宽容,虽然这种宽容多少带着几许无奈。在冠之以"缓解生活压力、寻求个人自由"的幌子下,个人关系的领域也表现为短暂的亲密和自我表达,同时这些关系,在某种意义上也具有风险性。婚姻行为模式和性生活以及婚姻生活相关联的情感已经更加多变、不稳固和开放。

(三)健康焦虑

健康是每个解决了温饱的中国人更加关注的问题。中国社会现代化进程中,科学主义大行其道,各个领域的专家体系逐步形成。但是,在风险社会中,任何人都不是专家,也可以说每一个人都是专家。虽然专家预设了文化接受——这正是专家所促成的,但关键是,人们的视野随着风险的增长而模糊。因为专家体系只能告诉人们不该做什么,而没有告诉人们应该做什么。在这其中,逃避的需要主导着风险,这就意味着风险不仅仅预设着决策而且最终还在根本上解放决策。

就健康风险来说,医疗纠纷、医疗体系中存在的种种道德风险以及医疗体系频频招致的投诉、不满都是这一风险的外在表现。医学健康专家与外行人的行为之间有一种互动关系。在现代社会,风险意识不再为专家独有,平常的百姓也感觉得到它的存在。然而,问题就出在这里。一方面,现时代的任何时候,医疗体系内部对风险因素以及健康风险与病因之间都存在根本性的意见分歧。如果人们相信近期所阅读的关于食品的任何讨论,人们都会绝食。打开电视、收音机,翻开杂志、报纸或者浏览网页,人们都会发现食品商正在做着可怕的事情。这是由于人们现在所得到的信息经常与上一周的资料相冲突。这个事实使得整个食品行业更加令人焦虑不安,人们不停地追问:所吃的食物的"真相"到底是什么? 什么食物有益健康,什么又有害? 应该避免什么食品,什么食物又可以泰然品尝? 另一方面,高昂的诊治费用与其不对等的医治服务的冲突剧增,与此同时在出现医疗纠纷时,人们面对的是那些既是救治者又是仲裁者的医学专家,纠纷解决的结果往往使得外行人更加无助和愤怒。于是乎,人们对专家系统的种种主张尤其是相反的主张,感到困惑,人们开始质疑专家体系了,焦虑的情绪急剧上升。

三、结　论

现代社会中风险的加剧促进了人们理性化能力的提高,理性能力的核心要件在于一种可计算性与可预期性。人们必须不断地通过计算与预测来规避风险以提高自己的安全感。这使得人们在面对"富于命运特征的事件"的时候,总会陷入周密的计算与考虑之中:房子、票子、车子以及他(她)能否给我带来幸福与安全等,而且,这种理性化导致了人们的短视或短期行为,它被视为社会焦虑的后果。害怕未来的人们,试图用金钱、财产、健康保险、个人关系和婚姻关系等契约去保护自身。父母不愿意孩子离开自己,恐惧的孩子不敢独自面对复杂的社会,不愿离开家庭。人们对安全的这种焦虑,对人际关系来说是令人沮丧的,并会妨碍自我成长。人们不得不遭遇新的危险,包括那些可能愈加恶化的风险。既然风险是不可避免的,那么想要让生活好转,就必须掌握机会。人们必须打破常规,结识新人,探索新观念,尝试陌生的路径。在这个意义上讲,转化包含着风险,就是进入未知的领域和地带,在那里,语言不通、习惯不同。悖论在于,往往到了人们放弃感到安全的依靠的时候,人们才真正获得有益自身发展的机会。而当人们拒绝承担自我成长的风险,就会不可避免地处于尴尬的境地或者承担未加准备的风险。

就总体而言,当经济水平发展到一个比较高的阶段时,当社会的基本规则系统真正建立并有效运作时,当人们不再为基本的生计问题而惶惶不可终日时,社会焦虑的程度将会减轻。目前,我们应做的是把社会焦虑的负面影响降至最低限度。为此,应当尽快地建立起系统的、有效的社会规范体系,使人们"长期化的行为"能够在制度层面支撑下,得到应有的回报;应当尽快建立起完善的社会保障制度,尽可能地降低社会成员所面临的风险因素,减少社会成员正常生存与发展的后顾之忧。

参考文献

［1］乌尔里希·贝克等,《自反性现代化:现代社会秩序中的政治、传统与美学》,赵文书译,商务印书馆2001年。

［2］齐格蒙特·鲍曼,《流动的现代性》,欧阳景根译,上海三联书店2002年。

［3］安东尼·吉登斯,《现代性与自我认同:现代晚期的自我与社会》,赵旭东、方文译,三联书店1998年。

［4］盖奥尔格·齐美尔,《社会是如何可能的:齐美尔社会学文选》,林荣远译,广西师范大学出版社2002年。

［5］乌尔里希·贝克等,《自由与资本主义:与著名社会学家乌尔里希·贝克对话》,路国林译,浙江人民出版社2001年。

（责任编辑:吴文新）

黄海学术论坛

2006 年 第 7 辑　　Huanghai Academic Forum　　2006　No. 7

基于信息技术视角的国际商业银行
组织结构研究

杨德勇　高　忻[*]

随着信息技术的快速发展和在银行业的广泛应用,国际银行业特别是发达国家商业银行的组织结构正发生着巨大的和历史性的调整,这一变化的理论基础是建立在组织结构的信息处理观上的。对信息技术在国际银行业的应用及国际商业银行组织结构的变化进行研究,对我国目前商业银行组织结构的改革具有十分重要的现实意义。

一、信息处理观视角下的组织结构

（一）组织结构的信息处理观

在经典的组织设计理论中,组织结构的定义包括三方面关键要素:(1)组织结构决定了组织中的正式报告关系,包括职权层级的数目和主管人员的管理幅度;(2)组织结构确定了将个体组合成部门,部门再组合成整个组织的方式;(3)组织结构包含了确保跨部门沟通、协作与力量整合的制度设计。上述三要素设计了组织的纵、横方向。具体地说,前两个要素规定了组织的结构框架,也即纵向的层级,第三个要素则是关于组织成员之间的相

＊　杨德勇,北京工商大学经济学院教授,博士,主要研究方向为金融市场分析、金融市场结构研究等;高忻,北京工商大学经济学院研究生。

互关系,一个理想的组织结构应该鼓励成员在必要的时间和地点通过横向联系提供共享的信息和协调。

组织结构的信息处理观认为,应该将组织设计成能提供实现组织总目标所必需的所有纵向和横向信息流动的这样一种结构形态。如果结构不能满足组织对信息的需要,组织中的成员不是无法得到足够的信息,就是花费过多时间处理其工作中并不怎么需要的信息,这些都会影响到组织的效果。然而,在依靠纵向联系手段还是横向联系手段这个问题的处理上,组织存在着一个固有的矛盾:如果说纵向联系手段的设计主要是为了实施控制,那么横向联系手段的设计则是为了促进协调和合作,而后者常常意味着减弱控制。

(二) 信息处理观视角下的组织结构演变轨迹

由于管理的复杂化程度提高,管理分工在水平方向和垂直方向逐步展开,水平方向的分工产生了职能部门,垂直方向的分工则产生了层级组织。H. 西蒙指出:"层级结构使理性有限的人在复杂事物面前采取的最适形态。"组织理论之父马克斯·韦伯是最早分析和研究官僚科层组织的学者。之后,钱德勒从企业史的角度对美国近、现代企业组织演变进行了详细分析。不过他们更多的是从管理功能、集权与分权以及一体化角度进行探讨的。更近期的从经济学角度研究企业组织的,当属威廉姆森(Oliver E. Williamson)。威廉姆森在其《市场与层级组织》一书中,从信息结构角度来分析公司的组织结构,他研究认为,现代公司组织结构有三种基本类型:U型、H型和M型。他系统论述了从U型→H型→M型的演变轨迹,用严密的经济思维探讨了这三种组织结构的效率。

1. U型组织结构

U型组织结构是在吸收了由家族企业发展起来的中阶层管理方法和由铁路发展起来的高阶层管理方法的基础上发展而形成的。U型组织又称"一元结构",是指按商业功能来进行组织划分。在U型结构中,每个组织单元都不能独立完成商务活动,需要来自其他单元的配合。它是一种中央集权式的组织结构——公司的一切决策均来自于公司的最高领导,信息传递以纵向为主。随着公司业务规模的扩大,分工的日益复杂以及信息量的增加,这种组织结构模式显然是不能适应的,必然会出现"管理控制失效"(科斯,1937)。与U型组织相对应的组织形态主要是直线制、职能制、直线参谋制、直线职能参谋制。

2. H 型组织结构

创立于 20 世纪 60 年代的 H 型组织结构与 U 型结构的高度集权相比，是一种高度分权的组织结构，它是指一家企业可以拥有很多数量的不相关联的产业单元，实际就是一种控股公司结构。每个产业单元都是一个利润中心或投资中心，同时也是信息中心。

3. M 型组织结构

M 型结构是一种介于 U 型结构和 H 型结构之间的企业组织结构形式，钱德勒则称之为"多分支公司结构"。M 型结构一般按产品或区域来设立，是半自主的利润中心。M 型组织结构则一般表现为一种基于产品或地区的事业部制，信息在纵向和横向之间得到均衡配置，而以纵向配置为主。

上述企业组织结构的理论基础均建立在亚当·斯密的"劳动分工论"，弗尔德雷特·泰勒的"科学管理理论"和亨利·法约尔的"一般管理理论"的理论基础之上。其根本特点可概括为：强调将可重复的产品经营活动分解为一系列标准化和秩序化的任务，并分配给特定的执行者，以降低单位产品的劳动成本和设备成本并提高生产效率；强调由特定的管理层来监督和确保执行者有效地监督和确保执行者有效地完成既定任务，进而形成各种职能部门和自上而下、递阶控制的金字塔状的科层式组织结构。

商业银行的组织结构主要有单元制、分支行制、集团银行制、连锁银行制等模式。其中，单元制（U 型结构）和分支行制（M 型结构）是商业银行的两种比较典型的组织架构。目前的商业银行基本都采用过分支行制。分支行制是一种典型的科层结构，由若干层次结构互相关联而成为一个整体。分层的目的是为了缩小控制幅度，提高管理工作的效率，因为在信息技术不发达的情况下，管理太多的下层人士会使管理工作复杂化。但是，不合理的层次结构或层次过多，同样也会直接影响管理工作的效率，影响信息的纵向传递，并且不利于信息的横向传递。

二、信息技术在世界先进商业银行中的战略性应用

目前在世界先进商业银行中运用最先进、最具有发展性和战略性的信

息技术主要包括数据大集中、客户关系管理系统和网络银行。

（一）数据大集中

从 20 世纪 90 年代以来，发达国家的大金融企业为顺应金融业务和信息技术相融合的大趋势，耗费巨资把过去数十年来他们建立的分散的、功能较弱的、以业务自动化处理为主的单一计算机系统改造成为功能强大的集中式计算机应用系统，这种系统现在是国外金融企业经营管理和业务运作的核心基础和最重要的竞争武器。这个实现过程就是所谓的"数据大集中"，实现数据大集中的基本工具就是数据仓库和数据挖掘技术。

数据仓库是支持管理决策的、面向主题、集成的、随时间更新和持久的数据集合，是当前信息管理技术的主流，主要包含查询分析型（OLAP）工具、决策支持型工具（DSS）和数据挖掘型工具（Data Mining DM）。数据仓库使用面向主题的多维数据库技术，其信息来源并应用于内部各子系统和外部有关系统，为分析管理决策支持系统提供信息支持。在建设数据仓库时，将数据仓库与综合性业务处理系统、管理信息系统结合起来，建立全行统一的中央数据仓库，利用其仓库数据为银行管理和业务工作服务。其次，银行建立基于 TCP/IP 协议的开放型银行和内部网络（Intranet），实现与互联网（Internet）以及相应的客户信息和业务信息系统的有机结合，带动客户关系管理中客户合作管理子系统的建设。全球前 100 家大银行几乎都建有自己的数据仓库，2002 年全球金融机构在数据仓库方面的投资超过 85 亿美元，并且基于数据仓库的应用也呈级数增长趋势。

数据挖掘（Data Mining，DM）是一种决策支持过程，其主要技术手段是统计方法，包括数理统计方法、多元统计方法、计量经济学和时间序列分析方法等。此外，运筹学、人工神经网络和专家系统技术的发展，也为数据挖掘提供了新的思路。它的主要特点是能高度自动分析企业原有的数据，归纳推理，从中挖掘出潜在的模式，预测客户的行为，帮助企业的决策者调整市场策略，减少风险，做出正确的决策。银行业风险与效益并存，分析账户的信用等级对于降低风险、增加收益是非常重要的。

（二）客户关系管理系统

有效的客户关系管理离不开 IT 的支持，客户关系管理（Customer Relationship Management，CRM）系统通过引入主动营销、交叉销售、盈利分析、个性化服务的理念，帮助银行了解谁是好客户并保留这些客户。CRM 系统的普遍采用将是个必然的趋势，它使银行通过更有效地管理客户关系来为精心选择的目标客户提供物超所值的服务，构筑更牢固的客户关系，并赢得更多更有价值的客户和实现更多的销售，同时亦减少了员工的工作压力，达到更佳的工作效果。

客户关系管理系统的基础是客户资料库，数据包括客户信息、账户信息、产品信息和相关程序和知识，数据来源于多个渠道（包括银行的各个销售渠道、内部的业务数据以及相关的知识库）。客户关系管理的主要工具有：用多种特征对客户进行分类以帮助进行产品市场定位；客户整体盈利性分析；客户组和单一客户盈利性分析；营销活动的设计和运行跟踪等。通过对银行现有各系统的集成，客户关系管理系统可以做到统一平台，覆盖多种销售渠道，以及从同一平台获取多种信息。客户可以通过各种渠道（营业网点、电话、上网等）就能看到自己所有账户的信息和相关的咨询资料；银行通过对客户资料的分析在确切的时间以恰当的方式提供合适的产品以锁定正确的客户，银行员工可以大大降低工作量，不同岗位和级别的员工可以通过授权进入个性化的工作平台，如客户经理可方便地了解自己管理的所有用户和业务的资料并可进行轻松分析，还可通过工作平台完成各项工作（如提交客户贷款申请，查询行业信息和客户背景信息，更新客户信息，进行客户分析等），管理层可以了解全面的业务情况和利润情况，并逐项进行进一步深入分析，还可以对下属的工作进行监控。

（三）网络银行的发展

网络银行就是依托计算机网络实现银行服务，为客户提供各种金融产品的银行，它是目前国际上最新的银行服务形式，也是近年来商业银行开发建设的新热点。过去，银行系统的扩张模式主要是新建网点，增添人手。而Internet使得银行业的发展可以通过发展网络用户实现，而无须增加过多的分支机构来为客户提供服务。

在美国提供在线交易的网络银行已经开通了包括网上结算、网上借贷、网上投资理财在内的网络金融服务项目，如查询账户余额、转账、支付账单、申请贷款、支票停兑、购房、旅游、保险、养老计划、贴现经纪、互惠基金等。欧洲最大的商业银行之一德意志银行于2000年3月推出了"全球电子商务战略"，通过与国内外网络、软件和电信业等产业巨子的紧密合作，拓展全球金融业务。它与德国软件公司合作建立面向企业客户的"德意志银行市场门户网站",与美国和西班牙等银行合作建立"资金货架网",推出金融超市,与美国在线、雅虎、诺基亚等公司建立"多渠道银行",提供各种金融交易信息并经营有价证券交易和网上产品。网络银行打破了一百多年来银行业传统的经营模式,让消费者第一次发现银行服务的费用原来可以如此低廉,所提供服务的效率可以如此之高,服务方式可以如此便利。网络银行的出现是金融业的一场革命,它消除了时间和地域的差异,只需一台与 Internet 相连的计算机,就可以在任何时间、任何地点享受银行为其提供的金融服务。网络银行的出现不但精简了传统银行的分支机构,而且使银行的运营效率不断提高,并能为客户提供更有效、更具个性化的服务。

信息技术在商业银行中的战略性应用阶段,具有以下几个特征:

1. 面向客户

现代商业银行信息系统应该是一个能充分体现商业银行服务特点的面向多层次银行客户的系统,以客户为中心的设计思想贯穿整个系统,其实质是一种客户导向型体制。具体表现有:可为客户提供一揽子业务操作、业务咨询及账户信息查询;可办理所有币种的业务;以面向操作为主(辅之以面向记账的业务操作软件);面向账务集中。

2. 面向管理

由于现代商业银行信息系统高度复杂,一个概念统一、安全可靠、便于进行内部管理的综合信息系统必不可少,具体特点如:面向大会计(即各种业务共用一个核心账务系统,对外延伸出各服务平台);面向大网络(与各分支结构网络匹配);面向决策支持(如可进行预测分析、动态监控及提供辅助决策等)。

3. 大容量

商业银行的信息系统既要进行实时交易操作又要提供内部管理信息,同时,随着客户需求的变化和业务的迅速发展,业务操作系统亦要作调整,所以,商业银行的信息系统一方面要面向大数据,另一方面要具有可扩展性。

4. 面向资金安全

商业银行的主要数据是资金,保证资金安全是商业银行的基本功能之一,银行系统为客户提供最完整的安全体系,确保资金和相关信息的安全。

三、信息技术对商业银行组织结构设计提出的新要求

科层组织理论的控制主张和等级结构,决定其须受有效管理幅度原则的限制,即当组织规模扩大到一定程度时,必须通过增加管理层次来保证有效领导。随着银行规模的扩大,管理层次的增多,指挥路线的延长,信息传导与沟通的成本会急剧上升,这就可能导致信息在传递过程中的失真,从而导致银行管理存在层次重叠、冗员多、成本高、浪费大、对市场反应迟缓等缺陷。同时,科层式组织形式作为劳动分工、专业化和层级组织理论的结合体,决定了它是本着物质流运动的需要而建立起来的组织形式。然而在商业银行中,信息流很大程度上需要取代物质流的作用,因此,商业银行就需要打破原有组织形式中人为设定的市场、设计、研发、财务、人事等职能性工作之间的分工界限,建立一个面向顾客需求满足,集财务销售、市场人物于一体的有机的组织结构。

信息技术对组织结构设计的一些主要影响是:

(一) 组织小型化

信息技术使组织可以将许多活动外包出去,这样内部只需要配置少量的资源就行。网络型组织的中心单位可能只有为数很少的人员。另外,一些基于互联网运营的企业可能只存在电子空间中,而没有传统正规组织标识的东西。信息技术也能使传统组织用更少的员工完成同样多的工作,这也促使组织规模缩小。

(二) 组织结构趋向分权化

信息技术的发展是组织可以减少管理的层次,并促使决策权下放。原来只有总部的高层管理者才掌握的信息,现在可以快速而敏捷的传到整个组织,让甚至跨越巨大空间距离的人员共享。各个事业部和办公室的管理人员可以获得所需的信息,快速做出决策,而不需要等待公司总部的决策。信息技术促使有关人员能在线会谈和交流,从而有利于地理位置分散的自治工作团队成员间的沟通和决策。一个组织可以由若干小团队甚至个人所构成,这些团队和个人具有高度的工作自主权,彼此间可以通过电子化方式取得协调。虽然将信息技术用来实现组织信息和决策的分权化或者用来加

强集权化的组织结构要受到管理哲学和公司文化的内在影响,但是,今天绝大多数的组织都将信息技术用以实现组织的分权化。

（三）组织内外协调的改善

信息技术进步的一个最大影响表现在:它具有改善组织内及组织间协作与交流的巨大潜能。内部互联网、外部互联网和其他形式的网络能将分散在世界各地的办公室、工厂联结起来。此外,电子技术也促使网络型组织的各单位之间相互依赖。最近的研究表明,组织间的信息网络提高了组织之间的整合程度,模糊了组织的边界,并创造了组织间共享战略的可能性。

（四）高强度的员工参与

在现代技术条件下,一线的员工能够及时掌握其工作活动的有关信息,这使高强度的参与和自我管理成为可能。尤其在学习型组织中,企业的每位员工都与计算机网络相联,能充分掌握企业经营活动的各方面信息,这促使他们能全面地参与解决问题、制定决策和推进组织变革发展的各项活动。

依据信息技术对组织结构的新要求,我们得出以下商业银行组织设计的基本标准:

1. 决策单位分散化

为在合适的时间以合适的渠道和价格向客户提供最合适的金融产品和服务,要尽可能减少报告层级,下放决策权,使得决策更接近行动地点;同时组织联系方式要灵活,需要时即可产生直接、多点对多点联系;不同团队成员间频繁的接触交流行助于共同协商,科学决策。

2. 组织结构扁平化和信息资源集成化

网络时代的银行组织应尽可能减少报告层级。强调在协同工作前提下的因地、因时制宜;通过打破各组织间的信息壁垒,构建银行数据仓库,银行各职能组织间的信息资源由分散走向集中统一。

3. 组织边界模糊化

银行各职能部门之间的联系应是可渗透的动态连接,而非固定不变;各组织间项目导向而非职能导向,一项任务的完成,可能需要由众多小组跨部门进行联合作业。

4. 组织柔性化

在信息技术飞速发展和网络经济占主导的时代，以知识创新和不断学习为本质特征的组织面对瞬息万变的市场机会必须有灵活的响应机制，这就要求组织有足够的柔性与供应商、合伙人、顾客通过共同的价值链，并在市场的作用下，基于良好的信任合作关系结成"动态联盟"。包括减少层次和压缩规模；建立多功能单元小组；建立混合组织；重评隐含性终生雇用合同。减少层次和压缩规模源于降低成本的竞争需要，也反映了网络经济下信息和通讯技术对管理的冲击。建立多功能、多单元小组是为了管理跨单元项目和加快对市场的反应。建立混合组织是为了集中力量，共担风险、共同决策。重评隐含性终生雇用合同意味着将在组织柔性和员工安全之间做出某种权衡，"工作团队"是日前探索出来的一个有效组织。据 1999 年 8 月 20 日美国《商业周刊》报道，在美国 1000 家最大的上市公司中，1987 年有 28％的公司声称建立起了至少一种自主的工作团队，1996 年这一比例则上升到了 78％。工作团队主要有两种类型：一种是围绕企业核心业务而形成的比较稳定的工作团队，一种是为了短期开发或解决某一专门问题而建立的流动性工作团队。无论哪种工作团队，它们都拥有自己明确的工作目标，并拥有配套的实现目标所需要的决策和管理自主权。

四、信息技术影响下的国际商业银行的组织结构

组织结构的合理性来自其有效性，即合理的组织应能使各构成部分的任务明晰，了解自己的任务同组织任务的关系；明确组织的各子系统之间的协作与沟通关系，减少摩擦，有助于降低决策的不确定性，提高组织结构的适应性。信息技术就是在适应组织与消费者之间联结和合作的需要中而不断演进、发展的，但同时它又深化和扩大了这一联结和合作的趋势。在信息技术的影响下，有两种组织结构模式可供选择：即矩阵式结构和动态网络型组织。

（一）矩阵式结构

矩阵式组织结构是适应社会经济信息化、网络化的发展，伴随着客户需求的多样化，单一品种的、长期大批量生产的产品让位于小批量的不断创新的和完全按消费者定做产品的客观发展趋势而出现的。所谓矩阵式组织结构是由纵横两套管理系列组成的方式结构，一套是职能系列，另一套是为了

完成某一任务而组成的项目系列,纵横两个系统交叉重叠组成一个矩阵。通常为完成某一任务而成立的跨部门、跨企业的项目小组就是矩阵式结构的运用。这种组织结构的优点是:第一,它是完成某项工作目标而暂时组合的系统,其元素的选择不是行政级别,也不是按资产多少,而是按对某项目标创新贡献的能力。它把组织中的纵横向联系通过信息网络结合起来,加强了各职能部门之间的配合,能够及时互通情况、交流意见、共同决策。第二,它把不同部门的专业人员集中在一起,有利于相互启发、相互补充,更好地激发员工的积极性和创造性。由于这种组织是建立在信息网络基础上的,它可以把远隔千里之外的智力元素组合到矩阵之中,能用"远水"解近渴,从而极大地提高组织的质量和项目完成的效率。第三,它具有极大的灵活性。在矩阵组织的运营过程中,可以不断吐故纳新,淘汰失去创造力的元素,吸收新发现的创新元素。被淘汰的元素恢复创造活力后可再被吸收进矩阵组织,从而保持组织的创新能力。某一任务完成后,组织随即撤消,如有新的任务,可以重新进行组建,应变迅速。

国外银行所用的组织架构如图 1,就是矩阵式结构。

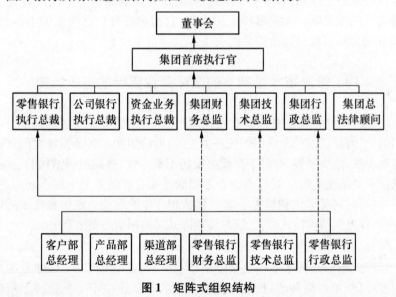

图 1 矩阵式组织结构

随着商业银行业务单元模式规模的日益增长以及业务性质的逐渐复杂化,每个业务单元就好比一家独立的、但又不削弱公司整体的中央化管理的与其他部门配合的公司。如图1所示,单元结构(包括地区性总部、分区、分行以及个别业务板块等)与集团总部结构互相对应,这样便于全行统一管理,更能有效地针对各业务单元在人员、配置及功能各方面的不同需要而做出相应的调整。自给自足的设计(单元内前、中、后台的设置)不仅促进了决策更有效率地被执行,而且使全行更能发挥核心优势并提高整体运行效率。同时,这样的矩阵式组织架构也便于双线式报告的执行。以零售银行为例,图1中零售银行各部门的负责人除了要向其在集团层面的零售银行执行总裁作"实线报告",还要向其相对应部门的集团总监作"虚线报告"。下面我们以花旗银行的实例来对矩阵式架构作进一步研究。图2是花旗集团的组织架构图,横向、纵向的分布一一对应,虚实管理和汇报关系明确。

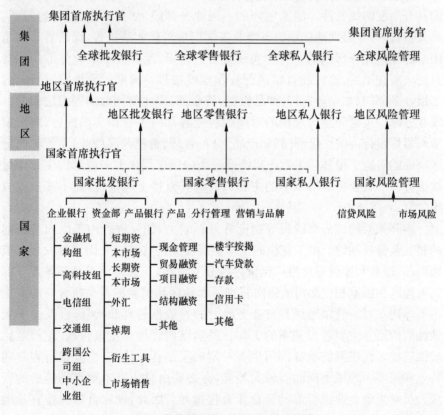

图2 花旗集团的矩阵式组织结构图

在部门设置方面,集团、地区和国家三个层面设立相对应的业务和运营部门是矩阵式管理的具体体现。这种设置方法有利于三个层面的对应部门实现紧密的协调与配合,使协同效益最大化。与其他国际商业银行相比,花旗银行特别重视三个层面对应部门间的协调与沟通,以便将最新、最好的做法贯彻到全球各个分支机构。花旗银行在每个层面均设有零售银行、批发银行、私人银行、风险管理等业务和营运单元,而在零售银行内又设有产品、分行管理、营销与品牌等业务功能,在批发银行内又设有企业银行、产品银行、资金部等业务功能。在集团和地区层面花旗银行均设有对应的后台处理部门,包括托管业务、基金管理、贸易服务、结算处理、支付业务等。各层面的对应部门间关系密切、交流频繁,在产品服务、人事架构、操作流程等方面具有高度的统一性。国家层面的一级业务部门(如批发银行、零售银行、私人银行等)主管向地区层面一级业务部门主管作实线报告,而后者又向集团总部相应业务部门的主管作实线报告。国家、地区的一级业务部门主管只是向所在国家、地区的首席执行官作虚线报告。国家层面批发银行内的二级业务部门(如企业银行、产品银行、资金部等)主管同时向国家层面的一级业务部门主管和地区层面的对应二级业务部门主管作实线报告,而国家层面零售银行内的二级部门(如产品、分行管理、营销与品牌等)主管则向地区层面的对应二级部门主管作实线报告而向国家层面的一级部门主管作虚线报告。二级业务部门以下的主管只需对其直接上司报告,而不涉及双线报告制。

矩阵式架构式的双线报告制充分发挥效力,加强银行内部纵向与横向的相互监督与制约。由于花旗的全球扩展模式是将其在美国多年发展的成熟产品、服务和经营理念推广至世界各分支机构,花旗较注重总部各业务部门对地区和国家相应部门的纵向管理。而地区和国家的首席执行官的职能主要体现在对所管辖地区日常业务经营的一般性管理和指导,以及开展大使性质的培养主要客户关系的工作。虽然纵向管理是主报告线,花旗对比较依赖地区性决策的业务部门也有一定的灵活性。比如,企业银行客户的特点和需要因地域不同而有较大差异,有必要由具丰富本地市场经验的管理人员对当地企业银行部的运营作直接指导。因此,国家首席执行官和地区企业银行部主管在对国家企业银行部的管理中具有同等的重要性。

（二）网络型组织

企业将自己限定在少数几项做得非常出色的活动方面，而将其他的工作交由外部的专业公司去做，这就形成了网络型结构。它代表了一种全新的组织设计方式，可以看作是外部许多专业化公司包含着一个中心组织。如图 3：

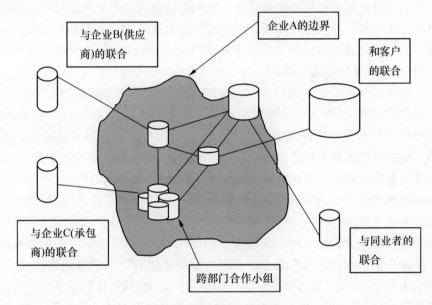

图 3　网络型组织结构

如果说矩阵式组织结构意在银行内部组织结构的改进，那么网络性组织结构则是注重于银行组织间结构的再造。在这种组织结构中，银行与客户、竞争者等外界要素的边界变得十分模糊。为完成某项任务或活动，银行员工既可以在银行内取得某种前端产品或服务，也可以借助外部的资源，具有很大的灵活性。银行的决策权可以下放，员工能够根据工作的需要、环境的变化，及时采取应变的措施。特别是在信息技术发达的当今社会，银行员工可以很容易地获得信息，直接做出决策，而不再处处依靠高层管理人员。

建立在优化整个客户价值链而不是单个银行价值链基础上的组织间再造是第二代银行再造的一个重要特征。如果银行专注于自己的核心能力，同时建立众多外部联系,使价值链中的每个环节都有最好的专业企业来完成,那么就能够获得一种基于集团的竞争优势,最常见的做法就是通过战略联盟将银行的非竞争优势业务外包出去,银行仅集中于自身具有充分竞争优势的业务。战略联盟将市场协调方式引入到组织中,以之取代了传统的纵向层级制。外包商可以根据需要进入或退出这一网络,这种动态性可以使银行更好地满足市场需要的变化。当今快速便捷的电子数据传送使网络化联结成为银行寻求在保持低成本的同时扩展业务或提高市场可见度的一种可行方案。这种结构注重组织系统的开放性,能够灵敏地反映环境的变化,保持组织系统的动态稳定。

银行根据客户需要和自身情况,仅选择、保留培养和运用最为关键、最有优势的功能,而将其他功能虚拟化——分化到社会中,借助外力完成,并且予以弥补整合。这样做的目的是在竞争中以有限的资源发挥最大的效率。虚拟经营所涉及的结盟范围是异常宽泛的,从后台业务处理上看,可能包括银行等金融机构以及信息技术企业;从分销渠道上看,可能包括各种金融企业和通信公司、有线电视等非金融企业;从内部服务业来看,可能包括会计师事务所、法律事务所、管理咨询公司等。专注于分销和顾客关系管理能力的银行扮演的是一种引领顾客上门的角色,顾客依靠银行的引领来决定金融决策。银行内部再造工程在很大程度上提升了与顾客的亲密度、信息的丰富度,但如果银行仅提供自己的金融产品或服务,就限制了客户的选择,从而处在一个先天的劣势上。通过与其他各种金融企业如保险公司、基金管理公司和其他银行结盟,银行迅速扩大了分销系统经过的产品或服务的数量,从而在接触的广度上容易获得竞争优势,实现一种虚拟的金融超市经营。因此,唐纳德·泰勒认为,随着银行专注于分销和顾客关系管理,银行将致力于实现范围经济,而非规模经济。

参考文献

[1]理查德·L·达夫特,《组织理论与设计》,清华大学出版社2003年。

［2］田晓军,《银行再造》,上海财经大学出版社 2002 年。

［3］聂叶,《银行再造》,中国金融出版社 2004 年。

［4］张向菁,《商业银行竞争力研究》,中国金融出版社 2004 年。

［5］熊继洲,《论国有商业银行体制再造》,中国金融出版社 2004 年。

［6］陈国进、沈炳熙,《信息技术革命与银行业的变革》,《改革》2002 年第 1 期。

［7］中国工商银行上海市分行课题组,《信息技术在银行业的应用》,《中国城市金融》2002 年第 7 期。

［8］Daft, Richard L., 1978, A dual-core model of organizational innovation, Academy of Management Journal, 21(2),pp. 193 - 210.

［9］Davenport,T. H. & Short, J. E., 1990, The new industrial Engineering: Information Technology and business process redesign, Sloan management Review, Summer,pp. 11 - 27.

［10］Jensen, Michael C.; Meckling,William H.,1995,Specific and general knowledge,and organization structure,Bank of America Journal of Applied Corporate Finance, 8(2),pp. 4 - 18.

（责任编辑:左峰）

黄海学术论坛

2006 年 第 7 辑　　Huanghai Academic Forum　　2006　No. 7

论重复博弈与诚信机制的建立

王 征[*]

近年来,诚信缺失问题一直是社会各界普遍关注的热点话题。学术界围绕诚信缺失现象已分别从伦理道德、法律学、社会学和制度经济学等多个层面进行了卓有成效的研究。本文认为诚信缺失与其说是一个道德问题,还不如说是一个经济问题,故而拟从博弈论的角度就诚信缺失现象产生的机制及如何遏制诚信缺失等问题作一些初步的探讨。

当我们把博弈论运用于信用分析时就会发现,在一次性博弈中,理性经济人的选择必然导致失信行为的产生。走出信用建设博弈困境的根本出路,在于改变游戏规则,而重复博弈则是建立社会信用关系的必要条件。因而,现阶段要想重建社会信用,必须按“重复博弈”的要求,对社会诚信机制建设进行新的制度安排。

一、诚信与失信的简单博弈分析

为了研究的方便,在本文的分析中做出以下假定:(1)本文只讨论两个厂商之间的诚信与不诚信的博弈,其中一方为 A 厂商,另一方为 B 厂商。博弈论的假设前提是 AB 两家厂商都必须是经济人,以追求自身利润最大化为目的而且不能控制对方的决策。这种情况下 AB 两家厂商该如何做出守约和违约决定呢? 尽管在现实经济活动中参与市场博弈的主体包括个人、

* 王征,辽宁大学经济学院博士研究生,济南社会科学院经济研究所所长,副研究员,研究方向为西方经济学。

厂商、社会中介组织和政府监督管理部门,但是厂商与厂商之间的博弈是最基本的,因此本文的假定仍然具有一定的代表性。(2)博弈双方都是理性人,追求利益最大化,并具有机会主义倾向,即当发现不诚信可以获利时,厂商就会选择不诚信策略。(3)博弈双方所有可选策略为:诚信与失信。(4)博弈中各方的支付。采取诚信,AB 两家厂商都可以获利 10;如果一方诚信而另一方失信,则诚信者损失为−10,失信者则获利 15;如果双方都失信,则双方获利为 0。从上述博弈分析中可以看出,其纳什均衡解为(失信,失信)。显然,这种结局是同市场经济的内在要求相违背的。因为市场经济是以信用交易为主的信用经济,诚实守信是市场经济的内在必然要求,同时也是市场经济实现可持续发展的前提条件。在市场交易中,如果一方实施机会主义行为,通过对他人利益的损害而获利,利益受损方并不会甘愿受到伤害;相反,他会采取各种措施来保护自己的利益,甚至终止交易。这样也就势必增加交易活动的成本,影响资源配置效率。之所以会出现这种两败俱伤的结局,是因为在博弈过程中博弈双方均发现,在不知道对方是否信守承诺的情况下,如果对方失信,而自己坚持诚信,诚信则有可能吃亏;如果对方信守诚信,而自己失信,失诚信反而可以得利。因此,从自身利益最大化原则出发,失信自然就是博弈双方的最优策略。亚当·斯密告诉我们,以追求个人利益最大化的每一个理性经济人通过其"自私自利"的经济行为将导致社会福利的最大化;然而,经济博弈理论告诉我们,在非价格因素和博弈双方信息不对称(更接近现实生活)的情况下,个人的理性行为导致的结果,却往往是社会的非理性。上述例子说明,正是由于经济人的理性行为,导致了社会信用的丧失和社会资源的浪费。

二、诚信与失信的重复博弈分析

之所以在两家厂商之间的博弈过程中产生(失信,失信)这种"囚徒困境"的结局,主要的原因是在于双方所进行的是一次性的简单博弈,即老百姓所说的"一锤子买卖",A 和 B 都无法根据这一次的博弈结果再组织一次博弈、再作一次选择,因此,每个博弈者都只关心一次性的支付。但从动态博弈来看,如果这种博弈是重复、连续进行的,博弈的结果就会发生改变,

（诚信，诚信）就会成为双方博弈的必然结果。因为在动态的博弈中，所有参与博弈的厂商过去的行为都是可观测到的，因而某一参与人可以通过在本阶段博弈中的选择，来回应其他参与人在上一个阶段博弈中的行为。这样一来在诚信的动态博弈中，如果A厂商在上一次博弈中因采取失信策略获利，并使得B厂商受到损失，那么在本次博弈中B厂商则也将会选择失信的策略来报复A厂商。换句话说，如果A厂商在第一阶段博弈中因失信而获利，那么将面临B厂商在以后所有阶段的报复。在这里，B厂商所采取的策略称为"以牙还牙"策略。这样，为了获得更长期、更稳定的利益，双方都会理性地克制投机行为，双方都会选择诚信与合作，于是必然会出现（诚信，诚信）博弈结果。由此可见，要想使诚信成为博弈者的主动选择，其关键是要把一次性博弈转化为重复博弈。

三、重复博弈的可信性分析

在上述动态博弈分析中，（诚信，诚信）博弈结局的产生是建立在威胁是可信的假设基础上的。所谓动态博弈中的可信性问题是指博弈中作为先行一方的A厂商是否相信后行动者会采取对自己有利或不利的行为。由于在本文的分析中已经假定了博弈双方都是理性的，因此，在先行一方的A厂商采取了失信策略后，对于B厂商来说，在诚信与失信两种策略的选择中，他肯定会选择失信的策略。因为采取失信策略带给他的支付是0，而采取诚信策略带给他的支付是−10，通过权衡利益得失，B厂商自然就会选择以失信来对付A厂商的失信。显然，这时B厂商采取失信策略的威胁是可信的。如果B厂商采取失信策略的威胁是可信的，A厂商决不会无视这个威胁的存在，那么在他先行动时，就不会铤而走险地选择失信。因为根据逆推法，A厂商在第一阶段选择诚信的支付为10，大于选择失信的支付0，那么A厂商在第一阶段理性地选择了诚信，这样一个可信威胁使该博弈的结果为（诚信，诚信）。但是，如果B厂商采取的失信威胁是不可信的，那么该博弈的结果会是什么样的？现假定博弈中各方的支付为：采取诚信，AB两个厂商都可以获利10；如果一方诚信而另一方失信，则诚信者损失为−10，失信者则获利15；如果双方都失信，这时A方支付为0，而B方支付则为−11。根据上述假定，AB两家厂商的博弈就发生了改变。在本模型分析中，我们同时还假定A厂商为先行动者并采取失信策略，而B厂商采取诚信策略，结果是A获利B受损。在进入第二阶段博弈时，B厂商在两种可选择策略下的支付发生了改变，即当A厂商选择失信时，B厂商选择诚信的支付为−10，选择失信的支付反而为−11。这时B厂商的最优的策略自然是诚信，因为诚信比失信的利益损失要更小，这符合理性人追求自身利益最大化的假定原则。在本博弈模型分析中的假定并非凭空虚构。因为在现实经济生活中，AB两厂商的经济实力或市场势力不一定是相同的，完全有可能A厂商是一家经济实力较强的大厂商，而B厂商则是一个经济实力比较弱小的厂商，因此在博弈的过程中，如果B厂商不顾自己的实力硬要对A厂商采取"以牙还牙策略"受到损失可能会更大。显然通过上述分析，我们可以发现B厂商对A厂商的失信也将采用失信行为应对的威胁是不可信的。一旦A厂商发现B厂商采取失信的威胁不可信时，博弈的结局就会是（失信，诚信），而不是（诚信，诚信）。比较诚信动态博弈中的两种不同结果，发现可信性问题在诚信博弈中起着重要作用。因此，在实践中如果能够有效增加对不诚信行为的惩罚力度，并使这种威胁是可信的话，这将在一定程度上起到遏制诚信缺失现象的产生和蔓延。

博弈理论认为，改变竞争规则是赢取博弈的根本出路。通过重复博弈对信用建设做出合理的制度安排来规范博弈双方行为，就可以使理性经济人降低交易成本、合理配置社会资源、使其"自私自利"的行为最大限度地增进社会福利。

重复博弈之所以能产生上述效果，因为它从根本上解决了以下几个问题：其一，重复博弈使得博弈双方都在更大程度上了解了对方的信息，使得更多的私人信息变为博弈双方的公共信息；其二，在重复博弈下，博弈一方会采取不首先背叛对方的策略，而且还会在下一轮中对对手的前一次合作给予回报，但它也会采取背叛的行动来惩罚对手前一次的背叛。

四、以重复博弈促进社会诚信机制的建立

在现实世界中，由于信息的不对称、理性人的机会主义行为和对不诚信

惩罚的可信性等因素的存在,因此在市场交易的博弈过程中出现不诚信或诚信缺失现象是在所难免的。本文在上述假定的基础上,通过博弈分析得出以下几点结论:

首先,在一次性的简单诚信博弈中,由于A和B都无法根据这一次的博弈结果再组织一次博弈、再作一次选择,因此,每个博弈者都只关心一次性的支付,选择(失信,失信)是理性人的最优策略,同时也是人的机会主义倾向的具体表现。要想克服这种"囚徒困境"的不利结局,使诚信成为博弈者的主动选择,其关键是要把一次性博弈转化为重复博弈。把一次性博弈转化为重复博弈基本的思路有两条:一是每个博弈者建立各自的交易圈。A与B的交易可能只是一次性的,但是A却要长期与B所在的圈子打交道,如果A对B失信,就有可能失去B的其他合作伙伴,还可能受到其他合作伙伴的报复。这样,通过交易圈,A与B的一次性博弈就转化为重复博弈。二是每个博弈者都建立并公开自己的信用记录。畅通的信息传递渠道是诚信重建的基础。市场制度是否完善和有效,很大程度上在于能否解决非对称信息问题。要使诚信者得益、失信者受损,关键在于信息的快速传递,使交易双方都能得到相关信息,使欺诈行为难有立足之地。一次失信也许会获得短期利益,但是把一次失信留下的污点记录在案并保存下去,会影响今后一系列博弈的结果,最终使得不诚信者永无立足之地。

其次,重复博弈有助于交易双方建立长期合作的信用关系。市场经济是建立在分工基础上的信用经济。企业在长期的交易过程中,相互信任、诚实守信有利于减少交易成本,实现资源配置的帕累托最优。通过诚信的动态博弈分析,我们发现在重复博弈中最成功的策略是诚实守信,合作互动的时间越久,就越会有助于人们遵守游戏规则;反之则会更狡诈,更容易选择欺骗的策略。这样一来,交易双方最终都会认识到,与其通过搞欺诈获取短期利益,不如实行诚信交易以求"双赢"。

再者,要加大对失信行为的惩罚力度,增加对失信行为处罚的可信性。诚信收益与失信成本的不对称是诱发诚信缺失的最主要的经济动因之一。在诚信的动态博弈分析中,一个可信的威胁是遏制诚信缺失最有力的进攻性武器。因此,在构建市场经济信用体系过程中,应加强诚信的法制建设,加大对失信行为的惩罚力度,增加违约失信行为的成本,减少违约行为的收益,使失信付出的成本大于其获取的收益。现实生活中诚信缺失现象之所以屡禁不止,在很大的程度上与对失信行为处罚力度的不够有着密切的关系。

在现阶段,要重建社会信用,必须按"重复博弈"的要求对信用建设进行新的制度安排:第一,要实现理性经济人行为的长期化。只有长期存在的理性经济人,才可能有永不间断的重复博弈。第二,应当建立包括相关博弈成员(法人和自然人)在内的信用信息资料库并向全社会公开,这种信息资料库可以让博弈的另一方更好地了解自己,又将使博弈方更好地树立自己的声誉。第三,让博弈双方拥有对方更多的公共信息,使重复博弈在合作的基础上进行得更久。第四,加强市场监督体系的建设,动员全社会力量来监督失信行为。在重复博弈中对失信行为的惩罚是通过"以牙还牙"式的报复来实现的,这毕竟会影响当事双方的经济效益;而动员社会力量监督失信行为,则有利于更有针对性地对失信者进行惩罚。

参考文献

［1］胡希宁等,《当代西方经济学前沿聚焦》,中共中央党校出版社 2004 年,第 96 页。

［2］哈尔·瓦里安,《微观经济学(高级教程)》(第三版),董晓远等译,经济科学出版社 1997 年,第 285 页。

［3］司春林等,《现代微观经济学》,复旦大学出版社 1998 年,第 231 页。

［4］张维迎,《博弈论与信息经济学》,上海三联书店/上海人民出版社 1996 年。

（责任编辑:左峰）

我国高星级饭店业发展的战略构想

魏　敏*

进入 2005 年后,饭店业的市场格局呈现震荡性调整和分配的局面。新建的和进行不同规模和层次改造的饭店(其中相当部分的酒店是在 2003 年非典期间进行改造的)陆续上市。酒店业市场在供求两个方面都将发生较大的变化,在新的一轮市场格局变化当中每家酒店都面临着机遇与挑战。高星级饭店业迫切需要适合饭店经营特点的竞争理论和战略的指导,以实现健康、可持续发展。

一、明确市场定位

找准市场切入点,准确进行市场定位。在细分市场的基础上进行合理的定位,确定本酒店的品牌形象,这有利于酒店在各种广告、资料、信息的轰炸中脱颖而出,让顾客记住本酒店传递的信息,从而在顾客印象中形成购买的欲望。近年来,与经济全球化相适应,各国商务客人在酒店客人中所占的比重越来越大。据哈沃斯国际咨询公司调查,世界酒店业的业务中,55%的客人来自商(公)务旅游,34.4%的客人是消遣旅游者,无论是从全世界来看还是地区来看,商务客人所占的比重都多于消遣旅游者。就中国而言,据我国有关部门统计,我国海外旅游市场中,70%是商务旅游者,城市中档酒店中,商务客人占 60%—70%,高档酒店一般占 70%以上。可见,商务客人是

---

* 魏敏,山东大学威海分校商学院副教授,研究方向为旅游饭店管理与市场营销。

我国中高档酒店主要的客户来源。高星级饭店的战略管理者要认清饭店产品消费者的真正需求或价值准则所在。他们到豪华的高星级饭店消费,除了满足其消除疲劳、求得饱暖、娱乐健身等表象的生理需要和心理需要外,还有对声望、地位、特色、优越等一些潜在的价值取向。所以,战略的重点应把竞争对手定位于其他的豪华饭店以及经营高尔夫球运动、名牌时装、钻石珠宝等同样可以向消费者提供上述价值取向的企业群体,而非与中低档饭店的价格竞争上。

二、酒店经营创新

1. 以网络为核心的经营模式

网络信息技术的应用和普及对饭店经营环境产生了重大的影响。旅游者可以通过互联网提供的丰富的信息进行网上预览,并通过互联网进行网上预订。快捷、准确的信息沟通,使饭店的信息处理和传输能力大大加强。我们应该充分利用网络带来的优势,开展网络营销,进一步实现营销途径的创新。

2. 酒店管理模式的现代化

进入网络信息时代后,信息化使酒店业的管理组织结构发生了根本的变化,由尖顶的金字塔形结构变为扁平的矩形网络组织结构模式,其管理模式的改变也要求酒店也进行其体制与组织的创新。

3. 定制化服务

如今,酒店已逐步进入个性化服务时代,即以客人的需要为中心去提供各种服务,也包括了超越标准的特殊服务。这本质上就是酒店业服务创新的一个体现。我国商务客人最感兴趣的是"房间的互联网接口"、"股票实时交易行情"和"外汇牌价行情",这三项分别占总数的 53.3%、30.2%、27.6%。根据上述调查资料显示的结果,我国酒店业应该及时调整店内服务内涵,适当加强商务服务。使客人满意。

4. 以人为本的管理模式

在酒店未来的经营管理中将会把员工的作用放在更加重要的位置。酒店之间的竞争,最根本的是人才的竞争。这就要求管理者在人力资源管理上有所创新。

三、建立品牌，吸引客源

　　品牌营销就是指使酒店的营销活动在市场上针对不同的消费者进行"一对一"传播，使消费者对酒店形成一个总体的、综合的印象和情感认同。并通过塑造品牌，建立品牌影响力和提高品牌忠诚度的过程。中国酒店业选择品牌营销是有必然性的。对酒店品牌的动态系统化管理。一般而言，酒店品牌具有三项功能：吸引消费者，为酒店创造高的附加值，同时是酒店规模扩张的资本。而时下中国大多数酒店，品牌营销的境界多止于前二者，利用品牌进行资产扩张屈指可数。为了适应国际旅游市场竞争规律，那些有品牌实力的国内知名酒店品牌应加快发展，采用先国内，后国际的发展之路，输出品牌，输出管理，打造中国人在旅游市场的航空母舰。酒店业市场竞争日趋激烈，要想在其中脱颖而出，唯有采用品牌营销策略，以品牌吸引消费，以品牌引导和促进消费。品牌是产品和服务质量及信誉的象征，也是消费者区分产品或服务的"无形推销员"，谁拥有了知名酒店品牌，谁就拥有了旅游市场的"点金术"。首先，国际著名酒店集团之所以能够发展到今天的规模，实质上是走了一条品牌营销之路，假日酒店就是一个很好的例子。(1)创立品牌。1952年，经历了一次"花钱买罪受"的旅行后，美国人凯蒙·威尔逊建成了一个拥有120个单元房间的汽车旅馆，并命名为"Holiday Inn"，此处 Holiday 为度假之意，旨在为旅行度假者提供住处，而 Inn 的原意是指乡村的"家庭小客栈"，意在给人一种温暖之感。(2)以特许经营权转让和输出管理的形式扩张品牌。1954—1967年为美国国内扩张时期，1968年起假日酒店开始向海外扩张：1968年3月第一家欧洲假日旅馆在荷兰的雷登开业，至1973年底遍及全球20多个国家，拥有与经营旅馆1500多家，客房22.5万间。到2002年，假日集团在中国管理的酒店共有24家，拥有酒店客房数8193间。需要指出的是，假日酒店集团与其旗下的100多家酒店之间的关系主要是特许经营权转让和输出管理，占其总数的3/4左右。所以，从某种意义上讲，输出品牌是假日酒店快速发展的原因，此点对于中国酒店业的发展应有借鉴作用。

　　品牌营销是中国酒店业实施国际化经营的必然选择。加入 WTO，国际竞争加剧，中国酒店业欲实施国际化经营战略，首先必须做大做强自身，即走集团化、品牌化之路方可与具有市场优势,经营管理优势,人才优势,信息优势的国际著名大酒店集团相抗衡。重视品牌形象的传播,将品牌建设的 MI、BI 和 VI 三个层次整合起来。MI 指的是酒店品牌包含的经营理念,是由酒店的经营信条、价值观、精神和方针政策等表现出来,是品牌建设的基础。BI 是酒店品牌的行为识别,通过酒店的服务质量、日常管理、竞争行为和对社会的责任体现出来,是酒店品牌建设的核心;而 VI 是酒店品牌的视觉识别,是文字、色彩和图案的结合,是品牌形象的外化。这三者必须有机结合,品牌才不会显得苍白、单薄、缺乏内涵。我国酒店业目前大多数都处在亏损或微利的状态,而行业利润的 80% 以上却向仅占旅游饭店总量的15% 的中外合资、中外合作、外方独资、委托国际饭店集中。出现这种情况,原因主要归其于品牌营销方面的不足,如营销观念不适应市场竞争环境的变化,市场调研的不足,目标市场选择的雷同,分销能力差等。这就迫切要求酒店业进行品牌营销创新,改变营销现状。另外,客源需求的变化,竞争对手的压力,创新利润的吸引,著名饭店的成功经验示范,以及饭店产品的文化性特点也构成了酒店品牌营销创新的基本动因。

四、连锁经营,走集团化道路

连锁经营作为一种饭店战略的组织选择,灵活地运用了产权合作制度,使企业边界模糊化,为加盟饭店创造采取共同行为的收益。同时,饭店连锁的发展,使饭店的价值创造途径从内部价值链扩大到各饭店之间,形成优势互补,是一种合理竞争的良性互动关系。另外,饭店连锁是从契约或合约的联结体出发的,它通过法定的形式规范相关主体之间的权利和义务关系,以维持其正当利益。可见加入连锁公司确是一个既能迅速增强竞争力,又能节约成本减少风险的有效途径。侣海岩(2003)先生有一个统计,连锁经营饭店的成本比单体饭店低 12%,这种交易成本竞争优势是相当关键的。连锁饭店组织的竞争优势,组织并非自发地出现,必须依赖于现存的资源、知识及支持结构,需要搜集和利用资源。搜集组织必需资源的难度在很大程度上取决于组织的性质和目标(Scott,1998)。组织能力的差异性,等同于企业战略创造价值的差异性(周建,2002)。当一个企业能够实施某种价值创造性战略而其他任何现有和潜在竞争者不能同时实施时，就可以说该企业拥有竞争优势(Barney,1995)。饭店连锁作为一种组织形式，逾越了资源获得的巨大交易成本，提供了组织结构的开放性、灵活性、扁平化乃至虚拟化，在市场竞争位势上显示出优越的效能。

　　酒店业是我国与国际接轨最早的行业，目前国外大型的酒店管理集团酒店已经进入中国，更加剧了国内酒店业的竞争。现代酒店要在激烈的市场竞争中立于不败之地，就必须顺应市场竞争与挑战的新变革，就必须有开创酒店销售新局面的新举措，即采取创新的营销手段。创新是一个过程，是一个创造成功因素的过程。现代酒店进一步发展的关键是创新，营销创新是现代酒店兴旺发达的不竭动力，我国酒店业必须赢在创新上。本文根据对我国酒店业的发展现状及其未来发展趋向的分析，对酒店业的营销创新方面提出了一些看法与建议，包括如何更好地对商务客人进行营销、如何利用现代先进技术进行网络营销等等，希望能给酒店经营者们带来一些提示及参考作用。

参考文献

［1］黄浏英，《现代饭店营销管理艺术》，广东旅游出版社2002年。

［2］宋雪鸣，《饭店创新经营与策划》，中国旅游出版社2004年。

［3］韩肃、苗钟颖主编，《连锁经营管理》，哈尔滨工业出版社2004年。

［4］魏小安，《旅游热点问题实说》，中国旅游出版社2001年。

［5］郑经，《现代酒店市场营销》，广东旅游出版社2004年。

［6］奚晏平，《世界著名酒店集团比较研究》，中国旅游出版社2003年。

［7］John Swarbrooke, Susan Horner，《商务旅游》，旅游教育出版社2004年。

［8］梭伦，《现代宾馆酒店营销》，中国纺织出版社2001年。

［9］冯颖如，《酒店商务客人营销初探》，《北京工商大学学报》2003(11)。

［10］林海英，《酒店经营管理发展趋向分析》，《经济经纬河南财经学院学报》2001(6)。

（责任编辑：左峰）

黄海学术论坛

2006年 第7辑　　Huanghai Academic Forum　　2006　No.7

信息产业对经济增长贡献
的国际比较分析

张志平[*]

从20世纪中期起,世界各国都在加速本国的信息化进程,大力发展信息产业,提高信息能力,以增强综合国力和国际竞争力。因此,为明确目前中国信息产业在世界信息产业中所处的地位及其对经济增长贡献与发达国家的差距,本文从各国信息产业对经济增长的贡献和各国信息产业综合能力两方面进行比较分析。

一、各国信息产业对经济增长贡献的比较

20世纪80年代以来,信息产业在全球范围内发展迅速,美国、西欧、日本的增长速度均高达两位数,是这些国家同期GDP增长速度的3倍以上。即使在经济萧条时期,信息产业年均增长也达10%—20%,部分行业年均递增30%。发达国家的信息产业已经成为国民经济的重要支柱之一,对经济发展起着举足轻重的作用。

(一)各国信息产业对经济增长直接贡献的比较

20世纪50年代以来,发达国家和一些新兴工业化国家在以计算机和因特网为标志的信息革命中获益匪浅,信息产业发展迅速,对经济增长的

---

　* 张志平,山东大学威海分校商学院教师,经济学硕士,研究方向为企业信息化、会计电算化。

贡献急剧增加。美国是世界上信息产业最发达的国家,1967年信息产业增加值占GDP的比重已超过50%;从80年代后期起,信息产业一跃超过汽车产业而成为美国的支柱产业;尤其是进入90年代后,美国信息产业发展迅猛,据统计,从1993年起,信息产业增加值每年都比前一年增加50多亿美元,而1997年比1996年增加100多亿美元。日本信息产业起步虽晚,但发展很快,1960年信息产业增加值占GNP的比重为29.5%,到1979年信息产业增加值占GNP的比重已达35.4%,信息产业占GNP的比重不断增长,说明信息产业的发展要快于其他产业,已成为日本国民经济发展的支柱产业。其他发达国家如法国、英国、澳大利亚等国信息产业对经济增长的贡献也很大,1972年英国信息产业增加值占GDP的比重已超过30%,而澳大利亚信息产业对经济增长的贡献在1978年已达37%。一些中等发达和新兴工业化国家如新加坡、韩国等进入70年代后信息产业发展也很迅速,新加坡在1972年信息产业增加值占GNP的比重为24.36%,韩国1980年信息产业增加值占GDP的比重达37%—41%。而中国信息产业的发展相对于发达国家和新兴工业化国家来说,起步晚、发展慢,信息产业对经济增长的贡献严重滞后,中国1982年信息产业增加值占GDP的比重只有9.0%,相当于美国1958年信息产业增加值占GDP比重的36.29%,相当于日本1960年信息产业增加值占GNP比重的47.87%;中国2001年信息产业增加值占GDP的比重为20.27%,比美国1967年一级信息部门[1]增加值在GDP中的比重还低,我国2001年信息产业对经济增长的贡献仅相当于美国60年代初的水平,表1列出了世界上一些国家信息产业增加值在GDP(或GNP)中的百分比。

表1　一些国家信息产业增加值在GDP(GNP)中的百分比　(单位:%)

国　家	年　份	一级信息部门	二级信息部门	合　计
美　国	1958	19.6	23.1	42.7
	1967	23.8	24.7	48.5
	1972	24.8	——	——
	1974	——	24.4	——

续　表

国　家	年　份	一级信息部门	二级信息部门	合　计
＊日　本	1960	14.1	15.4	29.5
	1965	14.1	16.5	30.6
	1970	12.7	16.8	29.5
	1979	21.0	20.7	35.4
英　国	1963	16.0	13.8	29.8
	1971	——	——	37.0
	1972	22.0	10.9	32.9
法　国	1962	21.6	——	——
	1973	24.8	——	——
	1975	——	——	——
澳大利亚	1968	14.6	——	——
	1977	22.0	——	——
	1978	23.2	13.8	37.0
韩　国	1980	19.9	17—21	37—41
＊新加坡	1972	12.76	11.6	24.36
新西兰	1972	——	——	18.6
＊中　国	1982	9.0	6.0	15.0
＊印度尼西亚	1975	——	——	8.9
＊菲律宾	1975	——	——	12.8
＊泰　国	1975	——	——	9.9

注：1. ＊表示 GNP，其他为 GDP。

　　2. 资料来源：马费成，《信息经济学》，武汉大学出版社 1997 年，第 125—127 页。

（二）各国信息产业对经济增长间接贡献的比较

信息化程度与经济增长成正相关关系，一国的信息化水平越高，表明该国信息投入在国民经济增长中起的作用越大，经济增长就越快，换言之，即表明该国信息产业对经济增长的间接贡献越大。而信息化指数是度量各国信息化程度的值，因此为比较各国信息产业对经济增长的间接贡献，本文用信息化指数法测度各国的信息化程度，并以此为依据进行比较分析。根据信息化指数法获得的一些国家和地区信息化指数见表 2。

表2　世界一些国家和地区信息化指数比较

国　家	年　份	信息化指数	国　家	年　份	信息化指数
日　本	1965	100.00	法　国	1965	110
	1973	337.26		1973	210
美　国	1965	242.24	西　德	1965	103.42
	1977	1006.9		1977	382.22
英　国	1965	117	中　国	1985	37.88
	1973	209		*2000	145.33

注：1. 资料来源：陈禹、谢康，《知识经济的测度理论与方法》，人民出版社1999年，第28页。

2. 中国2000年信息化指数为预测值。

从上表可以看出：

（1）美国信息化水平最高，发展最快，在70年代中期是日本及西欧国家的近两倍半，70年代后期美国与西欧、日本的信息化指数比值分别约为2.6和3.0，美国的信息化指数接近于日本和西欧各国的3倍。

（2）日本信息化程度提高较快，60年代中期日本信息化水平低于西欧主要国家，但进入70年代后，日本信息化程度得到较大提高，逐渐超过西欧各国。

（3）西欧各国信息化水平非常接近，与美国信息化水平发展的差距逐渐拉大，但70年代后期发展较快并逐渐超过了日本；总的来看，日本、美国、原西德在1965—1977年间信息化程度有较大幅度的提高，12年来，美国增长近4倍，日本增长3倍多，西德增长也接近4倍。

（4）与上述发达国家相比，中国信息化程度较低，中国1985年信息化指数是37.88％，约是日本的38％、美国的15％、原西德的36％。中国1985年信息化水平与日本1951年的水平相当，其间差距30余年，与美国的差距则更大，到2000年，中国的信息化水平才赶上日本70年代、美国60年代的信息化水平，而这些国家的信息经济仍在飞速发展。可见，近几年中国信息产业对经济增长的间接贡献虽然增长迅速但与国外相比，其差距仍在逐年拉大，因此发展中国信息产业、提高信息化总体水平的任务是相当艰巨而紧迫的。

二、各国信息产业综合能力的比较

为更加全面的认识中国信息产业对经济增长贡献在世界中的地位,本文继续从信息产业综合能力即信息能力角度进行比较分析。信息能力是指一个国家生产信息产品和开发利用信息产品的综合能力,它既包括通过高科技的信息技术与信息设备,处理信息的方式或手段,有效地运用信息资源,合理高效地组织和协调综合国力的各个要素内部和各个要素之间的关系,达到提高国家综合国力和国际竞争力的目标的能力,也包括生产和开发、普及传统信息产品(如报纸、书刊、音像出版物等方面)的能力。

综合评价信息能力需考虑的因素有:一国的基本经济实力和经济发展水平,如人均国民生产总值,信息产业占国民生产总值的比重、对信息产业的研究开发投资占国民生产总值的比重等;信息技术的应用,包括信息技术与设备部门的发展水平、信息网络系统建设的质量与水平、信息传输和咨询服务的质量与水平等;信息资源的开发与利用,包括信息存储量、信息有效利用的质量与水平等;信息劳动者,包括信息劳动者的质量和数量等。

考虑以上因素,鉴于统计资料的可获得性,采用以下 17 个指标来评价各国信息能力:X_1 每千人拥有个人计算机;X_2 每千人拥有传真机;X_3 每百人拥有电话;X_4 每千人拥有电视机;X_5 每千人拥有收音机;X_6 每千人拥有移动电话;X_7 每万人接入 Internet 用户;X_8 每百户打国际电话时间;X_9 每百人报刊期发数;X_{10} 每百万人平均科学家和工程师数;X_{11} 信息产业劳动力占就业人口的比重;X_{12} 大学入学率;X_{13} 每十万人在校大学生数;X_{14} 人均电信投资;X_{15} 信息产业增加值占 GNP 的比重;X_{16} 研究与开发经费占 GNP 的比重;X_{17} 人均 GNP。

本文选取中国与世界 28 个国家的信息能力进行比较分析,选择国家的原则是兼顾发展中国家和发达国家,发展中国家又侧重选择与中国邻近的亚洲国家。采用主成分分析法,我们得到世界上主要国家信息产业综合能力的排序,见表 3。

表3 世界主要国家和地区信息产业综合能力排序

排　名	国　家	百分得分	排　名	国　家	百分得分
1	美　国	71.76	15	波　兰	21.57
2	日　本	69.97	16	南　非	17.43
3	澳大利亚	65.59	17	墨西哥	17.11
4	加拿大	59.40	18	巴　西	15.38
5	新加坡	57.07	19	罗马尼亚	12.92
6	荷　兰	54.06	20	土耳其	12.71
7	英　国	53.45	21	菲律宾	11.54
8	德　国	53.25	22	埃　及	10.64
9	新西兰	52.32	23	印　度	9.28
10	法　国	49.26	24	印　尼	8.46
11	韩　国	40.23	25	泰　国	8.34
12	意大利	34.71	26	斯里兰卡	8.19
13	西班牙	33.75	27	中　国	6.17
14	俄罗斯	26.21	28	巴基斯坦	5.28

资料来源：宋玲，《信息化水平测度的理论与方法》，经济科学出版社2001年，第51页。

从综合得分看，世界主要国家和地区信息能力可分为四种类型。美国、日本、澳大利亚信息能力总得分在60分以上，是世界上信息能力最强的国家，它们领导着世界信息技术和信息产业的发展方向；加拿大、英国、荷兰、新西兰、德国、新加坡信息能力总得分在50—60分之间，属信息能力较发达的国家；法国、韩国、意大利、西班牙、俄罗斯、波兰信息能力总得分在20—40分之间，属信息能力一般的国家；南非、墨西哥、巴西、罗马尼亚、土耳其、菲律宾和埃及信息能力总得分在10—20分之间，属信息能力较不发达的国家；印度、印度尼西亚、泰国、斯里兰卡、中国、巴基斯坦信息能力总得分在10分以下，属信息能力最不发达的国家。

中国的信息能力最不发达。在进行比较的28个国家中，中国的百分得分排名列27位，为6.17分，比美国低65.59分，比日本低63.8分，这进一步表明我国信息能力和信息产业发展在各个方面均处于世界落后的水平，与信息能力发达国家相比存在很大差距。

三、国际比较分析的结论

通过信息产业对经济增长贡献和信息产业综合能力的国际比较,可以看出,尽管在短短的 10 年内,中国信息产业快速发展,取得巨大成就,但与信息产业发达国家相比,仍然存在巨大差距,"数字鸿沟"有加深现象。

(1) 从信息产业对经济增长贡献的比较看,中国 2001 年信息产业增加值占 GDP 的比重为 20.27%,仅相当于美国 20 世纪 60 年代初、日本 70 年代末的水平;中国 1985 年信息化水平与日本 1951 年的水平相当,其间差距 30 余年,与美国的差距则更大,2000 年中国信息化指数为 145.33,相当于美国 1965 年信息化指数的 60%,日本 1973 年信息化指数的 43.71%。

(2) 从信息产业综合能力看,对世界 28 个国家信息能力测度的结果表明,美国信息能力总水平得分为 71.76 分,是世界上信息能力最强的国家;日本信息能力总得分为 69.97 分,居第二位;澳大利亚居第三位。而包括中国在内的一些亚洲国家,信息能力总得分却在 10 分以下;特别是中国,排在第 27 位,信息产业综合能力得分只有 6.17 分,仅相当于美国得分的 8.60%,日本得分的 8.82%,就是与韩国和新加坡相比,也分别只有它们的 15.34% 和 10.81%。

目前在世界信息能力的竞争中发达国家占有世界 80% 以上的信息,处于有利的竞争地位,一部分发展中国家也正在积极调整产业结构,加快信息化发展速度,逐步缩小与发达国家的差距;而中国虽然也在加快信息产业的发展,加快信息化进程,但与美日等发达国家相比,仍存在巨大差距,即使与一些新兴工业化国家如韩国、新加坡等相比也存在较大差距。因此中国要在 21 世纪的国际竞争中生存,迫切要求加快信息产业的发展,加速信息化进程,快速缩小与发达国家的差距。

参考文献

[1] 陈禹、谢康,《知识经济的测度理论与方法》,中国人民出版社 1999 年。

［2］何晓群,《现代统计分析方法与应用》,人民大学出版社1997年。

［3］李晓东,《信息化与经济发展》,中国发展出版社2000年。

［4］马费成,《信息经济学》,武汉大学出版社1997年。

［5］马树才、郭万山,《经济多变量统计分析》,吉林大学出版社2002年。

（责任编辑：左峰）

黄海学术论坛

2006年　第7辑　Huanghai Academic Forum　2006　No. 7

工业化与城市化互动模型
及实证研究

宋远方　王德建*

城市化是伴随着工业化而产生的社会经济现象。在新的历史时期,为了促进经济的持续快速发展和社会的文明进步,中国政府把推进城市化和工业化作为一项重大的战略任务加以实施。学者们对工业化与城市化的关系进行了一些研究,但没有对具体的互动机制进行深入研究,以城市为对象对工业化和城市化的互动进行的实证分析也较少见。从经济角度讲,随着制造业分工细化和专业化程度的提高,经济主体间协作、互补、互惠的愿望日趋强烈,推动了生产要素和产业组织的区域集中;从城市化角度讲,降低成本的愿望驱动生产、服务和交易活动的集中,业务活动的集中推动人口和生活资料的集中,推动了城镇的形成与发展。工业化与城市化的互动是通过具体的机制实现的,生产资源配置机制和城市资源配置机制对生产要素的共同作用是工业化和城市化实现互动的具体机制。产业集群特别是制造业集群是生产要素集聚、交流与创新的内在要求和必然结果,也是工业化与城市化互动的契合点和城市发展的内在推动力。与江浙地区产业集群的发展模式不同,山东半岛制造业基地的产业集群是工业化和城市化互动发展的结果。

* 宋远方,威海市市长,山东大学管理学院博士生导师,经济学博士;王德建,山东大学管理学院博士生。

一、工业化与城市化的互动关系及原理

工业化与城市化的相互推动,是现代经济增长的一个突出特征。城市化是一个国家或地区实现人口集聚、财富集聚、技术集聚和服务集聚的过程,同时也是一个生活方式、生产方式和组织方式转变的过程,在这一动态发展过程中,城市化是一种必须付出社会和公共成本的支付行为,也是一个激发社会财富充分交融创新的载体。城市化水平已经成为衡量一个地区经济社会综合实力和文明程度的重要标志。在世界城市化的发展过程中,发达国家工业化与城市化呈现高度相关性,而发展中国家则更多地表现出工业化与城市化发展的不平衡性和非同步性。

(一)城市发展的基本模型:工业化与城市化的共同推动

城市发展水平取决于工业化与城市化的共同作用,城市发展水平可用函数表示(姜爱林,2004),其公式为:E＝F(C,I),式中,E表示城市社会经济发展水平,C表示城市化拉动因素,I表示工业化拉动因素。函数关系表明,一个城市的发展和进步取决于城市化推动力和工业化推动力的共同作用,对城市发展来说,工业化和城市化是城市发展的两条腿,缺一不可。目前,摆在理论工作者和城市建设的管理者面前的课题是,如何从工业化与城市化互动发展的基本原理出发,根据城市化和工业化的互动机制,找准切入点,针对不同的城市,选择适合自身发展的城市化和工业化的路径,实现工业化与城市化的良性互动与协调发展。

(二)工业化与城市化的互动机制模型

工业化与城市化的互动是通过一定的机制实现的。工业化与城市化的互动机制是在区域自然资源禀赋约束条件下,生产资源配置机制与城市资源配置机制共同推动生产要素的交流、集聚、创新,推动制造业集群和城镇发展,并通过信息反馈实现生产资源与城市资源配置机制的进一步调整、强化,最终实现生产和社会资源的优化配置和协调发展。

区域自然资源禀赋构成工业化与城市化互动的基础环境。资源禀赋决定了区域居民的生产生活方式,也对一个城市的产业结构发展与演变具有重要意义。一般来说,城市的最初发展往往是由最初的资源优势开始,并逐

步延伸到相关的产业链条,形成产业发展的资源型路径依赖。但是,资源优势不是持久优势,资源也需要不断投入、维护,尤其是不可再生资源。此外,随着社会经济水平的发展和消费模式的转变,原有的资源优势对经济发展的推动能力会削弱(即逐步丧失优势)或被别的因素所替代。所以,资源依赖型城市产业的发展要主动实现二次升级,自觉地摆脱资源依赖的锁定模式。另外,与其他要素相比,科技进步和知识对经济增长的边际贡献率日益提高,自然资源的可替代性弹性增大,所以单一的自然资源优势不能构成持久竞争力。

生产资源和城市资源的配置是通过经济组织的主体(企业、企业网络、产业集群等)和社会组织的主体(各级政府)对资本、人力资源和技术与信息的共同作用实现的,但是经济组织主体和社会组织主体对生产要素的配置手段是不同的。生产资源的主要配置机制是竞争、合作、互惠与信任,特别是在制造业集群内部,企业之间除了一般的竞争关系,还更多地通过合作、互惠和信任机制实现区域内信息和资源的互补与共享,为企业适应多变的生产和需求环境提供了组织柔性,通过企业间建立的网络联系,实现生产资源在网络内部的集聚、交流与创新。城市资源的主要配置机制包括产业政策、园区规划、土地与就业政策、政府投资、城市文化建设等。在城市管理中,政府通过发布产业政策的指导性意见和园区规划引导工业投资、产业结构调整和产业集聚的方向与区域;通过土地与就业政策引导农村劳动力向城镇转移;通过政府投资改善城市基础设施环境,培养人力资源,投资高新技术与创业基金,改善城市社会保障水平等,降低企业经营的商务成本,促进工业化和高新技术的发展;通过投资城市教育和文化建设,增进城市文明,促进社会诚信水平,建立制度信任机制,为工业化创造良好的社会环境。在工业化与城市化的互动循环中,工业化配置机制与城市化配置机制发挥作用的形式、强度、层次和重要程度并不一致,特别是在产业集群和城镇发展的不同阶段和不同历史时期,各种配置手段发挥的作用并不相同。实现工业化与城市化良性互动的关键是各种配置手段相互协调和补充,相互推动,相互强化。见图1。

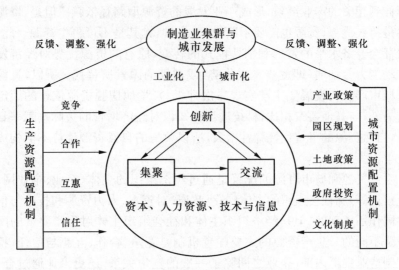

图1 工业化与城市化的互动机制

二、威海市工业化与城市化互动发展的实证研究

作为山东半岛制造业基地的龙头城市,山东省威海市近年来大力推动工业化和城市化进程,产业集群发展迅速,目前威海市已形成有产业优势和竞争实力的五大产业群:电子信息产业群、轻工纺织产业群、食品与医药产业群、建设运输设备产业群、机电工具产业群。2003 年实现人均生产总值33762 元,位居山东省第二位,仅次于石油资源丰富的东营市(39528 元),远远超过省会城市济南市(23590 元)和计划单列市青岛市(23398 元);在国家统计局 2005 年 3 月公布的 2003 年全国千强小城镇排名中,山东省共有 49个小城镇入选,其中威海市有 11 个;2004 年公布的《中国城市竞争力报告》(倪鹏飞等,2004)中,威海市在健康水平指数、战略控制指数、组织管理指数、治理结构指数、生产要素成本指数、产业集群环境指数、秩序与安全指数等指标中均排在全国城市前十位;根据刚公布的《2005 年城市竞争力蓝皮书:中国城市竞争力报告 No. 3》,在全国 200 个城市中,威海市的综合竞争力排名由去年的第 36 位飙升至第 27 位(倪鹏飞,2005),2004 年地区生产总值

更是突破 1000 亿元，达到 1008.8 亿元，实现人均生产总值 40614 万元，取得良好的经济和社会效益，实现了社会经济的健康可持续发展。对威海市近几年的工业化与城市化互动发展状况进行实证研究，具有典型意义。

（一）威海市工业化与城市化互动发展的基本判断：工业化与城市化快速协调发展

对 1999—2004 年威海市城市化率和工业增加值占 GDP 的比率及非农业人口占总人口的比率进行比较分析，见表 1 及图示：

表 1　威海市 1999—2004 年工业增加值占 GDP 的比重、
非农人口占总人口比例及城市化率表

年　份	1999	2000	2001	2002	2003	2004
工业增加值占 GDP 的比重（%）	45.83	49.3	49.28	51.11	54.44	56.33
非农业人口占总人口比例（%）	33.82	36.62	39.47	41.7	44.4	45.77
城市化率（%）	46.1	48.2	49.8	51.9	53.2	61.7

1999—2004 年威海市工业化与城市化比率曲线变动表

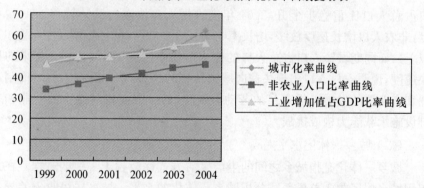

数据来源：根据威海市 1999—2003 年统计年鉴及 2004 年威海市政府统计公告整理。

由上可以看出，(1)三条曲线基本保持平行发展，没有大的波动；(2)除 2004 年外，城市化率曲线和工业增加值占 GDP 比率曲线基本重合；(3)非农人口比率曲线低于城市化率曲线和工业增加值占 GDP 比率曲线。结合威海市其他统计资料，可以得出如下结论：

（1）除 2004 年城市化率指标略高于工业增加值占 GDP 比率（高 5.37%）外,1999 年到 2003 年间两个指标的差异都在 1%左右,表明威海市的城市发展和产业发展协调稳定,工业化和城市化基本保持同步,工业化与城市化实现了良性互动。2003 年威海市地区生产总值达到 836 亿元,比上年增长 17.9%,增长速度据全省首位,实现人均生产总值 33762 元,远远超过省会城市济南市（23590 元）和计划单列市青岛市（23398 元）。

（2）2004 年威海市城市化率较以前年度显著高于工业增加值占 GDP 比重,出现城市化加快发展的迹象,即城市化速度开始超过工业化的速度。一个有力的解释是,2004 年度全市个体私营企业高速成长,达到 6.9 万户,比 2003 年增加 7555 户,增长 12.3%；从业人员达到 30.37 万人,增长 56.1%；注册资金 148.75 亿元,增长 65.2 %,上缴税金 5.6 亿元,增长 31.9%。即个体经营者大量进入城市从事经营活动,提高了城市化率。从威海市的资料分析,农村劳动力进入城市从事私营经济,有力地推动了威海市的服务业和工业的发展,即工业化为城市化率的提高提供了充分的就业岗位,必将进一步推动工业化与城市化的良性互动。

（3）2003 年前的各个年度,农村劳动力稳定有序的向城镇流动,非农人口占总人口比重稳步上升,2004 年度农村人口快速向城镇转移。2004 年度,非农人口增长速度放缓,增长率为 3.3%（2003 年前各年增长率都在 6%以上）,而同期城镇人口占总人口的比率增长率达到 16%,达到 5 年来的最快速度,说明农村人口出现快速向城镇转移的趋势,一方面将为威海市制造业和产业群的发展提供充足的劳动力资源,另一方面将对城市的就业和基础设施承载能力构成挑战。

（二）城乡一体化水平提高

城乡一体化是指城乡之间的生产生活方式逐渐趋于一致的过程。在此仅用城乡居民收入差异系数分析城乡一体化的水平。城乡居民收入差异系数（反映城乡居民生活水平的差异程度）：$S = 1 - S1/S2$。式中：S：城乡居民收入差异系数；S1：农村居民的人均纯收入；S2：城镇居民的人均可支配收入。当 $S \geqslant 0.5$ 时,处于城乡二元结构状态；当 $0.2 \leqslant S < 0.5$ 时,处于由城乡二元结构状态向城乡一体化过渡阶段；当 $S < 0.2$ 时,基本完成了城乡一体化的过程。依据威海 2004 年统计资料,农村居民的人均纯收入为 5376

元,城镇居民的人均可支配收入为 10194 元,计算可得城乡居民收入差异系数为 0.473,由此可见威海市处于由城乡二元结构状态向城乡一体化过渡阶段。

(三)制造业集群快速成长,生产资源与城市资源的配置实现良性互动

根据对威海市制造业集群设计的问卷调查结果和实地访谈资料,结合威海制造集群发展的绩效,可以得出如下结论:威海市制造业集群内的信任、合作、互惠机制与城市文化和制度交相呼应,生产资源与城市资源的配置实现良性互动,相互加强,促进了资本、人力资源、信息和技术的集聚、交流与创新活动,制造业集群的规模经济性和范围经济性成效显著,既为制造业集群的稳定快速发展打下基础,也有力地推动了城市财政收入的快速增长,为政府实施更为有效的城市调控政策准备了财力保障。根据对集群内企业的实地访谈资料,集群内企业对信任、合作、互惠机制的认同度较高,并认为城市文化与制度、社会网络关系强化了这些机制,这种互动对产业集群的持续成长提供机制保证。与江浙地区部分产业集群的自发成长模式不同,威海市制造业集群的成长和演进一直受到城市产业政策的积极调整与推动,可以说,制造业集群是威海市实现工业化与城市化互动的载体和契合点。2004 年威海市五大产业群实现增加值 437.31 亿元,占全市规模以上工业的 80.26%,增幅为 27.7%,超过全市规模以上工业发展速度 1.2 个百分点,对全市规模以上工业经济增长的贡献率为 83.1%,拉动规模以上工业生产增长 22 个百分点,其中发展最快的为电子信息产业群,增加值增长 101.2%,比 2003 年翻了一番。产业群的发展带动财政收入快速增长,2004 年威海市实现财政总收入 84.24 亿元,增长 40.7%,其中,地方财政收入 42.64 亿元,增长 42.9%,国税、地税收入 61.35 亿元,增长 21.6%。

(四)生态旅游业、外来投资和高新技术产业与工业化、城市化发展实现良性互动

以生态旅游业为载体的体验经济模式不仅有力地推动了外来投资(物质、技术、人才、信息)的流入,为工业化和城市化的互动注入了新鲜血液,而且推动了高新技术产业的发展,高新技术产业成为威海市工业化与城市化互动的引擎。威海市旅游资源丰富,自然条件优越,人文气息浓厚,"最适合

人类居住和创业"的观念深入人心,这也是威海市的城市品牌,旅游业将是未来威海市发展的主打产业。尽管目前旅游产业的发展带动经济增长的速度较慢,但旅游产业发展的外部性却比旅游业本身的效益明显的多,体验经济模式有力的推动了外来投资的涌入,外来的资本、人才、技术、信息与城市本身的生产资源和城市资源交融与互动,自发地增强了城市资源配置机制与生产资源配置机制的内在协调能力。外来投资还推动了高新技术产业的发展,高新技术产业的发展则从更深的层次拉动工业化与城市化的互动。2004年威海市高新技术产业完成产值470.4亿元,比去年增长51.7%,比同期工业总产值增速快23.6个百分点,占工业总产值的比重为22%,比2003年提高2.2个百分点。

三、工业化与城市化互动发展的两个基本问题

（一）农村劳动力转移还是农村城镇化

城市化的基本途径主要有两种,一种是把农民吸引到城市务工并留在城市成为市民,另一种是通过农村城镇化实现农民的就地城市化。哈里斯等人提出了农村劳动力向城市转移的哈里斯—托达罗模型,根据模型,农村劳动力向城市转移主要取决于城乡劳动力市场的工资比较,用公式表示为：$Mt = f(Wu - Wr)$（Mt代表在t时间内农村向城市移民的数量,f代表反应函数,Wu代表城市工资收入,Wr代表农村的工资收入）。

哈里斯—托达罗模型表明,当预期的城市工资收入超过农村的工资收入时,农村劳动力将持续地向城市转移,促进地区城市化水平的提高;只有当农村移民数量多到迫使城市失业规模增大、工资收入下降,足以使城市的预期工资收入与农村工资收入相等时,农村劳动力向城市的转移才会停止;当城市预期工资收入小于农村工资收入时,会诱使劳动力从城市向农村转移。转移的速度取决于反应函数和预期工资收入差异的大小。模型对农民到城市打工的现象具有一定的解释力,也给城市管理者一定的启示,即不断提高城市居民的收入、福利和社会保障水平,给到城市打工的农民提供市民待遇将有利于农村劳动力的转移。但是模型的局限也很明显,模型把城市和农村从地理意义上区分,事实上,随着农村的城镇化和工业化发展,农民

不需要向城市转移也可能脱离传统的农业耕作而成为现代工人,如浙江地区农村大量的民营企业和乡镇企业的成长壮大使大批农民成为现代工人甚至企业家,再如随着风景旅游区的开发,旅游区的农民转而从事服务业从而大大提高了收入。事实上,农民向城市的转移和农村的城镇化是实现城市化的两种基本形式,两种形式要求的资源条件、实现机制和政策导向不同,付出的成本和取得的效果也不同,但它们的本质是相同的,即实现农民生产方式的转变、收入的提高和生活方式的转变。

根据学者们的研究和中国城市化进程中出现的问题,农民大量拥入城市会在短期内造成城市基础设施负荷过重,带来城市就业机会的短缺和城市人员的失业率上升,从而带来一系列的社会问题,影响城市经济的稳定和持续发展。威海市中心城市规模小,基础设施条件较好,社会稳定,经济繁荣,如果大量农民涌入城市,会带来中心城市经济和社会生活的动荡,影响安定祥和的社会经济形势。在城市化进程中,威海市为避免大量农民涌入城市,选择了农村城镇化的城市化路径,即通过开发中心城市周围的卫星小城镇,推动民营经济和集体乡镇企业为基础中小产业集群发展,以加工制造业带动海水养殖业、特色经济农业和旅游产业发展,使当地农民就地致富,平稳实现了农村的城镇化。在威海市工业快速增长的几年里,始终没有出现农村劳动力大量向中心城市转移的现象,既减轻了城市就业的压力,也促进了工业化与城市化的良性互动。

(二)工业化与城市化互动的模式

工业化与城市化互动模式为:特色小城镇——以民营企业和乡镇集体企业为主体的中小城镇产业群——以大型企业集团和高新技术企业为龙头的城市产业群——现代城市。

为实现农业劳动力向工业部门转移,有两条有效途径,一是以特色城镇为基础,通过产业政策和地区规划发展以民营企业和乡镇集体企业为主体的城镇产业群。在城郊和中小城镇,以特色农业或当地资源优势为基础,大力发展民营企业,同时引导各类经济(集体经济、民营经济、乡镇企业)通过改组改制及专业化分工形成中小企业集聚的特色小城镇和特色产业园区;二是以"公司+农户"模式,鼓励城市有经济实力的大公司拉长和延伸产业链条,把农业生产纳入工业加工制造业链条和生产计划,实现农业增收和农民向工人的转化。在中心城市,为不断提高城市化和工业化的质量,以大企业集团和高新技术企业为龙头,吸引上下游配套企业集聚,拉长产业链条,形成大规模的产业集群并逐步完成产业结构的调整和升级不断增强城市和产业竞争力。从城市角度讲,大城市是由中心城市和各具特色的现代小城镇有机组成的城市群体,小城镇之间及与中心城市通过高密度的交通网络实现物理联结;从工业化角度或从经济角度讲,城市经济是通过内在的、有机的产业链和产业群互动实现实质上和价值上的集聚、规模经济和技术创新。

四、结论与启示

工业化与城市化之间的良性互动是城市协调发展的基础和动力源泉。城市化与产业化相辅相成,只重视工业发展而不重视城市化进程会对经济发展产生负面影响。从根本上说,城市化为工业化的发展创造了制度环境,工业化则是城市化的经济基础。从内在联系分析,城市化和工业化的互动是通过对生产要素的配置实现的,即通过生产资源的配置机制与城市资源的配置机制协调作用,相辅相成,通过彼此的互动实现城市和生产资源的优化配置,实现城市和农村经济的协调发展。工业化与城市化的互动发展是一项系统工程,其系统原动力是工业化和生产力发展的推动,离开了工业化的城市化,只能是贫穷的城市化。

实现工业化与城市化互动的关键是生产资源配置手段与城市资源配置手段的协调作用。工业化与城市化的互动循环是闭合的,既要充分发挥工业化对生产资源配置的主导性作用,也要发挥城市化配置资源的补充性和调节性功能,因为工业化配置机制与城市化配置机制发挥作用的形式、强度、层次和重要程度并不一致,特别是在产业集群和城镇发展的不同阶段和不同历史时期,各种配置手段发挥的作用并不相同,关键是实现各种配置手段相互协调和补充,相互推动,相互强化。

产业集群是产业组织的创新形式,也是工业化与城市化互动发展的载体和契合点,由于我国产业集群发展中的系统缺陷和市场失灵比其他国家更为严重(倪鹏飞等,2005),政府通过积极的产业政策、园区规划与制度建设,在农村和中小城镇积极引导和推动以民营企业为主体的中小产业集群发展,在中心城市推动以大型企业集团和高新技术企业为龙头的制造业集群发展,是提高工业化与城市化规模和质量、增强城市和产业竞争力的有效手段。

参考文献

［1］景普秋、张复明,《工业化与城镇化互动发展的理论模型初探》,《经济学动态》2004 年第 8 期。

［2］姜爱林,《城镇化与工业化互动关系研究》,《财贸研究》2004 年第 3 期。

［3］倪鹏飞等,《中国城市竞争力报告》,社会科学文献出版社 2004 年。

［4］倪鹏飞等,《2005 年城市竞争力蓝皮书:中国城市竞争力报告 No.3》,社会科学文献出版社 2005 年。

(责任编辑:左峰)

黄海学术论坛
2006 年 第 7 辑　　Huanghai Academic Forum　　2006　No. 7

试析威海机电工具产业群
发展中政府的作用

岳　军[*]

一、政府在产业集群建设中的作用

从根本上讲,产业集群化是一种市场行为,但在现代经济中,政府在产业集群形成和发展中的作用也是不容忽视的。发挥政府作用的原因既来自于社会化大生产所要求的内在比例性和结构优化的要求、市场竞争压力、经济活动对现代基础设施等环境的依赖,也来自于集群产业和企业自身的客观实际——在产业集群的成长过程中,不仅最初往往是由中小企业承担的,而且在发展过程中,除具有主导作用的大企业外,众多中小企业的存在和发展也是其发展的基础和支撑,正是依靠它们的活动,才使产业分工关系趋于合理化,例如,美国和日本的汽车行业,其零部件协作工厂有上万家之多。由于在技术、融资、研发等方面中小企业与大企业相比处于劣势,所以更需要政府的保护和支持。

虽然各国和地区在产业集群发展中政府的作用方式、范围、程度各不相同,但发挥政府作用的基本准则还是一致的,即在遵循"市场优先"原则的前提下,市场做不好、做不了的事情,就需要政府来做。例如,当政府与市场能够同处理某种有益于产业发展的事宜(如搭建信息、技术、市场交流平台)

*　岳军,山东大学威海分校马列部讲师,南开大学经济学院博士生。

时,如果企业的力量不足,或政府来做这些事情的比较成本较低,再或者这类事情的正外部效应较强,而现有企业关系又不足以使其社会效益完全发挥出来,那么,就需要政府出面完成该项任务;同时,如果需要政府出面处理某种事务,但各受益主体存在受益不均问题,那么,在由政府出力的同时,企业则可以通过按比例筹资或受益缴费的形式调节利益关系。

根据一些国家和地区如日本、韩国的实践,区域经济发展的过程中,政府的作用除了表现在基础设施、交通通讯条件、能源建设以及体制创新、劳动用工制度、土地审批、公共服务改善和规范管理外,还具体表现在下列方面:

(1) 制定产业规划,并根据规划,通过法律、税收、技术、金融信贷和信用制度建设等手段为企业提供政策支持,通过政府掌握的资源和项目引导企业投身于集群产业。政府根据本地区产业发展的比较优势和特点,对能够走集群化发展模式的产业制定产业集群发展规划,明确产业发展目标和方向,针对发展中存在的问题和产业集群发展的内在要求,采取切实可行的政策措施加以调节,对产业集群的形成和发展具有引导和促进作用。这种产业规划和政策的作用已为那些实行赶超战略的国家和地区的实践所证明。以金融、信用支持为例,日本在 20 世纪 50 年代以后的加速发展时期,根据产业规划,不仅中央政府制定了一系列法律规范,并在中小企业厅下设立中小企业金融公库、国民金融公库、商工组合中央金库和中小企业信用公库,而且地方政府或公共团体也成立了信用保证协会等组织,为那些需要发展的产业中的中小企业发展提供金融信用支持。

(2) 政府可以对辖区内的创新、创业活动和结构调整给予支持。创新与创业活动能够为集群发展提供新鲜血液,并通过创新的乘数效应,带动产业升级和集群快速发展。但在这些活动中,风险成本和传统认知的阻碍,以及资源流动和资源使用、组合方式转换所要付出的代价,会减慢创新、创业和结构调整的步伐。为此,就需要政府通过设立组织机构、实行相应政策加以鼓励和支持。例如,韩国政府根据其制定的《中小企业振兴法》、《促进中小企业经营稳定及结构调整特别措施法》和《中小企业创业支援法》,主要由中央和地方财政作为资金来源,设置振兴基金、结构调整基金和创业支援基金,重点用于扶持中小企业发展,促进产业和产品结构调整和鼓励创业。日本的《中小企业创造活动促进法》也规定,中小企业经营者或创业个人制定的关于开展新技术研究开发及实现事业化计划,经都道府县知事批准后,可以从政策性金融机构获得低息贷款和设备投资减损等支援。

（3）为企业发展提供人力资源培训、教育、研修支持和信息情报服务，帮助企业搭建信息、技术、市场、人力、资源共享和交流平台。作为一个分工系统或整体，集群产业中的相关企业在信息、技术、市场、资源等方面往往具有受益外溢性的特点，使其私人成本与私人收益不能对称。甚至对于部分中小企业而言，其无力或不愿从事部分开发活动。如果由政府根据本地区集群产业发展的实际，出面建立集中性的中介机构和开发渠道，如科技中介机构、各类行业协会、企业家交流集会或促进会等，利用开发机构和设施受益的非排他性特点，不仅会降低平均企业成本，而且有利于增强这类活动的规模经济效应和社会效益。例如，日本长野县坂城町和中央政府共同筹建的长野县技术培训中心和山梨县为振兴地方产业成立的21世纪财团，通过帮助企业进行研究开发、人力开发、促进产学官交流、提供信息服务和业务联络，有力地支撑了中小企业发展。

（4）为企业经营管理提供指导。实现管理科学化是现代企业制度的重要特征，但仅仅通过企业制度和各类市场形成的激励和约束，仍然会因管理者的信息失真、知识有限、判断失误、行为不当而造成决策和行动错误。更何况，中小企业本身就面临着人才短缺问题，市场的监督与约束功能也只是一种事后调节。所以，由政府或社会机构出面，集群体力量，为经营管理人员提供一种经营管理和决策上的指导制度和机制，帮助他们在事前获得更充分的信息，为其提供可选择的方案和改善经营管理的办法，不仅是必要的，而且对提高经营管理和决策水平也是非常重要的。在这方面，日本的中小企业诊断指导制度和经营咨询业资格制度，业已为日本社会广泛认同，可以为发展产业集群的地方政府所借鉴。

此外，由于政府在组织能力和威信上具有优势，在与外界的联系方式上也有企业不具备的特点和渠道，如区域政府间的访问、合作、交流等，发挥政府的这些长处特点，与企业合作，帮助企业建立的广泛联系，也是政府作用的一个重要方面。

二、威海机电工具产业群建设的对策建议

自威海地级市成立以来，机电工具产业通过内引外联、创新调整获得了

迅速发展,成为全市的支柱产业之一,也已具备利用产业集群提升竞争力的基础性条件。全市规模以上机电工具企业已达 169 家,且在工业增加值、出口交货值、销售收入、利税方面保持了较强的增长势头,2003 年上述指标分别比上年增长 43%、26%、31% 和 15%。以木工机械、印刷机械、建筑机械、电机产品为代表的产品门类生产专业化程度不断提高,正在逐步向数控化、大型化、成套化方向发展,在国内市场上具有较好的经济效益和一定的市场占有率,其中,木工机械产品的国内市场占有率达 60% 以上,建筑塔机国内市场占有率达 20% 以上,全市机电工具产品已有 20% 打入国际市场。另外,利用产业集群发展机电工具产业的思想观念业已为相关主体所认同,市委、市政府成立了产业群发展领导小组,负责制定和落实机电工具产业群建设的实施意见。同时,威海与韩国、日本隔水相望的地缘优势,近年来,韩日两国制造业国际转移,与威海的经贸往来日益活跃,对机电工具产业集群建设也提供了有利的外部市场条件。

但是,从目前来看,作为起步阶段的机电工具产业群建设,尚存在诸多问题有待解决。突出表现在:

(1) 企业技术装备落后,科技研发资金投入不足,创新能力和经济效益尚待进一步提高。近年来,虽然部分机电工具产品的科技含量在不断提高,但从整体上看,全市机电工具产业的装备大多属于 20 世纪六七十年代的水平,现代化设备的比重不足 10%,自动化、智能化的机械加工和装配生产线寥寥无几。同时,全市近 90% 的企业没有科技研发活动的状况在机电工具企业中也表现得比较严重,现有机电工具企业中,建立省、市级技术开发中心的只有 13 家,仅占该产业规模以上企业总户数的 7.7%,这不仅使得企业和产业的整体实力和经济效益受到影响,而且会危及未来发展。与 2002 年相比较,2003 年规模以上机电工具企业利税增长幅度比全市工业利税增长幅度低 1.5 个百分点,比全国规模以上工业利润总额增长幅度低 27.7 个百分点。

(2) 专业化程度不高,分工协作体系不发达,各经济实体间缺乏有效联系。当前,市机电工具产业内部主要以水平分工为主,但由于企业间产品品种趋同,档次偏低,产品和服务差异性不够,使得水平分工不明显,系统内竞争比较激烈,同类产品企业间缺少合作与交流的意愿、平台、渠道和机制。同时,在垂直分工关系上,企业生产和销售偏重于外部市场,机电工具产业还没有与区域内其他产业形成良好的买卖合作关系,诸如生物产业发展中所需要的海带打结机等产品缺少供应,使区域内产业链和价值链短小问题比较突出,产品附加值低,在区域间分工中处于不利地位。

(3)区域经济环境建设力度不够,企业运营成本较高。威海市产业群建设的硬环境和软环境目前都存在不理想的地方,急需改进。在硬环境方面,威海市铁路、航空运输条件薄弱,电力、水资源短缺,能源产品价格偏高,直接抑制了企业降低生产经营成本的努力。在软环境方面,一方面,区域内现有技术研究、信息和人力资源开发力量不足,而且部门管理的分割格局还没有被打破,机电工具产业发展中产、学、研不配套,相关主体如政府、机电工具企业和山大分校、哈工大分校各自为营,没有形成利益共享的合作与交流机制;另一方面,威海市距离全国中心城市较远,虽然在技术研究、信息、人力资源方面与外界的交流与合作正在发展,但规模较小,缺乏长期、稳定的交流渠道、平台和机制,与外部市场的联系较松散,缺乏稳定、可靠的外部市场保证。同时,在金融、信用建设方面,受制度不健全和金融市场发展不完善的影响,威海市与全国中小企业发展面临的情况一样,与大企业处于事实上的不平等竞争状态。此外,体制转轨和政府职能转换过程中,分级管理体制下的市县级政府权力过小和政府的公共服务职能没有理顺,也是制约机电工具产业发展的制约因素。

结合以上情况和国外发展经验,笔者认为,在加快威海机电工具产业群建设、实现跨越式发展的过程中,单纯依靠市场力量是不可行的,在企业发展的同时,还需要增强政府的服务功能,通过政府的制度创新和政策引导来加以推动。

(1)根据机电工具产业发展的实际,制定机电工具产业群发展规划,利用政策金融和政府项目引导产业集群。第一,根据市机电产业群发展领导小组制定的《关于加快机电工具产业群建设的实施意见》,在重点抓好四大基地(木工机械、印刷机械、建筑机械和航空地面专用设备制造基地)、两大系列产品(通用机械产品和电机与泵类产品)和三大出口创汇企业(威达机床工具集团公司、文登威力工具集团公司、文登奥文电机有限公司)的过程中,努力支持产业中的大中型企业上市融资,并通过争取国家和山东省的研发基金、市财政出资和企业按比例筹资三者结合的方式,设立机电工具产业研究开发基金和相应机构,支持龙头企业的创新与研究开发事业。同时,在加快大中型企业产品向数控化、大型化、成套化方向发展的基础上,确定一批重点项目,通过招商引资、控股参股、技改投入和金融信贷等方式,做大做强,逐步使相应企业形成规模经济效益和范围经济。第二,本着"优势互补,分工合作"的原则,设立中小企业创业基金、研究发展基金、信用担保基金和产业调整基金以及相应机构,帮助中小企业技术升级和产品结构调整,鼓励其突出特色,发展专向产品,并提高专业化程度。第三,建立产业追踪调查和分析制度,在多渠道搜集信息和搞好本地企业测评工作的基础上,明确国内外机电工具产业的发展方向、市场需求结构、技术研发趋向,找出本地产业发展的差距与不足,对市机电产业的未来发展作出合理定位,并拿出相关对策。

(2) 充分利用区域资源,优化企业与相关产业间的分工合作关系,提高产业群的整体竞争力。第一,在分工合作的基础上,通过政府引导,以同一行业内的大中企业为依托,组建同行业企业联盟,建立统一的市场开发和营销渠道以及技术、信息、人员、管理等方面的交流与合作机制,实现协调发展、资源共享、学习互动。第二,在转移、淘汰过剩或落后生产能力的同时,促进本地产业服务业的发展,利用售前、售后、售中服务和技术咨询、人员培训、合作开发,在与其他地区加强经济联系的过程中延伸产业链,增强机电产业的价值增值能力。第三,在继续发展区域外市场的同时,做好本地市场开发工作,实现机电工具产业与具有竞争优势的海洋生物等产业的对接,根据这些产业的发展需要,提供专业化的机电工具产品,使内销与外销相结合,产业链得以延伸。第四,认真做好企业调研工作,针对机电企业发展中遇到的技术、管理等难题和产业群发展中面临的问题,通过政府立项和招投标等方式,利用科研院所及社会的力量,为企业和区域经济发展献计献策。第五,在发展行业协会和基金制度的基础上,成立机电工具发展的综合服务机构,在为机电工具企业提供金融、信用担保服务的同时,帮助企业开展研究开发、人才开发和各类研修活动,并促进产、学、研信息交流,收集全国情报,提供信息服务和管理咨询服务,协助企业搞好信息研究、业务联络和管理工作。

(3) 发挥政府和行业协会的职能,在改善内部环境的同时,强化产业群与外部市场的联系。首先,在机电工具产业基地和园区建设的过程中,搞好市区规划和城市宣传工作,在维护和改善自然环境的同时,加强水电、交通、通讯等基础设施建设,提高基础设施的现代化水平。其次,通过加强城市生活设施建设、改善医疗、就业、住房、教育等环节,搞好外来人才的安置工作,为外来人员提供良好的创业、工作、教育和生活环境。再次,将机电工具产业园区建设与招商引资和参与国际分工活动结合起来,利用政府组织的招商与技术交流与合作洽谈会等形式和日、韩等国制造业转移和国际分工细化的商机,主动与国内外优势企业对接,采取招商引资、承接零部件加工与组装环节、订单生产、合作开发等形式,逐步提高生产的社会化和国际化的程度、范围和水平,将机电工具产业发展融入全国乃至全球产业链、价值链之中。最后,加强政府、行业协会和企业与外界、与本市住外机构、与住威外部分支机构的沟通与合作,及时了解外部市场的变化和发展动态,针对这些变化及时采取应对对策。

参考文献

[1] 王缉慈,《关于地方产业集群研究的几点建议》,http://www. clusterstudy. com,2004 - 6 - 14。

[2] 张元智、马鸣萧,《产业集群中的知识学习与创新活动》,http://www. china-cluster. org,2004 - 6 - 3。

[3] 朱英明,《产业集聚研究述评》,http://www. chinacluster. org, 2004 - 5 - 10。

[4] 龚清概,《从晋江产业集群的萌生与发展看政府的推动作用》,《华东新闻》2004 年5月9日。

[5] 徐康宁,《当代西方产业集群理论的兴起、发展和启示》,http://www. china-cluster. org, 2004 - 03 - 26。

[6] 国务院发展研究中心产业经济研究部,《地方政府在产业集群中的十大作用》,《领导决策信息》2004(6)。

[7] 施卫东,《日本中小企业政策的特点及发展方向》,http://www. 511w. com, 2003 - 4 - 4。

(责任编辑:左峰)

黄海学术论坛
2006 年　第 7 辑　　Huanghai Academic Forum　　2006　No. 7

试论企业文化与企业的核心竞争力

孙文平 *

随着企业文化建设热潮的兴起,越来越多的企业已经认识到企业文化建设对提升企业竞争力的重要性,并大张旗鼓地进行企业文化建设,但多数效果差强人意。究其原因,主要是因为很多企业在建设企业文化时缺乏比较规范的思路和具体的实施重点,最终不但没有提升企业的核心竞争力,反而费力又费财,企业被"文化"的一团乱。本文基于这一点提出了比较系统的以提升企业核心竞争力为目的的企业文化建设思路和具体举措,以有助于企业文化建设取得满意的效果。

一、企业文化与企业核心竞争力的界定

有关企业文化的定义,至今学术界还没有完全统一的认识。西方学者认为,企业文化是在特定的企业中,长期形成的稳定的价值观念、礼仪风范、行为方式、传统习惯等等,并且这些文化特性会在企业延续下去。他们认为企业价值观念是企业文化的核心,价值观是企业成功的关键动力源泉。我国学者多是从构成上研究企业文化,在一定程度上对西方企业文化内涵有所拓展,并结合中国市场经济中企业管理的实践经验和中国传统文化精神,加入了中国化的内容。

结合东西方企业文化的研究成果,本文对企业文化的界定如下:

---

* 孙文平,山东大学威海分校法学院助教,管理学硕士,研究方向为战略管理。

企业文化是企业员工在长期生产经营中逐渐积淀下来的稳定的、可延续的共同的价值观念、行为习惯和思维方式的总和。在这里强调"共同的"一词,是指只有被企业绝大多数员工共同认可并接受的价值观念、思维方式和行为习惯才是企业文化的内容。任何个人的价值观念、思维方式、行为习惯在没有得到广大员工的认同之前,不属于企业文化的内容。

企业文化作为一种全新的管理理念,以人本管理为主要特征,以培养员工对企业价值观的认同为基础,以实现企业发展目标为目的。企业文化的本质特征是以人为本,核心是价值观念。企业文化具有独特性、难以模仿性、延续性、统一性和可塑性。

"核心竞争能力"最早是由美国人普拉哈拉德和哈默于1990年在著名的《哈佛商业评论》发表的《公司核心竞争力》(The Core of the Corporation)一文中提出来的。他们认为核心竞争力是指组织中积累的学习能力,特别是如何协调不同生产技能和集成多种技术流派的学习能力;它是组织内部知识的汇总,特别是关于如何协调不同的技能和融合多种技术的汇总。核心竞争力具有整合性、独特性、可延展性、价值性、动态性等特征。

我国著名经济学家张维迎教授用形象而恰当的通俗语言阐明了核心竞争力的重要特征:

(1)偷不走——强调这种能力的难以模仿性。

(2)买不来——强调这种能力或资源的独特性。

(3)拆不开——强调企业的资源和能力具有互补性。

(4)带不走——强调的是资源的组织整合性。

(5)溜不掉——强调的是能力的可延展性和动态性。

张维迎教授认为,并非所有的企业资源和能力都能形成企业的核心竞争力,只有同时具有这些特征的资源和能力才能构成企业核心竞争力。

二、企业文化构成企业核心竞争力的论证

美国著名企业文化专家沙因在《企业文化与生存指南》中指出:"大量的案例证明,在企业发展的不同阶段,企业文化再造是推动企业前进的源动力,企业文化是企业的核心竞争力"[1](P.5)。本文主要从企业文化的特征以及

本质内容上论证企业文化能否构成企业核心竞争力。

（一）特征分析

企业文化是企业在相当长的时期内形成的价值观念、思维方式和行为习惯，其核心是价值观念。企业文化一旦形成，就会随时间转变成人们无意识的思维方式和行为习惯，渗透在企业的方方面面，伴随着企业初创、发展和衰败整个企业生命周期全过程。因此，企业文化是任何人、任何企业"拆不开、溜不掉"的。

企业文化因企业所处的行业性质、管理者素质、员工背景、企业经营战略的不同而异，具有独特性。一个员工可以带走企业的技术、资金，但他带不走企业的文化，任何成功的企业文化离开它生存的环境都没有意义。因此，企业文化是"偷不走、买不来、带不走"的。

由此可见，企业文化从特征上分析具备核心竞争力的偷不走、买不来、拆不开、带不走、溜不掉五大特征。

（二）本质内容分析

企业文化的核心是价值观念，它决定了一个企业的文化特征，是企业文化的本质内容。价值观念是人们对什么是应该的，什么是不应该的一种价值判定，是人们经验的积累和知识的总结。企业价值观念是企业在长期经营管理过程中逐渐积累的稳定的价值观念，是企业在处理内外各种关系、尤其是处理重大历史事件时所积累的经验和知识的提炼，因此，企业文化本质上也是企业长期经验、知识的积累和整合。

由以上分析，企业文化既具备核心竞争力的重要特征，又具备核心竞争力的本质内容，我们可以推论企业文化能够为企业创造持续的竞争优势。企业之间的技术竞争、人才竞争、制度竞争最终都归结到企业价值观的竞争，谁有了先进的价值观念谁就会在竞争中处于领先地位。因此，我们可以说企业文化是核心竞争力的动力源泉，是核心竞争力的核心。

二、如何培育企业文化，提升企业核心竞争力

企业文化是企业核心竞争力的动力源泉，如何有效地、规范地培育企业文化，使之增强企业的竞争力已经是越来越多的企业所关注的焦点。

企业价值观是企业文化的核心，是企业在处理人与人、人与物、人与自然的关系的时候企业大多数员工认可并坚持的根本原则。企业价值观的性质和内容决定了企业文化的性质和内容，可以说，有什么样的企业价值观就有什么样的企业文化，因此，培育企业文化实质上就是企业价值观的提炼——认知——认同——执行的过程。笔者研究了大量企业文化建设实践和企业文化理论，总结了企业文化的培育有以下"六化"途径可供参考。

（一）理念体系化

企业理念是一个有着内在联系的有机整体。企业应该首先确立一个核心的价值观念，再由这个核心价值观扩展到企业各个层面，形成一个由内向外拓展的企业价值观体系。企业的价值观体系缺失任何一个部分都不完整，会造成企业文化的失衡。而且，在扩展核心价值观的同时要保持企业各个层面的价值理念的协调性，否则就会发生冲突。

安然公司的企业价值观体系就不完整而且还互相冲突。安然公司在对待顾客方面的理念是沟通、尊重、诚信、卓越，但却没有相应的员工理念与之协调统一，这就使得员工没有动力和约束去执行这种顾客理念。不但如此，安然公司内部员工的实际行为严重地违背了诚信、尊重的价值观念。公司内部一味地强调个人业绩，而引发了企业内部人与人之间恶性竞争、互相欺诈，高层管理者为了实现自身短期利益的最大化，不惜牺牲股东和员工利益，同事之间互相猜疑、提防，造成了企业内部混乱，人心不稳。

（二）理念故事化

理念提炼出来了，接着就是如何让员工理解并认同。仅有枯燥的理念，员工很难理解。著名企业家张瑞敏说，在确立企业的价值观时，提出理念不算困难，困难的是让人认同这些理念。推广某个理念，讲故事是一种很好的方式。企业领导者或企业文化宣讲者应当发挥故事的感染力，把抽象的理念赋予有趣味性的故事中，使之更形象，更容易理解。这样，员工就能在充满兴致地听故事的同时把蕴涵在内的理念领悟了。例如，海尔有一次提出了"人人是人才"的口号，员工们反应冷淡，看到这种情况，张瑞敏就把一位工人的技术革新成果以这位工人的名字命名，并把这位工人的事迹编成了趣味性的故事，企业文化中心则在工人中宣讲这个故事，公司很快就形成了技术革新之风。

（三）理念人格化

将理念故事化只能保证让广大员工认知某个理念，却不能保证对员工的行为产生影响。"身教重于言传"，理念人格化就是把文化理念集中体现在某些"偶像"身上，使之人格化，使理念更鲜活，更贴近，更容易感染、影响员工的行为。企业中能做这种偶像的最关键人物就是企业的领导者。要塑造和维护企业的共同价值观，领导者本身就应该是这种价值观的化身，领导者由于其地位、权力的特殊，其行为更易成为员工关注、效仿的焦点。因此，身为企业领导人，首先要非常肯定自己的企业文化，其次要以身作则，并有相应的执行力度，要在每一项工作中体现这种价值观。日本松下公司的松下幸之助和土光敏夫，各自留下了为人传诵的佳话，是身体力行的企业文化的典范。

除此之外，企业模范人物，资历较深的老员工，他们的行为都比较有感染力，容易带动其他员工的行为。有些公司评出"销售明星"、"服务明星"，他们成为企业倡导学习的典范，这些人就是企业理念人格化的载体，广泛开展学习明星的活动使企业文化得到了迅速的弘扬。

（四）理念形式化

肯尼迪·迪尔在《西方公司文化——公司礼仪、生活习惯》中提到，企业的礼仪和庆典以隆重的表现形式具体地展示了公司的文化理念。企业可以设计一些有益的风俗和仪式活动，强化企业的价值观。企业文娱活动、大型庆典活动、节日庆祝、企业例会等都是向员工传输企业文化的有利途径。例如，沃尔玛的"周六例会"充分体现了其企业文化。每周六早上7点半，公司高级主管、分店经理和各级同仁近千人集合在一起，由公司总裁带领喊口号，然后大家就公司经营理念和管理策略畅所欲言、集思广益。参加会议的人个个喜笑颜开，在轻松的气氛中彼此间的距离被缩短了。沃尔玛还通过设计一些兴趣盎然的小游戏来宣传企业的文化理念。

（五）理念制度化

企业文化建设不能只停留在理念宣传层面上，还要保证落实在员工的行为中，即由理念转化成行动。制度是表达管理层要求组织如何运行和完成什么任务的最有力的手段，是保证员工贯彻企业理念最强有力的保障。企业价值观念要在正式的组织机构和系统中得以实现，就必须落实到企业管理制度中。此外,还要建立监督检查机制,进一步监督企业理念的落实,及时调整偏离企业理念的行为,促进企业目标的实现。

著名的惠普公司之所以能成为行业内的楷模,就在于不仅树立了一种优秀的"以人为本"的文化,更把这种文化生根发芽,制定了科学的制度来落实这些优秀的理念。惠普公司非常强调对人才的培养,为此制定了完善的培训制度,员工从进入企业开始,就一步步地接受各种有针对性的培训。另外,作为制度的一部分,惠普把培训也列入每个经理人的职责中,他们90%的培训课程是由经理们上的。

(六) 理念利益化

对某种价值观念的认同和遵循,如果能给认同遵循者带来利益,就会促使他积极接受并遵循这种价值观念。因为每一个人应该如何的问题,首先是从他自身的利益出发来判定的,是利益使之认定应该。企业中人员的考核、奖励和惩罚的条例中应该有企业理念的内容,这样就把员工自身利益与企业理念的贯彻紧密地联系在一起。员工为了增加个人的利益或者为了避免给自己带来损失,就会按照准则做事,时间长了,理念也就自然内化在心中,逐渐地转化成人们的行为习惯。例如,四通公司把它的员工理念贯彻到企业的奖惩制度中,很快地被员工所接受并执行。

企业文化经过理念的系统化、形象化、制度化等过程,形成一个完整的、统一的价值观体系,这样企业文化的基本雏形便形成了。同时,在文化培育的过程中注重落到实处,这也有利于真正发挥企业文化的积极作用。

四、培育以核心竞争力为导向的企业文化的几个着手点

培育以核心竞争力为导向的企业文化,除了思路上的"六化"过程,在具体操作过程中,不能眉毛胡子一把抓,应注意抓住企业文化的以下几个重点进行培育:

(一) 培育创新精神——提升核心竞争力的本质

创新是企业的灵魂,没有创新,企业就会丧失其社会价值的依据,从这个意义上可以说,企业核心竞争力的本质就是企业的创新能力。企业创新包括产品创新、技术创新、制度创新、组织创新以及观念创新。

技术创新决定了产品的创新,技术创新是企业核心竞争力的最直接体现,也是企业的生命线。在当今竞争激烈的环境下,企业只有积极地进行技术创新,才能创造新产品,提高顾客的购买价值,增强产品的竞争力。

对企业来讲,制度创新主要是企业内部管理的创新,包括生产管理制度的创新、管理方式的创新、激励制度的创新等等,这些都将直接影响着企业核心竞争力的形成与维护。

组织创新则为企业的发展创造良好的空间,新的组织结构可以科学的为企业人、财、物的合理运用打下良好的基础,便于促进核心竞争力的形成。

要实现以上企业创新,提升企业的核心竞争力,就必须培养企业全体员工的创新精神,而培养这种创新精神首先就要培养员工们的创新意识,这就要求企业文化中必须包含创新理念。

(二) 培育企业家精神——提升核心竞争力的源动力

熊彼特的创新理论认为,企业家是对生产要素的原有组合进行革命性(创造性)破坏的人,即进行创新的人。20 世纪初,他首次提出了"企业家精神",他认为,创新是企业家获得追加利润的途径,创新的载体则是企业家,不断创新的精神就是企业家精神。

既然创新是稀缺的,投入创新的要素是稀缺的,做出创新决策的企业家精神就更是稀缺的。企业家精神是一个企业家才能的综合体现,涵盖了企业才能的全部内容,如冒险精神、效率精神、诚信精神、合作精神和敬业精神等。企业创新能力是企业获得持续竞争力的本质来源,而企业家的创新精神就是造就企业核心竞争力的灵魂的核心。企业为了不断的创新,增强企业的竞争优势,就要大力培养企业家精神,尤其是企业家的创新精神。如果没有企业家的创新精神,既不可能产生企业的核心能力,也不可能产生企业新的市场机会。

(三) 建立学习型组织——提升核心竞争力的根本途径

普拉哈德(Prahalad)和哈默(Hamel)将企业的核心竞争力定义为"组织中的积累性学识"。因此,知识是企业培养核心竞争力的源泉,而学习是获取知识的根本途径,通过组织学习可以积累经验。而且,企业核心竞争力是动态的,只有不断地学习、不断地增加组织的知识,才能不断地提升企业的竞争力。彼得·圣吉在他的《第五项修炼》中提到,企业未来唯一持久的竞争优势就是比竞争对手学习得更快的能力。彼得·圣吉提出了以"五项修炼"为基础的学习型组织理论。建立学习型组织就是通过培养弥漫于整个组织的学习气氛、充分发挥员工的创造性思维能力而建立起来的一种有机的、高度柔性的、扁平的、具有持续学习能力的组织。建立学习组织的最终目的就是,通过组织学习引导出一种不断创新、不断进步的新观念,从而使组织日新月异。通过建立学习型组织,可以培育速度文化、创新文化、竞争文化、共享文化、学习文化,因此,建立学习组织是企业文化的物质载体。

（四）开发人力资源——提升核心竞争力的保障

企业核心竞争力对企业人力资本有着很强的路径依赖性,而人力资本的载体是人力资源,人力资源的开发利用是人力资本运作的基本内容和方式。

企业文化管理是以人为本的管理,充分肯定人的人格、尊严和地位,把人作为企业的核心资源、第一资源,所以企业文化建设要重视提高人的积极性和主动性。特别重要的是,企业文化建设要注重培养员工的团队精神,这有利于企业形成强大的凝聚力和驱动力,推动企业的发展,增强企业的竞争力。

据盖洛普调查公司《企业管理2003年度调研报告》资料显示,目前只有36.3%的企业重视对人才开发,可见中国企业对人才的开发力度还是很不够的,因此,中国企业必须加大开发人力资源的投入,提高人才质量以适应形势的要求。

（五）培育诚信观念——核心竞争力实现的关键

市场经济是一种信用经济,必须建立诚信文化,诚信缺失就会削弱企业的竞争力,损害企业的长远利益。企业竞争在于赢得信任,企业信任的获得在于坚守诚信,诚信是企业竞争力实现的关键。杰克·韦尔奇曾经说过,他们公司和员工关注的是"诚信"。诚信是企业的生存之本,诚信是企业合作的基础,诚信有利于员工保持高昂的士气。建立在诚信基础上的企业价值体系是一种资产,可以优化、激发企业资源,获取利益相关者的信任,是企业取得核心竞争力优势的源泉。企业赢得了顾客、供应商和员工的信任,也就赢得了收益。

目前,我国企业经营中不断地出现企业间的恶性竞争、坑蒙拐骗等现象,信用危机屡屡发生,整个社会的信用质量下降,造成了我国企业与跨国企业竞争的障碍,削弱了企业的竞争力。信用危机正在威胁着我国企业的生存和发展,必须把诚信建设纳入我国企业文化建设的内容中,这样才能保障实现企业的核心竞争力。

(六) 树立良好的品牌形象——核心竞争力的外在表现

提升企业的品牌形象可以推动企业在市场上获得持续而稳定的品牌竞争力。企业的品牌形象不仅包含产品品牌形象,还要包括更高层次的企业品牌形象。企业可以利用企业形象的辐射效应,向市场推出更多品牌的产品,扩大企业的市场份额,增加企业的利润,提升企业的价值。

美国可口可乐公司董事长伍德鲁福曾说:"只要'可口可乐'这个品牌在,如果有一天,公司在大火中化为灰烬,那么第二天早上,全世界新闻媒体的头条消息就是各大银行争着向'可口可乐'公司贷款。"这正是企业品牌和产品品牌的优越形象的价值体现。良好的品牌形象来自于优异的品牌文化,而品牌文化的培育土壤是企业文化,企业文化为企业品牌注入了文化成分和力量,品牌文化则是企业文化的载体。麦当劳的成功就在于成功地运用企业文化概念进行品牌管理,利用企业文化创造了消费者心中认可的品牌,树立了良好的品牌形象。

(七) 培育企业伦理文化——为提升核心竞争力创造良好的内部环境

企业伦理道德是作为企业文化核心的价值观念在企业内部人与人之间关系上的一种弹性体现。企业伦理也称商业伦理,是指蕴含在企业生产、经营、管理及生活中的伦理关系、伦理意识、伦理准则与伦理活动的总和。伦理道德可以通过约束人们什么样的行为是应该的,什么样的行为是不应该的来调整人们的行为方式。企业伦理文化从道德上规范了员工的行为,有助于建立一种和谐的工作环境,为企业创建核心竞争力提供良好的内部环境。

企业文化是企业未来核心竞争力的核心要素,企业要提升核心竞争力关键是培育优异的企业文化,没有优异的企业文化,企业难以建立持续的竞争优势。本文提出的"六化"的企业文化建设思路为成功培育企业文化提供了循序渐进的、严密的步骤,企业文化建设的"着手点"为培育以提升核心竞争力的企业文化点出了关键环节,这些都有助于企业成功地培育优秀的企业文化,创造并增强企业的持续竞争力。

参考文献

[1] 埃德加、H. 沙因,《企业文化生存指南》,郝继涛译,机械工业出版社 2002 年。

[2] 韦华伟,《塑造优秀的企业文化并不难》,中国营销传播网。

[3] 肯尼迪、迪尔,《公司文化》,印国有、葛鹏译,三联书店 1989 年。

[4] 李丽,《核心竞争力的识别和培养》,《财经问题研究》2003 年第 12 期。

[5]《人力资源管理理论的运用研究》,华夏管理传播网。

[6] 王珏,《诚信:企业核心竞争力实现的关键》,《商业研究》2005 年第 3 期。

(责任编辑:古莉亚)

黄海学术论坛

2006 年　第 7 辑　　Huanghai Academic Forum　　　2006　No. 7

论法治进程中律师的社会形象

孙光宁*

　　律师制度在西方国家有着源远流长的历史传统。从历史上看,律师制度起源于古希腊和古罗马时期,当时的诉讼中出现的"辩护士"、"保护人"即是律师的雏形。在罗马帝政时期终于出现了"律师"这一称谓。虽然中世纪时期,等级制度、纠问式诉讼使得律师作用极为有限,但到了资产阶级革命后,西方各国无不将律师制度确立并不断发展完善。

　　在中国,律师制度的根基相当薄弱。中国古代社会中虽然有辩护士、诉讼师和代理人,但均不是现代意义上的律师。特别是在专制统治的封建社会,纠问式诉讼和刑讯逼供剥夺了当事人大部分权利,不可能产生律师制度。近代中国社会律师制度的根基相当薄弱。

　　在现实中,律师与其他社会角色一样,有着自身独特的社会形象。而由于诸方面的原因,对律师的社会形象的评价出现了截然相反的情况。尽管律师被大多数人认为是"法律的守护神",是"社会正义的代言人",但是,对律师的负面评价仍然在社会的一般心理层面中存在相当大的影响。"颠倒黑白"、"唯利是图"、"包揽诉讼",甚至"吸血鬼"、"帮凶"都成为社会公众心中律师的典型形象。这种消极的评价不仅在很大程度上妨碍了律师业务的展开和律师业的发展,更影响了整个法治进程的推动。

　　律师制度的发展壮大是社会分工的产物,在整个社会中的作用是相当重要的,特别是在法治社会中尤为突出。新自由主义法学的代表人物德沃

　　* 孙光宁,山东大学威海分校法学院 2004 级法理学专业硕士研究生,研究方向为法理学、法学方法论。

金曾指出:"法院是法律这一帝国的首都,法官是帝国的君王,而不是旁观者和预言家。"[1](P. 407) 我们也可以同样认为,同是"法律职业共同体"一分子的律师是法律帝国的王侯,在整个法治帝国中不但引人关注,而且作用巨大。律师的社会形象也成为法律帝国内的重要问题。

一、律师的社会形象与法治进程

律师的社会形象是指一般大众对于律师制度、律师行业总体的认识和评价。这一问题关系到律师业的发展乃至其具体业务的展开,是不能忽视的问题,在推进法治的过程中尤其如此。我们无需一味沉浸于对法治的"宏大叙事"之中,更应关注"具体法治"各环节的建设,律师形象便是其中之一。

(一)律师形象是法治进程的一面旗帜

律师业与法治在历史上就存在"共损共荣"的关系,在法治未行的封建社会,律师难以发挥作用;在近代启蒙思想家的法治建构由理想变成现实后,律师业也随之兴起;现代社会中,法治成为世界各国主要的治国之道,律师也广泛地介入政治、经济和社会生活,逐渐确立了其精英地位。

正义是法治无可争议的主题,而律师的重要作用就在于维护程序正义,进而实现实体正义。"社会无权在没有律师的情况下审判一个人,不论社会大多数人受益与否,一个被指控的嫌疑人在审判之前是自由的。"[2](P. 28) 现代社会中纠纷矛盾不断,诉诸法律是文明社会的必然要求,律师向当事人提供专业服务,使各种纠纷始终控制在法律范围之内,使得纠纷得以适当、合理的解决。而复杂的程序乃至于职业的话语,都使得律师的服务成为必要。如果说法官代表着"国家公权力",而当事人代表着"社会私权利",那么律师则成为二者的沟通渠道:既是民间的代表,又理解(并在一定程度上掌握)着官方的话语。这种沟通渠道的顺畅可以保证二者的和谐共融,反之则导致二者的对立和冲突。

需要着重指出的是,在这种机制性沟通之中,律师的立场应是维护当事人的权益,这既是自身的职责所在和职业道德的要求,更是法治内涵的外显(外化)。著名社会学塞尔兹尼克关于法治观的基本命题就是"法治的本质就是依靠民意秩序(civil order)的各种合理原则限制官方权力"[3](P. 520),相对于当事人的私权利而言,无论是政府的行政权还是检察机关的监督权、法院的审判权都是强大的,尽管社会私权利可以与之形成整体性制衡,而法治也正是"社会据以限制国家权力和国家据以管理社会的基本规则"[4](P.38),但这种整体性制衡并不必然和当然地体现于每个当事人的个案之中。因为任何作为个体的当事人都无法与强大的国家机器相抗衡,再加上有着独特特征的法律系统,这都使得当事人处于弱势地位,律师的专业服务从而显得更加必要和迫切。

由律师在法治进程中的作用不难理解律师形象在法治进程中的相应作用。从宏观法治而言,律师形象是法治进程的重要标志:历史和现实的经验表明,凡是律师地位较高的社会,其法治化的程度相应较高,二者呈现良性循环;从具体法治而言,当某一个案促使当事人求诸律师的专业服务之时,律师形象的"前见"将直接影响到委托关系的成立和处理。进而这种个案委托关系所形成的社会形象又与一般社会形象相互影响。因而律师的社会形象是律师是否在法治进程中发挥作用的决定性因素之一,也正是从这个意义上而言,律师的社会形象是法治进程中的"一面旗帜"。

(二) 律师形象在法治进程中的困顿

尽管法治在中国已经得到了广泛认同,但不容忽视的是其进程仍然步履维艰。一片法治相对贫瘠的土地上结出丰硕的果实需要包括法律人在内的社会各方面的努力,律师也是其中重要的一分子。特别是在中国法治带有明显的建构色彩的情况下,作为制度的参与者(甚至设计者)的律师的作用显得更加突出。同时,作为权力和权利的沟通渠道,律师又可以吸收经验主义进路的优势,从而达到两种进路的优势互补。这一切都对促进律师的社会形象的提高和改善有积极意义。

但是,律师形象距离应有的标准和水平还相去甚远,如前文所述的"吸血鬼"、"帮凶"等负面形象对许多公众的影响仍是相当深刻的。此种情况的形成有其复杂的原因。从社会心理学的角度来看,律师的社会形象明显带有"刻板印象"的痕迹,这种社会印象无论是源于作为认知主体的社会大众,还是源于大众传媒的"第三条渠道",抑或是历史的民族的原因,都带有间接性和顽固性的特点。律师形象的改善和提高面临着来自各方面的困难:

首先,司法不公与司法腐败的影响。由于司法仍未获得真正的独立,司法改革也远未达到预期目标,司法腐败(包括制度性腐败)以及司法制度的局限性仍然存在,这使得律师的社会形象受到其负面影响的牵连。"拉关系"、"走后门"成为社会一般公众对律师的普遍评价。这种情况不仅使丧失职业道德的部分律师钻营司法腐败,更使得仍有职业操守的广大律师处于尴尬境地,从而不得不采取"规则之外"的方法,曲折地实现实体正义。无论两种情况有何差异,这种"公开的秘密"都使得司法腐败的负面影响波及律师。

其次,传统思维的一些观念仍然根深蒂固。儒家思想是中国传统文化的主导,而其中和为贵的思想使"息讼"、"无讼"成为普遍的社会心理,关于诉讼的一切便成为使大众产生厌恶感的"前见"的现象,这使得律师形象成为无端的受害者。同时,孔子说:"巧言令色者,鲜矣仁。"而律师正是以言辞为主要的服务方式。传统思维在当今仍然是根深蒂固,"为坏人说话"仍是顽固地存在于民众心中的偏见。如现实的刘涌案中辩护律师田文昌甚至包括相关刑法学教授都遭到了群众运动式的谩骂和攻击就是这种传统偏见的产物。简言之,对诉讼和言辞服务的传统上的偏见加剧了律师的社会形象的恶化。

再次,还有在现实中的一系列的两难处境,如果其处理稍有不慎和偏差,都将直接使律师形象成为牺牲品。例如,职业的双重性、精英与大众的断裂等等。职业的双重性是指任何职业都具有社会利益与个体利益的双重属性,律师业也不例外。一方面律师在为当事人的利益服务,同时也是在为自身经济利益服务。很明显二者容易出现矛盾,偏重任何一方从长远看来都将最终使双方受害。律师"唯利是图"的形象就是过分偏重个体利益的结果。解决的方法则是引入职业道德的调节作用,使得社会利益和个体利益达到平衡。当然,在一系列的两难中,理论与实践的紧张关系是最突出的。古典法社会学派代表人物埃利希在《法社会学基本原理》的序言中就写到:"无论是现在或者是其他任何时候,法发展的中心不在立法,不在法学,也不在司法判决,而在社会本身。"律师具有直接接触社会现实的巨大优势,同时在学理意义上的"疑难案件"也只能来源于社会现实,而不是书斋,这些在实质上都是能够使得律师在理论中有所贡献的有利条件。但可惜的是由于多数律师忙于实务,无暇顾及理论水平的提高,很容易与偏重理论的法律学者形成"法律共同体"内部的隔阂。更重要的是,这种无暇顾及理论的情况也使律师缺乏有力的理论指导与支持,这无疑既不利于律师自身的理性发展,也不利于清除律师与理论界的隔阂,更无助于更好地推动律师参与法治进程。

最后,在实践领域也有影响律师形象的因素。主要针对律师的刑法第306条成为这种偏见的典型代表。尽管理论界和实务界都对此规定存在的正当性存有疑义[5],但是这种偏见仍然影响着律师的正常业务活动,再加上诸如调查取证等方面的制度设计缺陷,都对社会传达着某种"暗示",进而间接地影响律师的社会形象。具体而言。在实践中影响律师形象的原因主要包括:

(1) 从律师业内部的消极因素而言,与其他任何职业一样,律师业存在着不良现象。唯利是图、拉关系、做伪证、混淆是非、运用虚假手段、贿赂手段、垄断手段等不正当竞争方式[6](P. 35—37)都不同程度地存在着,这些现象对律师业形象的损害较之于一般行业更为深刻,因为固有的传统思维的偏见已经使律师处于被动的地位,不良现象将使这种负面的影响进一步加深。在中国的特殊国情中,在现实的不良现象与传统的固有偏见的夹缝中,中国律师形象的树立可谓步履艰难。

(2) 传媒的"妖魔化"倾向也是影响律师的社会形象的重要因素。号称"第四种权力"的大众传媒对公众的影响力是巨大的,甚至超过官方的或传统意义的说教。在维护公众权益的同时,日益复杂的大众传媒也出现了"妖魔化"的倾向:无端地或恶意地炒作,盲目追求轰动效应,一味迎合大众的低级趣味等等,香港"东周刊事件"便是其极端的代表。就律师形象而言,大众传媒在一定程度上扮演着误导的角色,在案件中,特别是传媒关注的案件中,双方(特别是被告方)的律师往往成为传媒追逐的焦点,一再追问"是否为罪犯辩解"之类的大众话语多少使律师形象处于尴尬之中,这种带有倾向性的言辞也明显带有"暗示"作用。

(3) 影视作品作为娱乐时代的主导消费产品也妨碍着律师形象的树立。尽管这种作品反映的只是个案,但对公众的影响力是深远的、潜移默化的。很多有影响的作品中律师都是反面角色,这些对公众都起着相当程度的误导作用,美国电影《魔鬼代言人》便是典型代表。

二、为权利而斗争——律师形象改进的途径

尽管面临以上诸多困难,我们也应看到律师业的整体社会形象正在不断地改进和提高当中。这种改善和提高的动力一方面来源于整个国家法治

进程的加快,另一方面也源于律师业自身的努力。如果说前者是律师形象改进的背景性因素,那么后者则成为律师业自身改变社会形象的直接方式。

总体而言,律师业提高社会形象首先要自身进行准确的定位。就社会分工和职业基础而言,律师是维护当事人(委托人)权利、平衡权利、促进法律的正确实施的职业。由于与各国普遍推崇的法治直接相关,律师必然以社会精英的形象出现,相应地,较高的学历条件、统一考试、品行端正、过硬的业务素质、心理素质、雄辩的才能、较强的应变能力、良好的人际关系,甚至是仪容整洁、举止高雅等都成为律师业精英形象的要求。

从更高的层次和境界而言,努力促进正义、公正和道德也是律师职业的价值所在,而要达到这种要求就必须发挥相应的职业道德的作用。现代社会中,"为权利而斗争是权利人对自己的义务"[7](P.12),而更好地维护自己权利的重要途径就是寻求律师的专业服务。因而律师体现了"为国民生活权利而斗争的重要性"[7](P.36),这是从法哲学角度对律师在整个法治中的最高定位。就具体措施而言,应当针对律师形象面临的困难采取以下相应措施:

（一）重视理论研究,提高理论素养

理论与实践有着紧密的联系,律师又广泛地接触法治社会中最现实、最真实的一面,这为律师提高理论素养提供了有利条件。在教育方式日益丰富的条件下,注重理论探索、提高自身的学历水平,也是对律师理论素质和形象的提高。同时,律师事务所内部"律师沙龙"之类的内部讨论,也有利于从不同部门法角度更深入地从实践中提高自身素质。

值得注意的是同为法律共同体的律师与法学者间的沟通。众多律师事务所与高校法学院的交流合作,不仅对理论研究起着推动作用,更有利于律师理论素养的提高,同时也有利于法科学生从单一的填鸭式纯理论教学走向理论与实务相结合的优化学习状态,这种"广泛的连续统一体"[8](P.92—98)也为将来律师素质的全面提升打下了基础。

（二）加强行业自律,反对不正当竞争

被称为"在世的最有影响的法学家"(莱西格语)的波斯纳法官将法律职业伦理分为两种:对客户的职业伦理责任和律师对法院或社会的责任[9](P.106—108)。竞争不会损害第一类职业伦理责任中顾客的利益,但是"也许会对第二类法律职业伦理有重大侵蚀"[9](P.107)。由于律师的自由职业者的性质,极容易出现违反"游戏规则"的不正当竞争。针对业内的各种不正当竞争行为,不仅要利用相关的法律法规,更应当发挥律师行业协会的作用。这种民间自律组织能够更加灵活地处理行业内部的专业化问题,有利于消除"害群之马"的消极影响,树立和维护律师的社会形象。

（三）加强与大众传媒的沟通与理解

整个法律界与传媒的关系一向是复杂又紧张,律师尤其如此。鉴于传媒对律师形象在社会公众中的巨大影响力,加强沟通和交流是必要的。热心公益事业,积极参与社会活动等都是在律师、大众和传媒之间进行沟通和交流的良好方式。当然没有必要,也不可能苛求传媒歌功颂德。这种沟通的根本目的是实事求是地反映律师业的本来面目,树立其应有的社会形象。

三、结　语

美国社会学法学代表人物庞德将法治比作一项"系统的社会工程",这项工程中重要的一员是律师,律师的形象是关乎这项工程成败的重要问题。在中国传统法治基础薄弱、习惯思维深厚的情况下,律师形象问题面临着一系列挑战与困难。律师应当使职业道德成为习惯,将律师作为一项事业来对待,彻底告别唯利是图的浮夸心态,抛弃"拉关系"的低水平的生存方式,树立自身的专业理念和职业素养。归根结底,律师形象的树立和改善都应建立在自身定位的基础之上:"为权利而斗争"。

参考文献

［1］参见德沃金,《法律之帝国》(英文影印本),中国社会科学出版社1999年。

［2］德沃金,《认真对待权利》,信春鹰、吴玉章译,中国大百科全书出版社1996年。

［3］参见张乃根,《西方法哲学史纲(修订版)》,中国政法大学出版社2002年。

［4］谢晖,《价值重建与规范选择——中国法制现代化沉思》,山东人民出版社1998年。

［5］参见陈兴良,《辩护人妨害作证罪之引诱行为的研究——从张耀喜案切入》,

《政法论坛》2004年第5期。

　　[6] 参见杭正亚,《试论律师行业的竞争和不正当竞争》,《律师与法制》2004年第3期。

　　[7] 梁慧星主编,《为权利而斗争》,中国法制出版社2000年。

　　[8] 参见杨欣欣主编,《法学教育与诊所式教学方法》,法律出版社2001年。

　　[9] 参见理查德·A·波斯纳,《超越法律》,苏力译,中国政法大学出版社2001年。

（责任编辑：古莉亚）

黄海学术论坛
2006 年 第 7 辑　　　Huanghai Academic Forum　　　2006　No. 7

从"以人为本"角度看防止人性扭曲

王勇军[*]

　　"以人为本,建立可持续发展的社会主义和谐社会"是我们近来提出的社会发展目标。"以人为本"主要涉及两个方面问题,一是以什么人为本,维护哪些人的利益的问题。另一个问题是以人为本,简单地说就是关心人的需要、满足人的需要,但问题是我们人到底需要什么,哪些需要是健康的,哪些"需要"是不健康的。人人都要求幸福,但是人达到什么程度才叫幸福呢?从人的本性来说,人与人之间能真正达到幸福和谐吗? 本文主要讨论第二个问题。

一、需要——人的本性

（一）需要是人的本性

　　对于什么是人的本性,学术界已经讨论的耳熟能详,这里不再作过多的复述。本文理解的人性就是以人的本能为基础,以社会形式表达的人的各种需要。这种需要即包括物质方面的需要,也包括精神方面的需要。而且这种需要即是具体的、历史的,也是丰富多样的,无穷无尽的。

　　马克思说:"只有在社会中,人的自然的存在对他来说才是他的人的存在。"[1](P.122)也就是说,人的本性是自然属性和社会属性的有机统一,这种统

---

　　* 王勇军,山东大学威海分校马克思主义教学部,2004 级马克思主义理论和思想政治教育专业研究生。

一的基础就是社会的实践。社会关系是变化的，人的社会本质是具体的、历史的，因此人的社会属性也是具体的、历史的。而人的自然性则在于人有各种本能的需要。人是生活在社会中的，人的各种本能需要是通过社会并以社会需要的形式（包括正常的形式和扭曲的形式）表现出来，且在社会实践中求得满足的。

至于人性的善与恶的问题，其实是指人在追求满足自己需要的过程中处理自己与他人关系时表现出来的利他或利己的倾向性。人在社会生活中往往表现出利己的一面，"在人的日常生活行为方式规范上，马克思从来都认为'在任何时候，人们总是从自己出发的'"[2] (P. 155—159)。但同时人在社会生活中也会表现出利他的一面。我们不能简单地从行为的利己或利他来断定人性的善恶。其实利他也不是人类所特有的一种特性，科学已经证明动物也有利他性，动物利他性的目的是保证自己家族或种族的基因能够传递下去。当然人的利他性行为比动物的行为要复杂得多，人在不同的需求阶段上，在处理与他人的关系时原则是不一样的。在人的低层次需要占主导时，当人与人在切身利益相冲突时，利己是主要的，表现出"恶"的行为。在人的高层次需要占主导时，人往往能表现出利他的行为倾向，即"善"的行为。同时人还是感情动物，有时感情占主导，并非所有人的行为都是从理性出发做出的。

（二）需要的内容

人到底需要什么呢？从纵向发展来看，人的需要是具体的、历史的，在不同的生产力条件下人的需要内容也是不同的。（人的需要是生产力的最终推动力，但是，从一定时期来说，一定的生产力条件又决定了人的现实的需要。）从横向看，人的需要是丰富多彩的，既有物质的需求，也有精神的需求。这里我们主要从单个人的角度来考察人的需要。因为，社团、阶层、阶级、民族等社会集团的形成归根结底是由有着共同利益需求的个人组成的，而人们之所以结成群体，最终目标也是为了满足各个人的需要，实现人对幸福的追求。结成集体是手段而不是目的。

在需要的层次方面，马克思对人的需要的类型作过高度的概括，在《德意志意识形态》一文中，马克思将人的需要划分为"生存、享受和发展"三个层次。在这方面研究的比较深入的应属西方近代人本主义心理学家马斯洛,他从心里学的角度提出了人的需要的五个层次理论:生理需要——安全需要——归属与爱的需要——尊重的需要——自我实现的需要。这些需要或价值之间是互相关联的,在人的发展过程中,具有一定的级进结构,在强度和优势方面有一定的顺序。每一种需要得以满足后,另一种需要便会取而代之。通常,对食物的需要是最强的,其次,与诸如爱等其他方面的需要相比,安全需要是一种较优势、较强、较迫切、较早出现和较有活力的需要。"马斯洛还提醒人们不要过于拘泥的理解各需要的顺序,绝不能以为只有当人们对食物的需求满足后才会出现对安全的需要,或者,只有充分满足了对安全的需要后才会滋生出对爱的需要"[3](P.50—51)。

由上可以看出,人类健康的需要应该是全面的、丰富多彩的。不仅包括物质方面,还应包括精神方面。从层次上看应该是不断提升的,最终应该落实到自我实现这一层次。现在看来应该是个人的需要与社会的需要的有机结合,是把自身的价值体现在对人类有益事业的追求上。

二、贪欲——人性的扭曲

根据马克思的观点,人的解放过程要经过三个阶段。即人对人的依赖阶段、人对物的依赖阶段和人的个性自由发展的阶段。现在,我们所处的时代仍然是人对物的依赖阶段。人与人的关系主要是以物为媒介,大部分人一生的时间为满足自己的基本需求而忙碌。当前,一部分人将自己人生的目标放在尽量占有和享用更多的物质财富上,因而他们一方面疯狂追求物质财富,另一方面又不知珍惜地大肆挥霍。人的需要被扭曲成了贪得无厌的欲望。"在现代西方社会,人的'异化'在市场经济的催化下已经达到极致。我国也存在类似现象,这种'异化'的本质就是通过金钱拜物教将具有丰富属性和需要的人变成贪得无厌的物质动物或者消费机器"[4](P.107)。

当人们的基本"需要"变成贪得无厌的"欲望"时,就陷入一个恶性怪圈。世界上的资源是有限的,尽管我们的科学技术正在突飞猛进,但并没有迹象表明资源越来越丰富,反而表明我们的可用资源越来越少。一旦人们的需要被扭曲成欲望,人们便会永不满足,便会为占有更多的资源而展开竞争。表现为人与人、国家与国家之间的竞争。竞争使得人与人之间的差距越来越大,差距造成人与人之间的不平等,不平等一方面又造成不平等的竞争,另一方面也使人们由于害怕竞争失败而拼命竞争,最后残酷的竞争使得人们对物质的需要变得更加扭曲。"如果欲望夸大的或虚幻的反映了人的需要,那它就会驱使人性系统走上一条自我迷失、分化、物化、异化,甚至自我毁灭的道路。"[4](P.108)

这里不得不涉及到一个问题,那就是什么是幸福。人们最终追求的是幸福而不仅仅是物质财富。物质财富仅仅是得到幸福的前提条件之一,但不是充分条件,物质财富与幸福不成正比。幸福是人们对自己需要满足时的一种体验,人的需要得不到满足时不会感到幸福。但如果需要变成了贪欲,人就会永远感觉不到幸福。相反,无尽的贪欲使人陷入无边的苦恼。古人对这些已经看的非常清楚,因而佛教宣扬"六根清净"。中国的道家宣扬"小国寡民"的思想,使"民无知无欲、清心寡欲"。儒家主张"克己复礼"、"修身养性"。(当然这些思想也有消极的一面,它在主张人们消除贪欲的同时,连同人的一些正常需要也一同否定了。)人的幸福应该是在于自我价值的真正体现,才能充分发挥,社会对自己的承认和肯定,即"自我实现"。这种"自我实现"应该是在于为我们人类,为人民做出一些有益的事情,而不仅仅是中饱私囊。

三、以人为本——满足人的需要,化解人的欲望

以人为本就是关心人、爱护人,满足人的正常需要,它的终极目标就是实现人的全面自由的发展。在当前的社会条件下,要达到社会上全体人的全面自由发展是不可能的,但在某种程度上满足人的基本需要和自我发展应该说是可能的。同时引导人们走出"欲望"的怪圈,帮助人类走上良性发展与和谐发展的道路也是能做到的。那么,作为社会主义如何才能避免人性的扭曲,引导人类走上健康的发展道路呢?

首先,以人为本就要实现共同富裕,满足人民的基本需求。

无论从马斯洛的需求层次看,还是从马克思的关于人的需求的划分看,满足人的基本需求是以人为本、建设和谐社会的最起码的条件。因此,我国的社会主义社会,在目前情况下,首先要发展生产力发展经济,创造物质财

富以满足人民的基本生活需求。并在此基础上,不断提高人民的生活水平,使人民从满足基本生活需求到享受生活。但现在存在的问题是,我们发展经济不是为了某一部分人,而应该是实现共同富裕,共同富裕虽不是平均富裕,但是如果人们之间的生活水平差距太大,一方面会造成底层人民的不满和贫富之间的矛盾对立,另一方面会造成人性的扭曲。底层人民如得不到基本需要的满足,便会使得人们全力注重对物质的追求和竞争,把全部精力放在金钱上,形成金钱拜物教,使人们忽视和失掉其他方面的发展的机会。

其次,以人为本应该建设民主、自由的政治环境。

在社会上受到别人的尊重和平等待遇是人性的基本需求,享有充分的自由和权利是人全面自由发展的前提条件。要建立以人为本的和谐社会,就必须创造一个自由、民主的政治环境,而且从我国当前的生产力发展水平和其他各方面条件来说应该是可能的。当前我国的政治体制中还存在着一些不近人意的地方,某些政府工作人员受到我国传统封建等级思想的影响,贪污腐败问题不断出现,不尊重劳动人民的现象还时有发生。这说明我国的民主进程还比较缓慢,人民的自由民主意识还有待进一步加强。

第三,以人为本要注重文化建设,以优秀健康的文化引导人们保持身心和谐。

当前,我国的生产力水平还比较低,在发展生产力的过程中,特别是为提高生产的效率,我国实行社会主义市场经济。市场经济是鼓励人们通过竞争来追求物质利益最大化,客观上实现资源的优化配置,最终促进经济的快速发展。市场经济确实有效率,但同时,市场经济也会带来一系列的问题,容易使人的无穷无尽的私欲膨胀起来,从而使人陷入欲望的恶性循环之中。在此情况下,人性便被扭曲了,即使占有再多的财富,人们也不会感到真正的幸福。结果是人们为了生活上的幸福去进行生产和提高效率,但最终却感觉不到幸福,人们在对物质的追求中迷失了自我。因此,要建设和谐社会就必须在发展市场经济的同时加强健康文化的宣传教育,避免使人造成身心的分裂,身不由己地迷失自我。

文化一方面是政治经济的反映,有什么样的经济就有什么样的文化。同时,文化对经济的反映也不是消极的,优秀的文化还代表了人的理智的一方面,它还会在一定程度上去克服市场经济带来的消极影响,去引导人们过上健康、快乐的生活。在建设以人为本的和谐社会中,加强文化建设应该是非常重要的内容。他一方面可以满足人们对文化的享受需求,另一方面,它可以使人们在理智的指导下过上健康的生活。尽管有的人认为人的理智也是不可靠的,是有限度的,如西方的弗洛伊德、尼采,还有现今的哈耶克等人,但是人却是绝不能离开理智的指导的。

当前,我国文化的主流是在马克思主义思想指导下的科学的、民族的、大众的文化。但是,我们也应看到,在我们的社会中存在着一些市场经济带来的腐朽思想文化,如金钱拜物教、消费主义等,对此,我们应该一方面通过发展经济,满足人们对物质的正当需求,让人们达到共同富裕,使人们不再为物质而疯狂,去除它们存在的条件。另一方面,我们也应该通过文化教育,帮助人们建立正确的幸福观,端正对物质需求的看法,使人们在自由、和谐的社会环境中发展自己的才能,实现自己的价值。这样的社会才算是以人为本的和谐的社会。

参考文献

［1］《马克思恩格斯全集》第42卷,人民出版社1972年。

［2］李越,《马克思自我实现观与人本主义心理学的自我实现》,《陕西师范大学学报》(哲社版)1998年第3期。

［3］马斯洛,《马斯洛人本哲学》,成明编译,九州出版社2003年。

［4］吴文新,《科技与人性:科技文明的人学沉思》,北京师范大学出版社2003年。

（责任编辑:吴文新）

黄海学术论坛

2006 年 第 7 辑 　　Huanghai Academic Forum　　　 2006　No. 7

从建设法治国家视角看树立法律信仰

李　娜[*]

　　"法律必须被信仰,否则它将形同虚设"[1](P. 28),法治社会的建立,最为关键的就是作为其基础以支撑整个法治体系的精神层面的意识与观念的确立,使法律成为人们的信仰,融入到精神里,落实到行动中。物质层面的制度建设,固然会产生一定的积极作用,但社会的稳定、法律的权威仅仅依靠国家强制力的威慑作用、靠人们对于惩罚的畏惧心理来维持,其效果终究是短暂的,利益的驱使往往使部分人抱着侥幸的心理铤而走险。我国的乃至人类的法律发展史告诉我们,从法律的产生到法治的实现,就是一个法律信仰、法治品格的形成过程,就是一个法律内化为社会公众的意识、精神和思维模式,从而形成人们的一种普遍的生存方式的过程。因此在中国,法治社会的建立,不仅要依靠能够利用的控制手段,即按照形式和理性原则建立起来的法律制度,以法律的形象化威慑力来树立起法律至高无上的尊严,同时应该加强更为根本的软措施,将法律上升为信仰,内化为某种内在的约束机制,使人自觉自主的守法,进而迈向法治的更高层次——实现公平正义。

一、树立法律信仰的必要性

　　新中国成立以来,我国的法制建设经历了一个曲折的发展过程。在这

---

　　* 李娜,山东大学威海分校哲学与社会发展中心,马克思主义与思想政治教育研究生。

半个多世纪的历程中,法制建设经历了创建——摧毁——重建的痛苦蜕变过程。新生政权彻底摧毁国民党旧法统,在批判旧法观念和改造旧司法人员之后,按马克思主义法学理论和苏联的榜样创建了新法制。初创时期的法制对建立和巩固新政权发挥了重要作用,但是摧毁法制后,由党来重建法制,导致这一时期的法律充满阶级斗争精神、专政工具和服务于政治运动的色彩,法律成为政治的附属物,法律的权威难以确立,给法制建设带来了隐患;1957年的反右斗争使中国的政治形势剧变,左倾思想膨胀,人治思想抬头,立法停滞,这种现象在文化大革命时期达到顶峰,新政权创建的法制又被自己摧毁;文革结束后,饱受苦难的人们意识到法制建设的重要性,开始重建法制的进程,特别是"建设社会主义法治国家"基本方略提出以后,法制建设速度大大加快,这不仅充分反映了我国社会进步的要求,而且必将推动我国的法制建设发展到一个新的阶段。

距离中共十一届三中全会召开已经27年了,依法治国方略的提出也有近10个年头了,不可否认,我国的法制建设的确取得了举世瞩目的伟大成就,但我国法制的现状仍让人担忧,我国的法制建设正面临着深刻的危机:当前法制建设最突出的问题是制定了不少法律,但法律难以实施,其原因首先是一些领导干部不懂法,轻视法制,其次便是法律的实施受到政策干扰和制度性障碍、行政执法中的地方和部门保护主义的阻挠,再次就是法律本身的制定空洞无物,或者立法残缺不全,缺少具体措施和程序,难以实施;在各项建设事业迅速发展的同时,腐败现象也开始抬头和蔓延,并且日益发展成中国亟待解决的严重问题;法学教育和研究处于困境,法学理论陈腐,法学教育商业化和理论研究庸俗化,等等。但危机不等于死亡,而是一种挑战、一种机遇,看到了危机就要对其进行变革,这才是中国法制的出路。

美国著名未来学家阿尔温·托夫勒指出:如果我们不向历史学习,我们就得被迫重演历史。为什么中国法制建设困难重重?为什么重提法制,加强、重视法制建设,而中国的法治现状仍然充满危机,不容乐观?我想,其内在的原因之一便是中国人普遍法律信仰的缺失。物质性的法律制度建设,只能增加人们对法律的畏惧感,而法治需要的是人们对法律的内心认同,人们遵守法律并不是畏惧惩罚,而是认为自己天然就应该如此!也就是说将法律内化为个人的思想方式与行为方式,形成法律信仰。

二、法律信仰的实现机制

（一）法律信仰的概念

法律信仰，"是两个方面的有机统一：一方面是指主体以坚定的法律信念为前提并在其支配下把法律规则作为其行为准则；另一方面是主体在严格的法律规则支配下的活动。它既是一个主观范畴的概念，也是一个可见之于主体行为的客观化的概念。"[2](P. 16) 由此可见，法律信仰的客体是法律及其正义性，主体是一般意义上的人，包括领导人、政府官员及普通民众，而要使法律信仰具有现实性，还必须具备主体对对象的内心信念、价值认同和利益感受，因此法律与主体需求达到和谐一致才是法律信仰形成的真正要义。从字面意义看，法律信仰既是一种主体对法律的心理状态，又是主体对法律的行为遵从，还是主体与法律之间的关系范畴，它们是一个双向作用的过程，一方面，只有法律能导致主体的强烈信服感时，才会产生法律信仰的主观机制，这就对法律本身和法律的执行提出了要求：法律必须是良法，其执行符合正义性；另一方面，主体必须能用心体验法律价值，感受法律作用，形成内心认同，这就是法律教育要解决的问题了。

（二）法律信仰与法治的关系

亚里士多德在其名著《政治学》中明确提出："我们应该注意到邦国虽有良法，要是人民不能全都遵循，仍然不能实现法治。法治应该包含两重意义：已成立的法律获得普遍的服从，而大家所服从的法律本身是制定良好的法律。"[3](P. 199) 由此，"普遍守法"和"良法"成为法治的评判标准，而从表面看，这两个条件依靠物质的制度建设便可以实现，于是，"法治"的工具主义倾向泛滥，它只是作为一种国家统治方式或安邦治国的策略，而淡化了其价值内涵与目的追求的意义。

然而，通过亚里士多德的法治公式，我们可以进一步追问：民众为什么要守法？凭什么让民众相信法律，相信法治？民众守法是出于什么动机和心态？而何为"良法"？以谁的标准评判是否是"良法"？这些问题都是建设法治国家过程中不可回避的问题，如果对这些价值层面的问题避而不谈，而仅从技术层面搞法制建设，那么法治永远都停留在法制阶段，即法律制度创设及实现阶段,而法治区别于法制的根本之处在于其具有实证和价值两个层面,因此要想实现真正的法治,制度要素和精神要素相统一的法治,对于以上问题的回答便构成了法治存在的根基。

其实,亚里士多德也谈到了实际上可作法治之精神支柱的社会民情及其诸方面:"即使是完善的法制,而且为全体公民所赞同,要是公民们的情操尚未经习俗和教化陶冶而符合于政体的基本精神(宗旨)——要是城邦订立了平民法制,而公民却缺乏平民情绪,或城邦订立了寡头法制而公民却缺乏寡头情绪——这终究是不行的。……应该培养公民的言行,使他们在其中生活的政体,无论是平民政体或者是寡头政体,都能因为这类言行的普及于全邦而受到长治久安的效果。"[3](P.275)法治是一个"硬件"系统与"软件"系统的有机统一,而正是"软件"系统才深刻地反映了法治的内在意蕴、精神气质与性格。那么此"软件"系统究竟指的是什么呢? 第一,法治表达或者主要表达了社会公众对法的一种神圣的法律情感。这种法律情感的形成不是靠法律的严酷与冷峻,也不是靠外力的强迫、压制与威胁——它们只能是社会公众产生敬畏感而没有神圣性——这种神圣的法律情感是社会公众出自内心的对法的真诚信仰,这是一种类似于宗教信仰般的情怀[4](P.5)。人们有强烈的自觉意识,积极主动地遵守和维护法律;第二,法治表明社会公众普遍形成了一种崭新的法律态度。他们已经普遍的对法律产生了一种高度的认同,已经认识到法律不仅不是对自己生活的妨碍,反而是与自己的现实生活密切贴近的必需品,是自己日常生活的必备条件了[4](P.6)。由此可以看出,对于此"软件"系统的阐释恰恰符合了法律信仰的内涵,因此,法治软件系统的开发正是指的是法律信仰的培育,法律信仰是法治的精神意蕴。

(三) 法律信仰的实现机制

实现"依法治国,建设社会主义法治国家"的目标,制度建设和信仰建设必须双管齐下。自从十一届三中全会以来,我国一直十分重视法制建设,但我国的法制建设片面侧重于制度建设,甚至一度认为法制建设就是制度建设,而一直忽视、淡化信仰建设,由此出现了一系列的问题,给法治国家的建立带来了深刻危机。法治国家的建立,必须将信仰建设提到日程上来,大力培养公众的法律信仰。也许有人会说这是一种太高的境界,根本不可能达到;或者认为先把制度建设好了,然后这种"崇高的"思想也便自然形成了,然而我想说的是,首先这种思维方式并不是想象中的那么"崇高",它仅要求人们在考虑问题、在做事情的时候,以守法为出发点,法律只是最低的道德,由此建立法律信仰相对中国传统的那些道德要求来说,更容易些。其次,法律制度建设与法律信仰的建立也没有先后顺序,而应该是同时进行的,二者相辅相成,相互促进。法律信仰的建立依赖于一定的物质基础——制度建设,有什么程度的制度建设就有什么程度的法律信仰的形成,同时法律信仰又有一定的独立性,高于制度,从而指导制度的建设,这主要体现在立法过程中;最后,法律信仰也并不是那么难以实现,问题的解决应当在问题之外寻求解决途径。以制度建设建立法律的权威性和信用性,以宣传教育灌输建立法律在人们心中的认同性、神圣性,在全国法治经济、法治政治、法治文化的大环境下,经过长时间的潜移默化的过程,法律成为全民的信仰也不是完全没有可能的。

正如前文所述,问题的解决应当在问题之外寻求解决途径。首先,信仰属于意识问题,信仰建设有赖于整个社会的经济和政治发展,而我国的社会主义市场经济的建立和民主政治建设都为法律信仰的建设奠定了社会经济和政治基础。市场经济天然是法治经济,既然我们选定了市场经济体制,就应毫不动摇地建立与市场经济相关的法律体系。市场经济作为一种经济创造和运行机制,其自始与法治相伴而行,法律的作用贯穿于市场经济的每个环节,市场经济和法律是互渗的水乳交融式的整体。我国的民主政治则为法律信仰的形成提供了社会政治土壤。民主政治也是法治政治,民主的实现需要法律的保障,社会的正义需要法律的维持,因此,民主政治与法律也是形影不离、密不可分的。

其次,积极推进社会主义法律制度建设,建立完备的社会主义法律体系,提高法律在实际生活中的实现效益,为法律信仰的形成提供必要的法律制度条件。"有法可依,有法必依,执法必严,违法必究"是建立法律信仰基本要求的生动表述:(1)有法可依,意味着要有以之为行为准则的法律制度的存在,这是法律信仰形成的先决条件。而此法律必须是良法,即此法体现的是大多数人的利益要求,符合一般人的价值评判和正义标准,而且严格依照法律规定的程序制定出来,从而使人产生思想上的共鸣,确立公民的法律正义感,这样才能作为法律信仰的对象,为人们所推崇。(2)有法必依,确立法律至上的原则,现代法治的一个基本内涵和要求是实现法律对社会的全面控制,实现法律的统治。依照人们的共同利益制定出来的法律,必须得到良好的执行,才能维护法律的权威,实现法律的价值,从而形成法律信仰。(3)执法必严,违法必究,确立司法的公正性,从而培养公民对法律的信任感。"司法的公正有助于培养公民对法律的信仰,从而为法治的实现提供基本条件。对广大公民来说,对法律公正最直观的认识来源于对司法的公正性的认识,相当多的公众甚至把司法公正理解为法律公正的全部。因此,司法公正有助于培养广大公民对法律的信仰。这是建设现代法治国家的重要条件之一。"[5](P.50) 而司法公正与否主要体现在执法过程中,因此严格执法对于民众法律信仰的培养具有举足轻重的作用;对于任何违法犯罪都应当一视同仁的平等对待,违法必究,树立起人们对于法律的信任感,那么人们在遇到问题时便会自然而然的到法律那去寻求解决途径,建立起法律思维方式,为法律信仰的树立奠定基础。

再次,开展系统的法律教育和法学研究,全面培养公民的法律意识和法律观念,深入揭示现代市场经济和民主政治的内在法权关系和时代法律精神,全面建立社会主义法治国家。法律教育是人的现代化的重要方面,其目标是培养公民的现代法律观念和意识,培养国家法治现代化建设所需要的法学专门人才。法律信仰的社会经济和政治环境已经具备了,相关的制度建设也已有了,而要使这些外在的条件内化为内心的信仰,则要依靠教育的作用,唯有教育才是这种转化的桥梁。法律教育分为法学专业教育和法律普及教育:法学专业教育通过对法律和法学专业人才的培养,形成高素质的法律专业人才队伍,他们具有系统而全面的现代法律知识、娴熟而高超的法律技术,更容易对法律树立起理性情感和坚定信念。他们通常在国家的立法、执法和司法机关担任职务,对于我国的立法、执法、司法活动可以发挥重要的功能,促成良法的制定、司法的公正,而良好的法律环境对公民法律信仰的培养具有十分重要的影响。同时,专业人才身上所体现的品格、对法律的信任和信仰,规范和法的行为模式也对公民法律信仰的培育具有直接的表率和模范作用。法律普及教育通过系统的法律知识的传授,使公民对国家法律体系的框架有一个整体的了解和较为全面的把握,使之知道什么是可为的、什么是应为的,什么是不可为的,从而为其自觉守法、用法以及维护法律的尊严奠定较为坚实的知识基础,并进一步促进全民形成科学的法律价值观,使之在理性上认识到法律的公正性和权威性,认识到法律与他们的生产和生活的紧密联系,培养公民法律思维方式和对法律的感情,进而影响公民的法律思想感情和行为模式,形成法律信仰。

法治社会的建立,是制度建设与信仰建设的统一。在我国的制度建设正如火如荼的进行过程中,法律信仰的建设也应当提到应有的位置。没有法律信仰的制度建设只能是空中楼阁,难以实施;没有物质的制度建设的法律信仰也只能是纸上谈兵,无实际内容。因此,唯有二者有机结合,相辅相成,共同发展,才是建立法治国家的正确选择。

参考文献

［1］伯尔曼,《法律与宗教》,梁治平译,三联书店1991年。

［2］谢晖,《法律信仰的理念与基础》,山东人民出版社1997年。

［3］亚里士多德,《政治学》,吴寿彭译,商务印书馆1985年。

［4］姚建宗,《信仰:法治的精神意蕴》,《吉林大学社会科学学报》1997年第2期。

［5］公丕祥、刘敏,《论司法公正的价值蕴涵及制度保障》,《法商研究》1999年第5期。

（责任编辑:古莉亚）

黄海学术论坛

2006年　第7辑　　Huanghai Academic Forum　　2006　No. 7

我国居民消费结构的合理化
分析及建议

吴撼地[*]

一、消费结构合理化的基本要求

合理的消费结构需要满足以下两点基本要求：

首先，满足科学性。不仅消费品的质量较高，能够体现人们多层次的消费需要，而且有较高的消费环境和生活条件。

其次，具有经济合理性。消费结构要与资源供给结构相匹配，要以合理的方式组合消费资料，实现消费支出对产业结构的效应性。

二、我国居民消费结构现状及其合理性分析

（一）我国居民消费结构现状

2003年，我国人均GDP首次突破了1000美元（1090美元），表明我国经济进入新的发展阶段，即总体小康的阶段。在我国进入总体小康的水平下，居民收入水平以及它可能实现的消费水平和购买力水平发生了较大的变化。从国际上各个国家的发展经验上看，人均GDP达到1000美元的阶段对于任何一个发展中国家都具有十分重要的意义，标志着整个的居民收入和

---

* 吴撼地，山东大学威海分校商学院2005级产业经济学研究生。

消费进入了一个新的阶段,消费结构开始明显升级。

表1 我国城乡居民家庭人均收入及恩格尔系数

年份	农村居民家庭人均纯收入		城镇居民家庭人均可支配收入		农村居民家庭	城镇居民家庭
	绝对数（元）	指数（1978＝100）	绝对数（元）	指数（1978＝100）	恩格尔系数（%）	恩格尔系数（%）
1978	133.6	100	343.4	100	67.7	57.5
1980	191.3	139	477.6	127	61.8	56.9
1985	397.6	268.9	739.1	160.4	57.8	53.31
1990	686.3	311.2	1510.2	198.1	58.8	54.24
1995	1577.7	383.7	4283	290.3	58.6	50.09
2000	2253.4	483.5	6280	383.7	49.1	39.44
2001	2366.4	503.8	6859.6	416.3	47.7	38.20
2002	2475.6	528	7702.8	472.1	46.2	37.68
2003	2622.2	550.7	8472.2	514.6	45.6	37.1

资料来源:《中国统计年鉴》2004年。

表2 我国城乡居民家庭人均消费支出构成比重
（人均消费性支出＝100）

年份 项目	1990		1995		2000		2002		2003	
	城镇	农村	城镇	农村	城镇	农村	城镇	农村	城镇	农村
食品	54.3	58.8	58.6	49.1	46.2	45.6	50.1	39.4	37.7	37.1
衣着	13.4	7.77	6.85	5.75	5.72	5.67	13.5	10	9.8	9.79
家庭设备用品及服务	10.1	5.29	5.23	4.52	4.38	4.2	7.44	7.49	6.45	6.3
医疗保健	2.01	3.25	3.24	5.24	5.67	5.96	3.11	6.36	7.13	7.31
交通通信	1.2	1.44	2.58	5.58	7.01	8.36	5.18	8.54	10.4	11.1
教育文化娱乐服务	11.1	5.37	7.81	11.2	11.5	12.1	9.36	13.4	15	14.4
居住	6.98	17.3	13.9	15.5	16.4	15.9	8.02	11.3	10.4	10.7
杂项商品与服务	0.94	0.74	1.76	3.14	3.14	2.21	3.25	3.44	3.25	3.3

资料来源:《中国统计年鉴》2004年。

表1呈现了改革开放以来我国城乡居民家庭人均收入及恩格尔系数的变化轨迹,表2描述了主要年份我国城乡居民家庭人均消费支出构成比重。由表中数据可以看出,目前我国居民消费已从生存型的温饱消费逐步向享受型的小康消费发展,恩格尔系数明显下降,居民用于住房、交通、通讯、文娱、教育、旅游等方面的消费迅速增长,消费重心正由"吃、穿"向"住、行"倾斜。

(二)我国居民消费结构的科学性分析

消费结构的科学合理,要看其是否体现消费需求的状况,因此我们必须关注消费需求,哪里有需求,哪里有消费。总体而言,我国消费品市场的需求状况近年并无本质性改善。具体而言,消费需求取决于城乡居民的收入水平、消费倾向和消费信心三个方面。

(1)不同收入水平的消费阶层消费特征不同。一般收入水平(年人均收入大体上在8000—30000元)的家庭占到城镇家庭的总数的60.98%,收入占到居民收入总数的58%,是我国消费的主体部分,这个群体的消费水平在逐步提高,但总体上仍维持在一般的消费水平上。

(2)消费倾向偏低是长期困扰我国消费品市场发展的重要问题。近10年来,我国最终消费率平均为58.5%,比市场经济发达国家低近20个百分点。

(3)消费者信心指数总体呈现出缓升的走势,但受经济景气回落和通货膨胀压力增大的影响,居民消费预期和消费信心受到明显影响,仍然存在消费需求增长的制约因素。

(三)我国居民消费结构的经济合理性分析

1. 两个70%的启示

目前,我国工业部门的能源消费占全国能源消费总量的70%以上,而钢铁、有色金属、化工、建材等高耗能行业的能源消费又占整个工业终端消费的70%以上。也就是说,我国高能耗行业差不多消耗了全国能源消费总量的一半!

另外,表3给出了主要年份我国综合能源平衡表,由表中数据可以看出,能源消费一直处于超支状态,严重的年度差额高达15147万吨标准煤,进一步观察数据可以发现,能源消费总量的95%左右用于终端消费。

表3　中国综合能源平衡表　　（单位：万吨标准煤）

年　份　　项　目	1990	1995	2000	2001	2002
可供消费的能源总量	96138	129535	115150	125310	144319
能源消费总量	98703	131176	130297	134915	148222
（一）终端消费	94289	124252	124032	128951	140847
（二）加工转换损失量	2264	3634	2372	2011	2612
（三）损失量	2150	3289	3893	3953	4763
平衡差额	−2565	−1641	−15147	−9605	−3903

资料来源:《中国统计年鉴》2004 年。

2. 库兹涅茨模式的启示

随着经济的增长,产业结构会发生变动。因为居民人均收入结构发生变动,消费结构跟着相应变动,而消费结构的变动从事物上理解就是居民需求结构的升级,这种升级要求作为供给者的生产者做出相应的变动,也就导致了产业结构的变动。其实,美国经济学家库兹涅茨早在 20 世纪五六十年代就得出了这一结论,见表4。

表4　三次产业结构随人均 GDP 增长而变动的一般趋势（%）

三次产业占 GDP 的变动趋势	第一产业	第二产业	第三产业
人均 GDP(1958 年美元)			
70	45.8	21.0	33.2
150	36.1	28.4	35.5
300	26.5	36.9	36.6
500	19.4	42.5	38.1
1000		48.4	40.7

资料来源:西蒙·库兹涅茨,《各国经济增长》,商务印书馆 1985 年,第 128、129、211 页。

表5　1990—2003年我国人均GDP及三次产业结构

年　份	人均国内生产总值（美元）	第一产业（%）	第二产业（%）	第三产业（%）
1990	341.61	27.1	41.6	31.3
1991	352.98	24.5	42.1	33.4
1992	414.72	21.8	43.9	34.3
1993	510.07	19.9	47.4	32.7
1994	455.17	20.2	47.9	31.9
1995	581.25	20.5	48.8	30.7
1996	670.66	20.4	49.5	30.1
1997	730.30	19.1	50	30.9
1998	761.92	18.6	49.3	32.1
1999	791.35	17.6	49.4	33
2000	855.93	16.4	50.2	33.4
2001	924.42	15.8	50.1	34.1
2002	992.39	15.3	50.4	34.3
2003	1099.55	14.6	52.2	33.2

本表按可比价格计算。

资料来源:《中国统计年鉴》2004年。

表5反映了我国人均GDP及三次产业结构的变动,基本上符合世界范围产业结构演变的普遍规律,即第一产业比重下降,第二、三产业比重上升。但存在的问题是:第一产业比重偏大,第三产业比重偏低。在我国未来的经济发展中,消费需求的不断升级,对产业升级提出了挑战,是我国产业升级的压力日益增加。

三、依照消费结构合理化的基本要求建立合理的消费结构

（一）关注消费市场需求状况,建立合理的消费结构

（1）中等收入和消费的阶层（有稳定的工作和较高的收入、有比较新的消费观念的消费群体属于中等消费阶层）正逐步成为消费需求增长的主要

动力,中等消费阶层扩大将带动我国消费结构的升级,并提高消费对整个国民经济贡献的作用;关注广大农民和城市低收入者的消费对于品牌企业的生产和销售决策有很大的帮助。

建立合理的消费结构,要求我们关注不同消费群体的消费,要求生产制造企业和分销企业关注这些不同的消费群体,想他们之所想、生产他们之所需。

(2) 从未来走势看,消费环境改善、以人均收入超过 3000 美元为标志的中产阶层的成长和扩大、个人所得税起征点提高带动的工薪阶层实际收入水平的提升,都是有利于居民消费需求的利好因素。因此,如果上述因素都能够充分发挥,相信今年我国的消费率将会比较稳定,不会再持续下跌。

建立合理的消费结构,提高消费率、发展消费品市场势在必行。"十一五"期间,提高消费率的政策选择是:彻底纠正重投资、轻消费的错误倾向,在经济将长期处于过剩的时代,尤其需要把消费放在首位;调节收入分配,进一步提高城乡广大中低收入阶层的收入,果断缩小不合理收入差距;优化供给结构,在减少和避免重复建设的同时,以市场需求为导向,全面满足全面建设小康社会阶段城乡居民消费结构升级的需要。

(3) 建立合理的消费结构,要求我们把工作做到细处,给消费者提供放心舒适的消费条件。比如,在严格控制房地产投机炒作的同时,支持和满足住宅大众消费增长,降低汽车消费税费率、规范和促进汽车消费信贷发展、鼓励经济型轿车消费等措施,促进汽车大众消费快速稳定增长。再如,为减轻三大"黄金周"旅游的运输及其他服务的负荷,建议将每周休息两天改为休息一天,剩余一天一起移至月末,一次休息四天,变成月月"黄金周",并适当延长春节休假时间,这样既可减少旅游服务设施的投入,又能提高消费效率。另外,还要继续加大整治食品、建筑和房地产市场秩序,加强信用体系建设。

(二) 根据资源供给状况,建立合理消费结构

(1) 继劳动密集型加工制造业、劳动密集型与技术含量较低的制造业之后,近几年发达国家和地区加大了将部分资本密集型的重化工业如石化等产业向我国转移的势头内源性因素是:随着我国人均国民收入达到 1000 美元,国内消费结构开始升级,部分居民进入大额消费阶段,对重工业产品或

资本品(如汽车、住房等)产生了巨大需求;促使钢铁和汽车等重工业部门的投资激增。中国产业虽然在较短时期内取得了令人瞩目的成绩,但产业发展是以大量资源消耗为代价取得的,依靠扩大建设规模,大量增加生产要素的投入来实现经济增长。因此,提高能源和资源利用率,发展高效低能耗产业,是突破资源瓶颈的重要战略措施。

(2)国家"十一五"规划强调:"研究和把握国内消费结构和产业结构升级、工业化和城市化进程加快所引起的社会经济关系的变化,以及这种演变趋势对中期发展的影响"。

首先,加强供给调控,增加有效供给。有效供给是消费结构合理化的基本保证,优化供给结构,满足城乡居民消费结构优化和升级的需要。创新供给,引导消费。从城乡居民发展资料和享受资料需求不断上升的要求出发,大力发展第三产业,重点发展服务业和教育、文化、娱乐、卫生保健、旅游、通讯等产业,满足城乡居民的消费需求。

其次,依靠科技进步,实现经济可持续发展。21世纪是知识经济的时代,我国经济的发展、物质文明的建设,必须依靠科技进步。一是在基础产业中不断加大科技含量,为国民经济的发展和居民消费结构的优化起到支撑作用;二是工业经济的增长从依靠自然资源转移到依靠科技进步上来,通过科技进步,提高劳动生产率,提高产品的加工精度和深度,提高产品附加值;三是通过科技进步,不断开发和创新产品品种,使低水平、低档次的消费品逐渐淡出市场,差异化、个性化的产品占领市场,引导并激活居民的消费和消费欲望,促使人们向个性化消费发展。

"经济运行的稳定性有所提高、发展的协调性有所改善、关键领域的改革有所突破"这是中央经济工作会议对2005年中国经济运行态势的概括和表述。今年我国经济发展的良好表现,为不平凡的"十五"时期再添光彩的一页。我国站在一个新的历史起点:这是稳定增长的新起点,是消费结构升级的新起点。新的起点蕴含着新的机遇。大政方针已定,关键在于落实。我们一定要根据党的十六届五中全会精神和中央经济工作会议的部署,精心安排明年的工作,真正把科学发展观的要求体现在经济社会发展的各个方面和各项具体工作中,持续保持宏观经济的稳定,推动我国经济越过一个个关口,再上新的台阶。

参考文献

［1］任兴洲,《中国居民消费结构的变化及其影响——在第九届全国市场主导品牌企业高级论坛上的专题演讲》,《中国信息报》2005(04)。

［2］卢嘉瑞,《"十一五"期间提高消费率的政策选择》,《中州学刊》2005(01)。

［3］中国人民大学流通改革研究中心,《2004—2005年:中国消费品市场形势分析与预测》,《商贸经济》2005(01)。

［4］郝梅瑞,《中国城市居民家庭消费地区特征及消费结构类型研究》,《消费经济》2004(06)。

［5］崔大沪,《中日韩产业可持续发展战略比较和合作》,《世界经济研究》2004(10)。

［6］李凌,《全球奢侈品齐赴"中国盛宴"》,《新财富》2005(02)。

［7］耿莉萍,《抑制我国居民消费增长因素的经济学分析》,《消费经济》2005(01)。

［8］尹世杰,《消费经济学》,高等教育出版社2003年。

（责任编辑:左峰）

图书在版编目（CIP）数据

黄海学术论坛. 第 7 辑/ 陈金钊主编. —上海：上海三联
书店，2006.5
ISBN 7 - 5426 - 2319 - 2

Ⅰ. 黄...　Ⅱ. 陈...　Ⅲ. 社会科学-文集　Ⅳ. C53

中国版本图书馆 CIP 数据核字（2006）第 050128 号

黄海学术论坛（第七辑）

主　　编/ 陈金钊

责任编辑/ 邱　红
装帧设计/ 范㛃青
监　　制/ 林信忠
责任校对/ 张大伟

出版发行/ 上海三联书店
　　　　　（200031）中国上海市乌鲁木齐南路 396 弄 10 号
　　　　　http://www.sanlianc.com
　　　　　E-mail：shsanlian@yahoo.com.cn
印　　刷/ 上海市印刷七厂

版　　次/ 2006 年 7 月第 1 版
印　　次/ 2006 年 7 月第 1 次印刷
开　　本/ 787×1092　1/16
字　　数/ 450 千字
印　　张/ 24.75

ISBN 7 - 5426 - 2319 - 2/C · 152
定价：36.00 元